Sara Raasch • Schnee wie Asche

DIE AUTORIN

Sara Raasch wusste schon mit fünf Jahren, dass sie für die Bücherwelt bestimmt war. Während ihre Freunde Limonade verkauften, brachte sie ihre handgemalten Bilderbücher an den Mann. Ihre Freunde sehen sie auch heute noch besorgt an, wenn sie versucht, etwas zu malen, und ihre Begeisterung für das geschriebene Wort verleitet sie oft dazu, etwas Tollkühnes zu tun.

Sara Raasch

Schnee wie Asche

Aus dem Amerikanischen von
Antoinette Gittinger

Dieses Buch ist auch als E-Book erhältlich.

MIX
Papier aus verantwortungsvollen Quellen
FSC
www.fsc.org
FSC® C014496

Verlagsgruppe Random House FSC® N001967

3. Auflage
Deutsche Erstausgabe Mai 2015

Die amerikanische Originalausgabe erschien 2014
unter dem Titel »Snow like Ashes« bei Balzer + Bray,
an imprint of HarperCollins Publishers, New York.

Aus dem Amerikanischen von Antoinette Gittinger
Lektorat: Nele Thiemann
Umschlaggestaltung: init | Kommunikationsdesign,
Bad Oeynhausen
Jacket Art © 2014 by Jeff Huang
Jacket Design by Erin Fitzsimmons
he · Herstellung: kw
Satz: Buch-Werkstatt GmbH, Bad Aibling
Druck und Bindung: GGP Media GmbH, Pößneck
ISBN: 978-3-570-30969-8
Printed in Germany

www.cbt-buecher.de

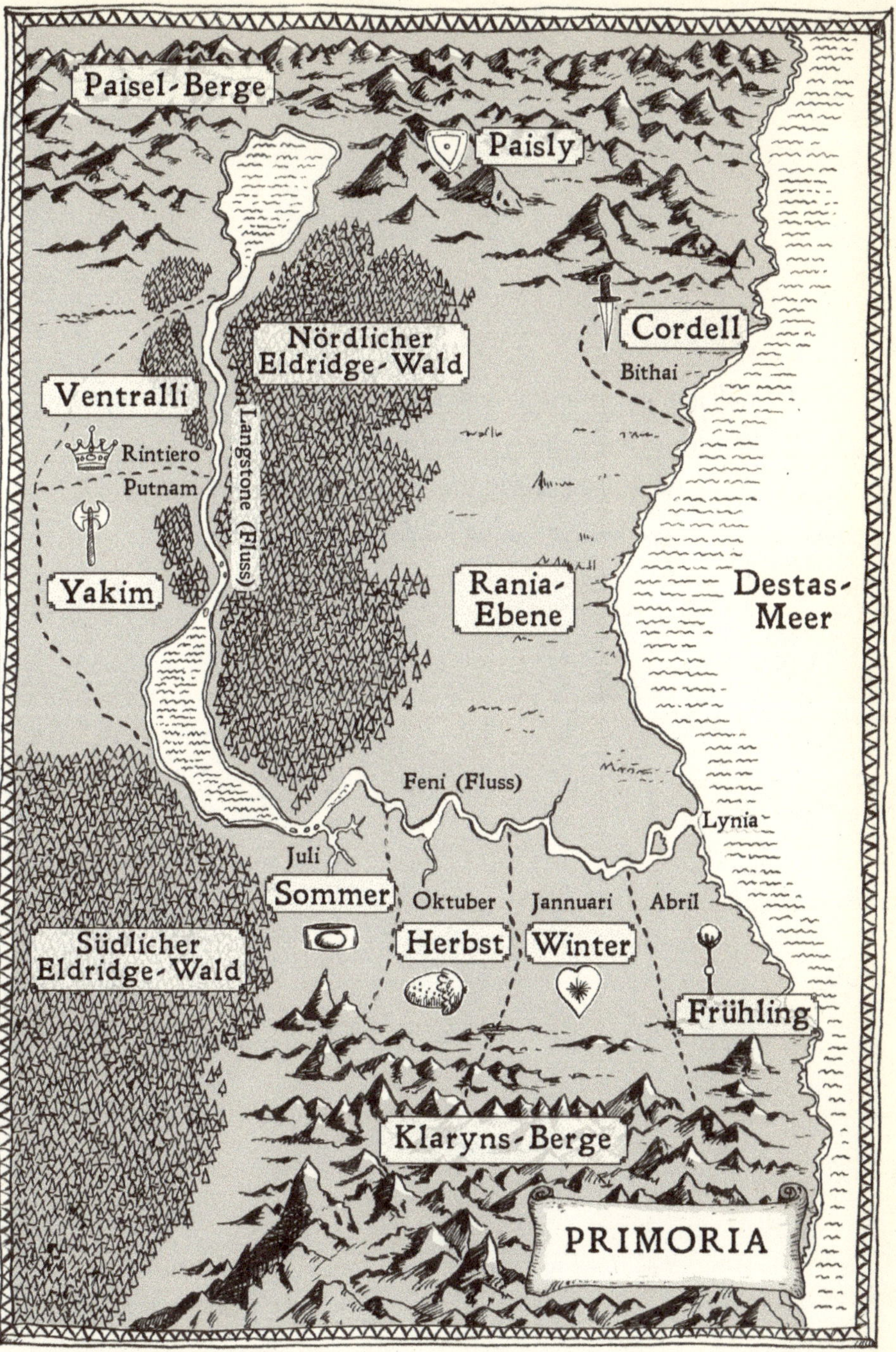
Paisel-Berge
Paisly
Cordell
Bithai
Nördlicher Eldridge-Wald
Ventralli
Rintiero
Putnam
Langstone (Fluss)
Yakim
Rania-Ebene
Destas-Meer
Feni (Fluss)
Lynia
Juli
Sommer
Oktuber
Jannuari
Abril
Herbst
Winter
Südlicher Eldridge-Wald
Frühling
Klaryns-Berge
PRIMORIA

Für all jene, die den ersten (grauenhaften) Entwurf dieser Geschichte gelesen und sich das Lachen verkniffen haben, als ich, damals im zarten Alter von zwölf, verkündete: »Eines Tages werde ich das veröffentlichen.«

Kapitel 1

»BLOCKEN!«

»Wo?«

»Kann ich dir nicht sagen – du musst meinen Bewegungen folgen!«

»Dann mach langsamer.«

Mather rollt die Augen. »Einem feindlichen Soldaten kannst du auch nicht sagen, langsamer zu werden.«

Ich muss über seine Verzweiflung grinsen, aber das Lachen vergeht mir schnell, als die dumpfe Seite seines Übungsschwerts mir einen Schlag in die Kniekehle versetzt. Ich lande rücklings auf der staubigen Ebene, das Schwert fliegt mir aus der Hand und verschwindet im dichten hohen Gras.

Von jeher ist der Nahkampf mein größter Schwachpunkt gewesen. Aber ich laste das Sir an und der Tatsache, dass er meiner Kampfausbildung erst zustimmte, als ich schon fast elf war. Ein paar mehr Übungsstunden mit dem Schwert hätten mir sicherlich geholfen, jetzt mehr als drei von Mathers Hieben zu parieren. Doch vielleicht würde ich ein Schwert in meiner Hand immer als Fremdkörper empfinden. Ganz anders mein *chakram*, ein rotierendes Rundmesser, mit dem ich gern werfe. Es war noch nie meine Stärke, aus kurzer Entfernung die Bewegungen eines Gegners vorauszuahnen, wenn ich sein Schwert vor Augen habe.

Die Sonnenstrahlen prickeln auf meiner Haut, während ich zum Himmel hochblicke und aufstöhne, weil sich ein besonders spitzer Stein in meinen Rücken bohrt. Schon zum vierten Mal in den letzten zwanzig Minuten bin ich jetzt auf dem Boden gelandet und beobachte erneut, wie über mir die Halme der Grasebene wogen. Mein Atem geht schwer und Schweiß perlt mir übers Gesicht. Ich bleibe auf dem Rücken liegen und genieße diesen Moment der Ruhe.

Plötzlich kauert sich Mather über mich und versperrt mir die Sicht. Ich hoffe, dass er die plötzliche Rötung meiner Wangen auf die Anstrengung zurückführt. Ganz egal, wie oft er mich niederringt: Er sieht immer unverändert gut aus. Er besitzt diese Art von Attraktivität, die mir körperliche Schmerzen bereitet, mich unverzüglich auf die nächstbeste Sitzgelegenheit zustolpern lässt, wenn er mich unvorbereitet mit seiner Anwesenheit überrascht. Ein paar seiner typisch weißen Winterianer Haarsträhnen fallen ihm ins Gesicht, der Rest seines schulterlangen Haars wird durch ein Band im Nacken zusammengehalten. Der lederne Harnisch, der sich über seine Brust spannt, verrät, dass er den größten Teil seines Lebens damit verbracht hat, seine Muskeln beim Kampftraining zu stählen. Seine Arme sind schlank, lediglich umwickelt von Armbinden. Sein blasses Gesicht ist von Sommersprossen übersät und sein Hals und seine Arme sind unnatürlich gebräunt von der sengenden Sonne der Rania-Ebene.

»Best-of-Eleven?« Beim fragenden Ton seiner Stimme – als würde er allen Ernstes glauben, ich hätte eine Chance, ihn zu schlagen – runzle ich die Stirn.

Ich stöhne. »Nur wenn die nächsten sechs Kämpfe erfolgreich für mich ausfallen.«

Mather kichert. »Ich habe den strikten Befehl, bis zur Rückkehr von William und den anderen dafür zu sorgen, dass du mindestens einen *Schwert*kampf gewinnst.«

Ich kneife die Augen zusammen und versuche, die Sehnsucht, die mich erfasst, zu verdrängen. Sir ist mit Greer, Henn und Dendera auf einer Mission nach Frühling unterwegs. Wir anderen sind hier im Lager geblieben: Mather, der künftige König (er wird nur auf die gefährlicheren Missionen geschickt, da er von Geburt an in der Kampfkunst ausgebildet wurde); Alysson, Sirs Gattin (die noch nie die geringste Eignung für den Kampf gezeigt hat); Finn, ein weiterer wehrhafter Soldat (Sirs Regel lautet: Es muss immer ein guter Kämpfer in Mathers Nähe sein, der ihm Rückendeckung gibt), und ich, das Waisenmädchen im Dauertraining (das trotz sechs Jahren Kampfausbildung noch immer »nicht gut genug« ist, um ihm wichtige Aufträge anzuvertrauen).

Na gut, ich durfte einige meiner Fertigkeiten beim Auskundschaften von Nahrungsmitteln unter Beweis stellen oder um vereinzelte Soldaten oder verärgerte Bürger aus einem der vier Rhythmus-Königreiche abzuwehren. Aber wann immer Sir Missionen nach Frühling in die Wege leitet, Missionen, in denen es um die Rettung von Winter geht und die nicht nur dazu dienen, Vorräte für uns Flüchtlinge herbeizuschaffen, findet er einen Vorwand, mich nicht daran teilnehmen zu lassen. Das Königreich Frühling sei zu gefährlich, die Mission zu wichtig, um ein junges Mädchen damit zu betrauen.

Offenbar hat Mather an der Art, wie ich an meiner Unterlippe kaue, meine Gedanken erraten, denn er gibt einen tiefen Seufzer von sich.

»Meira, du wirst immer besser, ehrlich. William will lediglich sichergehen, dass du sowohl auf kurze als auch auf größere Entfernung kämpfen kannst, genau wie alle anderen. Das ist doch nachvollziehbar.«

Ich blicke zu ihm hoch. »So schlecht bin ich im Nahkampf überhaupt nicht, nur eben nicht auf *deinem* hohen Niveau. Kannst du Sir nicht einfach anlügen und sagen, dass ich dich endlich geschlagen habe? Du bist unser künftiger König – er vertraut dir.«

Mather schüttelt den Kopf. »Tut mir leid, ich kann meine Kräfte nur für das Gute einsetzen.«

In seinem Gesicht zuckt es. Ich brauche einen Moment, bis der Sarkasmus hinter seinen Worten zu mir durchdringt. Er besitzt keinerlei Kräfte, keine magischen jedenfalls, und genau das macht uns schon unser Leben lang zu schaffen.

Ich richte mich auf, zerpflücke Grashalme und rolle sie zwischen den Fingern, bloß damit ich in der plötzlich entstandenen angespannten Stille etwas zu tun habe. »Wofür würdest du die Magie denn einsetzen?«, frage ich so leise, dass meine Worte kaum zu verstehen sind.

»Du meinst, außer Sir deinetwegen anzulügen?« Mathers Ton klingt unverkrampft, aber als ich mich hochrapple und mich ihm zuwende, versetzt es mir einen Stich ins Herz, als ich die Anspannung in seinem Gesicht erkenne.

»Nein«, sage ich. »Ich meine, wenn Winter wieder über eine intakte Magsignie verfügen würde, eine, die nicht an die weibliche Abstammungslinie gebunden ist, sondern die jeder Monarch, ob König oder Königin, einsetzen könnte, wofür würdest du dann die Macht nutzen?«

Die Frage purzelt aus mir heraus wie ein glatter Flussstein, dessen Ecken durch die vielen Male, die ich mich damit beschäftigt habe, bereits abgerundet sind. Wir sprechen nie über Winters einstige Magsignie, das Medaillon, das der König von Frühling, Angra Manu, vor sechzehn Jahren zerbrochen hat, als er unser Königreich zerstörte, es sei denn, es geht um eine Mission. Es heißt immer bloß: »Wir haben erfahren, dass eine der Hälften zu diesem und jenem Zeitpunkt an diesem und jenem Ort sein wird«, aber nie: »Selbst wenn es uns gelingen sollte, die Magsignie zurückzubekommen, wie können wir dann wissen, ob die Magie wirkt, wenn unser einziger Erbe männlich ist?«

Mather wendet sich ab, schlägt mit dem Schwert aufs Gras, als trage er einen persönlichen Krieg gegen die Ebene aus. »Es spielt keine Rolle, was ich damit machen würde – ich könnte sie ja doch nicht nutzen.«

»Natürlich spielt es eine Rolle«, erwidere ich stirnrunzelnd. »Wenn man gute Absichten hat …«

Doch noch bevor ich meinen Satz zu Ende bringen kann,

wirft er mir einen verärgerten Blick zu. »Nein, tut es nicht«, kontert er. Dann fährt er fort und die Worte sprudeln nur so aus ihm heraus, was mir zeigt, dass auch er darüber sprechen muss. »Egal, was ich tun würde, egal, wie gut ich führe oder wie hart ich trainiere, ich werde trotzdem niemals die gefrorenen Felder wieder zum Leben erwecken oder Seuchen heilen oder die Soldaten mit Kraft erfüllen können, wie ich es tun würde, wenn ich die Magsignie nutzen könnte. Die Winterianer würden jederzeit eine grausame Königin einem König mit *guten Absichten* vorziehen, denn mit einer Königin hätten sie zumindest die Chance, dass die Magie zu ihrem Wohl genutzt werden könnte. Es spielt keine Rolle, wozu ich die Magie einsetzen würde, denn die Herrscher eines Reichs werden aufgrund der falschen Dinge beurteilt.«

Mather ringt nach Luft, sein Gesicht ist angespannt, jetzt, wo er all seine Sorgen und Schwächen offengelegt hat. Ich nage an der Innenseite meiner Wange und versuche, nicht darauf zu achten, wie er zusammenzuckt und erneut auf das Gras einschlägt. Ich hätte ihm nicht so zusetzen sollen, aber etwas in meinem tiefsten Innern drängt mich stets, immer weiter zu fragen, um so viel wie möglich über das Königreich zu erfahren, das ich noch nie mit eigenen Augen gesehen habe.

»Tut mir leid«, murmele ich und reibe mir den Nacken. »Es war nicht gerade klug von mir, ein so heikles Thema anzusprechen, während du in voller Rüstung bist.«

Er zuckt die Schultern, wirkt aber nicht überzeugt. »Schon gut. Es ist wichtig, dass wir darüber reden.«

»Das solltest du mal den anderen sagen«, grummele ich.

»Ständig brechen sie zu irgendwelchen Missionen auf, kehren verwundet zurück und behaupten: ›Nächstes Mal schaffen wir es, und dann kriegen wir die zweite Hälfte, suchen uns Verbündete, ringen Frühling nieder und retten unsere Landsleute.‹ Als ob das alles so einfach wäre. Wenn es so einfach ist, warum reden wir dann nicht öfter darüber?«

»Weil es zu wehtut«, erwidert Mather. Ganz einfach.

Das lässt mich verstummen. Ich suche seinen Blick, sehe ihm tief in die Augen. »Eines Tages wird es nicht mehr wehtun.«

Dieses Versprechen geben wir Flüchtlinge uns jedes Mal, bevor wir uns auf eine Mission begeben oder wenn unsere Leute verletzt und blutend zurückkehren, wenn alles schiefläuft und die Angst uns dicht zusammenrücken lässt. *Eines Tages … wird es uns besser gehen.*

Mather steckt das Schwert in die Scheide zurück, hält kurz inne, geht dann ein paar Schritte auf mich zu und legt mir die Hand auf die Schulter. Als ich zusammenzucke und zu ihm hochblicke, wird ihm bewusst, was er getan hat, und er zieht schnell die Hand zurück.

»Ja, eines Tages«, stimmt er mir abrupt zu. Die Art und Weise, wie er die Hand, mit der er mich berührt hat, zusammenballt und wieder öffnet, verursacht mir Unbehagen. »Aber im Augenblick sollten wir uns erst einmal darauf konzentrieren, unser Medaillon zurückzubekommen, damit wir als Königreich wieder Ansehen und Verbündete gewinnen können, die bereit sind, mit uns zusammen gegen Frühling zu kämpfen. Oh, und *davor* müssen wir noch dafür sorgen, dass du mehr zustande bringst, als während des Schwertkampfs in die Knie zu gehen.«

Ich täusche ein Lachen vor. »Wirklich sehr lustig, Eure Hoheit.«

Mather zuckt zusammen, und ich weiß, es ist wegen des Titels, den ich benutzt habe, den ich benutzen *muss*. Die beiden Worte *Eure Hoheit* schaffen die nötige Distanz zwischen mir – einer Waise und Kämpferin in Ausbildung – und ihm – unserem künftigen König.

Ungeachtet unserer mehr als schwierigen Lebensumstände, unserer gemeinsamen Erziehung, der prickelnden Wirkung, die sein Lächeln auf mich hat, ist er immer noch *er*, und ich bin immer noch *ich*. Natürlich braucht er irgendwann eine weibliche Erbin, aber mit einer echten Dame, einer Herzogin oder einer Prinzessin – nicht mit dem Mädchen, mit dem er trainiert.

Mather zieht erneut sein Schwert, während ich im Gras nach meinem suche, mich auf das Hier und Jetzt konzentriere und nicht auf seinen Blick, der mich durch die hohen gelben Halme verfolgt. Unser Lager befindet sich nur ein paar Schritte von uns entfernt und in der endlosen Steppe fallen unsere hellen, gelbbraunen Zelte kaum auf. Dies und die Tatsache, dass die Rania-Ebene für Reisende nicht gerade einladend ist, haben uns in den letzten fünf Jahren in dieser erbärmlichen Heimat Sicherheit und Schutz geboten.

Ich halte inne, betrachte das Lager und mache mir zunehmend Sorgen. Es liegt weit genug entfernt von Frühling, um nicht entdeckt zu werden, und doch nah genug, um kurze

Erkundungstouren unternehmen zu können. Es besteht lediglich aus fünf Zelten sowie einem Pferch für Pferde und einem weiteren für unsere beiden Kühe. Ansonsten gibt es hier nichts, die Rania-Ebene ist öde, trocken und *heiß*, selbst gemessen an der Gluthitze des Sommer-Königreichs. Deshalb will keines der acht Königreiche von Primoria sie für sich beanspruchen. Wir haben drei Jahre gebraucht, um eine Handvoll dürres Gemüse zum Gedeihen zu bringen. Um auf dem kargen Boden genügend Ertrag für ein ganzes Königreich hervorzubringen, wäre so viel Magie nötig, dass es sich kaum lohnen würde.

Doch all dies reicht aus, um uns acht am Leben zu halten. Ursprünglich waren wir fünfundzwanzig, die bei Winters Untergang entkommen sind. Wenn ich an diese Zahl denke, krampft sich mir der Magen zusammen. Unser Königreich war einst die Heimat von mehr als hunderttausend Winterianern; die meisten von ihnen wurden bei dem Angriff von Frühling niedergemetzelt. Und diejenigen, die überlebten, sitzen jetzt gefangen in Arbeitslagern in Frühling. Doch egal, wie wenige nur überlebt haben mögen und in der Sklaverei darben, sie sind es wert, dass wir dieses Nomadenleben ertragen. Diese Menschen verkörpern Winter, jeder von ihnen ein kleiner Teil davon. Sie alle – *wir* alle – verdienen ein anständiges Leben und ein richtiges Königreich.

Und egal, wie lange Sir mir nur unwichtige Aufgaben überträgt, egal, wie häufig ich darüber nachdenke, ob es reichen wird, die beiden Medaillonhälften zurückzubekommen, um Verbündete zu gewinnen und unser Königreich zu befreien, ich werde allzeit bereit sein zu helfen. Ich weiß, dass Sir sich meines Engagements bewusst ist und dass ihm klar ist, wie sehr ich seinen Wunsch, Winter zurückzugewinnen, teile. Und eines Tages wird er mich nicht mehr übergehen können.

Einmal, mit zwölf, durfte ich mit auf eine Reise nach Yakim, eines der Rhythmus-Königreiche. Eine Gruppe von Männern bedrängte Sir und mich in einer Gasse und schimpfte über die barbarischen, kriegshetzerischen Jahreszeiten-Königreiche.

Wenn es nach ihnen ginge, sollten wir uns am besten gegenseitig abschlachten, damit ihre Königin kommen und in den Trümmern unseres Königreichs nach dem suchen könnte, was die Rhythmus-Königreiche ihrer Meinung nach durch die Schuld der Jahreszeiten eingebüßt hatten: Primorias Magiequelle, den Schlund, auf dem unsere vier Königreiche ruhen.

»Sie wollen wirklich, dass wir uns gegenseitig töten?«, habe ich Sir gefragt, nachdem uns die Flucht gelungen war. Einen von ihnen hatte ich selbst abgewehrt, aber als wir eine Mauer hochgeklettert waren, um ihnen zu entkommen, verwandelte sich mein Stolz in ein konfuses Schamgefühl.

Irgendwo unterhalb der Jahreszeiten-Königreiche liegt ein riesiger pulsierender Magieball und irgendwo in unseren Klaryns-Bergen gab es einst einen Zugang dazu. Was die Beschaffenheit des Landes und der Natur angeht, war seine Wirkung auf die vier Jahreszeiten-Königreiche begrenzt, doch jeder König und jede Königin in Primoria, in den Rhythmus- *und* den Jahreszeiten-Königreichen, besitzt einen Anteil an dieser Magie durch seine oder ihre Magsignie und kann sie zum Wohle seines oder ihres Königreichs nutzen. Die vier Rhythmus-Königreiche hassen uns wegen der Tatsache, dass dies *alles* ist, was sie besitzen, dass ihre Magie an Gegenstände wie einen Dolch, eine Kette oder einen Ring gebunden ist. Sie hassen uns, weil wir den Zugang der Witterung und dem Vergessen haben anheimfallen lassen, dafür, dass wir direkt über der Magie leben und unsere Königreiche nicht aufreißen, um in der Tiefe zu graben und mehr davon zu erhalten.

Damals hielt Sir inne und beugte sich zu mir herunter. Dann nahm er eine Handvoll schmelzenden Schnees vom Straßenrand. »Die Rhythmus-Königreiche beneiden uns«, sagte er an den Schneematsch gewandt. »In unserem Königreich herrscht das ganze Jahr Winter, überall Schnee und Eis, während ihre Königreiche alle vier Jahreszeiten durchmachen. Sie müssen den schmelzenden Schnee und die erdrückende Hitze ertragen.« Er zwinkerte mir zu und schenkte mir sein strahlendstes Lächeln, ein seltenes Ereignis, das mich mit Glück erfüllte. »Wir sollten Mitleid mit ihnen haben.«

Ich rümpfte die Nase über den braunen Matsch, erwiderte aber sein Lächeln, genoss die Verbundenheit zwischen uns. In diesem Augenblick fühlte ich mich mehr denn je als Winterianerin, als Teil dieses Kreuzzugs zur Rettung unseres Königreichs.

»Ich hätte lieber die ganze Zeit Winter«, erklärte ich.

Sein Lächeln schwand dahin. »Ich auch.«

Das war das erste Mal, dass ich spürte – *wusste* –, dass Sir meinen eisernen Willen erkannte. Doch egal, wie oft ich mich auch bewähre, nie lässt er mich mit auf eine Mission. Trotzdem werde ich es weiterhin versuchen. Wir alle tun das: Wir versuchen, weiterzuleben, zu *über*leben und unser Königreich um jeden Preis zurückzubekommen.

Ich finde mein Übungsschwert in einem zertretenen Grasbüschel. Als ich danach greife, verkrampfen sich meine Muskeln vor Anstrengung. Ich werfe Mather, der an mir vorbei über die Ebene schaut, einen finsteren Blick zu. Sein Gesicht ist ausdruckslos, seine Miene hinter dem Schleier verborgen, der ihn zu einem perfekten Monarchen macht und zu einem Freund, der einen zur Weißglut treibt.

»Was ist?« Ich folge seinem Blick. Vier Gestalten wanken auf uns zu. Im Flimmern der Hitze scheinen sie sich wellenförmig zu bewegen. Aber selbst auf die Entfernung sind sie deutlich zu erkennen und ich atme erleichtert auf.

Eins, zwei, drei, vier.

Sie sind zurück. Alle. Sie haben überlebt.

Kapitel 2

Mather stürmt an mir vorbei durchs Gras. »Sie sind zurück!«

Alysson, Sirs Gattin, rafft ihre Röcke, lässt das Essen, das sie gerade zubereitet, im Stich und hastet los. Finn rennt mit einem Bündel Verbandsmaterial aus dem Zelt.

Ich lasse das Schwert fallen und folge Mather, den Blick auf die Gestalten vor uns gerichtet. Ist das dort Sir? Sitzt er ein wenig zu vorgebeugt im Sattel? Wurde er verwundet? Natürlich wurde er das. Zwei unserer Leute waren in Richtung April, der Hauptstadt von Frühling, aufgebrochen, die beiden anderen in Lynia eingedrungen, einen von Frühlings Seehäfen. Keines der beiden Ziele liegt besonders weit im Inneren des Landes, aber nichtsdestotrotz befinden sie sich doch in Angras Herrschaftsbereich, und jede Mission dorthin endet mit Blutvergießen.

Mather und ich sind als Erste bei ihnen. Trotz seiner Leibesfülle überholt Finn Alysson. Wenige Meter hinter uns hält er stolpernd an, holt Verbände und Salben aus dem Bündel.

Dendera gleitet vom Pferd und ringt nach Luft. Sie ist Ende vierzig, genau wie Alysson, und ihre weißen Winterianer

Haare hängen ihr ins Gesicht. Um ihre Augen und um ihren Mund zeigen sich leichte Falten.

Sie stützt ihre Taille mit einem Arm und dreht sich zu Greer um, als der sich aus dem Sattel hievt. »Sein Bein«, murmelt sie und zeigt Finn die klaffende Wunde in Greers Schenkel.

Greer winkt ab und deutet auf Dendera. »Sie hat's schlimmer erwischt«, sagt er, presst die Stirn gegen den Sattel und holt tief und gleichmäßig Luft. Sein kurzes elfenbeinfarbenes, von Schweiß und Blut verfilztes Haar klebt ihm am Kopf. Meistens vergisst man, dass er der Älteste unserer Gruppe ist. Seine unerschütterliche Entschlossenheit, jede Aufgabe, jede Mission zu übernehmen, lässt sein Alter vergessen.

Henn lässt sich neben Dendera vom Pferd gleiten und legt sich ihren Arm um die Schulter, um sie zu stützen. Die liebevolle Art, wie er sie umfasst, erweckt in mir den Wunsch, wegzuschauen, so als würde ich etwas sehr Intimes beobachten. Dabei sollte es sich nicht anders anfühlen als die Art, wie wir alle miteinander umgehen – eine willkürlich zusammengewürfelte Truppe mit Sir als Anführer statt einer Familie. Trotzdem frage ich mich, ob Dendera und Henn sich in einer anderen Situation wohl wünschen würden, eine *richtige* Familie zu sein.

Alle vier bluten aus Wunden an verschiedenen Körperstellen, ihre Hemden, aus denen sie notdürftige Verbände gemacht haben, sind übersät mit braunroten Flecken – einer Mischung aus getrocknetem und frischem Blut. Sir ist der Einzige, der sich mühelos vom Pferd schwingt, aufrecht stehen bleibt, hoch aufgerichtet und unbeweglich, und uns scheinbar unbeteiligt beobachtet. Nach all der Zeit, die ich in Mathers

Nähe verbracht habe, sollte ich ausdruckslose Blicke besser deuten können. Aber ich stehe einfach nur da, wie erstarrt vor Angst, unfähig, mich zu bewegen und Finn und Mather dabei zu helfen, die Wunden zu versorgen.

Ich lasse meinen Blick über jedes der Pferde, jede Tasche gleiten. Haben sie die Medaillonhälfte gefunden?

»William!« Alyssons spitzer Schrei eilt ihr ein paar Herzschläge voraus, als sie, ohne auf seine Verletzungen zu achten, auf ihren Mann zustürzt. Sir schlingt die Arme um sie, hebt ihre winzige Gestalt vom Boden hoch. Es sieht aus, als würde ein Bär eine Stoffpuppe umklammern – Kraft und Macht gegenüber Zerbrechlichkeit und Sanftmut.

Sir lässt Alysson wieder zu Boden. »An dem Tag, als wir aufgebrochen sind, ist es dorthin gebracht worden.«

Finn lässt die Kompresse, die er auf Greers Bein gedrückt hat, sinken. Mather, der Dendera einen kleinen Wassersack zum Trinken hinhält, blickt hoch. Ich ziehe scharf die heiße, schwere Luft ein und in meinem Kopf dreht sich alles.

Seit Winters Zusammenbruch haben wir ganz Primoria nach dem Medaillon durchsucht, aber nur selten Hinweise erhalten, wo die Hälften sein könnten. Angra sorgt dafür, dass eine stets in Bewegung ist und immer wieder von Städten in Frühling in entlegene Gebiete in den herrenlosen Gegenden von Primoria gebracht wird – etwa die Ausläufer der Paisel-Berge, Seehäfen –, um es uns so schwer wie möglich zu machen, beide Hälften zurückzubekommen.

Aber jetzt sind wir so nah dran wie noch nie. Ich verspüre dieselbe Aufregung, die alle anderen empfinden – oder zumindest empfunden haben müssen, bevor sie hier ankamen, verletzt und erschöpft. Sir wird jemanden danach ausschicken. Und natürlich sind frische, ausgeruhte Kämpfer die besten Soldaten, also wird er niemanden von denen losschicken, die gerade zurückgekehrt sind. Was bedeutet …

Ich eile auf Sir zu, der Mather von oben bis unten mustert und dann Finn derselben Musterung unterzieht. »Ihr beide macht euch sofort auf den Weg«, befiehlt er. »Sobald sie merken, dass wir entkommen sind, werden sie das Medaillon sofort wieder woandershin bringen.«

Ich bleibe stehen. »Sie brauchen jede Unterstützung. Ich gehe mit ihnen.«

Sir schaut mich an, als hätte er vergessen, dass es mich überhaupt gibt. Er runzelt die Stirn und schüttelt den Kopf. »Diesmal nicht. Mather, Finn, macht euch in fünf Minuten zum Aufbruch bereit. Los.«

Finn entfernt sich hastig. Sein massiger Körper wogt auf und ab, als er zum Lager zurückeilt. Er ist bedingungslos gehorsam, so wie wir alle es sind.

Mit zusammengebissenen Zähnen blicke ich zu Sir hoch. »Ich kann das. Ich gehe mit.«

Sir greift nach seinen Zügeln und führt sein Pferd zum Lager. Alle folgen ihm – außer Mather, der stehen geblieben ist und uns schweigend betrachtet.

»Ich habe jetzt keine Zeit, darüber zu diskutieren«, blafft Sir. »Es ist zu gefährlich.«

»Zu gefährlich für mich, aber nicht für unseren künftigen König?«

Sir blickt mich an, während ich neben ihm gehe. »Hast du Mather beim Training geschlagen?«

Ich verziehe das Gesicht, was Sir als Antwort genügt.

»*Deshalb* ist es zu gefährlich für dich. Wir sind zu nah dran, um irgendwelche Risiken einzugehen.«

Das Steppengras streift meine Hüften, meine Stiefel versinken mit jedem Schritt tiefer im Staub. »Ihr täuscht Euch«, knurre ich. »Ich kann helfen. Ich kann …«

»Du hilfst jetzt schon.«

»Ja klar, dieser Beutel Reis, den ich letzten Monat in Herbst gekauft habe, hat unser Königreich gerettet.«

»Du bist hier vor Ort am hilfreichsten«, korrigiert er.

Ich fasse nach seinem Arm, damit er stehen bleibt. Er wendet sich mir zu, das Gesicht, auch sein weißer Bart, verschmiert mit Staub und Blut. Es ist eingerahmt von Strähnen elfenbeinfarbener Haare. Er wirkt erschöpft, als würde er beim nächsten Schritt zusammenbrechen.

»Ich kann mehr tun als das«, keuche ich. »William, ich bin bereit.«

Einmal habe ich ihn Vater genannt. Nach all den Geschichten über meine richtigen Eltern, die bei Frühlings Angriff in den Straßen von Winters Hauptstadt Jannuari starben, und darüber, wie er mich gerettet hat, erschien es mir, einer Achtjährigen, logisch, dass ich den Mann, der mich aufzog, Vater nannte. Aber er lief dermaßen puterrot an, dass ich befürchtete, er würde Blut spucken, und er herrschte mich an, wie er es noch nie getan hatte. Er war *nicht* mein Vater und ich dürfte ihn *nie wieder* so nennen. Ich durfte ihn nur bei seinem Namen, seinem Titel oder etwas Vergleichbarem nennen, um meinen Respekt zu beweisen. Aber nicht Vater. Niemals. Also nannte ich ihn von da an Sir. *Ja, Sir. Nein, Sir. Ihr seid nicht mein Vater, und ich werde nie Eure Tochter sein, und ich hasse es, dass Ihr alles seid, was ich habe, Sir.*

Im Moment beachtet er mich nicht weiter, zieht sein Pferd weiter hinter sich her. Sein Entschluss ist endgültig, und ich kann diskutieren, soviel ich will, nichts wird seine Meinung ändern.

Doch ich gebe nicht auf. »Das reicht nicht. Ich verstehe ja, dass Ihr die effizientesten Möglichkeiten sucht, um unser Königreich zu retten, aber ich weiß auch, dass *ich* ebenfalls etwas für Winter tun kann.«

Ein paar Schritte hinter mir stöhnt Dendera, die immer noch an Henns Schulter lehnt. »Meira«, sagt sie mit müder Stimme. »Schätzchen, du solltest dankbar sein, dass du *nicht* gebraucht wirst.«

Ich drehe mich zu ihr um. »Nur weil du lieber Kleider flicken würdest, bedeutet das noch lange nicht, dass *alle* Frauen sich das wünschen.« Sie starrt mich mit offenem Mund an und ich kneife die Augen zusammen. »Ich habe es nicht so gemeint«, seufze ich und zwinge mich, sie anzuschauen. Sie lehnt sich schwer auf Henn und in ihren Augen glitzert es. »Ich meine nur, du solltest nicht zum Kämpfen gezwungen werden, wenn du es nicht willst, und ich sollte nicht gezwungen werden, *nicht* zu kämpfen, *obwohl* ich es will. Wenn Sir mich gehen ließe, müsstest du vielleicht nicht mehr auf Missionen gehen. Alle hätten dabei gewonnen.«

Dendera sieht noch immer gekränkt aus, aber sie wirft Sir einen Blick zu, und hinter ihrem Schmerz flackert ein Funken Hoffnung auf. Früher war sie wie Alysson und hat sich um das Lager gekümmert, doch irgendwann brauchte Sir sie unbedingt für Missionen. Zur selben Zeit begann er, mich mit der Beschaffung von Lebensmitteln zu beauftragen. Dendera erhebt nie Einwände, egal, ob er ihr befiehlt zu trainieren oder sie auf Missionen wie diese schickt. Aber ein Blick in ihre Augen verrät, wie sehr sie dieses Leben verabscheut, wie gerne sie im Lager bleiben würde. Sie fühlt sich mit Waffen genauso unwohl wie ich mich mit einem Kleid.

Mather bahnt sich durch das Gras einen Weg zu mir, und ich hoffe darauf, dass er vielleicht die richtigen Worte findet, um die Spannung zu lösen. Aber nach ein paar Schritten sackt er zusammen, als ob ihn die Erde heruntergezogen hätte und ihn nicht mehr freigeben wolle. Ich runzle die Stirn, als er nach seinem Knöchel greift.

»Aaaah«, jammert er.

Sir beugt sich voller Panik zu ihm hinunter. »Was ist passiert?«

Mather wiegt sich hin und her und stöhnt, während die anderen näher kommen. »Meira hat mich im letzten Kampf geschlagen, hat sie Euch das nicht berichtet? Hat mich einfach in die Knie gezwungen. Ich glaube nicht, dass ich nach Lynia reiten kann.«

Die Furchen in Sirs Gesicht glätten sich. »Aber du bist uns doch vorhin entgegengerannt …«

Mather wiegt sich nach wie vor hin und her und stöhnt. »Ja, das stimmt, trotz der Schmerzen.«

Ich atme tief ein. Sir blickt zu mir hoch und Mather zwinkert mir unbemerkt zu und grinst.

»Du hast ihn geschlagen?«, erkundigt sich Sir ungläubig.

Ich zucke die Schultern. Da ich eine miserable Lügnerin bin, belasse ich es dabei. *Mather hilft mir!* Röte überzieht meine Wangen.

Sir weiß mit Sicherheit, dass wir lügen, aber er wird es trotzdem nicht riskieren, Mather loszuschicken, denn er könnte sich ja tatsächlich eine Verletzung zugezogen haben. Er vertraut ihm mehr als sonst jemandem hier. Nach einer Weile reibt sich Sir die Schläfen und schnaubt. »Bring Mather zum Lager und hol dein *chakram*.«

Ich unterdrücke einen Triumphschrei, kann aber das seltsame blubbernde Geräusch nicht verhindern, das aus meinem immer noch missbilligend verzogenen Mund herausbricht. Sir steht da, nimmt sein Pferd und schlägt erneut entschlossen den Weg zum Lager ein, als ob er mich jetzt, wo er nachgegeben hat, nicht mehr sehen wolle. Alle folgen ihm und lassen mich zurück, damit ich mich um den verletzten Mather kümmere.

Als die anderen außer Hörweite sind, lasse ich mich zu Boden fallen und schlinge die Arme um ihn. »Von allen Monarchen in der Geschichte bist du mein Lieblingskönig«, brabbele ich an seiner Schulter.

Auch er legt die Arme um mich, und es durchfährt mich wie ein Blitz, als ich mir dessen bewusst werde … wir *umarmen* uns.

Sofort springe ich auf und strecke ihm die Hand hin, überzeugt, dass mein Gesicht für immer voller roter Flecken sein wird. »Wir sollten zurückgehen.«

Mather greift nach meiner Hand, aber statt aufzustehen, zieht er mich wieder zu sich herunter. »Warte.«

Er dreht sich um und kramt in seiner Tasche und ich knie mich neben ihn. Als er sich mir wieder zuwendet, wirkt sein Gesicht feierlich, und die Nervosität in meinem Magen nimmt zu. Auf seiner Handfläche liegt ein kleiner runder Lapislazuli, einer dieser selteneren Steine, die in Winter vor langer Zeit in den Klaryns-Bergen abgebaut wurden.

»Ich habe ihn gefunden, als wir damals in Herbst gelebt haben«, erklärt Mather mit sanftem Blick. »Nachdem uns Sir etwas über das Wirtschaftssystem in Winter beigebracht hatte. Über unsere Minen in den Klaryns-Bergen, wo Kohle, Mineralien und Steine geschürft wurden.« Er schweigt und ich sehe ihn wieder als Kind vor mir. Vor acht Jahren zogen wir nach Herbst, ein Kind-Prinz, der vorgab, ein Soldat zu sein, und ein Waisenmädchen, das sich nichts mehr wünschte, als es ihm gleichzutun.

»Mir gefiel die Vorstellung, es wäre ein magischer Stein«, fährt er mit ernster Miene fort. »Nachdem wir gelernt hatten, dass die Jahreszeiten-Königreiche sich über einem Magieschlund befinden und direkt unter dessen Einfluss stehen und dass Angra Winters Magsignie zerstört und uns unsere Macht im Handumdrehen genommen hat, wollte ich – musste ich – einfach glauben können, dass wir auf irgendeine andere Art Magie bekommen könnten. Auch wenn unsere Welt den Anschein erweckt, als befände sie sich im Gleichgewicht – vier

Königreiche, in denen das ganze Jahr über dieselbe Jahreszeit herrscht, vier Königreiche, die alle Jahreszeiten durchlaufen; vier Königreiche, in denen die Magsignien durch die weibliche Abstammungslinie weitergegeben werden, und vier, in denen es die männliche Abstammungslinie ist. Doch sie ist *nicht* im Gleichgewicht. Immer werden nämlich die Monarchen, die Magie besitzen, gegenüber den normalen Menschen wie etwa ihren Bürgern im Vorteil sein … und gegenüber anderen Monarchen, deren Magsignien zerstört sind. Und ich habe die Vorstellung gehasst, so …«, ihm versagt die Stimme, »hilflos zu sein.«

Ich ziehe die Stirn in Falten. »Mather, du bist nicht hilflos.«

Er lächelt schwach und zuckt die Schultern. »Zumindest war dieser Lapislazuli für mich eine Verbindung zu Winter. Und ich glaube, ihn zu besitzen, hat mir geholfen, mich stärker zu fühlen.«

Ich kaue an meiner Unterlippe. Ich habe durchaus bemerkt, wie er meine Worte übergangen hat.

Er ergreift meine Hand und schließt sie um den Stein. »Ich möchte, dass du ihn nimmst.«

Ein Schwindelgefühl erfasst mich, als Mather meine Hand nicht mehr loslässt und den Blick nicht abwendet. In seinen Augen funkelt es – dies hier ist wichtig für ihn. Er schenkt mir gerade einen Teil seiner Kindheit.

Ich halte mir den Lapislazuli dicht vor die Augen, um ihn im schwindenden Sonnenlicht zu betrachten. Er ist unglaublich blau und nicht größer als eine Münze. Über seine Oberfläche ziehen sich feine dunkelblaue Adern.

Außerhalb des verlorenen Schlunds hat die Magie nur in den Königlichen Magsignien der acht Königreiche in Primoria überdauert, die die Herrscher zum Wohle ihrer Völker einsetzen konnten. Nicht aber in Gegenständen wie diesem kleinen blauen Stein, der so unauffällig in meiner Hand liegt. Aber ich verstehe, weshalb Mather glauben wollte, dass der Stein magische Kräfte besitzt: Manchmal hilft es uns, wenn wir an etwas glauben, das größer ist als wir selbst, damit wir uns selbst genügen können, ob nun Magie im Spiel ist oder nicht.

»Nicht dass ich mir Sorgen machen würde, dass irgendetwas schiefgeht«, fügt er hinzu. »Doch manchmal fand ich es immer beruhigend, ein Stück Winter bei mir zu haben.«

Ich drücke den Stein. Neben meinem langsamen Herzschlag spüre ich, wie sich eine ruhige Gelassenheit in mir breitmacht. »Danke.« Ich nicke in Richtung seines Knöchels. »Für alles. Du hättest das nicht …«

Er schüttelt den Kopf. »Doch. Du verdienst es genau wie wir alle, für unsere Heimat kämpfen zu dürfen.«

Ich schlucke schwer. Wir stehen immer noch allein außerhalb des Lagers. Nur eine leichte Brise streift über das Gras und ein paar karge Bäume. »Ich sollte jetzt packen.«

Mather nickt. Sein Gesicht wirkt erneut ausdruckslos, zeigt diese undurchdringliche Leere, die mich rasend macht. Er täuscht ein Humpeln vor, als er auf das Lager zugeht, und stützt sich auf mich. Ich habe die Hand um seine Taille gelegt, mit der anderen umklammere ich den Lapislazuli. Ich bin kaum mehr fähig, normal zu atmen, weil ich mir nur allzu sehr seiner körperlichen Nähe bewusst bin – genau wie der Tatsache, dass ich bei jedem Blick auf ihn das Leben sehe, um das wir Sirs Worten zufolge kämpfen. Ein ganz einfaches Leben, nur etwas Glück, Mather und ich in einer gemütlichen Hütte in Winter.

Aber er ist nicht *nur* Mather – er ist der Inbegriff von Winter. Und er wird immer vor allem und in erster Linie Winter sein. Ihn erwartet ein Palast, keine Hütte.

Ich helfe ihm zur Feuerstelle und eile dann davon, um alles Nötige für meine Mission einzupacken. Zum ersten Mal kann ich mich endlich auf den Weg machen und das tun, was ich schon immer tun wollte: meinem Königreich dienen.

Kapitel 3

Als ich acht war, zogen wir mit unserem Lager wieder einmal weiter, um es Angra zu erschweren, uns aufzuspüren. Dieses Mal zogen wir nach Herbst. Bis zu diesem Zeitpunkt hatte sich mein Leben auf den Umkreis unserer armseligen kleinen Lager im Eldridge-Wald beschränkt. Auf dem Weg zu Herbsts südlichen Wäldern kamen wir durch die Hauptstadt von Herbst, Oktuber, wo wir unsere Karren und Pferde mit Vorräten beluden.

Herbst glich dem laubreichen Eldridge-Wald wie eine Schneeflocke einer Flamme. Von der dortigen dichten Feuchtigkeit war in Herbst nichts zu spüren. Dort herrschte eine trockene Kühle und die gelbroten Wälder voller warmer Farben wirkten verschlafen. Oktuber dagegen war ein Gewirr von wackeligen Scheunen und Zelten in Rotbraun, Himmelblau und Hellorange. Darüber glitzerte der kristallblaue Himmel, ein wunderschöner Kontrast zu den Erdtönen des Königreichs. Aber vor allem die Herbstianer selbst brachten mich zum Staunen – ich fand sie ausgesprochen schön.

Ihr Haar fiel ihnen in schweren Locken herab, die so

schwarz waren wie der Nachthimmel und die im Staub der Straßen, die sich durch die Zeltstädte von Herbst schlängelten, hin und her wippten. Ihr Teint hatte denselben Kupferton wie die Blätter an den Bäumen, doch im Gegensatz zu den dürren, trockenen Blättern war ihre Haut zart und weich.

Ich berührte meine eigene Haut, die so hell war wie die Wolken, die über uns dahinzogen, und fuhr mit den Fingern über die Kapuze über meinem leuchtend weißen Haar. Mein Leben lang war ich ausschließlich von den anderen Flüchtlingen aus Winter umgeben gewesen. Es war mir nie in den Sinn gekommen, dass es Menschen geben könnte, die anders aussahen als wir, doch als ich nun zum ersten Mal schwarze Augen inmitten strahlend brauner Haut erblickte, wünschte ich mir, dass mein Teint genauso braun wäre und meine blauen Augen von einem ebenso geheimnisvollen Schwarz.

Ich erzählte Alysson von meinem Wunsch. Sie hatte die Aufgabe, Mather und mich vor Problemen zu bewahren, während die anderen Vorräte sammelten. Sie zog die Stirn in Falten und sagte: »Meira, die Welt ist voller schöner Menschen. Ich wette, dass irgendwo ein Mädchen aus Herbst sich wünscht, ihr Teint wäre so weiß wie Schnee, genau wie du dir wünschst, deine Haut wäre erdfarben.«

Ich ließ den Blick herumschweifen, entdeckte aber niemanden, der uns beobachtete, zumindest nicht mit derselben Sehnsucht, mit der ich sie betrachtete. Ich zupfte an meiner Kapuze. »Warum müssen wir dann unser Haar verstecken?«

Alysson fasste sich an ihr eigenes Haar, das sie unter einem blauen Tuch verborgen hatte. Heute weiß ich, dass es überhaupt nichts gebracht hat, dass wir unser weißes Haar verborgen haben. Im Gegenteil, die Kapuzen und Tücher verrieten uns. Die Menschen warfen uns einen zweiten Blick zu und bemerkten unsere blasse Haut und die blauen Augen. Aber Sir beharrte immer darauf, dass wir zumindest versuchen sollten, uns zu tarnen, damit Angra nicht erfuhr, wo wir uns aufhielten.

Alysson holte tief Luft und berührte meine Wange. Ihre Finger fühlten sich kühl an. »Liebes, du wirst dich nicht für immer verstecken müssen. Eines Tages werden wir uns mit unseren besonderen Merkmalen in unsere Umgebung einfügen, nicht mehr herausstechen.«

Ich bezweifle, dass sie damit meinte, dass wir uns Frühling anpassen würden.

Ich vergrabe die Hände in den Taschen meines schweren schwarzen Umhangs. Der dicke Wollstoff schmiegt sich über die Waffen, die ich mir um die Beine und auf den Rücken gebunden habe. Die Kapuze des Umhangs bedeckt meinen Kopf und verbirgt mein Haar und hüllt mein Gesicht in Schatten, als ich scheinbar lässig die unbefestigte Straße hinunterschlendere. Mitternächtliche Dunkelheit umgibt mich, nur erhellt von einem matten Halbmond. Alle paar Schritte wage ich einen Blick unter der Kapuze hervor, sehe die Mauern von Lynia direkt vor mir, das Tor am Ende dieser Straße, eingerahmt von flackernden Fackeln und einer Handvoll Frühlingianer Wachen.

Ein Schauder erfasst mich, doch ich halte mich aufrecht, versuche, selbstsicher zu wirken. Je mehr ich mich Lynias

Nordtor nähere, desto koketter stolziere ich dahin. Zu meiner Linken rauscht der Fluss Feni, markiert Frühlings Nordgrenze, bevor er in das Destas-Meer mündet. Ein Stück entfernt, direkt vor dem Tor, verläuft eine Brücke über den Fluss, verbindet Lynia mit der Rania-Ebene über einen breiten Zugang aus Stein und Holz. Meine Augen huschen über die Brücke zu der endlosen Dunkelheit der Rania – ein Fluchtweg, den ich mir merken muss. Dann konzentriere ich mich wieder auf den Weg vor mir. Rechts von mir erstreckt sich das Königreich Frühling. Es bildet einen krassen Gegensatz zu dem öden Grasland der Rania-Ebene. Tagsüber leuchten überall üppig grüne Hügellandschaften, Wälder mit blühenden Kirschbäumen, Felder voller Wildblumen in allen Farben des Regenbogens. Nur in der Nacht sieht Frühling so aus, wie es wirklich ist – durch Schatten verhüllt, alles in Schwarz getaucht.

Bei dem halsbrecherischen Tempo, das Finn eingeschlagen hat, dauerte es nicht lange, Lynia zu erreichen. Knapp zwei Tage nach unserem Aufbruch erreichten wir die Hafenstadt. In einer verlassenen Scheune haben wir die Pferde versteckt und auf den Einbruch der Nacht gewartet. Dann haben wir uns aufgeteilt, um uns Lynia von Norden und von Süden gleichzeitig zu nähern. Nach Lynia hineinzukommen, ist die leichte Aufgabe, wieder herauszukommen, wird wohl der schwierigere Teil sein.

Vor mir reitet ein Mann zusammengesackt auf seinem Pferd. Als er die Wachen erreicht, brummelt er etwas davon, dass er am Tag darauf Arbeit an den Docks finden wolle. Nach kurzem Gemurmel lassen sie ihn unbehelligt passieren. Ich schlucke schwer. Bei den Erkundigungen, die Finn und ich unternommen haben, haben wir herausgefunden, dass die Patrouillen entlang der Mauer und der Tore verstärkt wurden, sodass es nun unmöglich ist, unbemerkt nach Lynia hineinzuschlüpfen. Doch es bleibt die Möglichkeit, als Frühlingianer durchzugehen und sozusagen mit dem Segen der Wachen dort hineinzuspazieren. Ich gehe auf sie zu, ohne mein Tempo zu verlangsamen.

»Halt«, befiehlt eine der Wachen und versperrt mir mit der Hand den Weg.

Ich trete zurück, achte sorgfältig darauf, dass mir das Licht der Wandleuchten links und rechts vom Tor nicht ins Gesicht scheint. »Bin auf dem Weg zum Dancing Floor Inn«, sage ich, so wie Finn und ich es ausgemacht haben. Ich spreche mit tiefer, verstellter Stimme, damit ich so geschlechtsneutral wie möglich klinge. »Treffe mich dort mit einem Mann. Arbeit.«

Das ist nur eine halbe Lüge. Nun, das Dancing Floor Inn ist eine Lüge – Sir hatte uns davon und von einer Reihe anderer Wahrzeichen in Lynia erzählt. Unser wirkliches Ziel ist der Turm, Lynias Regierungssitz und laut Sir der Ort, an dem sich die eine Hälfte des Medaillons befindet. Ich lasse meinen Blick an den fünf Wachen vorbei zu dem hohen, runden Bauwerk gleiten, das die anderen Gebäude Lynias überragt. Der Turm befindet sich mitten in der Stadt, mindestens eine halbe Stunde von hier entfernt. Finn wird vom anderen Ende der Stadt aus dieselbe Entfernung zurücklegen müssen.

Ich richte meinen Blick erneut auf die Wachen. Zwei mustern mich, die übrigen lehnen träge an der Mauer, ihre Brustharnische schimmern im flackernden Licht der Fackeln – eine silberne Rüstung mit einer schwarzen Sonne auf der Brust. Angras Sonne. Ich balle die Hände so heftig zu Fäusten, dass es wehtut, und grabe die Nägel in die Handflächen.

»Eine Menge Leute so spät unterwegs auf der Suche nach Arbeit. Seltsam, nicht?«, sagt einer der Männer und neigt den Kopf. Sein für Frühling typisches blondes Haar ist kurz geschoren, seine grünen Augen wirken durch die Dunkelheit und den Feuerschein beinahe durchsichtig. Genau darauf hatte ich gehofft.

Schließlich hebe ich den Kopf. Die Kapuze meines Umhangs gleitet gerade so weit zurück, dass der Feuerschein mein Gesicht beleuchtet. Die Flammen werden meine blauen Augen genauso farblos erscheinen lassen wie ihre grünen, sodass ich, zumindest für die Wachen, wie ein Frühlingianer aussehen werde. Der Teint der Frühlingianer ist zwar ein paar Nuancen dunkler als der der Winterianer, aber immer noch hell, und das gelbe Licht sollte mich eigentlich wie eine der Ihren aussehen lassen. Hoffe ich zumindest. Kein Lichttrick der Welt dagegen könnte mein Haar anders als weiß aussehen lassen, also halte ich es sicher verborgen unter einer schwarzen Kappe, mit der ich außerdem eher wie ein Junge aussehe als ein Mädchen. Hoffe ich zumindest. So viele Unwägbarkeiten. Ich beiße mir in die Zunge und behalte den Wachmann im Auge.

Er mustert mich und hebt dabei eine Augenbraue. Sein Gesichtsausdruck lässt mir das Blut in den Adern gefrieren. »Und wegen was für einer Art von Arbeit willst du diesen Mann treffen, Mädchen?«, schnaubt er.

Seine Kameraden werden munter. Dass sie herausgefunden haben, dass ich ein Mädchen bin, ist nicht gerade ideal, aber dieser Teil meiner Tarnung bereitet mir am wenigsten Kopfzerbrechen. Sollten sie allerdings herauskriegen, dass ich eine Winterianerin bin, hätte ich ein weitaus größeres Problem.

Ich atme tief durch, verziehe das Gesicht zu dem kokettesten Lächeln, zu dem ich fähig bin, und beuge mich leicht zu ihm hinüber. »Eine Arbeit, die *du* dir nicht leisten kannst«, erwidere ich, zwinkere ihm zu und stolziere an ihm und seinen Kameraden vorbei, hinein in die Stadt. Ich halte den Atem an, rechne damit, dass sie mir zurufen, ich solle stehen bleiben, und dass mir einer von ihnen hinterherrennt und mir zuraunt, dass er es sich sehr wohl leisten kann. Doch ich höre lediglich brüllendes Gelächter und eine der Wachen applaudiert sogar.

»Erfüll unseren König mit Stolz!«, ruft der Mann, und ich eile in die Stadt, lasse die grölenden Soldaten weit hinter mir, bevor Ekel oder Angst von mir Besitz ergreifen und mir zum Bewusstsein bringen können, was ich gerade getan habe.

Ich konzentriere mich wieder auf die Aufgabe, die ich zu erledigen habe. Lynia, der Hafen am nordöstlichen Küstenstreifen von Frühling, wirkt schläfrig und ruhig, von Frühlings üblicher Brutalität ist hier nichts zu sehen – wohl vor allem deshalb, weil das nächstgelegene Winterianer Arbeitslager eine ganze Tagesreise landeinwärts liegt. Angra könnte es nicht riskieren, dass hohlwangige Sklaven aus Winter Frühlings Image beflecken, wenn Handelsschiffe aus anderen Königreichen hier andocken. Lynias Frieden ist nichts weiter als eine Maske, damit der Rest der Welt so tun kann, als wären die Güter, die sie kaufen, nicht von rissigen und verwelkten Winterianer Händen gefertigt worden.

Auf den Straßen um das Tor herum herrscht wenig Betrieb, aber menschenleer sind sie auch nicht. In ein paar Schänken flackert Feuerschein und aus ihrem Inneren dringen Lachen und Musik nach draußen. Ab und an schwankt ein Betrunkener von einer Schänke zur nächsten, aber das ist alles. Es scheint, als würden die meisten Bewohner von Lynia sich lieber in ihre Betten verkriechen, als sich mit nächtlichen Frivolitäten zu vergnügen.

Ich habe genügend Städte in den verschiedenen Königreichen von Primoria gesehen, um zu wissen, dass dies eine Ausnahme ist – in den meisten Städten geht es auch nach Sonnenuntergang noch laut zu und man kann sich problemlos durch die Straßen schleichen. Doch in Frühling ist alles stiller und angespannter. Wenn ich stehen bleibe und den Atem anhalte, kann ich Angras bösen Geist buchstäblich *fühlen*. Wie er die Magie seiner Magsignie dazu nutzt, ihm sein Volk gefügig zu machen, sodass jeder Bürger von Frühling auf jede Situation reagiert wie die Wache am Tor: »Erfüll unseren König mit Stolz!«

Andere Königreiche nutzen ihre Magsignien so, wie es sein sollte – um die bereits vorhandenen Stärken ihrer Länder und Bürger noch auszubauen. Damit die Felder eine Fülle von Feldfrüchten hervorbringen, um die Soldaten stark und die Kranken wieder gesund zu machen. Aber Angra verwendet seine Magsignie dazu, das Böse noch zu steigern – um alles Gute auszulöschen, es sei denn, es ist ihm von Nutzen, und um jeden Einzelnen in seinem Königreich zu einer leeren Hülle der Unterwürfigkeit werden zu lassen.

Gebückt gehe ich eine verwaiste Gasse entlang. Adrenalin durchströmt meinen Körper, aber ich verlangsame mein Tempo nicht, nicht einmal, als ich schließlich zu einem Stapel von Kisten gelange, die vor einer Hauswand aufgetürmt sind. Mit einer schnellen Bewegung schwinge ich mich auf die Kisten, klettere an der Wand hinauf und rolle mich auf die Dachziegel eines mehrere Stockwerke hohen Gebäudes. Vielleicht finden es die Soldaten von Frühling leichter, auf den leeren Straßen zu patrouillieren, aber feindliche Soldaten auf den Dächern zu entdecken, ist eine viel schwierigere Aufgabe.

Als ich dicht an der Dachkante entlangrenne, bröckeln Ziegelstücke unter meinen Füßen weg, und mein schwarzer Umhang flattert hinter mir her, als ich durch eine dunkle Rauchwolke aus einem Schornstein ins Leere springe. Das nächste Dach gleitet unter mir dahin wie ein Feld unter den Hufen eines Pferdes, nichts als Geschwindigkeit und das Geräusch schneller Schritte auf festem Untergrund. Ich rolle mich in den Schatten eines Kamins, warte einen Augenblick und halte den Atem an. Keine alarmierten Warnrufe. Keine klirrende Rüstung, die sich nähert.

Hier über der Stadt habe ich einen freien Blick auf das Land jenseits von Lynia. Die Umrisse der Klaryns zeichnen sich als gezackte schwarze Zähne am südlichen Horizont ab, ein ruhiges, schlafendes Tier, das über alle Jahreszeiten wacht – das Sommer-Königreich ganz entfernt im Westen, davor Herbst, dann Winter und schließlich Frühling, das im Osten an das Destas-Meer grenzt. Ich wünschte, wir könnten einander genauso sehen, wie die Berge uns sehen – Seite an Seite in den Armen eines wachsamen Riesen und nicht als Feinde voneinander abgewandt. Vielleicht würden wir dann sogar den Weg zum Magieschlund finden.

Meine Finger streichen über meine Tasche. Ich spüre Mathers Lapislazuli an meinem Schenkel und schimpfe innerlich mit mir selbst. Sir hätte mir inzwischen einen Klaps auf den Hinterkopf gegeben, damit ich mich wieder auf das konzentriere, was ich hier tue, in diesem Moment, statt mir Gedanken darüber zu machen, was vielleicht irgendwo getan werden *könnte*.

Ich bewältige die nächsten Dächer ohne Probleme, steuere unter dem schwarzblauen Himmel immer weiter auf den Turm zu. Das Einzige, was mir im Augenblick Kopfzerbrechen bereitet, ist der Schatten, der die Westmauer des Turms hinaufklettert. Eigentlich müsste Finn als Kämpfer vollkommen ungeeignet sein, doch trotz seiner Winterianer Leibesfülle hat er mich mit Winterianer Beweglichkeit immer irgendwie abgehängt.

Ohne Zögern schwinge ich mich vom letzten Dach zu einem horizontalen Pfosten auf der Seite des Turms.

Die Flagge von Frühling flattert unter mir, eine schwarze Sonne vor gelbem Grund. Diese Fahnenstangen sind perfekte Wegweiser, es scheint fast so, als hätten die Architekten sie extra in ihre Pläne aufgenommen, für den Fall, dass feindliche Soldaten einen schnellen Weg ins Innere benötigten. Wenn wir Winter wiederaufbauen, wird es keine Fahnenstangen an Gebäuden geben. Nirgendwo.

Fenstersims, Balkon, Fenstersims, Fahnenstange und wieder von vorn – in dieser Reihenfolge laufen meine Sprünge ab, bis ich schließlich den obersten Balkon erreiche. Der warme orange Schein des Feuers dringt durch einen Spalt in der Mitte dicker Vorhänge. Finn wartet bereits auf mich, kauert auf dem Sims und grinst mich an.

Ich schwinge mich zu ihm hoch und hauche: *Ich hasse dich.*

Er grinst noch breiter.

Wir spitzen die Ohren, lauschen, ob sich drinnen etwas regt. Sirs Aussagen zufolge handelt es sich hier um das Büro des Stadtältesten. Wir hören nichts außer dem stetigen Geknister eines Feuers und dem sanften Rauschen der Vorhänge, die, bewegt durch einen leichten Luftzug, über den Steinboden streifen. Ich werfe einen Blick über die Schulter und sehe hinaus in die Nacht, die sich unter uns ausbreitet. Von diesem Balkon aus geht es steil hinunter auf die Straße, mit ein paar Fenstersimsen dazwischen. Ein weiterer Fluchtweg, den ich mir einprägen muss.

Wir lassen uns auf den Balkonboden hinunter und schleichen auf die Vorhänge zu. Finn späht durch einen Spalt, seine Augen flackern im goldenen Licht. Dann nickt er mir zu. Der Raum ist leer. Das Adrenalin in meinen Adern macht mich ganz zittrig vor Aufregung, als ich nach einem der Vorhänge greife, ihn zur Seite ziehe und in das Innere hineingleite.

Die Feuerstelle in der hinteren Ecke, in der sich Holzscheite hoch auftürmen, gibt bullernde Geräusche von sich – der

Stadtälteste wird wohl bald zurückkommen. Auf einem kleinen, leuchtend roten Teppich vor dem Feuer sind Stühle mit hohen Lehnen kreisförmig angeordnet und an der Wand befindet sich ein Schreibtisch. Darüber hängt eine alte, vergilbte Landkarte, auf der die Königreiche von Primoria, das Destas-Meer im Osten, die endlose Rania-Ebene sowie die im Norden und Süden unpassierbaren Berge abgebildet sind. An den Wänden sind ein paar Wandleuchten befestigt – damit ist das Mobiliar vollständig: einfach und schlicht. Ich gehe auf den Schreibtisch zu, während Finn noch immer auf dem Balkon kauert und die Tür im Auge behält.

Die meisten Schubladen sind unverschlossen, vollgestopft mit Federkielen, Tintenfässern und unbeschriebenen Pergamentseiten. Hastig durchwühle ich alles und suche so geräuschlos wie möglich. Das, was uns Sir kurz vor unserem Aufbruch gesagt hat, geht mir durch den Kopf und beruhigt meinen rasenden Herzschlag: *Wir konnten eine Karte aus dem Turm stehlen; wir glauben, dass sie das Medaillon irgendwo unter dem Gebäude versteckt haben, vielleicht in einem Keller. Wo auch immer es sich befinden mag, es wird bestimmt in einer abschließbaren Schatulle oder etwas Ähnlichem aufbewahrt. Also sucht zuerst den Schlüssel, der sich vermutlich im Büro des Stadtältesten befindet.*

Ich wiederhole die Worte in Gedanken, während ich die Schubladen durchwühle, unter Papieren nachschaue, Tintenfässer zur Seite schiebe. Nichts.

Finn zischt, als hinter der Tür Stimmen laut werden – jemand kommt näher.

Panik erfasst mich. Mir wird schwindelig, sodass es mir

schwerfällt, alles sorgfältig zu durchsuchen. Als ich gerade die letzte Schublade wieder zuschiebe, sind die Stimmen im Flur so nah, dass ich deutlich einzelne Gesprächsfetzen verstehen kann – »Fühle mich so geehrt, dass Ihr hier seid« … »Willkommen, Herod«.

Ich stoße gegen den Schreibtisch, ein Schauer durchläuft mich, als ich Finns Blick begegne. Mein Mund formt lautlos die Frage: *Herod?*

Finn drängt mich mit fuchtelnden Armen zur Eile. Sein Ausdruck aber wirkt unverändert. Mit seinen zweiundvierzig Jahren kann er offensichtlich seine Gefühle besser unter Kontrolle halten als ich. Doch bei der Erwähnung dieses Namens kommen nicht nur Gefühle in mir hoch. Erinnerungen kehren zurück, eine nach der anderen. Mit dem Namen von General Herod Montego sind Angst und Schrecken verbunden.

Ich verdränge die Bilder an unsere Leute, die nach einer Mission bis auf die Knochen abgemagert ins Lager zurückwankten, halb ohnmächtig vor Schmerzen, und ich denke an Sirs Rat: *Konzentrier dich aufs Ziel. Lass dich nicht ablenken. Lass nicht zu, dass dich die Angst überwältigt, denn ist der Samen der Angst erst einmal gesät, wird er nie aufhören zu wachsen.*

Keine Angst – nicht jetzt, nicht hier. Voller Verzweiflung suche ich noch einmal mit den Augen den Schreibtisch ab. Gelächter dringt durch die Tür. Sie sind jetzt direkt davor.

Unter einem Briefbeschwerer in Form einer Wildblume steckt ein Brief. Ich ziehe ihn hervor, ohne mir die Zeit zu nehmen, ihn zu lesen, und stürze zum Balkon. Meine Stiefel schlittern über den Steinboden. Nur Sekunden nachdem ich draußen bin, nachdem der Vorhang wieder zurückgefallen ist, nur einen winzigen Augenblick bevor sie meinen Schatten entdeckt hätten, öffnet sich die Tür, und Stimmen dringen zu uns nach draußen.

Finn späht durch den Vorhangspalt, hält die Hand hoch und deutet mir mit den Fingern an, wie viele Personen es sind. Fünf Soldaten. Zwei Bedienstete. Vier Adelige.

Er heftet kurz den Blick auf das Papier in meiner Hand, nickt mir zu und lauscht dann mit einem Ohr der Unterhaltung hinter dem Vorhang.

Ich kauere ihm gegenüber und atme tief durch, bevor ich auf das Schriftstück blicke. Meine Hände sind jetzt so ruhig, dass ich es in den Feuerschein halten kann.

Bericht: An alle Beamten von Frühling
Statistik über die Insassen der Arbeitslager
April-Arbeitslager: 469
Bikendi-Arbeitslager: 141
Zoreon-Arbeitslager: 564
Edurne-Arbeitslager: 476

Und so geht es weiter bis zum Ende der Seite: die Zahl der Todesfälle, der Geburten und in welchem Arbeitslager was gebaut wird. Meine Hände beginnen erneut zu zittern und ich kann mich nicht auf die Worte konzentrieren.

Dies sind die Statistiken über die Winterianer in den Arbeitslagern von Frühling. Diese Zahlen sind … Menschen.

Ich lasse die Finger über die Zahlen gleiten. Nur noch so wenige. Haben wir gewusst, dass es so schlimm ist? Ich hatte es wohl insgeheim befürchtet, denn das, was Sir uns über den Untergang von Winter erzählt hat, war sehr anschaulich. Die Art, wie er Angras Plan, Winter anzugreifen, beschrieb, so als habe dieser gewusst, dass Winter genau an *jenem Tag* fallen würde, wie er jeden einzelnen seiner Soldaten in ganz Winter eingeschleust und auf geheimen Wegen durchs ganze Land bewegt hat, bis sie schließlich überall gleichzeitig angriffen. Es gab keinerlei Entkommen – Angra blockierte sämtliche Rückzugsmöglichkeiten nach Herbst oder in die Klaryns oder über den Fluss Feni im Norden. Er schloss uns in unserem eigenen Königreich ein. Als er das Medaillon zerstörte und unsere Soldaten somit ihre durch Magie bewirkte Stärke verloren, waren wir besiegt. Nur fünfundzwanzig von uns gelang die Flucht.

In diesem Moment spüre ich das ganze Ausmaß dieser Katastrophe. Die Statistiken liefern den Beweis für das, was Sir uns seit Jahren predigt – jeden Tag laufen wir Gefahr, dass von Winter und uns Winterianern nur noch Erinnerungen bleiben.

»Ich vertraue meinem König, wirklich«, dröhnt eine Stimme im Raum. Ich hebe ruckartig den Kopf, das Adrenalin und meine Angst verwandeln sich in Wut. Finn presst warnend die Lippen aufeinander und ich schiebe ihm das Papier zu.

»Und ich weiß, dass es laut Plan länger hierbleiben sollte«, fährt die Stimme fort. »Aber ich will es aus der Stadt heraushaben. *Noch heute Nacht.* Bevor noch mehr von diesen Dreckskerlen, den Winterianern, über uns herfallen.«

Der Stadtälteste. Ich atme tief durch. Die Medaillonhälfte

befindet sich also immer noch hier – wir haben sie noch nicht verloren. Meine Erleichterung ist allerdings nur von kurzer Dauer, denn Finn studiert kurz das Papier und wirft mir dann einen Blick zu. Sein Gesichtsausdruck verrät weder Angst noch Panik, sondern einfach nur Schmerz.

Ich sehe ihn mit fragenden Augen an. *Hast du gewusst, wie schlecht es steht?*, hauche ich.

Er steckt das Papier unter seinen Gürtel und nickt knapp. Ja, er wusste Bescheid. Vermutlich wissen es alle im Lager. Es gehört bloß zu den Themen, über die sie nicht reden, ist einer jener allzu schmerzlichen Teile unserer Vergangenheit. Und ich wusste es tief im Inneren auch – nur kannte ich keine genauen Zahlen, um meine Wut zu schüren.

Herod lacht und meine Nerven sind zum Zerreißen gespannt. Es wird ein Vergnügen sein, ihn zu töten.

»Beruhigt Euch. In einer Stunde ist es weg.«

»Es ist hier sicher«, sagt eine andere Stimme. Vermutlich gehört sie einem von Lynias Ratsherren. »Es ist mir egal, wenn die Winterianer wissen, dass es hier ist. Lynia kann es besser als jede andere Stadt schützen …«

»Ruhe!«, brüllt der Stadtälteste.

Aber Herod kichert. »Ganz schön ehrgeizig, Euer Mann.«

»Nicht ehrgeizig«, verbessert der Ratsherr. Ich höre ein Rascheln, als jemand den Raum durchquert. Mein Herz schlägt zum Zerspringen – sie treten an den Schreibtisch. Werden sie bemerken, dass der Brief verschwunden ist? »Absolut sicher. Die Schatulle wurde extra dafür konstruiert … sie ist perfekt. Und der Turm darüber …«

Ausgezeichnet: Die Medaillonhälfte befindet sich also tatsächlich unter dem Turm, genau wie Sir vermutet hatte.

Auf einmal scheint jemand schnell durch den Raum zu gehen, und man hört ein Knacken, als Herods Faust im Gesicht des Ratsherren landet. Menschen laufen durcheinander, Stühle kippen um, und in all dem Tohuwabohu erhebt sich Herods Stimme.

»Was fällt Euch ein zu sagen, wo es sich befindet? Das hatten wir abgemacht – Ihr versteckt es und kein Wort über sein Versteck kommt über Eure Lippen. Solange dieser Junge lebt, ist es nirgends sicher.«

Ich koche vor Wut. *Mather wird weiteratmen, solange ich atme, du Mörder!*

Aber der Ratsherr reagiert nicht. Ich höre ein Rascheln, und mir wird klar, dass es sich um Schriftstücke auf dem Schreibtisch handelt, das Geräusch eines Briefbeschwerers. Ich werfe Finn einen erschrockenen Blick zu. Er verzieht den Mund, noch bevor der Ratsherr etwas sagen kann.

»Der …«, beginnt dieser, eindeutig verwirrt. »Irgendetwas fehlt.«

In der Stille ist plötzlich ein Knurren zu hören. Ich spüre buchstäblich Herods Wut, als sein Knurren in drei Worten mündet, die mir das Blut in den Adern gefrieren lassen: »Wir sind nicht allein.«

Kapitel 4

Schritte hallen durch den Raum. Der Vorhang öffnet sich, gerade als Finn und ich vom Balkon aus, den Blick nach unten gerichtet, in die kühle Nacht springen.

»Winterianer!«, brüllt Herod. »Schließt es *sofort* ein!«

In den Sekunden des freien Falls sehe ich mich, bevor ich unten lande, zwei Optionen gegenüber. Entweder lasse ich mich bis unten fallen, mache auf der Straße eine Rolle und verziehe mich eilends aus Lynia, in der Hoffnung, dass wir später zurückkehren können, oder ich klammere mich am Gebäude fest und versuche, hineinzugelangen. Ob wir den Schlüssel nun haben oder nicht, wir sind der Medaillonhälfte so nah, dass uns so ein gezacktes Stück Metall nicht aufhalten sollte. Eigentlich hatten wir abgemacht, uns außerhalb der Stadt zu treffen, sollte einer von uns in Schwierigkeiten geraten. Doch wenn wir uns jetzt aus dem Staub machen, wird es beinahe unmöglich sein, nochmals zurückzukommen. Sie werden die Medaillonhälfte ohne Zögern verschwinden lassen und wir stehen wieder ganz am Anfang.

Mein Körper trifft die Entscheidung noch vor mir. Die Turmwand reißt mir die Finger auf, als ich daran entlangsause und nach Halt suche. Zwei Fenstersimse fliegen an mir vorbei, bevor ich mich am dritten schließlich festkrallen kann. Mein Körper bleibt so ruckartig in der Luft hängen, dass meine Handgelenke schmerzen, weil sie so unvermittelt mein ganzes Gewicht abfangen müssen. Pfeile sirren an mir vorbei, als ich an der Mauer Halt für meine Füße suche, mich schließlich mithilfe einiger vorstehender Mörtelstücke hochhieve und über den Fenstersims klettere.

Das Fenster schwingt nach innen auf, und ich stolpere in den Raum, blinzle in der Dunkelheit, bis sich meine Augen daran gewöhnt haben. *Hoffentlich sind hier keine Soldaten postiert.* Vielleicht ist es eine Küche oder ein hübsches, gemütliches Schlafzimmer oder – ich blicke mich hektisch um – ein Vorratsraum. Genau dort bin ich gelandet. Abgesehen von gestapelten Kisten ist der enge, dunkle Raum vollkommen leer. Perfekt.

Draußen, hoch über mir, kann ich Herod lautstark über Lynias Versagen wüten hören. Ich spähe über den Sims nach unten und erkenne Finns stämmige Gestalt, die gerade auf eine Gasse zusteuert. Er bleibt stehen, und sein Gesicht wird von fahlem Mondlicht beleuchtet, als er sich umblickt. Aber er sieht mich nicht, und ich halte mich im Verborgenen, um nicht die Aufmerksamkeit der Frühlingianer auf mich zu lenken. Er wird jetzt zum Lager zurückkehren – auch das gehört zu unserem Plan. Wenn einer von uns verloren geht, muss der andere sofort den Rückzug antreten.

Noch bevor mir wirklich klar wird, was ich gerade getan habe und wie allein ich jetzt bin, ist Finn verschwunden. Er wird Sir berichten, dass ich in dem allgemeinen Durcheinander verschwunden bin, und dieser wird grummeln, dass er mich nie hätte gehen lassen dürfen.

Ich muss ihm beweisen, dass er unrecht hat.

Meine Arme sind nach dem Hängen am Fenstersims viel zu schwach, um mein *chakram* werfen zu können. Also taste ich nach den gekrümmten Messern, die in meinen Stiefeln versteckt sind. Eines in jeder Hand krieche ich durch den schmalen Raum. Die Tür lässt sich leicht öffnen. Ich stürme hinaus, die Messer wurfbereit und mit rasendem Puls.

Aber der Flur ist leer, wird lediglich von ein paar vereinzelten Wandleuchten in schummriges Licht getaucht. Der Boden steigt rechts an und fällt links ab. Ich laufe nach links und höre von oben ungezügeltes Wüten. Bestimmt ist Herod auf dem Weg nach unten, brüllt den Männern unten zu, dass ich entkommen bin. Was für ein Pech, dass ich vor ihm dort sein werde.

Ein paar Stockwerke tiefer stolpere ich aus dem Flur in die große Eingangshalle, die mit ihren grauen Steinwänden und den schweren grünen Vorhängen sehr eindrucksvoll aussieht. Die späte Nacht kommt mir zugute – es sind keine Männer anwesend, da sie alle beim Stadtältesten sind.

Herods Schreie, die von den Wänden des Flurs widerhallen, kommen immer näher. Ich lasse den Blick durch den Raum schweifen, mein rasender Puls raubt mir die Luft zum Atmen. Ich keuche, während ich jede Ecke untersuche. Zu meiner Linken ragt eine riesige Tür in die Höhe – vermutlich der Ausgang. Ich verschaffe mir einen Überblick – vier weitere Türen führen hinaus, zwei sind geschlossen, und zwei stehen offen. Durch die beiden offenen erblicke ich ein langes Speisezimmer und eine kleine düstere Küche. Bleiben noch die beiden geschlossenen Türen.

Ich verstaue eines der Messer in meinem Ärmel und nehme die erste Tür in Angriff. Sie lässt sich mühelos öffnen und ich stolpere direkt in die nächsten Schwierigkeiten hinein.

Zu meiner Linken und zu meiner Rechten erstrecken sich zwei lange Reihen von Pritschen, auf denen die Umrisse schlafender Soldaten zu erkennen sind. Offensichtlich ein Schlafsaal für die Wachen des Turms. Angstschweiß läuft mir über den Rücken und von hinter mir strömt Kerzenlicht von den Wandleuchten in der Eingangshalle in den Saal. Vor Überraschung schnappe ich hörbar nach Luft und halte mir dann schnell den Mund zu. Einen Augenblick lang rührt sich nichts, und als ich gerade glaube, ungeschoren davonzukommen, lässt mich Herods Gebrüll, höchstens ein bis zwei Stockwerke über mir, erstarren.

»Zu den Waffen«, ruft er. Sofort ist jeder der schlafenden Soldaten in Bereitschaft, springt hoch und sucht seine Waffe.

Ich greife nach der Tür, schließe sie mit einem Ruck und renne hinüber zu der anderen geschlossenen Tür. Sie ist verschlossen, und ich stoße alle Flüche aus, die ich kenne.

»Schnee, Eis und Frost verdammt noch mal.« Zum Glück testet Sir Mather und mich immer mal wieder mit albernen Herausforderungen wie *Knack das Schloss an dieser Truhe, dein*

Essen befindet sich darin. Seine Tests und die fingerlange Haarnadel in meinem Haar erweisen sich nun endlich als nützlich, auch wenn ich sicher nicht vorhabe, ihm dies zu sagen. Ich klemme mir das andere Messer unter den Arm und nestele an dem Schloss herum.

Die Soldaten taumeln schlaftrunken aus dem Schlafsaal. Herod kommt immer näher. Das Schloss gibt nicht nach, vielleicht weil ich zu nervös bin oder meine Hände glitschig von Schweiß sind oder ich einfach noch mehr Übung beim Knacken von Schlössern brauche. Meine Chancen zu entkommen sinken mit jedem Atemzug, mit jedem Herzschlag.

»Wer braucht schon einen Schlüssel?«, knurre ich, als ich einen Schritt zurückmache und mich mit meinem ganzen Gewicht gegen das Schloss werfe. Und tatsächlich springt es auf und die Tür schmettert gegen die Wand. Ein paar Stufen winden sich nach unten und Licht dringt von dort unten hoch, taucht alles in schummriges Gelb.

»Halt!«

Ich wirble herum. Herod stürmt in die Halle und seine schwerfällige Gestalt erstarrt mitten im Raum. Zum Teufel mit meinen zitternden Armen, er hätte die perfekte Zielscheibe für mein *chakram* abgegeben. Aber Soldaten drängen sich zwischen uns, die meisten von ihnen nur halb bekleidet, umklammern Waffen und blinzeln sich den Schlaf aus den Augen. Es sind zu viele, um sie zu bezwingen.

Herod starrt mich an und Zornesröte steigt ihm ins Gesicht. »Winterianer!«

Ich drehe mich um und knalle die Tür hinter mir zu. Da das

Schloss durch die Wucht des Aufpralls jedoch kaputtgegangen ist, schließt sie nicht richtig. Auch wenn es für mich den Verlust eines Messers bedeutet, stoße ich eine meiner Klingen so tief wie möglich durch das Schloss bis in den Holzrahmen. Das wird ausreichen, um mir einen Vorsprung zu verschaffen.

Je tiefer ich hinuntersteige, desto glatter werden die Stufen, und die Wände sind mit etwas überzogen, das nach Eselskot riecht. Dies hier ist kein gewöhnlicher Keller. Ich atme tief durch, und mir wird klar, wo ich mich befinde, wo sie die eine Hälfte des Medaillons versteckt halten – in der Kanalisation. Na prima.

Ein paar Augenblicke später dringen harsche Stimmen zu mir hoch. Ich teste meine Arme – sie sind nicht mehr ganz so zitterig –, hole mein *chakram* heraus und umklammere den vertrauten, abgenutzten Griff.

»Los, mach schon. Oben ist irgendetwas im Gange. Am besten, wir schauen schnell nach.«

Bei der letzten Biegung halte ich an. Laternenlicht blendet mich. Sie sind jetzt nah, in Reichweite meines *chakram*, meiner Lieblingswaffe.

»Ich fasse dieses Ding nicht an. Du weißt, was es ist! Nimm *du* es.«

Aus den Gesprächsfetzen schließe ich, dass es sich wohl nur um zwei Männer handelt.

Der andere Mann knurrt: »Ich bin dein Vorgesetzter. Ich befehle dir, das verdammte Medaillon zu nehmen.«

Ich lächle. Das ist mein Stichwort. »Hey, Jungs, ihr braucht nicht zu streiten, denn *ich* werde es nehmen.«

Ich trete aus dem Treppenaufgang heraus, mein *chakram* bereit, durch die Luft geschleudert zu werden. Wir befinden uns tatsächlich in der Kanalisation – in einem Tunnel, durch den ein Fluss trüben Abfalls fließt und der auf beiden Seiten von fußhohen Wegen gesäumt wird. Ein Mann steht knöcheltief in Lynias Abfall, der andere wartet neben ein paar Pferden auf der gegenüberliegenden Seite des Kanals. Ein ziemlich mickriges Wachkommando, aber bereits ein paar mehr würden zu viel Aufmerksamkeit auf sich lenken.

Hinter den Männern ist ein Ziegel aus der Mauer entfernt worden, und in dieser Öffnung, die von Laternen erhellt wird, leuchtet eine blaue Schatulle. Ich spüre Erleichterung. Nach Jahren der Suche befindet sich die erste Medaillonhälfte endlich in Reichweite.

Ich richte mein *chakram* auf den Hauptmann, der mit den Stiefeln im Morast der Kanalisation steht. Seine Augen mustern mich. »Schicken die Winterianer jetzt schon Mädchen, um ihre Drecksarbeit auszuführen?«, schnaubt er. »Warum steckst du das Ding nicht wieder weg, bevor jemand verletzt wird?«

Ich schiebe die Unterlippe vor und reiße die Augen auf. »Das da?« Ich halte das *chakram* jetzt tiefer, sodass es auf den linken Schenkel des Hauptmanns gerichtet ist. »Sie haben es mir gegeben und gesagt: *Wirf es!* Ich weiß nicht einmal, wie es funktioniert …«

Die Soldaten johlen, ein tiefes, kehliges Glucksen. Sie sind absolut sicher, diesen Kampf zu gewinnen. Als der Hauptmann auf mich zukommt, schleudere ich das *chakram* und wölbe dabei den Rücken. Es surrt durch die Kanalisation, durchtrennt sauber das Bein des Hauptmanns und kehrt in einem eleganten Bogen wieder zu mir zurück. Der Hauptmann schreit auf und stürzt in das Abwasser und umklammert sein Bein.

»Oh.« Mit einer Hand streiche ich über die flache Seite der Klinge. »*So* funktioniert das also.«

Der andere Soldat mustert mich vom Steg auf der anderen Seite aus, hält die Hände ausgestreckt, als wolle er anfangen zu tanzen. Oder losrennen. Vermutlich Letzteres. Aber dann lächelt er. Sein Stimmungswechsel vollzieht sich so unversehens, dass sich mir der Magen zusammenkrampft.

Magie.

Das Wort schießt mir durch den Kopf, als sei es schon immer da gewesen, ein plötzliches Wissen, das mir sagt, dass alles falsch ist. Ja, und es *ist* tatsächlich alles falsch, denn der Soldat lässt die Arme sinken und strafft die Schultern. Sein Körper beginnt sich vor meinen Augen zu verwandeln. Knochen knacken und formen sich neu, Muskeln werden mit einem knirschenden Ruck gestreckt.

Der Soldat ist überhaupt kein Soldat, zumindest kein einfacher, namenloser, und der Hauptmann, den ich mit meinem *chakram* getroffen hatte, lacht in seiner Embryonalstellung. Das oben im Turm war nicht Herod. Natürlich nicht. Herod würde seine Zeit nicht damit vergeuden, sich mit dem Stadtältesten abzugeben, er würde hier sein, in der Nähe des Medaillons, und darauf lauern, Diebe abzufangen.

Herods Verwandlung ist abgeschlossen. Das einzig Helle

an ihm sind das goldene Haar, die grünen Augen und die blasse Haut – der Rest von ihm wirkt schattenhaft dunkel, ein Beweis für den bösen Geist seines Herrn. Er ist riesig, sein Kopf berührt fast die Decke. Mit seinen breiten Schultern und der massigen Statur sieht er aus, als wäre er bereits mit einem Schwert in der Hand auf die Welt gekommen. Sicherlich hatte seine Mutter wenig Freude an ihm.

Ich beuge mich vor, um mein *chakram* loszuschleudern, aber Herod springt vom Gehweg, macht einen Schritt in den Abwasserkanal und wirft sich gegen meine Knie. Ich stolpere vom Steg und lande mitten in der Dreckbrühe. Herods Körper und das plötzliche Versinken in Fäkalien rauben mir die Luft zum Atmen.

Er schnappt sich das *chakram* und lässt es auf den Steg fallen, außerhalb meiner Reichweite. Dann dreht er meine Arme in einer schmerzhaften Bewegung über meinen Kopf und grinst höhnisch. Plötzlich sind Schritte auf der Treppe zu hören. Der Nicht-Herod und seine Männer haben es geschafft, die Tür von der Eingangshalle aufzustoßen. Es hätte besser für mich laufen können.

Ich winde mich unter Herods Händen. Etwas in meiner Tasche bohrt sich in meine Hüfte – eine Waffe? Nein, nur Mathers Lapislazuli. Im Augenblick ist er nichts weiter als schmerzliche Erinnerung an Mather, an Winter, daran, dass er es sich nie verzeihen wird, wenn mir etwas zustößt.

Herods Finger umklammern meine Arme und ich zucke zusammen. Seine Hände befinden sich nur Zentimeter oberhalb der einzigen Waffe, die mir geblieben ist – das Messer in meinem Ärmel.

»Herr!« Ein Soldat stürmt in die Kanalisation. Es ist der Nicht-Herod, der sich langsam wieder in seine eigene Gestalt zurückverwandelt. Ich habe Gerüchte darüber gehört, dass Angra seine Magsignie noch zu weit grausameren Dingen verwendet, als nur sein Volk zu kontrollieren. Geschichten, im Fieberwahn erzählt, wenn unsere Kämpfer verwundet und mit gebrochenen Gliedern von Missionen nach Frühling zurückkamen. Angra missbraucht seine Magie dazu, Visionen hervorzurufen, die so real sind, dass sie sein Volk zum Wahnsinn treiben, um die Knochen von Verrätern zu brechen und ihre Organe bei lebendigem Leib herauszureißen – und für solche Verwandlungen.

Als Herod mich hochzieht, besteht mein einziger Trost darin, dass wir beide gleichermaßen von Jauche bedeckt sind.

»Fesselt sie. Wir bringen sie zu Angra«, befiehlt er und tritt ganz dicht an mich heran, während ein Soldat mir einen Strick um die Handgelenke wickelt. »Na, hast du Angst, Kriegermädchen?«

Ich zwinge mich, ihm in die Augen zu sehen. Solchen Luxus wie Angst können wir uns nicht leisten. Wenn wir im Lager in der Sicherheit unserer Zelte sind und Sir alle möglichen grauenhaften Todesarten beschreibt, darf ich keine Angst zeigen. *Die Angst ist ein Samen, der, sobald er gesät ist, nie mehr aufhört zu wachsen.*

Aber ich war dabei, als Gregg, einer unserer Soldaten, vor sechs Jahren von einer Mission ins Lager zurückkehrte. Er und seine Frau Crystalla waren in April gefangen genommen worden, als sie auf einer Mission in April waren. Man hatte sie in das nächstgelegene Arbeitslager gebracht. Gregg hat uns berichtet, redete in einem Anfall von Wahnsinn wirres Zeug über die unmenschliche Arbeit dort, die menschenunwürdigen Lebensbedingungen – und die brutale Art, auf die Herod Crystalla auf Angras Befehl hin getötet hat. Gregg selbst kam nur knapp mit dem Leben davon, und auch das verlor er einen Tag später, als sein Körper den Verletzungen, die ihm Herod zugefügt hatte, nicht länger standhalten konnte.

Ich zittere von Kopf bis Fuß und weiß, Herod hat ihn gesehen – diesen Samen der Angst.

Ich will nicht sterben wie Crystalla.

Ein Soldat hebt mich auf eines der Pferde und fesselt meine Handgelenke an den Sattel. Hoffnung keimt in mir auf, denn sie haben mich nicht nach Waffen durchsucht. Ich weiß nicht, ob es an dem Chaos liegt, das ich mit meinem Eindringen angerichtet habe, oder ihrem Bedürfnis, die Medaillonhälfte so bald wie möglich aus Lynia zu schaffen. Auf jeden Fall habe ich immer noch mein Messer, habe also immer noch eine Chance.

Herod holt die Schatulle mit dem Medaillon aus dem Loch in der Mauer, hält sie einen Moment lang in der Hand und blickt zu mir hoch. Sein Gesicht, dieses spöttische Zucken um seine Mundwinkel – das ist das Ungeheuer aus Greggs Geschichte, das Ungeheuer, dessen sich Angra bedient, um sich auf brutalste Art seiner Feinde zu entledigen. Angra macht sich nicht gern selbst die Hände schmutzig, zumindest nicht, wenn er stattdessen zusehen kann, wie seine Marionetten großartige Schauspiele darbieten, während er seine Königliche Magsignie dazu benutzt, sie zu kontrollieren.

Herod schiebt die Schatulle in die Satteltasche neben mir. Bevor er aufsteigt, hebt er mein *chakram* vom Gehweg auf, dreht es zwischen den Händen, blickt mich an und schnaubt höhnisch. Dann schwingt er sich auf seinen Hengst und verstaut das *chakram* in der Satteltasche auf der anderen Seite.

Im Augenblick habe ich keine Möglichkeit, es zurückzubekommen.

»Wenn du versuchst zu fliehen, bist du tot, bevor wir in April sind«, warnt er mich.

Ich atme tief durch, ringe so unauffällig wie möglich meine Handgelenke, bis das Messer in meine Handfläche fällt. »Und ich bringe dich um, noch bevor all dies hier vorbei ist.«

Herod lächelt, unverhohlene Mordlust in seinem Blick. Übelkeit steigt in mir auf – er mag es, wenn ich mich wehre. Das muss ich mir merken.

Brüllend befiehlt Herod seinen Männern loszureiten. Er greift nach den Zügeln meines Pferdes und zieht mich mit sich. Mein Bein stößt gegen seine Satteltasche. Ich kann spüren, wie die kleine viereckige Schatulle gegen mein Schienbein drückt. Das Einzige, was mich von ihr trennt, ist eine Schicht Leder.

Ich muss dafür sorgen, dass er auf etwas anderes als meine Hände achtet.

»Wie geht es ihnen?« Die Frage kommt schnell und scharf. Ihnen, den Winterianern in den Lagern.

Ich schlucke. Zwei der Stricke sind durchtrennt. Bleibt nur noch einer …

Herod sieht mich an. Er grinst, zieht mein Pferd noch näher an sich heran, sodass ich Hüfte an Hüfte mit ihm reite. »Das Rückgrat des Königreichs Frühling. Obwohl ihr Winterianer für meinen Geschmack viel zu schnell sterbt.«

Noch ein paar Schnitte und dann sind meine Handgelenke frei. Ich widerstehe dem Drang, meine armen, misshandelten Arme zu strecken, und konzentriere mich auf Herod, um den Anschein zu erwecken, als habe ich mich in mein Schicksal gefügt.

Ich wende mich ihm zu, sehe ihm in die Augen und neige mich ein wenig zur Seite. »Nun, es gibt einen Winterianer, von dem ich weiß, dass er *nicht* sterben wird. Keineswegs. Und er wird Angra vernichten.«

Herod tut genau das, was ich gehofft habe. Er lässt meine Zügel für einen Moment los, damit er mir einen Schlag versetzen kann. Der Schlag reißt meine Hand in die Höhe. Es ist die Hand, die ich in seine Satteltasche hatte gleiten lassen, um die kleine blaue Schatulle zu umfassen.

Ich gebe meinem Pferd die Sporen und galoppiere den Weg durch die Kanalisation hinunter, noch bevor Herod auch nur die Hand gesenkt und gemerkt hat, dass ich frei bin – und dass ich die Medaillonhälfte habe.

»*Nein!*«, brüllt er. Seine raue Stimme hallt von den Steinmauern wider.

Ich treibe mein Pferd weiter an, galoppiere den Abflusskanal entlang, bis wir in der Dunkelheit untergetaucht sind, fernab vom Laternenlicht.

Pfeile surren an mir vorbei, verfehlen aber ihr Ziel und prallen lediglich von den Kanalwänden ab. Ich höre Hufgetrappel hinter mir, gefolgt von Schreien und Flüchen. In Gedanken notiere ich mir, dass ich *immer* ein Messer in den Ärmel stecken muss, wenn ich auf eine Mission gehe.

Das Pferd scheint den Weg zu kennen, also treibe ich es nur zu immer mehr Geschwindigkeit an. Sicherlich ist es von dem Gestank, der hier herrscht, genauso angewidert wie ich, will auf demselben Weg zurück, wie es hier hereingekommen ist. Zu blöd nur, dass sein neuer Reiter selbst voller Schlacke ist, deren Gestank mich von oben bis unten einhüllt.

Mit der einen Hand greife ich nach den Zügeln, während ich die andere mit der Schatulle so fest gegen meinen Körper presse, dass ich am nächsten Tag an dieser Stelle mit Sicherheit eine schatullenförmige Prellung haben werde. Ein Zeichen meiner Heldentat – Meira, die erste Kämpferin, die die Hälfte des Winterianischen Medaillons zurückholt. Eine Woge des Stolzes durchflutet mich und ich klammere mich an diesem Gefühl genauso fest wie an der Schatulle.

Das Pferd galoppiert um eine weitere Kurve und unser Ritt führt uns wieder nach oben ins Freie. Die kühle, frische Nachtluft entlockt mir ein Lächeln und ich treibe das Pferd nochmals zur Eile an. Noch haben wir es nicht geschafft.

Wir sind nur noch wenige Meter vom Nordtor entfernt, als die dort postierten Wachen schließlich merken, was los ist. Sie hasten los, um den Hebel auszulösen, der die Eisenstangen über mir schließen wird, aber es ist zu spät. Ich gebe dem Pferd die Sporen, werfe dem Wachmann, der mich vorhin aufgehalten hat, einen Blick zu. Seine Augen weiten sich, als er mich erkennt. Ich reiße mir die schwarze Kappe, die mein Haar bedeckt, vom Kopf und reite geradewegs auf die Brücke über den Fluss Feni zu. Weiße Haarsträhnen fliegen um mein Gesicht, einige sind dunkel vom Unrat der Kloake, aber die meisten flattern frei im Wind. Ein menschlicher Schneesturm, eine wogende weiße Erinnerung daran, dass sie nicht alle Winterianer versklavt haben. Einige von uns sind immer noch am Leben. Einige von uns sind immer noch frei. Und einige von uns sind unserem Wunsch, unser Königreich zurückzugewinnen, eine Medaillonhälfte näher.

Kapitel 5

Innerhalb von zwei Tagen schaffe ich es zurück zu unserem Lager, lege lediglich ein paar halbstündige Pausen ein. Von Finn fehlt jede Spur, aber ich rede mir ein, dass es daran liegt, dass er in Windeseile zum Lager zurückgeeilt und vor mir dort eingetroffen ist, und nicht daran, dass er es nicht aus Lynia herausgeschafft hat.

Ich springe vom Pferd, das dampft vor Schweiß, und führe es zu einem kleinen Fluss, wo es gierig Wasser hinunterschlürft, als habe es noch nie etwas so Köstliches getrunken. Während es trinkt, haste ich durch den Fluss und stolpere den Hügel hinauf; das Steppengras streift gegen meine Schenkel. Dort, unter einem klaren blauen Himmel, liegt unser Lager. Es ist, als hätte ich es nie verlassen.

Ein Pferd mit Lynias goldenem *L* auf dem Sattel steht im Pferch bei den anderen Pferden – Finn ist also offensichtlich heil und gesund zurückgekehrt. Ich entspanne mich, atme den staubigen Duft des ausgedörrten Grases ein. Keine weiteren Gefangenen von Herod werden blutig und zerschlagen ins Lager zurücktaumeln. Auf jeden Fall nicht heute.

Ich straffe die Schultern und bemühe mich, trotz der Tatsache, dass ich immer noch mit dem getrockneten Unrat der Kloake besudelt bin, so würdevoll wie möglich ins Lager hinunterzuschreiten. Doch weit und breit ist niemand zu sehen. Niemand stochert im knisternden Frühstücksfeuer herum oder wäscht am Brunnen Kleider. Das bedeutet, dass sie im Versammlungszelt sind, dem größten unserer mattgelbbraunen Zelte. Ich mache mir nicht die Mühe, sie durch ein Geräusch auf meine Anwesenheit aufmerksam zu machen – ich schlage die Plane zurück und stapfe ins Zelt, hinterlasse Dreckklumpen auf dem ausgebleichten braunen Teppich.

Unsere fünf Männer haben sich in der Mitte des Zelts um einen abgenutzten Eichentisch versammelt. Ihre Gesichter sind gezeichnet von Sorge. Sie sind so beschäftigt, dass sie mich zuerst nicht bemerken.

»Wir müssen jemanden nach ihr ausschicken! Jeder Augenblick, den wir länger zögern, könnte ihren Tod bedeuten«, schreit Greer. Seine tiefe Stimme trägt weiter als jede andere, aber er spricht selten bei Versammlungen. Die Haut auf meinen Armen kribbelt. Wenn er derart beunruhigt ist, dass er das Wort ergreift, machen sie sich wohl ernsthaft Sorgen.

»Ich hätte sie niemals gehen lassen dürfen«, knurrt Sir.

Die Zeltplane hinter mir fällt geräuschvoll zurück und wie auf Kommando wenden die Männer den Kopf. Die Worte bleiben ihnen im Hals stecken, als sie mich schockiert anstarren. Fünf Gesichter mit Augen in unterschiedlichen Blauschattierungen; fünf Gesichter, die durch Krieg, Tod und sechzehn Jahre des Nomadenlebens gealtert sind. »Nur keine Panik, meine Herren – ich bin am Leben«, verkünde ich und versuche, meine Erschöpfung durch übertriebene Selbstsicherheit zu kaschieren. In voller Absicht berühre ich Finn mit dem Teil meines Mantels, der am schmutzigsten ist, als ich mich zwischen ihm und Henn hindurchzwänge. Die Schatulle mit der Medaillonhälfte gleitet mir aus der Handfläche wie ein Stück Eis und bleibt neben einem Stapel Landkarten auf dem Tisch liegen.

Stille. Fassungslose, verblüffte, ungläubige Stille. Meine innere Anspannung ebbt ab und ich warte auf ein leichtes Anzeichen von Stolz. Jetzt, wo die Medaillonhälfte auf dem Tisch liegt, habe ich meine Mission erfüllt. Und da ich erfolgreich war, habe ich endgültig bewiesen, wonach ich mich schon ewig gesehnt habe: dass ich Winter helfen kann. Dass ich meine Talente einzusetzen weiß – blitzschnell denken, überlegt kämpfen, schlau sein –, um meinem Königreich zu helfen. Doch alles, was ich fühle, ist … Erschöpfung.

Ich trete einen Schritt zurück. Alle starren mich an: Sir, Finn, Henn, Greer – und Mather.

Er ist der Einzige, dessen Aufmerksamkeit nicht sofort an der Schatulle hängen blieb, als ich sie auf den Tisch stellte. Seine saphirblauen Augen sind undurchdringlich, als er mich anblickt. Sein Gesichtsausdruck könnte beides bedeuten: Freude oder Schrecken. Ich ziehe es vor, ihn als Freude zu deuten.

»Meira.«

Ich zucke zusammen, drehe mich um, um Sir gegenüberzutreten, der die Schatulle in die Hand nimmt.

»Ja?«

Er blickt mich nicht an, lässt einfach das Schloss aufschnappen und öffnet den Deckel. Sein Gesicht zeigt fassungslose Überraschung. Von dort, wo ich stehe, kann ich das Innere der Schatulle nicht sehen, aber ich weiß, worauf sein Blick geheftet ist. Sechzehn Jahre des Kampfes, der Hoffnung, dass wir, sobald wir die beiden Hälften unserer Magsignie wieder vereinen könnten, der Zurückeroberung unseres Königreichs näher gekommen sind.

»Du …« Sir lässt den Blick zwischen mir und dem Inhalt der Schatulle hin und her wandern.

Ich habe es geschafft, Sir sprachlos zu machen. Dieser kleine Sieg verschafft mir seltsamerweise mehr Genugtuung als die Tatsache, dass ich die Medaillonhälfte tatsächlich zurückerobert und es unversehrt aus Frühling hinausgeschafft habe.

Sir will gerade etwas fragen, bekommt aber einen Hustenanfall, als er tief Luft holt und den Gestank, der von mir ausgeht, einatmet.

»Alysson!«, röchelt er. »Um Himmels willen, lass Meira bitte schnellstens ein Bad ein.«

Ich beginne zu lachen, als Alysson aus einem der Nachbarzelte herbeigelaufen kommt. Sie streckt die Hand nach mir aus, zuckt aber zurück, als ihr bewusst wird, was sie da gerade berühren will, und begnügt sich schließlich damit, mich mit einer herrischen Geste ins Freie zu scheuchen.

»Und wenn du fertig bist«, ruft mir Sir hinterher, »wirst du mir *alles* berichten.«

»Ja, Sir«, erwidere ich und lächle strahlend.

Als ich hinausgehe, höre ich ihn sagen: »Donnerwetter, sie hat es tatsächlich geschafft.«

Es ist kein Lob, erfüllt mich aber trotzdem mit Stolz. Ja, ich habe es geschafft.

Es bedarf fünf Eimer Wasser, zwei Stück Seife und eines kleinen Feuers, um mich von der festgetrockneten Kloake zu befreien. Nachdem das letzte meiner ruinierten Kleidungsstücke im Feuer gelandet ist, macht sich Alysson auf den Weg, um sich um mein gestohlenes Pferd zu kümmern. Ich ziehe ein sauberes weißes Hemd und eine schwarze Hose an und lasse mein feuchtes Haar im Wind trocknen, als ich zum Versammlungszelt zurückmarschiere.

Ich atme tief durch, nehme all meinen Mut zusammen, um Sir gegenüberzutreten, und gehe hinein. Der riesige Eichentisch ist zur Seite geschoben worden, um einem Stapel Kissen Platz zu machen, deren fadenscheiniger brauner Stoff sich über Füllmaterial aus Wolle und Gras spannt. In der Mitte der ringförmig angeordneten Kissen stehen zwei Schalen – eine mit dampfendem Gemüse und eine mit einer Handvoll gefrorener Beeren – und etwas, das die Luft mit samtiger Wärme erfüllt: eine runde Feuerstelle aus Eisen, weit genug von den Kissen entfernt, um diese nicht in Flammen zu setzen, aber doch nah genug, dass der erdige Geruch glühender Kohlen bis zu den Kissen dringt.

Die dampfenden Rüben und Zwiebeln verströmen ein Aroma köstlicher Süße. Aber vor allem die Beerenschale lässt mir das Wasser im Mund zusammenlaufen, als ich mich auf eines der Kissen fallen lasse. Seit meinem letzten Geburtstag vor sieben Monaten habe ich keine gefrorenen Beeren mehr gegessen. Der Anblick der Schale mit gefrorenen schwarzen und roten Früchten ruft ein Verlangen in mir hervor, das mehr ist als bloß Hunger. Alysson bereitet sie für besondere Anlässe zu, wenn wir genug Eis auftreiben können, um sie richtig durchzufrieren. Es ist eine besondere Winterianer Köstlichkeit, etwas, das alle Flüchtlinge im Lager mit feierlichem Ernst genießen.

Wo wir gerade bei den Köstlichkeiten der Winterianer sind …

Die Kohlen verbreiten wohlige Wärme. Auf meiner Stirn bilden sich Schweißperlen und die Hitze kribbelt mir in der Nase. Aber die Wärme ist nicht der eigentliche Grund dafür, dass wir die Feuerstelle haben – ich denke, ich spreche für alle Winterianer, wenn ich behaupte, dass wir lieber zu Eisblöcken frieren würden, als uns in der Nähe irgendwelcher Funken zu befinden –, sondern wegen der Erinnerung. Aus demselben Grund habe ich eine Handvoll langsam auftauender Beeren in der Handfläche.

Letztes Jahr waren Finn und ich auf einem kleinen Markt am Rande des Königreichs von Ventralli, einem der Rhythmus-Reiche, um Lebensmittel zu kaufen. Unter einem Stapel von Eisenschrott, den ein Schmied einschmelzen wollte, hat Finn dort die Feuerstelle gefunden und die Hälfte unserer kärglichen Ersparnisse dafür ausgegeben. Ich dachte, dass Sir wütend werden und ihn zwingen würde, sie wieder zu verkaufen. Doch als Finn die Feuerstelle ins Lager transportierte, versetzte mich Sirs Gesichtsausdruck in Erstaunen, denn er verriet bescheidenes, wenn auch trauriges Verlangen.

Die Feuerstelle stammt aus Winter, beziehungsweise die Kohle und das Eisen kamen daher und wurden dann in andere Königreiche verschifft, wo die Feuerstelle dann geschmiedet wurde. Aber die Kohle und das Eisen kamen eben nach wie vor aus Winter, herausgebrochen aus unseren Bergen und weit entfernt in Form gegossen.

Um die Wirtschaft ihrer Königreiche zu fördern, verwenden die Regenten die magischen Königlichen Magsignien, um bestimmte Fertigkeiten, die ihre Königreiche aufgrund der geografischen Gegebenheiten oder der angeborenen Talente ihrer Bürger entwickelten, noch weiter zu verbessern. Wenn ein bestimmtes Königreich Interesse an der Bildung zeigte, setzte der Herrscher Magie ein, damit seinem Volk das Lernen leichter fiel. Wenn ein anderes Königreich Talent für den Kampf bewies, setzte der Herrscher die Magsignie ein, um seine Soldaten noch stärker zu machen. Winter befand sich im Norden des edelsteinreichsten Teils der Klaryns, also verstärkten unsere Königinnen unsere Fähigkeit, Mineralien zu schürfen, und verliehen uns an den dunklen Orten unter Tage Ausdauer und Mut.

Frühling besitzt seine eigenen Minen in seinem Teil der Klaryns, in denen tödliches Pulver für ihre Kanonen abgebaut wird. Es sind die einzigen Minen auf der Welt, in denen dieses Schießpulver vorkommt.

Früher dachten wir, das wäre der Grund für diesen Krieg – Frühling wollte seinen Minenbestand ausweiten. Doch nachdem sie gewonnen hatten, machten sie sich nicht etwa über unsere Minen her, sondern verschlossen sie einfach, als ob sie Winter Stück für Stück zerstören und unseren Geist brechen wollten, indem sie uns dazu zwangen, hilflos zuzusehen, wie Winters kostbarster Besitz verfiel.

Sobald Angra uns alle getötet hat, wird er die Minen vermutlich wieder öffnen. Aber solange wir leben, ist es für ihn viel attraktiver, uns mit unseren nutzlosen Minen zu verhöhnen und uns abzulenken und uns dazu zu verführen, Fehler zu machen und geschnappt zu werden. Zumindest reden wir uns das ein, um weniger das Gefühl zu haben, der Krieg sei sinnlos.

Ich schiebe mir eine Beere in den Mund und starre auf die orangefarbenen glühenden Kohlen, die mit schwarzem Aschestaub überzogen sind. Die Beere macht meine Zunge gefühllos, überzieht meine Zähne mit klirrender Kälte. Doch plötzlich ist ihre kühle Süße nicht mehr so reizvoll. Ich strecke einen Finger aus, berühre damit die Ecke der Feuerstelle, die am weitesten von der Hitze entfernt ist, und ziehe ihn erst wieder zurück, als ein brennendes Gefühl meine gesamte Hand hinaufkriecht. Die anderen haben all dies arrangiert, weil sie mir zeigen wollen, dass das, was ich getan habe, wichtig war – wichtig genug, um Kohlen zu verbrennen.

Aber es *fühlt* sich nicht wichtig an. Zumindest nicht so, wie es sollte.

Jetzt, da ich beobachte, wie die Kohlen brennen, werde ich wieder daran erinnert, warum ich nie das Gefühl habe, wirklich zu Winter zu gehören. Ich möchte all das im gleichen

Maße begreifen können wie Sir, wie Alysson und alle anderen, möchte, dass diese Dinge mich erinnern an eine Zeit, als alles so war, wie es sein sollte. Aber das ist unmöglich, da meine einzige Verbindung zu Winter in den Geschichten besteht, die die anderen erzählen. Ich dachte, wenn ich dabei mitwirken würde, Winter zu retten, würde ich das Gefühl haben, es zu verdienen, das Königreich, an das sich alle anderen erinnern. Ich dachte, ich könnte die Lücke aufgrund meiner fehlenden Erinnerungen schließen, sie durch zielgerichtetes Handeln ausgleichen. Ich habe mir immer eingeredet: Wenn ich für Winter von Bedeutung bin, wird Winter auch für mich von Bedeutung sein. Und heute *war* ich für mein Königreich von Bedeutung. Warum spüre ich dann beim Anblick der Feuerstelle nicht mehr als die leichte Brandwunde an meinem Finger?

Hinter mir wird die Zeltplane zur Seite geschoben, ein fast unhörbares Geräusch, wie ein Windhauch oder das Zischen der Kohlen. Meine Muskeln spannen sich, die Haare auf meinen Armen stellen sich auf. Aber ich zucke nicht zusammen, reagiere nicht, spieße lediglich mit der Gabel ein Stück Rübe auf. Sekunden später berühren mich Finger im Genick, genau dort, wo mich eine Klinge treffen würde, wenn dieser Eindringling wirklich ein Angreifer wäre. Ich erschauere, aber nicht wegen meines feuchten Haars, das an meiner Haut klebt.

»Du bist tot«, sagt Mather fröhlich.

Als ich damals mit dem Kampftraining begonnen habe, hat er sich immer im Waffenzelt oder auf dem Übungshof lautlos an mich herangeschlichen, bis er mich im Nacken berührt und mir im Spaß diese Drohung zugeflüstert hat. Und egal, wie oft er es gemacht hat, ich habe jedes Mal aufgeschrien, als hätte sich Angra höchstpersönlich an mich herangeschlichen. Natürlich gebot Sir dem keinen Einhalt; er sagte lediglich, ich müsse besser auf meine Umgebung achten.

Ich blicke zu Mather hoch und höre auf zu kauen. Er lässt sich mir gegenüber auf ein Kissen fallen und grinst übers ganze Gesicht.

»Tot? Ich habe es *zugelassen*, dass du dich anschleichst«, fauche ich. »All das Künftiger-König-von-Winter-Zeug ist Euch wohl zu Kopf gestiegen, Eure Hoheit.«

Mather verzieht bei der Nennung seines Titels das Gesicht. »Du *behauptest* immer, du würdest es zulassen, dass ich mich an dich heranschleiche. Hast du Angst zuzugeben, dass du nicht so gut bist, wie alle denken?«

Ich schlucke schwer. »Gilt das nicht für uns alle?«

Mather lässt den Blick zur Feuerstelle wandern, der orangefarbene Schein spiegelt sich in seinen saphirblauen Augen wider. »William hat mir die Medaillonhälfte gezeigt«, stößt er hervor.

Meine Hand krampft sich um die Gabel. Ich öffne den Mund, um etwas zu sagen, aber es fallen mir lediglich dieselben desillusionierenden Fragen ein, die ich ihm schon vor meinem Aufbruch gestellt hatte. Dinge, die diesen kurzen Moment des Glücks so schnell zerstören würden, wie Wassertropfen auf glühenden Kohlen verdampfen. Also sage ich einfach nichts. Er blickt zu mir hoch, einen Mundwinkel neugierig nach oben gezogen.

»Es ist eine seltsame Vorstellung, dass das Medaillon, als es das letzte Mal von einem Winterianer gesehen wurde, den Hals meiner Mutter schmückte.« Sein Blick ist auf etwas neben meinem Kopf gerichtet, etwas aus seinen Erinnerungen, die er genau wie ich aus dem zusammengetragen hat, was alle ihm erzählt haben. Erinnerungen an seine Mutter, Königin Hannah Dynam. Erinnerungen daran, wie Angra höchstpersönlich in den Palast von Jannuari eindrang, sie tötete und ihr Medaillon in zwei Teile zerbrach.

Ich kenne diesen Blick. Mathers Gesichtsausdruck verrät dieselbe Enttäuschung, wie wenn er bei einem Übungskampf ein Ziel verfehlt oder wenn Sir ihn besiegt oder wenn ich ihn frage, wie er die Magie einsetzen würde, wenn er könnte. Enttäuschung über sich selbst, über seine Unfähigkeit, das zu erreichen, was er sich vorgenommen hat, auch wenn er darauf überhaupt keinen Einfluss hat. Er streicht sich mit der Hand übers Gesicht, wie um sie fortzuwischen. Und schon ist da wieder dieser undurchdringliche Schleier, der seine wahren Gefühle hinter einem Lächeln verbirgt.

Ich schüttle langsam den Kopf. »Du bist verrückt.«

Er deutet ein Lächeln an. »Wirklich?«

»Ja.« Ich spieße eine weitere Rübe auf die Gabel. »Wir haben jetzt die eine Hälfte des Medaillons. Im Augenblick solltest du nichts anderes fühlen als Glück – *echtes* Glück, nicht dein aufgesetztes Lächeln –, Herr Erbe von Winter.«

Mather macht ein feierliches Gesicht und schweigt. Seine Hände liegen mit der geöffneten Handfläche nach oben in seinem Schoß, als ob er darin alle Sorgen trage. »Ich habe überhaupt nichts gefühlt«, murmelt er abwesend. »Als ich die Medaillonhälfte sah. Dabei ist es das Einzige, was ich je von meiner Mutter gesehen habe. Ich hätte etwas *fühlen* sollen.«

Ich bemühe mich, meinen Atem unter Kontrolle zu halten, und lasse meinen Blick einen Augenblick lang auf der Feuerstelle verweilen. Schließlich habe ich gerade ganz ähnliche Dinge gedacht. Manchmal vergesse ich, wie ähnlich wir uns sind – dass wir beide so jung sind, dass wir uns auf dieselbe Weise von Winter entfernt fühlen, auch wenn es für Mather noch schwerer sein muss als für mich. Schließlich ist er der König von Winter.

Aber ich weiß nicht, wie ich ihn aufmuntern kann, mir fallen keine weisen Worte ein, seine Ängste zu zerstreuen – ansonsten könnte ich auch meine eigenen Probleme lösen. »Es ist ja nur die Hälfte einer Kette«, sage ich zögerlich. »Vielleicht fühlst du etwas, wenn sie wieder vollständig ist.«

Mather zuckt die Schultern. »Eigentlich brauche ich ja auch gar keine Verbindung dazu zu fühlen. Ich bin schließlich nur ihr *Sohn*.« Sein Gesicht rötet sich vor Scham und er schüttelt den Kopf. »Tut mir leid. Du hast recht: Dies sollte ein Freudentag sein. Du hast uns die Medaillonhälfte zurückgebracht. Danke.« Er beugt sich vor, sein Blick ist durchdringend. »Im Ernst, Meira, ich danke dir.«

Mein Gesicht verkrampft sich vor Verwirrung, aber ich kann nichts dagegen tun. Ich wusste nicht, dass er so große Hoffnungen in die Medaillonhälfte gesetzt hatte, dass er sich so sehr eine Verbindung zu seiner Mutter wünschte. Ich erinnere mich selbst nicht an meine Eltern, weiß nicht einmal, wer sie waren, aber es wäre mir nie in den Sinn gekommen, dass Mather sich so sehr um Menschen grämte, die er nicht einmal kannte. Vermisst er seinen Vater auch? Hannahs Ehemann Duncan war ein Winterianer Adeliger, bevor er König wurde. Würde sich Mather wünschen, er hätte ihn gekannt, schon allein, um sich einmal mit jemandem in derselben Lage austauschen zu können – dem König eines Königreichs mit weiblicher Abstammungslinie?

Mir wird schwer ums Herz, ich empfinde eine Mischung aus Schuldgefühlen und Beklemmung. Ich würde Mather so gern helfen, aber ich kann es ebenso wenig, wie Mather das Medaillon nutzen kann.

Ich bin dankbar, als die Zeltklappe erneut zur Seite geschoben wird und Sir auftaucht. Er wirft einen Blick auf die halb leeren Schüsseln und mein feuchtes Haar. Ich halte den Atem an, erinnere mich daran, warum ich eigentlich hier bin – um Sir zu berichten, was passiert ist.

Sir nimmt stillschweigend neben mir Platz. Er sagt nichts dazu, dass ich mich unserem künftigen König gegenüber so zwanglos verhalte, tadelt mich nicht wegen meiner Ungezwungenheit und der dreckverschmierten Kleidung, mit der ich vorhin das Zelt betreten habe.

Uh-oh.

Er zieht die Schatulle aus der Tasche. »Also«, beginnt er. »Wenn du jetzt vielleicht die Güte hättest, mir das hier zu erklären …«

Plötzlich fühle ich mich wieder wie das unartige Kind, das Sir angebettelt hatte, endlich helfen zu dürfen. Das Kind, das die Schwerter wie gefährliche Stahlschwingen durch die Luft wirbelte und absolut kein Kampftalent zu besitzen schien, bis es Fernkampfwaffen wie mein *chakram* ausprobierte. Da stellte sich heraus, dass auch ich tödlich sein konnte. Das Kind, das er immer noch jedes Mal sieht, wenn er mich anschaut.

Das *chakram*. Mein Mut sinkt. Ich muss Sir gestehen, dass ich eine weitere Wurfscheibe verloren habe. Seit die Eisenherstellung in Primoria als Folge der Stilllegung von Winters Minen zurückgegangen ist, sind Waffen sehr teuer geworden. Und ein Winterianer Flüchtling zu sein, ist nicht gerade lukrativ.

Ich greife nach einer Beere und weiche Sirs Blick aus. »Nimmt sonst niemand an diesem Gespräch teil? Vielleicht Finn?«

Er schüttelt den Kopf. »Nur wir. Fang an.«

Es ist ein Befehl. Er ist aufgebracht wegen irgendetwas, aber ich habe keine Ahnung, weswegen.

Mein Magen dreht sich von dem ganzen Essen, das ich mir in den Mund gestopft habe. Sir hat kein Recht, wütend oder enttäuscht zu sein, denn schließlich habe ich die Hälfte des Medaillons zurückgebracht. Ich habe das geschafft, was er vergeblich versucht hat, obwohl er es mir nicht zutraute. Das Einzige, was er fühlen sollte, ist Ehrfurcht.

Ist er deswegen wütend, weil ich ihm endlich bewiesen habe, dass er mich braucht?

Ich blicke zu ihm hoch. »Es war genau dort, wo Ihr es vermutet habt. Im Turm. Das ist alles.«

»Willst du damit sagen«, beginnt Sir, »dass du in die Festung von Lynia hineinspaziert bist und diese Medaillonhälfte herausgeholt hast ohne jegliches Blutvergießen? Der Bluterguss auf deiner Wange und der bestialische Gestank hier drin erzählen etwas anderes. Meira, was ist geschehen?«

Die Falten in Sirs Gesicht vertiefen sich. Plötzlich wird sein Alter sichtbar. Er ist über fünfzig und sein von Natur aus weißes Haar wirkt elfenbeinfarben. Er streicht mit den Fingern über die Schatulle, bevor er sie öffnet und mir die Medaillonhälfte zeigt.

Ich sehe sie zum ersten Mal. Eine Silberkette windet sich um die Rückseite eines herzförmigen Medaillons. Obwohl es schon jahrhundertealt ist, glänzt es. Die eine Hälfte von Winters Magsignie. Ich atme aus, entspanne die Schultern. Ich kann immer noch nicht glauben, dass es hier ist, so nah, dass ich es berühren könnte.

Als Sir die Schatulle öffnet, erstarrt Mather. Ich werfe ihm einen Blick zu, würde gerne unsere Unterhaltung von eben fortsetzen, möchte mich dafür entschuldigen, dass ich die größte Schwäche in seinem Leben zur Sprache gebracht habe, als ginge es um so etwas Unbedeutendes wie das Wetter. Erneut nehmen mir diese Fragen, die niemand je laut zu stellen wagt, den Atem.

Werden wir es schaffen? Wird die Magie wieder zurückkehren, wenn wir die beiden Medaillonhälften wieder zusammenbringen, oder wird Winter für immer das einzige Königreich in Primoria ohne Magie sein? Wie sollen wir dann Frühling besiegen, ein Königreich, das getragen wird von magisch bedingter Stärke, wir, acht Flüchtlinge mit nichts als einer hübschen

Kette? Wird sich je ein anderes Königreich mit uns verbünden, selbst wenn wir wieder beide Hälften besitzen, solange unser einziger Erbe unfähig ist, das Medaillon zu nutzen?

Man kann auch ohne Magie leben. Wir haben es knapp sechzehn Jahre lang geschafft. Wir haben auf der Rania-Ebene ein paar Gemüsebeete angelegt. Wir trainieren unsere Körper. Aber all das wird nie ausreichen, solange all die anderen Königreiche auf dieser Welt etwas besitzen, das menschliche Grenzen übersteigt, solange Frühling unsere stärksten Soldaten mühelos niedermähen kann und die Rhythmus-Reiche dasselbe tun können.

Mather hat recht: Es mag aussehen, als wäre Primoria im Gleichgewicht, aber das ist es nicht.

Sir lässt die Schatulle unvermittelt zuschnappen und ich zucke zusammen. Offenbar habe ich zu lange geschwiegen. Er erhebt sich, schüttelt den Kopf. Ich erhebe mich ebenfalls.

»Es war zu gefährlich«, sagt er. »Die zweite Hälfte werden wir ohne deine Hilfe suchen. Keine Widerrede! Du wirst dich wieder um die Lebensmittelversorgung kümmern.«

»Nein«, protestiere ich lauthals. Sir wendet sich ab, aber ich greife nach seinem Arm. Allmählich spüre ich die Auswirkungen der letzten Tage – meine Beine zittern, in meinem Kopf dreht sich alles. Aber ich werde nicht zulassen, dass er mir das wieder wegnimmt. Ich habe mich heute bewährt, hundertfach, und ich lasse nicht zu, dass er mich so ohne Weiteres wieder zur Seite schiebt.

»Ich habe Euch die Hälfte des Medaillons zurückgebracht«, schreie ich. »Was muss ich denn noch tun?«

Bitte, sag mir, was ich tun soll, damit ich weiß, wohin ich gehöre.

Sir blickt mich so streng an, dass ich den Blick senke, seinen Arm loslasse. Das Blut steigt mir in den Kopf. Ich bin so müde, so erschöpft, dass ich nicht einmal genau weiß, ob dies alles tatsächlich geschieht. Mir wird das alles zu viel. Ich brauche Schlaf; muss mich sammeln, darf nicht mehr das Gefühl haben, dass das, was ich getan habe, nicht bedeutsam sei.

Ich verlasse das Versammlungszelt, ohne mich um das zu kümmern, was Sir oder Mather mir hinterherrufen, und renne zu meinem eigenen Zelt. Da unser Lager nicht sehr groß ist, entfalten dramatische Auftritte keinerlei Wirkung. In wenigen Sekunden bin ich in meinem Zelt verschwunden. Allerdings ist es nicht meins alleine, und als ich hineinstürme, blicken mich Finn und Dendera mit großen Augen an.

Dann wendet sich Dendera wieder dem Loch in ihren Stiefeln zu, das sie gerade flickt.

»Ich möchte ein Mal erleben, dass du ein Treffen mit William wie eine Dame verlässt und nicht wie ein gereizter Bulle.«

Ich knurre und lasse mich auf meinen Schlafsack fallen. Finn murmelt etwas davon, ich sei eben keine Dame, was mir ein Lächeln entlockt. Dendera kontert, es bestehe immer noch Hoffnung für mich. Ich vergrabe das Gesicht in meinem Kissen und höre ihnen nicht mehr zu.

Einst hat mir Dendera erzählt, dass sie eine von Hannahs Hofdamen gewesen sei. Dort habe man sie wegen ihres scharfen Verstands und ihrer Meinung geschätzt und keine Frau unter Hannahs Regentschaft habe sich minderwertig fühlen dürfen. Ich habe sie und die anderen so oft mit Fragen über Winter gelöchert und so viele Geschichten gehört, dass ihre Erinnerungen jetzt meine sind und ich mir einreden kann, dass ich mich selbst erinnere. An gefrorene Beeren und eiserne Feuerstellen. Die Minen in den Klaryns-Bergen. Das erdige Aroma der raffinierten Kohle, das über jeder Stadt hing.

Wenn ich die Augen schließe, mir die Ohren zuhalte und alles andere ausblende, kann ich den Hof, wie ihn Dendera beschrieb, vor mir sehen. Ich kann mir auch die Stadt vorstellen, über die mir Sir berichtet hat. Jannuaris großer weißer Palast thront hoch über mir, in seinem ausgedehnten Hof befinden sich Eisbrunnen. Es ist so kalt, dass sich Fremde in dicke Pelze hüllen müssen, um von einem Gebäude zum nächsten zu gehen, während uns Winterianer unser Blut selbst unter den härtesten Bedingungen warm hält. Und immer ist alles schneebedeckt, sodass selbst das Gras weiß ist, weil es zu wenig Sonne bekommt. Ein ganzes Königreich eingehüllt in ewigen Winter.

Doch an dieser Stelle stürzen meine fiktiven Erinnerungen jedes Mal in sich zusammen. Die Kälte und der Schnee zersplittern in Explosionen. Ich höre Schreie um mich herum, die den Palastkomplex wie eine Welle überrollen. Zusammen mit Tausenden anderer Menschen renne ich durch graue, in Rauch gehüllte Straßen. Und weitere Explosionen treiben uns direkt in Angras Hände. Genau das tun sie – sie treiben die Winterianer wie Schafe zusammen, damit sie sie in ein Leben der Sklaverei und des Schmerzes führen können.

Nur uns erwischen sie nicht. Die ursprünglich fünfundzwanzig Flüchtlinge, die Angra nachts den Schlaf rauben, haben sich auf die sieben reduziert, die immer noch mit Winters künftigem König leben.

Doch egal, wie hoffnungslos unsere Lage und wie abgrundtief Sirs Verzweiflung sein mag, er wird mich nie als Bereicherung ansehen, sondern immer nur als das überdrehte Kind, das aufzuziehen er das Pech hatte.

Kapitel 6

Gedanken an die Zerstörung unseres Königreichs sind nicht gerade die ideale Voraussetzung für erholsamen Schlaf. Kurz nachdem ich endlich eingeschlafen bin, werde ich von einem schlimmen Albtraum wieder wach. Ich sehe einen Schatten, der Jannuaris verlassene Straßen einhüllt, eine Dunkelheit, die so intensiv und absolut ist, dass alle Gebäude und Menschen in Vergessenheit versinken. Ich schrecke hoch, noch ganz unter dem Eindruck meines Albtraums, und bin dankbar, dass das Zelt ansonsten leer ist. Die einzigen Geräusche stammen vom Prasseln des Feuers am anderen Ende des Lagers. Es ist Zeit fürs Abendessen.

Ich stehe auf, immer noch voll angekleidet, und flechte mein weißes Haar zu einem Zopf. Als ich vors Zelt trete, sehe ich, wie die Sonne untergeht. Ich lasse den Blick über die Rania-Ebene schweifen, über die der zur Neige gehende Tag einen graugelben Dunst gelegt hat.

Zu meiner Linken bewegt sich die Plane des Versammlungszelts und ich spanne die Muskeln an. Ich möchte Sir jetzt nicht begegnen, es sei denn, seine Miene ist zerknirscht, was noch unwahrscheinlicher ist, als dass das Königreich Sommer zufriert. Deswegen mache ich mich davon, als die Zeltplane geöffnet wird, renne bis zum Südrand des Lagers und klettere den Hügel hoch.

Direkt vor mir geht pulsierend die Sonne unter, und meine Muskeln fangen an, sich zu entspannen. Eines der wenigen guten Dinge hier ist der Sonnenuntergang. Die Landschaft wird in feurige Rottöne getaucht, bis die Welt um mich herum nur noch aus Farben zu bestehen scheint – die allumfassende schwarze Nacht, die flackernde gelbe Sonne, die langen scharlachroten Strahlen, das wogende braune Gras.

Ich setze mich auf den Boden, stütze die Ellbogen auf die Knie. Hinter mir knistert das Lagerfeuer und vor mir fegt der Wind über die Ebene. Nach allem, was in den letzten Tagen passiert ist, fühlt es sich gut an, ja richtig gut, einen Augenblick lang einfach durchzuatmen. Ich rufe mir die Landkarte in Erinnerung, die ich in Lynia über dem Schreibtisch entdeckt habe. Meine Nerven beruhigen sich, als ich mich auf die vergilbten gelben Ecken konzentriere, die verblassten braunen Linien, etwas Einfaches, wo doch alles um mich herum so kompliziert ist.

Die Rania-Ebene – eine riesige, heiße Ödnis zwischen all den Königreichen. Im Süden die Jahreszeiten: Sommer, Herbst, Winter und Frühling, die von den gezackten Klaryns-Bergen umgeben sind. Und im Norden und Osten die Rhythmus-Reiche: Yakim, Ventralli, Cordell und Paisly, die über das restliche Primoria verteilt sind. Vier Jahreszeiten-Königreiche, vier Rhythmus-Königreiche und acht Magsignien.

Die Medaillonhälfte kommt mir in den Sinn. Ich kaue an meiner Unterlippe. Das Gefühl der scheinbaren Ruhe, das ich mir eingeredet hatte, verpufft sofort. Denn obwohl es mir gelungen ist, die Medaillonhälfte zurückzuholen, fühlt sich dieser Sieg doch an wie eine Niederlage. Werden wir denn immer scheitern, selbst wenn wir erfolgreich sind? Die Rückeroberung der ersten Medaillonhälfte, die Suche nach der zweiten, das Werben um Verbündete, um Winter zu befreien – wann wird es sich anfühlen, als hätten wir genug getan?

»Meira?«

Ich wirble herum, einen Kloß im Hals, bis mir klar wird, dass es nicht Sir ist, sondern Mather.

Er beobachtet mich schweigend. Seine Augen huschen über mein Gesicht. Mein Herz hämmert gegen meine Rippen, aber ich halte seinem Blick stand. Ich hasse es, wie er mich mit einem Blick durchschaut. Jedem anderen könnte ich etwas vormachen, könnte meine Angst hinter einem kecken Grinsen verbergen, aber Mather sieht alles. Ich weiß es, denn einen Moment lang lässt er seine ausdruckslose Maske fallen, und seine Augen verraten mir, dass er genauso fühlt. Er ist ein Spiegelbild jenes Teils von mir, den ich nicht ertragen kann.

Er kauert sich neben mich und fragt ganz ruhig: »War es so schlimm?«

Ich runzle die Stirn. »Die Medaillonhälfte zu bekommen? Wieso denkst du, es sei schlimm gewesen?«

»Du bist vorhin einfach rausgestürmt. Entweder bist du krank oder Lynia war … Ich habe mich die ganze Zeit nur über mich und über meine eigenen Probleme ausgelassen, während du …« Sein Blick bleibt an dem Bluterguss auf meiner Wange hängen, als sehe er ihn zum ersten Mal. »Du wärst nicht gegangen, wenn ich nicht gewesen wäre, und ich habe nicht einmal gemerkt, dass du verletzt worden bist. Ich bin ein Idiot.«

»Nein!«, blaffe ich. »Nein. Ich meine ja, du bist manchmal ein Idiot, aber wage es ja nicht, dich zu entschuldigen! Du brauchst dich nicht schuldig zu fühlen, weil du mich nach Lynia hast gehen lassen – auch wenn ich beinahe gefangen genommen worden wäre: Ich würde es wieder tun.«

Mathers Miene verdüstert sich, und ich zucke zusammen, als ich meine eigenen Worte höre. *Gefangen genommen.* Mather wendet sein Gesicht der Sonne zu. Sein Ausdruck ist undurchdringlich. Mir war nie klar, ob seine Fähigkeit, seine Gefühle zu unterdrücken, ihm von Sir anerzogen wurde oder ob sie angeboren war. Wie dem auch sei, schon früher, als wir noch jünger waren und ich ihn überredete, Waffen zu stehlen oder das Versammlungszelt mit Tinte zu beschmieren, konnte Mather immer eine unschuldige Miene aufsetzen, wenn Sir fragte, ob wir die Übeltäter seien. Natürlich waren wir die Übeltäter, denn wir waren schließlich die einzigen Siebenjährigen im Lager und über und über mit Tinte befleckt. Aber Mather blieb immer standhaft, wiederholte mit einer überraschend glaubwürdigen Sicherheit, dass er und ich unschuldig seien.

Bis ich schließlich in Tränen ausbrach und Sir alles gestand. Aber Mather war nie sauer auf mich, weil ich ihn in Schwierigkeiten brachte und während des Verhörs schwach wurde.

Er lächelte nur, legte die Arme um mich und sagte etwas Ermutigendes.

Mather ist schon immer ein König gewesen, jeden Augenblick seines Lebens.

Ich schüttle den Kopf. »So unmittelbar war die Gefahr, gefangen genommen zu werden, auch nicht«, korrigiere ich. »Herod hat bloß … Mir geht's gut, wirklich.«

Aber Mather mustert jeden Winkel meines Gesichts, und als er schließlich meinem Blick begegnet, hebt er die Hand und legt seine schwieligen Finger auf meine Wange. Als er den Bluterguss berührt, durchzuckt mich ein scharfer Schmerz, aber ich beherrsche mich, denn das Gefühl seiner Finger auf meiner Haut ist mir wichtiger als der Schmerz.

»Niemand, der mit Herod konfrontiert wird, fühlt sich gut«, flüstert er.

Eine kühle Brise weht mir entgegen, als die Nacht die lähmende Hitze der Ebene vertreibt. Ich atme den Staubgeruch ein und versuche, mich nicht zu rühren, als Mather seine Hand zurückzieht. Noch einmal lässt er den Blick über mein Gesicht streifen, als suche er nach weiteren Verletzungen. Sein Blick bleibt an meinen Lippen hängen, und ich bin hin- und hergerissen zwischen der Neugier, zu erfahren, warum er sie so intensiv betrachtet, und dem Zwang, mich von ihm zu lösen.

»Er hat jedoch mein *chakram* gestohlen«, sage ich und greife nach jedem Strohhalm, um die Stimmung etwas aufzuhellen.

Endlich verzieht Mather das Gesicht zu einem Lächeln, und es breitet sich über beide Wangen aus, von den Augen bis zu den Lippen, und sorgt dafür, dass es um uns herum plötzlich hell wird, wie wenn in einer Höhle eine Kerze angezündet wird.

Doch schon im nächsten Moment ist es wieder wie weggewischt, das Licht erlöscht.

»Du weißt, dass William dich sehr schätzt.«

Ich wende mich ab, pflücke Grashalme und werfe sie in die Luft. Mather scheint meine plötzliche Zurückgezogenheit nicht zu bemerken – oder vielleicht tut er es doch, weiß aber, dass ich hören muss, was er zu sagen hat.

»William war einer der ranghöchsten Generäle von Winter.« Mather streckt die Hand aus und berührt ein paar der Halme, die ich hochgeworfen hatte. »Und er hat das Gefühl, versagt zu haben. Wenn es nach ihm ginge, solltest du auf Bällen tanzen, nicht Türme hinaufklettern und Soldaten töten. Du musst ihn verstehen …«

Ich wende mich ihm zu. Meine Wangen glühen. »Einen Mann verstehen, der sich nicht einmal überwinden kann, mir anerkennend auf den Rücken zu klopfen, obwohl ich uns der Befreiung unseres Königreichs einen großen Schritt näher gebracht habe?«

Mather fasst sich an die Stirn. »Kannst du nicht verstehen, dass er sich schuldig fühlt, gerade *weil* er dich bei der Befreiung unseres Königreichs braucht? Du hast deine Sache wirklich toll gemacht – im Augenblick sitzen alle ums Feuer herum und erzählen sich Geschichten über dich.«

Ich grinse verlegen. »Ich bin ja auch ziemlich faszinierend.«

Mather grinst ebenfalls. »Ich bin davon überzeugt, dass du selbst ohne den Lapislazuli überlebt hättest.«

Ich lache und streiche mit den Fingern über meine Tasche, wo der kleine Stein gegen meine Hüfte drückt. Ich vergesse immer wieder, dass er da ist, als wäre er bereits ein Teil von mir selbst. »Du glaubst, ich hätte meinen Erfolg einem Stein zu verdanken?«

Mather zuckt die Schultern. »Bis heute ist es niemandem gelungen, die Medaillonhälfte zurückzubekommen. Das kann doch kein Zufall sein, und ich erwarte von dir jede Menge Lob dafür, dass ich ihn dir geschenkt habe.«

»Du hattest ihn doch selbst schon dabei auf Missionen der Suche nach dem Medaillon. Warum hat er dann dir nicht geholfen?«

Mather atmet tief durch. Plötzlich mustern wir uns gegenseitig und jegliche Unbeschwertheit ist verflogen.

»Du hast recht. Bestimmt lag es nicht am Stein, sondern an dir, an deiner Einzigartigkeit«, bemerkt er.

In meinem Magen formt sich ein eiskalter Klumpen, während mir gleichzeitig Hitze in die Wangen steigt. Ich beobachte, wie das abnehmende Tageslicht Mathers ausgeprägte Gesichtszüge hervorhebt. Seine Worte hängen zwischen uns in der Luft … Mather ist die beständigste Kraft, die ich je gekannt habe. Angra hat allen Grund, ihn zu fürchten.

Mit der Hälfte des Medaillons in unserem Besitz sind wir dem Ziel, dass Mather die Funktion übernehmen kann, für die er von jeher vorgesehen war, einen großen Schritt näher gekommen – und ich muss ihn in genau dieser Funktion sehen.

Sir hat schon mehrfach darauf hingewiesen, dass Mather bald heiraten muss. Es wird von ihm erwartet, dass er für eine Erbin sorgt, und ich werde ihn und seine wunderbare neue Familie hochleben lassen und so tun, als ob es mir nichts ausmache, dass ich nicht gut genug für ihn bin.

Also erhebe ich mich und streife die Grashalme von meiner Hose. Ich starre ihn an, kümmere mich nicht darum, dass meine Hand den Stein in meiner Tasche krampfhaft umklammert. »Wie immer habt Ihr recht, Eure Hoheit. Ich werde versuchen, mehr Verständnis für ihn aufzubringen.«

Mather blickt zu mir hoch. Er öffnet den Mund, als hoffe er, dass die richtigen Worte von selbst herausströmen würden. Ich habe gehört, wie Sir zu ihm gesagt hat: *Du bist königlicher Abstammung, sie nicht. Und es steht für deine Zukunft zu viel auf dem Spiel, als dass du dies durch eine Verbindung gefährden dürftest, die Winter keinen Nutzen bringt.*

Er erhebt sich und blickt mich eindringlich an. »Erinnerst du dich, dass ich dir gesagt habe, die Welt sei nicht im Gleichgewicht?«

Ich zögere, spüre einen Kloß im Hals. »Was willst du damit sagen?«

Mathers Finger streichen über meine andere Hand, die nicht krampfhaft den Stein umklammert hält. Diese sanfte Berührung verstärkt meine Beklemmung nur noch. Er verschränkt unsere Finger miteinander, sein Atem geht unregelmäßig. »Ich werde einen Weg finden, das Gleichgewicht wiederherzustellen«, verspricht er.

Ich starre ihn an, unfähig, seine Worte zu begreifen. Er versucht erst gar nicht, zu erklären, was er meint. Er steht einfach neben mir, beobachtet mich und wartet.

Ich weiß, ihr beide seid zusammen aufgewachsen, aber er ist unser künftiger König. Seine Stellung ist einfach zu wichtig, um etwas anderes als Freundschaft zuzulassen.

Mein Puls rast, als Mathers Worte sich mit Sirs vermischen, widersprüchliche Aussagen, die mir Schwindel verursachen. Mather *ist* zu bedeutsam, als dass er sich mit mir abgeben könnte. Aber ...

Ich lasse meine Hand in seine gleiten, seine rauen Finger umfassen meine. Als habe er darauf gewartet, dass ich das tue.

Nein.

Langsam löse ich meine Finger aus seinen, entziehe ihm meine Hand. Wenn es vorbei ist, wird es nur noch mehr wehtun. Sobald er die Tochter eines fremden Würdenträgers heiratet. Sobald er seines Wegs geht.

Ich löse den Blick von ihm, kann nicht erraten, welche Gefühle sich in seiner Miene verbergen, wenn überhaupt welche. Ich wende mich ab. Die Nacht breitet ihre Schatten über die hageren Bäume, die ihre Äste wie Klauenfinger von sich strecken, und die Büsche neben dem Strom, und ein Windstoß lässt einige der Schatten erzittern, dunkle Massen, die sich wie schlurfende Wildschweine bewegen.

Ich erstarre.

Das sind keine Schatten.

Mein gesamter Körper ist sofort in Alarmbereitschaft, und ich verfluche Herod hunderttausendmal dafür, dass er mir mein *chakram* gestohlen hat.

»Mather.« Die Anspannung in meiner Stimme löst die Spannung zwischen uns. Ich spüre, wie er sie ebenfalls entdeckt, denn seine Haltung strafft sich. Die Gestalten in den Bäumen bewegen sich erneut. Sie sind zu fünft. Vermutlich Frühlingianer Späher.

Einer der Männer kommt hinter einem Baum hervor, ist jetzt deutlich sichtbar. Er weiß, dass wir ihn sehen. Er legt den Kopf zur Seite, die Dunkelheit des frühen Abends verhüllt seinen Körper, und ich kann mir vorstellen, wie ein Lächeln seine Mundwinkel umspielt. *Mein Herr wird begeistert sein, dass ich euch gefunden habe.*

Die anderen Späher schließen sich ihm an, tauchen aus dem Gras und hinter den Büschen auf, bis alle fünf stehen, Schulter an Schulter, die Hände in die Seiten gestützt. Sie warten darauf, dass wir den ersten Schritt machen. Einer deutet mit dem Kopf so schnell auf den Pferdepferch, dass ich es nicht bemerkt hätte, wenn ich in dem Moment geblinzelt hätte. Sie haben vor, unsere Pferde zu stehlen, um nach Frühling zurückzukehren. Vermutlich haben sie ihre eigenen vor ein paar Stunden irgendwo zurückgelassen, um nicht entdeckt zu werden. Bevor sie nach Frühling zurückreiten, werden sie noch versuchen, ein paar von uns zu töten. Dann werden sie Angra verraten, wo sich unser Lager befindet, damit er zum Todesstoß ausholen und Mather persönlich töten kann.

Wir dürfen nicht zulassen, dass sie nach Frühling zurückkehren.

Wir brauchen Waffen. Wir müssen die anderen alarmieren. Wir müssen …

Mather reagiert noch vor mir. Er greift nach meiner Hand und zerrt mich zum Lager. Ich blicke noch einmal zurück. Die fünf Soldaten setzen sich in Bewegung, stolpern über das Gras auf den Pferch zu.

Das alles ist meine Schuld. Sie haben mich verfolgt. Ich habe sie von Lynia direkt hierhergeführt. Sir hat recht – ich *bin* nur ein Kind, das nicht in einem Krieg kämpfen sollte.

Mather drängt mich zur Eile und etwas fällt aus dem Kragen seines ledernen Brustharnisches. Die Medaillonhälfte. Im Licht der untergehenden Sonne glänzt sie, schwach und flackernd, und enthält ein so mächtiges und kraftvolles Potenzial. Diese Medaillonhälfte ist Winters Essenz.

Ich löse meine Hand aus seiner. »Du musst Sir warnen!«

Mather bleibt unvermittelt stehen, aber ich bin schon unterwegs zu meinem Zelt. Seine Stimme verklingt hinter mir, als er erneut losrennt. Er ist jetzt den Feinden näher und weiter entfernt von mir.

»Späher!«, ruft er. »Spione, fünf …«

Auch Finn besitzt ein *chakram*. Ich finde es zusammen mit einem Halfter, als Sirs Brüllen von der anderen Seite des Lagers zu hören ist.

»Also dann, neues *chakram*«, murmele ich. »Es wird Zeit, dass Herod erfährt, dass wir uns nicht gern verfolgen lassen.«

Kapitel 7

Mein ganzer Körper ist gespannt wie eine Feder, als ich zurück zum Pferdepferch eile. In der Dunkelheit kann ich kaum die fünf Gestalten erkennen, die um unsere Pferde herumschleichen, Sättel und Zaumzeug durcheinanderwerfen und sich gegenseitig unter Flüchen zur Eile antreiben.

»Meira.«

Mit Panik in der Stimme herrscht Sir mich an. Verzweiflung erfasst mich. Am liebsten würde ich mich verkriechen, bis das, was den Erwachsenen solche Angst einflößt, ausgestanden ist. Er stürmt an mir vorbei. Ich muss all meine Energie aufwenden, um mit ihm Schritt zu halten, während ich neben ihm über das Gras renne. Alle anderen laufen hinter uns her – Dendera, Finn, Greer, Mather und Henn. Alysson ist die Einzige, die uns nicht folgt, da sie keine Kämpferin ist.

Die Späher halten nicht inne, als wir näher kommen, und zücken auch keine Waffen, um uns aufzuhalten, sondern versuchen bloß hastig, unsere Pferde loszubinden. Der Frühlingianer Soldat, der mir am nächsten steht, benutzt sein Messer, um das Seil durchzuschneiden, mit dem eines der Pferde an den Zaun gebunden ist. Ich bleibe ruckartig stehen, und mein neues *chakram* fliegt aus meiner Handfläche und durchtrennt die Kehle des Soldaten mit einer schnellen zischenden Bewegung, bevor es wieder in meine Hand zurückkehrt. Der Soldat weicht zurück, als sei er gegen eine Mauer geprallt. Als er zu Boden sinkt, gleitet ihm das Messer aus der Hand. Er bleibt regungslos und mit offenem Mund liegen. Ich schwinge mich über den Zaun und lande bei den anderen in dem Pferdepferch. Der Soldat, den ich gerade getötet habe, liegt zusammengekrümmt dicht neben der Stelle, wo ich auf dem Boden aufkomme. Unwillkürlich blicke ich ihm ins Gesicht. Er ist noch jung. Natürlich ist er jung. Nicht alle Soldaten sind alt, besudelt vom Blut all der Menschen, die sie getötet haben, und bereit, selbst zu sterben.

Ich schlucke schwer. Im Krieg ist kein Raum für Gefühle – auch eine von Sirs Weisheiten.

Zwei der Männer wenden sich um, um einen ihrer Kameraden abzuschirmen, der schon halb auf dem Pferd sitzt. Ihr Gesichtsausdruck verrät Mordlust, als sie sehen, dass ich einen der beiden anderen getötet habe, und sie greifen nach den Schwertern an ihrer Taille. Sir stürmt auf sie zu. Sie wissen es noch nicht, aber sie sind bereits tot.

Sir springt über den Zaun, in jeder Hand ein gekrümmtes Messer. Die Klingen blitzen in der Dunkelheit auf, anmutig und tödlich, und er windet sich wie eine Schlange, die zum Angriff übergeht. Die beiden bewaffneten Soldaten haben sich noch nicht einmal ganz zu ihm umgedreht, als er bereits den ersten anspringt und ihm die Messer in Hals und

Oberkörper stößt, sodass er gegen seinen Kameraden taumelt. Blitzschnell durchtrennt Sir auch die Kehle des zweiten Soldaten. Die beiden Männer fallen röchelnd zu Boden. Sofort wendet sich Sir dem Soldaten zu, den die anderen abzuschirmen versuchten. Er ist immer noch damit beschäftigt, das Pferd loszubinden.

Der Späher sieht zu Sir auf, lässt dann den Blick zu den beiden Körpern zu seinen Füßen wandern. »Bitte«, wimmert er und will nach dem Pferd fassen, greift aber daneben. Dann lässt er sich zwischen seinen beiden Kameraden zu Boden fallen. »Bitte, ich flehe Euch an …«

Sir thront über ihm. »Wo ist deine Waffe?« Seine Stimme jagt mir Schauer über den Rücken, das erste Gefühl, das ich wieder spüre, seit ich den Soldaten getötet habe.

Der Soldat duckt sich. »Ich habe keine …«

Sir nimmt das Schwert eines der toten Soldaten und wirft es mit dem Griff voran dem winselnden Soldaten zu. Der zögert.

»Nimm es«, knurrt Sir.

Der Soldat tut, was Sir ihm befiehlt. Doch kaum hat er das Schwert in der Hand, prescht Sir vor und stößt dem Soldaten seine Messer in die Brust. Trübe Augen starren mich an, als die Lippen des Mannes zu zittern beginnen. Nach einem letzten Aufstöhnen sinkt er neben den beiden anderen zu Boden.

Die Nacht lässt die toten Männer nur mehr als schimmernde Körper erscheinen, die sich zusammengerollt haben. Erst wenn die Sonne aufgeht, wird das geronnene Blut sichtbar werden, das auf dem Gras im Pferdepferch rote Streifen gebildet hat. Ein scharfer Eisengeruch liegt in der Luft, steigt mir in die Nase. Es sollte regnen, möglichst ein Platzregen, um all dies hier abzuwaschen. Die Überreste von fünf Leben …

Ich erstarre.

Eins, zwei, drei, vier.

Vier. Nicht fünf. Es waren doch fünf Soldaten, oder?

Ich lasse den Blick über den Pferch gleiten. Dendera und Mather kümmern sich um die Sättel und alles andere, an dem sich die Soldaten von Frühling zu schaffen gemacht haben. Greer, Henn und Finn durchsuchen die Leichen und nehmen die Waffen an sich.

Und tatsächlich: Hinter dem Pferd, auf das der letzte Mann aufzusteigen versuchte, baumelt ein Stück Seil vom Zaun, direkt neben dem geöffneten Gatter. Durchgeschnitten.

Meine Hände zittern vor Angst, bevor ich seinen Namen stammele: »Sir.«

Er blickt mich an und steckt seine Messer zurück in die Scheide.

Ich deute auf das baumelnde Seil und das offene Gatter. »Es waren fünf Kundschafter.«

Sir dreht sich um und starrt auf das Seil. Sein Blick schweift über die Ebene. In der Ferne ist ein kleiner Fleck am Horizont zu sehen, wo der letzte Soldat in einer Staubwolke auf einem unserer Pferde dahingaloppiert. Er ist bereits so weit entfernt, dass wir ihn nicht mehr einholen können. Er wird Angra den Standort unseres Lagers verraten.

Angst raubt mir den Atem, denn ich weiß, was als Nächstes geschehen wird. Sir wirbelt zu mir herum. Sein Blick wandert von mir zu Dendera, Finn, den anderen. *Nein, bitte nicht …*

»Wir brechen sofort auf. Packt nur das Nötigste ein«, verkündet Sir und fängt bereits an, die Pferde vom Zaun loszubinden. »In fünf Minuten treffen wir uns auf der Nordseite des Lagers.«

Seine Worte versetzen mir einen Stich. »Wir fliehen?«, stoße ich hervor und schiebe mein *chakram* zurück in das Halfter. »Können wir nicht einfach …«

Sir macht einen Schritt auf mich zu. Selbst in der Dunkelheit kann ich erkennen, dass seine Augen blutunterlaufen sind. Seine Augen sind das Einzige, woran man seine Gefühle erkennen kann. »Wir dürfen kein Risiko eingehen, nicht jetzt, wo wir endlich dem Ziel so nah sind. Fang an zu packen oder steig auf ein Pferd.«

Er wendet sich ab, eilt durchs Gras, bis er Mather eingeholt hat. Er packt ihn am Arm und flüstert ihm etwas zu, woraufhin Mather genauso schockiert und verärgert dreinblickt wie ich.

Dann läuft Sir eilends zu den anderen und brüllt ihnen dieselben Befehle zu – packt ein, was ihr könnt, wir dürfen keine Zeit vergeuden.

Er sieht sie nicht an, als er zu ihnen spricht. Sein Blick gleitet zum Horizont, stoisch und ruhig. Ein Fels in der Brandung. Herod mag zwar groß und düster sein, doch Sir ist groß und *strahlend* – genauso gewaltig, genauso bedrohlich. Die Stärke beider Männer beruht auf ihrem Verlangen nach Rache.

Wie konnten wir unter seiner Führung je gegen Angra verlieren?

»Meira.«

Ich zucke zusammen. Ich war so auf Sir konzentriert, dass

ich nicht bemerkt habe, dass Mather hinter mich getreten ist. Er lächelt, doch sein Lächeln ist getrübt durch Panik. Schweiß rinnt ihm über die Wange.

»Lass mich raten: Du hast es zugelassen, dass ich mich an dich heranschleiche?«, fragt er und versucht, unbeschwert zu klingen.

Ich zucke die Schultern. »Ich muss dir schließlich die Illusion lassen, in etwas gut zu sein.«

Er nickt. Sein Mund entspannt sich, als er mich mit einem ruhigen, feierlichen Blick ansieht. Als ob wir noch nie blitzartig ein Lager hätten aufgeben oder getrennt in die Nacht davonstürmen müssen, bis wir irgendwo an einem sicheren Ort wieder zusammentrafen. Seit wir uns erinnern können, haben wir diese Situation mindestens ein dutzend Mal erlebt, aber jetzt schaut er mich an, als hätte er sich noch nie von mir verabschieden müssen.

»Mather?« Es kommt heraus wie eine Frage.

Er geht auf mich zu, bleibt stehen, geht einen Schritt zurück, tänzelt herum, als könne er nicht den Mut aufbringen, das zu tun, was er tun möchte. Mir wird mulmig zumute, ich bin wie erstarrt, wage nicht zu hoffen, dass er jetzt das tun wird, was ich mir insgeheim erhoffe …

Schließlich reißt er mich in seine Arme, presst mich fest an sich, während meine Füße in der Luft baumeln. Er schmiegt das Gesicht an meinen Hals.

»Ich werde einen Weg finden, alles wieder in Ordnung zu bringen«, erklärt er mir. Seine Worte durchströmen meinen Körper und erschüttern mich tief im Inneren.

Langsam entspanne ich mich und schlinge die Arme um seinen Hals.

»Ich weiß«, flüstere ich. Als er mich gerade wieder auf dem Boden absetzen will, klammere ich mich an ihm fest, presse den Mund an sein Ohr. Ich muss es aussprechen, aber ich bringe es nicht über mich, ihn anzuschauen, als ich sage: »Wir alle wissen das, Mather. Du tust dein Möglichstes für Winter. Alle bringen dir die höchste Wertschätzung entgegen, und ich glaube – nein ich weiß –, dass Hannah stolz sein würde, dass du ihr Sohn bist.«

Er schweigt, hält mich einfach in den Armen und atmet tief durch. Ich möchte mein Gesicht an seines schmiegen, möchte in dieser Stellung verharren, in diesem Schwebezustand, fast wie ein Kuss und doch wieder nicht. Die widersprüchlichen Gefühle treiben meinen Puls hoch, und ich bin sicher, dass Mather meinen Herzschlag spüren kann. Ich jedenfalls fühle seinen rasenden Herzschlag an meinem Bauch.

Mit einer schnellen Bewegung setzt er mich wieder ab, legt eine Hand um meinen Nacken und drückt mir einen Kuss auf die Wange. Seine Lippen streichen über meine Haut und lassen Blitze durch meine Adern schießen. Seine Brust entspannt sich, die Spannung in seinem Gesicht verschwindet, als er mich loslässt. Ich erhasche einen Blick in seine Augen, über die sich ein fast unsichtbarer Tränenschleier gelegt hat.

Er sagt nichts, sondern drückt nur einfach noch einmal meine Finger. Dann ist er verschwunden. Vermutlich will er ins Lager zurück, um zu packen oder sein Pferd zu satteln oder was auch immer Sir ihm befohlen hat.

Ich stehe in der Mitte des Pferdepferchs, eine Hand auf meine Wange gelegt.

Was bei allem Schnee im Himmel war das?

Dabei weiß ich nur zu gut, was es war. Oder zumindest weiß ich, was ich mir wünsche, dass es war – was ich mir immer gewünscht habe. Und was, wie ich mir ständig in Erinnerung rufen muss, nie sein darf. Aber warum jetzt, inmitten des Aufbruchs, wo ich ihn weder in die Ecke treiben kann, damit er es mir erklärt, noch einen Weg finden kann, um zu vergessen, dass es geschehen ist? Denn es ist geschehen. Meine Wange fühlt sich an, als hätte er sie mit seinem Mund gebrandmarkt. Auch wenn ich es mir noch so oft wiederhole: »Er ist unser künftiger König«, kann ich Mathers Lippen auf meiner Haut nicht vergessen.

Ich *will* dieses Gefühl seiner Lippen auf meiner Haut auch gar nicht aus meinem Gedächtnis löschen.

Sir taucht vor mir auf, führt zwei bereits gesattelte Pferde am Zügel. »Pack deine Sachen.«

Ruckartig lasse ich meine Hand fallen. Mathers Worte, seine Lippen und seine Arme verblassen zu einer Erinnerung; ich bewahre sie im Hinterkopf auf, wie einen Anker angesichts all dieser Unsicherheit.

»Nein«, knurre ich. *Nein, wir können nicht einfach aufbrechen. Wir müssen bleiben; wir müssen uns etwas Besseres einfallen lassen, als zu fliehen.* »Ich kann sie nicht …«

Mit einer schnellen Bewegung packt Sir meinen Arm und hebt mich auf das nächststehende der beiden Pferde. Dann springt er auf sein eigenes auf, nimmt meine und seine Zügel in die Hand und wirft mir einen Blick zu, der mir deutlich zu verstehen gibt, besser nicht zu protestieren.

Doch seine Blicke haben mich noch nie aufhalten können. »Wir dürfen nicht zulassen, dass sie auch dieses Lager zerstören.«

Alysson und Dendera schwingen sich ebenfalls auf ihre Pferde und wir traben aus dem Pferdepferch. Vor dem Versammlungszelt machen wir kurz halt, und Finn, Greer und Henn bedeuten Sir mit einem Nicken, dass alles, was Angra auf unsere Spur bringen könnte, verbrannt wird.

Sir lässt seine Zügel hängen, und als wir weiterreiten, höre ich das schwache Prasseln des Feuers, das aus dem Zelt dringt. Die Flammen vernichten alles von Bedeutung, Landkarten und Dokumente. Wahrscheinlich haben sie die Feuerstelle benutzt. Wir können sie nicht mitnehmen. Angra wird sie finden, das einzige Stück Vergangenheit, das wir besitzen, bis zum Rand mit Asche gefüllt.

Als ich nach dem Sattelknopf greife, um mich an etwas anderem als an einer Waffe festzuhalten, lässt Sir meine Zügel los und greift nach meiner Hand. Er berührt sie so leicht, dass ich nicht sicher bin, ob er versucht, mich zu trösten oder dafür zu sorgen, dass ich nicht die Kontrolle über mein Pferd verliere.

»Es ist nicht deine Schuld«, seufzt er. »Niemand trägt Schuld daran.«

Ich sitze zusammengesunken auf meinem Pferd, fühle mich ganz klein. Natürlich ist es meine Schuld, ich habe die Späher hierhergeführt. Und ich weiß, dass es sinnlos wäre zu bleiben – Angra wird weit mehr als fünf Männer ausschicken. Da wir nur mehr acht sind, wären unsere Chancen gleich null, es wäre unser Todesurteil. Aber ich kann nicht einfach *nichts* tun – dieses Nichtstun wird mich schneller töten als ein Alleingang gegen Angras gesamte Armee.

Als wir nördlich des Lagers in der Ebene angelangt sind, bringt Sir unsere Pferde zum Halten. Einen Augenblick später haben die anderen zu uns aufgeschlossen, ihre Pferde schwer bepackt mit allem, was sie in der Eile einpacken konnten. Was unser übriges Vieh angeht, kann ich nur hoffen, dass Angra es besser behandeln wird als unser Volk.

»Reitet jeweils zu zweit. Sobald es sicher ist, treffen wir uns in Cordell«, verkündet Sir. Er deutet auf Dendera, die neben Mather steht. »Sorg dafür, dass er am Leben bleibt.«

Dendera neigt den Kopf und verharrt in dieser Haltung, bis Sir mit einem Ruck an den Zügeln seines Pferdes zieht. Es steigt und stößt ein markerschütterndes Wiehern aus, das allen anderen Pferden einen Adrenalinstoß versetzt. Sir wirft mir über den Lärm hinweg einen Blick zu und nickt, bedeutet mir, ihm zu folgen. Während er in Windeseile nach Nordwesten durch die inzwischen in Dunkelheit gehüllte Ebene galoppiert, bleibe ich ihm dicht auf den Fersen.

Die anderen folgen uns ein Stück weit, dann reiten sie in unterschiedliche Richtungen davon. Ich blicke mich um. Alysson galoppiert mit Finn nach Norden, Greer und Henn galoppieren nach Osten und Dendera und Mather nach Nordosten.

Mather wirft mir einen letzten Blick zu, genauso intensiv wie vorher.

Dann drängt er sein Pferd neben das von Dendera und sie werden von der Nacht verschluckt.

Sir reitet neben mir. Der Wind weht mir ins Gesicht und trocknet meine Tränen.

Es ist nicht meine Schuld, hat Sir gesagt, und er sagt immer die Wahrheit.

Nach einer Stunde wilden Galopps verlangsamen wir unser Tempo. Das Einzige, was wir erkennen können, sind vereinzelte Baumgruppen und Sträucher; ihre verdorrten Umrisse zeichnen sich undeutlich gegen die dunkle Nacht ab. Wir reiten ohne Pause bis zum Sonnenaufgang durch. Und dann weiter bis zum Sonnenuntergang. So lange, bis die Pferde vollkommen ausgelaugt sind. Dann steigen wir in der Nähe einer Wasserstelle ab und lassen die Pferde zurück.

Vorher nimmt Sir ihnen noch ihre Ausrüstung ab – Sattel, Zügel, Decken und die kleinen Brustpanzer. Die nutzlosen Dinge versteckt er hinter ausgedörrten Büschen, den Rest verstaut er in einem Sack. Wir geben den Pferden einen letzten Klaps und setzen dann unseren Weg nach Nordwesten zu Fuß fort. Zwei Tage lang marschieren wir und machen nur zum Schlafen halt und um den Horizont nach Angras Männern abzusuchen.

Sir knausert mit den Lebensmittelrationen so sehr, dass ich beinahe verrückt werde vor Hunger. Hier und da kommen wir an kleinen Flüssen mit Schlammwasser vorbei, essbare Pflanzen sind noch seltener, und Schatten gibt es überhaupt nicht. Stundenlang sehen wir nichts anderes als Sonne, Himmel, verdorrtes Gras und abgestorbene Sträucher.

Ich hasse Hitze, hasse den Schweiß, der meine Schulterblätter herunterrinnt, hasse es, wie die Sonne jede unbedeckte Hautstelle verbrennt. Aber noch mehr hasse ich die Stille und Sir schweigt beharrlich. Es ist nicht sein übliches Schweigen, er ist regelrecht stumm, scheint mich über Stunden kaum wahrzunehmen.

Gerade als ich denke, ich müsse ihn irgendwie wachrütteln, lässt er sich neben irgendetwas im Gras auf die Knie. Es ist ein kleiner Bach, nicht breiter als eine Armlänge, und hier fließt das klarste Wasser, das wir seit unserem Aufbruch gesehen haben. Die Hitzeschwaden lösen sich auf und ich seufze vor Erleichterung über die paar halb lebendigen Pflanzen an beiden Uferseiten. Es sind zähe, von der Sonne ausgedörrte Pflanzen, aber sie sind immer noch schmackhafter als die meisten sonstigen Köstlichkeiten, die die Rania-Ebene zu bieten hat, wie zum Beispiel Krähen.

Als Sir das Bündel von der Schulter gleiten lässt, wirft er mir einen Blick zu.

»Wir schlagen heute Nacht unser Lager hier auf und marschieren morgen weiter nach Cordell. Es scheint uns niemand gefolgt zu sein. Je schneller wir in Sicherheit sind, umso besser.«

Auch wenn das verlockend klare Wasser nur wenige Meter entfernt ist, bin ich für einen Moment wie gelähmt. Er spricht wieder mit mir! »Warum gehen wir in ein Rhythmus-Königreich? Ich dachte, Ihr hasst König Noam?«, frage ich.

Sir wendet sich dem Wasser zu, lässt die Schultern leicht hängen, reagiert aber nicht auf meine Worte.

»Ich kann nicht helfen, solange ich den Plan nicht kenne. Und ob es Euch gefällt oder nicht, meine Hilfe ist alles, was Ihr jetzt habt.«

Der Sarkasmus in meiner Stimme erstaunt mich selbst und ich lasse die Arme sinken. Ich gehe einen Schritt auf ihn zu, zögere, weil ich nicht weiß, wie er reagieren wird. Aber als ich neben ihn trete, sehe ich die Spuren getrockneten Bluts, die von seiner Hand ins Wasser laufen. Seit Tagen ist er mit dem Blut der Frühlingianer besudelt.

Wo hätte er es zwischendurch auch abwaschen sollen?

Das Gesicht des Soldaten, den ich getötet habe, schießt mir wieder durch den Kopf.

Es ist meine Schuld. Auch der Tod dieser Männer.

Sir dreht den Kopf nach links. »Flussaufwärts«, sagt er, ohne auf meine Frage zu antworten.

Ich nehme das Halfter meines *chakrams* ab und lasse es zu Boden fallen, bevor ich mich nach links wende und mich durch das Gestrüpp kämpfe. Ich fühle mich von Kopf bis Fuß blutbefleckt, schmutzig, als wäre ich von oben bis unten mit den Eingeweiden von Angras Soldaten besudelt.

Ich lasse mich auf die Knie nieder und tauche den Kopf ins Wasser, bis zu den Schultern. Die Kühle des Wassers lässt die Hitze etwas erträglicher werden, verschafft mir Linderung und vertreibt meine Panik. Meine Schuldgefühle. Ich habe schon vorher getötet, habe erlebt, wie Sir getötet hat. Ich habe gesehen, wie jeder im Lager, sogar Mather, blutüberströmt und hinkend aus einem Kampf zurückkehrte. Ich sollte mir nichts daraus machen, dass ein paar Soldaten von Frühling sterben mussten, schließlich haben sie Tausende unserer Leute umgebracht.

Allmählich beginnen meine Lungen zu brennen, aber ich bleibe weiter unter Wasser, halte den Atem an, bis das schmerzhafte Bedürfnis zu atmen das Einzige ist, was ich fühle. Nichts sonst. Ich habe keinen Platz für etwas anderes.

Plötzlich umfassen Finger meinen Arm. Bevor ich mich richtig wachrütteln kann, um wahrzunehmen, wer es ist, atme ich instinktiv ein. Wasser strömt in meine Lungen, Panik schnürt mir die Brust zu. Ich reiße den Kopf aus dem Bach, keuche und spucke Wasser. Sir zieht mich ins Gras, klopft mir auf den Rücken, damit mir der Rest des Wassers aus der Nase herausfließt.

Sobald meine Lungen frei sind, springe ich auf und wische mir Schmutz und Wasser aus den Augen. »Alles in Ordnung. Ihr habt mich bloß erschreckt, das ist alles. Mir geht's gut.«

Aber Sir scheint nicht überzeugt zu sein.

»Nichts von dem, was passiert ist, ist deine Schuld, und du hast vorher auch schon getötet«, sagt er. »Und du wirst wieder töten. Der Trick besteht darin, nicht zuzulassen, dass es dich kampfunfähig macht.«

»Tu ich nicht.« Ich balle die Hand zur Faust. Schlamm klebt an meinen Fingern. Ansonsten bin ich ruhig, wachsam, konzentriere meine ganze Wut auf die Faust. »Ich will gar nicht, dass es leicht wird. Nicht einmal, wenn es Angra persönlich wäre. Ich will es spüren, immer, sodass ich nie so grauenhaft werde wie er.«

Oder wie Ihr. Ich will nicht so abgestumpft werden wie Ihr.

Bei dem Gedanken zucke ich zusammen, noch mehr Schuldgefühle steigen in mir hoch. Er war nicht immer so, ermahne ich mich selbst. Einmal hat Alysson Mather und mir von der Nacht erzählt, in der Jannuari Angras Männern in die Hände fiel. Die Nacht, in der fünfundzwanzig von uns entkommen sind, geschützt durch einen Schneesturm, den Hannahs letzter Einsatz von Magie heraufbeschworen hat, bevor Angra ihr Medaillon entzweibrach und sie tötete.

»William allein ist es zu verdanken, dass wir überlebt haben«, hat uns Alysson erklärt, als wir eines Abends ums Feuer herumsaßen und darauf warteten, dass Sir von einer Mission zurückkehrte. »Wir konnten die Blitze der Kanonen aufleuchten und Rauchschwaden über der Stadt wabern sehen, und wir wollten zurückreiten, um unsere Leute zu retten, aber William bestand darauf, dass wir weiterzogen, bis wir die Grenze überquert hatten und aus der Gefahrenzone waren.«

Sie schwieg und strich über Mathers Wange. »Den ganzen Weg über trug er dich an seiner Brust. Jedes Mal, wenn einer von uns ihn bat, umzukehren und bei der Verteidigung unseres Königreichs zu helfen, legte er die Hand auf deinen kleinen Kopf und sagte: ›Hannah hat uns aufgetragen, ihre Abstammungslinie zu sichern. *Dadurch* werden wir Winter retten.‹ Obwohl hinter uns ein Krieg wütete und wir mitten in einem schweren Schneesturm steckten, um unsere Flucht zu verbergen, und obwohl es mehrere Tage dauerte, bis wir in Sicherheit waren, war William die ganze Zeit über so liebevoll zu dir. Ein Krieger mit einem weichen Herzen.«

Sir hatte uns diese Geschichte nie erzählt, und nachdem

Alysson sie uns dieses eine Mal erzählt hatte, hörten wir sie nie wieder. Aber danach beobachtete ich Sir aufmerksam, suchte nach Hinweisen auf das liebevolle Verhalten, das Alysson erwähnt hatte. Ab und an konnte ich einen Hauch davon erkennen – ein Zucken um seine Augen, wenn Mather beim Kampftraining strauchelte, ein Zucken um die Mundwinkel, als ich darum bettelte, ebenfalls kämpfen zu lernen. Aber das war alles, was ich von dem General sah, der einst tagelang ein Baby an der Brust getragen hatte, um es in Sicherheit zu bringen. Es schien, als sei diese liebevolle Art Vergangenheit, doch hin und wieder zuckten seine Muskeln bei der Erinnerung daran zusammen.

Wir alle sind so, viel zu hart für das, was wir eigentlich sein sollten, nämlich eine Familie, keine Gruppe von Kämpfern. Doch das Einzige, was uns wirklich verbindet, sind Geschichten und Erinnerungen an das, was sein sollte.

Sir nickt. Er ist jetzt sauber, alle Blutspuren sind abgewaschen, mit Ausnahme der Flecken auf seiner Kleidung. Es ist, als wäre nie etwas geschehen.

»Nicht vergessen zu wollen, wie schrecklich es ist, jemanden zu töten, gehört zu dem, was einen guten Kämpfer ausmacht.«

»Habt Ihr gerade …« Meine Faust löst sich. »Ihr habt mich gerade einen Kämpfer genannt. Einen *guten* Kämpfer.«

Sir deutet das für ihn typische Lächeln an. »Auch das darf dich nicht kampfunfähig machen.«

Kapitel 8

Es ist mir immer noch ein Rätsel, weshalb Sir Cordell als Treffpunkt ausgewählt hat. Zugegeben, es ist das zu unserem ehemaligen Lager nächstgelegene kampffähige Königreich. Aber dann muss ich wieder an Sirs Schimpftiraden über Cordell denken. König Noam sei feige, verstecke sich hinter seinem Reichtum, horte die Macht seiner Magsignie wie all die anderen Rhythmus-Königreiche und so weiter.

Also muss ich ihn danach fragen, als wir am nächsten Tag unser Ziel im Nordosten anpeilen. Auch wenn ich es bereits ein halbes Dutzend Mal erfolglos getan habe. Doch wir sind gerade ziemlich gut miteinander ausgekommen, *und* er hat mich als Kämpferin bezeichnet, was doch irgendeinen Wert haben muss.

»Warum wenden wir uns um Hilfe an ein Rhythmus-Königreich?«

Sir blickt mich an, halb amüsiert, halb genervt.

»Beharrlichkeit kann dir den Tod einbringen.«

»Wenn Qualen der Grund für diese Beharrlichkeit sind, kann sie auch zu Antworten führen.«

Sir schnaubt. »Rhythmus oder nicht, Cordell liegt nun mal am nächsten. Und wir sind in Eile.«

Und offenbar auch verzweifelt, wenn Sir darauf hofft, dass wir in Cordell Hilfe bekommen. Nichts läuft *einfach* problemlos, und da ich mit meiner Vermutung über den Grund für Sirs Entscheidung offenbar richtigliege, *kann* irgendetwas nicht stimmen.

»Und was tun wir als Nächstes?«

Sir blickt zum Horizont, zu den unendlichen Wogen der Steppe und der sengenden Sonne. »Unterstützung suchen«, flüstert er. »Eine Armee aufstellen. Winter befreien.«

So wie er es sagt, klingt es ganz einfach. Seit sechzehn Jahren haben wir auf dieses Ziel hingearbeitet.

Und jetzt, da wir die Hälfte des Medaillons haben, scheint es endlich in Reichweite. Mein gesamtes Leben war darauf ausgerichtet, diese Medaillonhälfte zu erlangen – nie habe ich Fragen darüber hinaus gestellt.

»Aber – noch haben wir keine vollständige Magsignie. Warum sollte Noam bereit sein, uns zu helfen? Und wo befindet sich überhaupt die andere Hälfte des Medaillons?«

Sir blickt mich an, kneift jedoch den Mund zu einem schmalen Strich zusammen. »Dieses Risiko müssen wir eingehen, und zwar genau *wegen* des Ortes, an dem sich die zweite Hälfte befindet.« Seine Stimme klingt flach, und ich habe das Gefühl, dass er mir etwas verschweigt, aber er spricht weiter und beantwortet meine zweite Frage. »Wenn du etwas vor der Welt verbergen und immer wissen wolltest, wo es sich befindet, wo würdest du es dann aufbewahren?«

»Ich vermute, bei mir.« Ich sehe ihn erschrocken an. »Nein …«

Er zuckt die Schultern.

»Angra trägt die zweite Hälfte also bei sich? An seinem Leib?«

Sir schweigt und überlässt es mir, das Puzzle zusammenzusetzen.

»Angra hat also dafür gesorgt, dass eine Hälfte ständig in Bewegung war, um es uns unendlich schwer zu machen, sie zurückzugewinnen, während er die andere Hälfte die ganze Zeit um den Hals trug?« Ich schüttle den Kopf. »Und ich dachte, es wäre eine Leistung, die erste Hälfte zurückzubekommen.«

»Das war es«, bekräftigt Sir.

Mein Mundwinkel kräuselt sich und ich genieße seine Worte. *War es.*

»Warum seid Ihr nicht mit Mather gegangen?«

Die Frage purzelt mir aus dem Mund, noch bevor mir klar wird, dass sie mir überhaupt durch den Kopf gegangen ist. Nicht, dass Dendera nicht ebenso fähig wäre, ebenfalls an Mathers Seite zu kämpfen. Obwohl sie lieber keine Soldatin wäre, ist sie unsere zweitbeste Nahkämpferin. Aber Sir ist nach wie vor der beste und deshalb sollte *er* mit Mather zusammen sein.

»Wir dürfen nicht das Risiko eingehen, zusammen gefangen genommen zu werden.« Sir wirbelt sein Bündel herum und zerrt daran, um es zu öffnen. »Wir sind beide zu wertvoll für die Sache.«

Er reicht mir ein Stück Dörrfleisch. Ich blicke ihn an, erwarte eine weitere Erklärung, aber er schiebt sich bloß ein Stück Käse in den Mund und hüllt sich wieder in Schweigen. Das ist es also. Es geht nicht darum, dass ihm etwas an mir liegt, dass er mich beschützen will. Es hat überhaupt nichts mit mir zu tun, hat es nie gehabt.

Ich kaue an dem Fleisch herum, zwinge mich, es hinunterzuschlucken. Meine Hand streicht über den kleinen blauen Stein in meiner Tasche. Die raue Oberfläche fühlt sich an wie Sand, und ich stelle mir vor, wie aus diesem Stein Stärke und Furchtlosigkeit fließen, zuerst in meinen Arm und dann direkt in mein Herz. Ich stelle mir vor, dass er tatsächlich eine Magsignie darstellt, meine eigene Quelle übermenschlicher Stärke, genau dort, in meiner Handfläche – sowohl ein Symbol der Macht als auch eine Erinnerung an Winter.

Ich ziehe die Hand wieder aus der Tasche. Ich brauche keine eingebildete Stärke. Ich bin selbst stark genug – *ich*, Meira, ohne Magie, ohne Magsignie oder dergleichen.

Aber … es wäre schön, einmal nicht so schwach zu sein. Nicht auf all das zurückzublicken, was wir getan haben, und zu wissen, dass wir noch so viel mehr tun müssen, bis wir vielleicht eines Tages in Sicherheit sind.

Mächtig sind.

Bei Sonnenuntergang machen wir halt, um unser Lager aufzuschlagen. Inzwischen haben mich die Hitze sowie die unterschwelligen Selbstzweifel, ob Sir etwas an mir liegt, in ein einziges Nervenbündel verwandelt. Während er die erste Wache übernimmt, zwinge ich mich zu schlafen, um meine Gedanken zu ordnen. Schockierenderweise kommt der

Schlaf so leicht und schnell wie schon lange nicht mehr, als hätte unser Gespräch heute die Anspannung ein wenig gelindert.

Ich hasse es, dass mir seine Meinung so wichtig ist.

Ich schließe die Augen, rolle mich in den goldenen Graswellen zu einer Kugel zusammen und lasse mich ins Reich der Träume gleiten, so wie die Sterne über den dunklen Nachthimmel gleiten.

Ich stehe umgeben von Hütten auf einer gepflasterten Straße. Die Zäune sind mit Schnee und Eis bedeckt, die Fenster mit Frost verkleidet. Eine dichte Rauchwolke verdeckt den Himmel, pufft aus den Kaminen der Fabrikgebäude am Stadtrand.

Ich bin in Jannuari.

Ich kenne diese Straßen wie meine Westentasche. Szenen, die ich den Geschichten und Erinnerungen anderer verdanke, gestohlene Bilder und Gefühle. Doch als ich auf der kühlen Steinstraße stehe, lähmt mich Angst, windet sich in heftigen Krämpfen um meine Glieder und treibt meinen Puls in die Höhe, schneller und immer noch schneller. Schon seit Jahren sehe ich Jannuari in meinen Träumen vor mir und habe mir mit andächtiger Aufmerksamkeit Geschichten darüber angehört. Warum also habe ich Angst?

Menschen strömen auf mich zu, hasten Jannuaris gewundene Straßen entlang. Wir rennen, rennen verzweifelt, als Explosionen neben uns aufflammen.

Dies ist die Nacht von Winters Niedergang.

»Nein«, hauche ich. Wir dürfen nicht weglaufen. Angra treibt uns zusammen. Er wird uns alle gefangen nehmen und uns versklaven …

»NEIN!«, schreie ich immer wieder und greife nach den Menschen um

mich herum. Aber sie rennen immer weiter, hören mich nicht, die Angst schließt sie hinter undurchdringlichen Mauern ein.

Dann bin ich in Sicherheit.

Die Veränderung vollzieht sich so schnell, dass ich nach hinten falle und gegen die Wand des Raums pralle, in dem ich mich jetzt befinde. Ein kleines Arbeitszimmer, erwärmt durch eine Feuerstelle zu meiner Linken. Beim erdigen Geruch der glühenden Kohlen entspanne ich mich sofort, bei dem Duft von Erinnerungen, die nicht meine sind. Das Fenster auf der gegenüberliegenden Seite ist geöffnet. Draußen ist es Nacht und ab und an flattert eine Schneeflocke herein.

Die Menschen in dem Raum nehmen keine Notiz von mir. Sie sind zu sehr auf eine Frau konzentriert, die neben der Tür steht. Sie ist keinesfalls älter als dreißig, hat wallendes weißes Haar und das ruhigste und sanfteste Gesicht, das ich je gesehen habe. Als ob nichts, nicht einmal Angras Kanonen, sie erschüttern könnten. Um den Hals trägt sie eine Kette mit einem Medaillon. Die Magsignie.

Hannah.

»Es tut mir leid«, flüstert sie, und Tränen rollen ihr über die Wangen. »Ich kann euch nicht sagen …«

»Nein!« Sir springt auf. Sir. Und Alysson neben ihm, dahinter Dendera und Gregg und Crystalla. Sie leben. Sie sind alle hier und am Leben …

Ein Schrei steigt aus meiner Kehle auf, dann legt sich eine Hand fest auf meinen Mund. Im Halbdunkel blickt Sir mich an. Sein von weißen Bartstoppeln umrahmter Mund ist zu einer Grimasse verzogen. Der Traum hat mich benommen gemacht, und ich blinzle verwirrt, doch mein Puls geht wieder normal. Ich habe schon öfter von Jannuari geträumt. Ja sogar von Hannah. Jeder hat davon geträumt, da bin ich mir sicher – jeder Augenblick unseres Lebens ist beherrscht von Winter, warum also nicht auch unsere Träume? Daran ist nichts Beunruhigendes.

Doch ein ungutes Gefühl macht sich in mir breit, das ich nicht loswerde, besonders als Sir mit dem Kopf nach rechts deutet und damit meine Aufmerksamkeit auf fernes Hufgetrappel lenkt.

Pferde galoppieren über die Ebene, sodass mein Körper spürbar vibriert, während ich flach auf dem Boden liege. Als Sir die Hand von meinem Mund nimmt, kommt mir ein schrecklicher Verdacht.

Frühling?, forme ich lautlos mit den Lippen.

Er schüttelt den Kopf. »Sie kommen von Südwesten«, erklärt er mir leise. »Und reiten nach Nordosten.«

Ich blinzle. Offensichtlich erwartet er von mir, dass ich weiß, wer diese Reiter sind, aber ich habe keine Ahnung. Die Königreiche südwestlich von uns sind Sommer und Herbst. Die Sommerianer verlassen ihr Königreich lediglich, um Frauen für ihre Bordelle einzusammeln. Doch sie reiten nur selten so weit raus in die Rania-Ebene, insbesondere da Yakim und Ventralli viel näher liegen und dort genauso viele potenzielle Sklaven zu finden sind. Und Herbst hat eigene Probleme mit seinem zusammenbrechenden Königreich. Zwei Generationen lang hatten sie keine Thronfolgerin, bis ihr derzeitiger König eine Tochter bekam, aber sie ist erst ein Jahr alt. Die Magie der Magsignien ist so beschaffen, dass ihre Träger sie erst nutzen können, wenn sie mindestens dreizehn Jahre alt sind. Sie müssen fähig sein, ganz bewusst hie und da Magie einzusetzen, und Kinder sind nicht in der Lage, die gesamte Magie ihrer Königlichen Magsignie zu nutzen oder zu kontrollieren, was sie heraufbeschwören können.

Aber Herbst hat einen mächtigen Verbündeten – Cordell.

Vor zwei Jahren hat König Noams Schwester den König von Herbst geheiratet. Trotz Angras Übergriffen brachte diese Heirat eine Tochter hervor. Nachdem Frühling sich Winter einverleibt hatte, richtete es seine Gier auf das geschwächte Herbst, das ohne Erbin dastand. Nach der Geburt von Herbsts Prinzessin nahmen die Angriffe noch zu, um das Reich zu erobern, bevor sie alt genug wäre, um ihre Kräfte zu nutzen.

Und da Noam nun durch Blutsbande und Heirat mit Herbst verbunden ist, war eines der mächtigsten Rhythmus-Königreiche gezwungen, sich über eine Jahreszeit Sorgen zu machen, und zwar aus anderen Gründen als seinem Interesse an den Klaryns.

Deshalb also will Sir, dass wir uns nach Cordell begeben. Noam hat gar keine andere Wahl, als Frühling Einhalt zu gebieten – entweder er hilft jetzt, oder er muss zusehen, wie seine Schwester und seine Nichte von Angra niedergemetzelt werden. Dem Hufgetrappel nach zu schließen, ist diese Hilfe bereits angelaufen.

Ich trommele aufgeregt auf den Boden. »Cordell!«, stoße ich hervor. »Sind es Cordellianer, die aus Herbst zurückkommen?«

Sir berührt seine Nase, als wolle er sagen: »Ich habe dich gut unterrichtet.« Dann springt er auf und stößt einen langen, ohrenbetäubenden Pfiff aus, der in der Dunkelheit widerhallt. Die Hufschläge werden langsamer und kommen auf uns zu.

Mein Herz rast. Ich hoffe inbrünstig, dass es sich tatsächlich um Cordellianer handelt. Und dass wenigstens ein paar von ihnen Mitgefühl mit Reisenden empfinden, egal ob aus einem Jahreszeiten- oder Rhythmus-Königreich. Denn wenn sie an den Rhythmus-Jahreszeiten-Vorurteilen festhalten oder wenn es doch Frühlingianer sind, dann …

Aber Sir begeht keine derartigen Fehler. Hoffe ich zumindest.

Ich erhebe mich ebenfalls. Die schattenhafte Armee zeichnet sich inzwischen ein paar Meter entfernt von uns ab. Ein Schatten, die dunkle Gestalt eines Reiters, löst sich von den anderen und galoppiert auf uns zu. Als er näher kommt, verraten uns seine Cordellianische Uniform in Gold- und Jägergrün und die Medaillen, die daran befestigt sind, dass er ein Offizier ist. In einer Hand hält er ein Schwert, in der anderen die Zügel. Auf diese Weise kann er uns notfalls vom Pferd aus durchbohren.

Der Offizier reitet so nahe heran, dass wir sein Gesicht erkennen können, dann bleibt er stehen.

»Sagt mir, wer ihr seid, oder …« Er schweigt und reißt die Augen so weit auf, dass das Weiße in der Dunkelheit aufblitzt. »Bei allen goldenen Blättern«, stößt er hervor, und ich zucke zusammen. Ist wohl ein typisch cordellianischer Fluch. »Winterianer?«

Ich streiche durch mein weißes Haar, werfe es über eine Schulter und kämpfe gegen den Kloß in meiner Kehle an.

Dies ist der Augenblick, in dem er uns entweder bespucken und etwas Abfälliges über die barbarischen Jahreszeiten äußern oder uns helfen wird.

Sir tritt auf ihn zu. »William Loren, General von Winter. Und das ist Meira«, er zeigt auf mich, »ebenfalls aus Winter. Unser Lager wurde von Angra angegriffen und wir sind auf dem Weg nach Cordell.«

Der Offizier senkt sein Schwert und ich entspanne mich etwas.

»Jeder, der Zuflucht vor Angra sucht, ist in Cordell willkommen. Ich bin Hauptmann Dominick Roe von Cordells Fünftem Bataillon.«

Offensichtlich war das Senken seines Schwerts ein Zeichen für seine Männer, dass alles in Ordnung sei, denn wie auf Kommando verstauen auch sie ihre Waffen. Sie werden uns nicht bespucken, sondern uns helfen. Ich lächle.

»Ihr bietet uns also Eure Hilfe an?«, stößt Sir hervor.

Dominick deutet auf zwei seiner Männer und sie bahnen sich gehorsam einen Weg durch die Menge. Beide führen je ein reiterloses Pferd am Zügel. Er verzieht sein Gesicht zu einer Grimasse – obwohl mir das im Mondlicht vielleicht nur so vorkommt.

»Für den Moment ist alles, was ich Euch anbieten kann, ein sicheres Geleit nach Bithai.«

Bithai, Cordells Hauptstadt. Besser hätten wir es uns nicht wünschen können: Ein ganzes Regiment von Soldaten, angeführt von einem Hauptmann, der offensichtlich Angra hasst und nichts von den Jahreszeiten-Rhythmus-Vorurteilen hält.

»Wir nehmen Euer Angebot an«, sagt Sir. »Eure Großzügigkeit wird belohnt werden.«

Die beiden Männer, auf die Dominick gedeutet hatte, bieten uns die Pferde an. Ich schwinge mich auf eines und sehe zu, wie Sir auf das andere steigt. Seine Schultern entspannen sich und er sackt ein wenig im Sattel zusammen. Zum ersten Mal, seit ich von meiner Mission in Lynia zurück bin, wirkt er wieder entspannt. Denn seitdem …

Meine Brust schmerzt und ich schließe die Augen. Ich kann es mir nicht leisten, über das, was geschehen ist, nachzudenken. Kann es mir nicht leisten, mir darüber den Kopf zu zerbrechen, wer entkommen und es bis Cordell geschafft hat. Nicht, bis wir irgendwo in Sicherheit sind – oder zumindest relativ sicher.

Am nächsten Vormittag lassen wir das cremefarbene Gras der Ebene hinter uns. Ich richte mich in meinem Sattel auf und beobachte aufmerksam, wie sich die Landschaft verändert. Ich war noch nie in Cordell. Bisher hatten wir keinen Grund, in ein Königreich zu gehen, das Sir verabscheut, solange es andere gab, die uns Lebensmittel und Vorräte verkauften. Aber jetzt wünschte ich mir, wir wären schon früher hierhergekommen, denn es ist atemberaubend schön hier.

Das Gras unter den Hufen unserer Pferde ist von solch leuchtendem Grün, dass mir die Augen wehtun. Wir sind von sanft abfallenden Hügeln umgeben, mit perfekt verteilten Ahornbäumen, deren Blätter gerade anfangen, eine orangegoldene Färbung anzunehmen. Wir kommen an einem Bauernhof vorbei und werden eingehüllt von einem blumigen Duft. Lavendel ist eine von Cordells beliebtesten und kostspieligsten Exportwaren. Ein paar der Soldaten winken einem Bauern und seinen Arbeitern zu. Sofort lassen die ihre Geräte und Eimer fallen und winken zurück. Wir reiten weiter und überlassen die Arbeiter ihren leuchtenden violetten Feldern. Die Soldaten, beschwingt durch das Grün, die Sonne und den Geruch von Lavendel, jauchzen und johlen vor Freude, weil sie wieder zu Hause sind.

Sir scheint sich nicht von der Aufregung der Männer anstecken zu lassen. Er mustert jeden Bauernhof, an dem wir vorbeikommen, jedes Dorf. Wahrscheinlich zählt er, wie viele prachtvolle Gebäude es gibt, wie viele Felder etwas zu üppig zu sein scheinen. Seine Miene ist unbewegt, und ich erkenne darin dieselbe Wut, die ihn erfasst, wenn er über Noam schimpft.

So wie Winter seine Magie einst auf den Bergbau konzentrierte, fördert Cordell den Opportunismus seiner Bürger, damit sie aus jeder Situation den bestmöglichen Nutzen ziehen. Opportunistisch, findig oder betrügerisch – wie auch immer man sie bezeichnet; es heißt, sie könnten sogar »Blätter in Gold verwandeln« – ein cordellianischer Ausspruch, wie uns Sir in einer unserer vielen Unterrichtsstunden gelehrt hat, der zum Ausdruck bringt, dass sie etwas so geschickt zu ihren Gunsten nutzen können, als würden sie die Blätter an einem Baum in Goldmünzen verwandeln. Was auch Hauptmann Dominicks Fluch erklärt: *goldene Blätter.*

Doch obwohl Cordell über jede Menge Ressourcen verfügt, ist Noam nicht dafür bekannt, mit irgendjemandem außer den ebenso reichen Rhythmus-Reichen politische Bündnisse zu schließen. Die Heirat seiner Schwester mit dem König von Herbst war zunächst ein Skandal, den er schließlich billigte, als er Mittel und Wege fand, sie zum Nutzen von Cordell auszuschlachten. Aber sich herabzulassen, Winterianer Flüchtlingen zu helfen?

Nachdem wir drei Stunden lang zwischen Lavendelfeldern hindurchgeritten sind, bietet sich uns ein noch prachtvollerer Anblick: Bithai. Die Stadt erstreckt sich über ein breites Plateau, umgeben von ungefähr zwanzig kleinen Bauernhöfen. Auf allen herrscht eifrige Geschäftigkeit. Je näher wir kommen, desto dichter stehen die Häuser, desto mehr Menschen erblicken wir, bis unser Regiment schließlich auf eine Kopfsteinpflasterstraße einbiegt, die zu einer Zugbrücke in der Stadtmauer führt.

Kaum sind wir durch das Tor hindurchgeritten, erwartet uns ein Gewirr von schreienden Händlern, von über die Straßen rasselnden Karren und schreienden Eseln. Häuser säumen in perfekter Symmetrie die grauen Kopfsteinpflasterstraßen, die Alleen winden und biegen sich in präzisen Winkeln durch die Stadt. Jedes Stück Mauer, sei es ein Haus, eine Lagerstätte oder eine Schänke, ist aus einer Mischung aus grauen Steinen errichtet, die unter abgerundeten Dächern mit braunen Ziegeln geschichtet sind. Fahnen flattern in der Brise über uns, Banner mit einem Lavendelstiel vor einem goldenen Ahornblatt auf einem grünen Hintergrund. Alles ist sauber, ganz bewusst gestaltet – Brunnen und Reben schmücken jeden Winkel, so als sei die gesamte Stadt Teil des Palastgeländes. Das ergibt Sinn, denn Bithai ist das Tor zu Cordell, Noams bedeutendste Zurschaustellung seiner Macht. Natürlich sorgt er dafür, dass alles so perfekt wie möglich ist.

Als wir vorbeireiten, winken die Bürger, jubeln den Soldaten zu und rufen ihren lange vermissten Männern aufmunternde Worte zu. Ein paar Frauen lassen ihre Gemüsekörbe fallen und stoßen in dem Versuch, zu ihren Ehemännern vorzudringen und sie zu küssen, beinahe die Pferde um. Viele von ihnen schrecken vor Sir und mir zurück. Beim Anblick von zwei Winterianern in Bithai verziehen sie vor Verwirrung das Gesicht. Aber die Soldaten sind zu abgelenkt, um sich um politische Vorurteile zu scheren, winken und jubeln ihrerseits ihren Landsleuten zu. Ihre Gesichter zeigen deutlich ihre Erleichterung, wieder zu Hause zu sein, was mir unwillkürlich ein Lächeln entlockt.

Loyalität. Stolz. Ich spüre es in der Luft, in der Art, wie die Männer Passanten begrüßen und sie nach Neuigkeiten aus Cordell fragen. Diese Männer lieben ihr Königreich. Sie haben, was uns fehlt, was ich jeden Tag an Sirs Blick, Finns Grimassen und Denderas entrückter Miene ablesen kann – eine Heimat.

Das Regiment verfällt in einen leichten Trab und biegt in eine letzte breite Straße ein, in der sich die Äste der Ahornbäume über uns biegen. Licht dringt durch die Baumkronen, ein paar Blätter wirbeln herunter und tanzen um den schmiedeeisernen Zaun, der sich an beiden Seiten der Straße entlangzieht.

Sir reitet jetzt neben mir. Ich suche seinen Blick, um herauszubekommen, wie unser weiterer Plan aussieht. Aber er blickt starr geradeaus. Also tue ich das Gleiche.

O nein, bitte nicht!

Das Regiment kommt zum Stehen, und ich muss mir auf die Zunge beißen, um nicht zu fragen, ob Noam versucht, irgendwelche Komplexe zu kompensieren. Ich kann verstehen, dass er ein vorzeigbares Königreich haben möchte und eine perfekte Hauptstadt ... aber *das hier?*

Ein Tor trennt das Palastgelände von der Straße, die darauf zuführt. Dieses Tor ist goldfarben und mindestens dreimal so groß wie ich und umhüllt von grünen Metallranken, an denen purpurrote Metallrosen blühen und blaue Vögel auf Metallästen sitzen. Aber das Schlimmste von allem sind die Ahornbäume zu beiden Seiten des Tors. Sie sind vollständig aus Gold, ihre Blätter klirren im Wind und bringen eine hübsche und absolut übertriebene Melodie hervor.

»Das Herz ihres Königreichs«, flüstert Sir. Dieses plötzliche Flüstern macht mir bewusst, dass die überschwängliche Freude der Männer einer feierlichen Stimmung gewichen ist.

»Es ist aber ...«, ich beherrsche mich und spreche im Flüsterton weiter, »kein echtes Gold, oder?«

Sir nickt knapp. Mir fällt die Kinnlade herunter. Kein Wunder, dass er Noam verabscheut; mit dem Gold, das er allein für zwei *Bäume* verwendet hat, könnte man ein ganzes Königreich unterhalten.

Alle Männer des Regiments steigen von ihren Pferden. Sir und mir bleibt nichts anderes übrig, als ihrem Beispiel zu folgen. Als wir alle vor dem Tor versammelt stehen, verbeugen sich die Cordellianer tief; ihr Haar flattert im Wind. Dann ist ein leises Murmeln zu hören.

Ich rücke näher an Sir heran. »Singen sie gerade?«

Er nickt. Er sieht nicht glücklich aus. Es ist aber kein Ich-werde-Noam-in-den-Hintern-treten-Unglücklichsein, sondern eher ein wehmütiges und leicht missgünstiges. »Es ist das Lied von Bithai.«

Die Soldaten beenden ihr Gemurmel, das, obwohl es an zwei goldene Bäume gerichtet ist, trotzdem nicht unheimlich wirkt, und greifen nach den Zügeln ihrer Pferde. Hauptmann Dominick geht inmitten seiner Männer, die jetzt alle damit beschäftigt sind, ihre Pferde nach rechts zu dirigieren, eine Straße hinunter, die sich an der Rückseite des Palastgeländes entlangzieht.

Er deutet zum Tor. »General William, Lady Meira ...«

Lady. Ich ziehe meine Nase kraus, diese Bezeichnung lässt mich erschaudern. Sie sollte lieber nicht an mir haften bleiben: Ich bin mir nicht sicher, ob ich eine Lady sein möchte.

»... wenn Ihr mir bitte folgen wollt – ich führe Euch zu unserem König.«

Sirs Hals ist rot. Diese Reise wird ihn noch völlig zerstören. Nicht, dass mir selbst wohler dabei ist, hier zu sein – meine bisherigen Erfahrungen mit Rhythmus-Königreichen haben in mir meist das Gefühl der Wertlosigkeit hinterlassen. Als wir in den Straßen unterwegs waren, empfingen uns Spott und Hohn. Als wir aus der Stadt hinausritten, wurden wir mit verdorbenem Gemüse beworfen. Warum sollte es in Cordell anders sein? Aber bisher hat niemand uns angegriffen, also folge ich Sir, als Dominick uns durch das Tor in einen prachtvollen Garten führt.

Ein Springbrunnen inmitten eines kleinen Steinwegs, der zwischen knallroten Azaleenstauden und schulterhohen Lavendelsträuchern hindurchführt, spuckt Wasser in die Luft. Zur Rechten führt ein Fußweg aus Stein in einen Ahornwald, ein Geheimpfad für mitternächtliche Treffen oder Mordversuche.

Vor uns erhebt sich ein Palast aus demselben grauen Stein wie alle übrigen Gebäude in Bithai, aber dieses hier stellt alle anderen in den Schatten, beeindruckt durch vier Stockwerke mit glänzenden Fenstern, elfenbeinfarbenen Balkonen und schweren Samtvorhängen.

Gerade als Dominick uns ein Zeichen macht, den Palast zu betreten, lässt mich eine Stimme herumwirbeln. Auch Sir bleibt stehen und beginnt zu lächeln, sanft und erleichtert, was mich mit Trost erfüllt.

»Meira!«

Ich drehe mich in Richtung Wald um, als ein weißer Schopf und blaue Seide aus der grünen Dunkelheit auftauchen – Mather.

Ein Lächeln breitet sich auf meinem Gesicht aus, ein Lächeln, das alle Spuren der Erschöpfung von unserer Reise auslöscht. Mather stürmt auf mich zu und reißt mich in seine Arme. So fest, dass mein Rücken knirscht, als unsere Körper sich berühren. Es kümmert mich jedoch nicht, dass er mir fast die Rippen bricht.

Kapitel 9

Mather strahlt mich mit seinem unwiderstehlichen Lächeln an und lässt mich nicht mehr herunter. Ich bemühe mich vergeblich, gegen die Röte anzukämpfen, die mir zweifellos ins Gesicht steigt. Er ist eindeutig schon länger in Bithai als wir. Sein Haar ist hinten am Kopf mit einem Band zusammengebunden, außerdem trägt er ein himmelblaues Hemd über einer sauberen elfenbeinfarbenen Hose, und Hannahs Medaillonhälfte funkelt an seinem Hals. Noam ist soeben auf meiner Sympathieliste ein paar Plätze nach oben gewandert: Er hat sich um Mather gekümmert.

Mather lässt ein kehliges Lachen hören. »Du hast ganz schön lange gebraucht, um hierherzukommen.«

Seine Worte vibrieren durch seinen Hals und bringen mir schmerzlich zu Bewusstsein, dass ich immer noch die Arme um seinen Hals geschlungen habe.

Meine Finger zittern, aber ich schaffe es nicht, mich von ihm zu lösen. Ich lache zu ihm hinunter und spüre, wie sich seine Muskeln anspannen.

»Mir war nicht bewusst, dass es ein Wettlauf war«, stoße ich hervor. Die Erinnerung an unsere letzte Umarmung schießt mir in den Kopf. Eine leichte Röte steigt ihm ins Gesicht, ein zartes Rosa. *Denkt er etwa auch daran?*

»Doch das war's und du hast verloren«, bemerkt er lakonisch, und sein Lachen reißt mich mit.

Sir räuspert sich. Mather drückt mich noch einmal an sich und stellt mich dann wieder auf die Füße. Ich brauche einen Moment, ehe ich mein Gleichgewicht wiederfinde. Wer hat die Welt so ins Wanken gebracht?

»Wer ist sonst noch hier?«, erkundigt sich Sir. Er kommt sofort zur Sache.

Mather scheint seine Schroffheit viel weniger zu ärgern als mich. »Alle.«

Ich atme tief durch. Wir alle sind hier. Wir haben alle überlebt. Meine Schuldgefühle lassen ein wenig nach – wir haben zwar unser Lager verloren, aber niemanden aus unserer Gruppe. Ich hätte es mir nie verziehen, wenn einer von uns durch meine Schuld gestorben wäre.

Auch Sir atmet tief durch. »Ausgezeichnet. Hast du dich mit Noam getroffen?«

Mather nickt. »Gestern. Dendera und ich sind seit zwei Tagen hier …«

Er schaut mich an, lässt dann den Blick zurück zu Sir wandern und behält das, was er als Nächstes sagen wollte, für sich. Doch er sieht plötzlich aus, als habe ihm jemand einen Schlag in die Magengrube versetzt, und alles in mir ist sofort in Alarmbereitschaft.

Irgendetwas stimmt nicht.

Sir nickt noch einmal und wendet sich Dominick zu. »Bringt uns zu Eurem König.«

Dominick macht auf dem Absatz kehrt und eilt die Treppe zum Palast hinauf. Zwei Wachen, die dort postiert sind, schwingen die Türen auf und betrachten unser leuchtendes Winterianer Haar, auch wenn unsere Haare im Augenblick eher matt sind. Wir sind von Kopf bis Fuß verkrustet vom Schmutz der Reise und von Schweiß. Doch aus der Entschlossenheit, mit der Sir Dominick folgt, schließe ich, dass wir vor dem Treffen mit Noam keine Chance auf ein Bad haben werden.

Ein Bad. Als wir im Palastfoyer stehen bleiben, verdränge ich den verlockenden Gedanken.

Die einzige Lichtquelle ist der Kronleuchter über uns, der einen sanften weißen Schein verbreitet. Alles andere im Raum ist düster – glänzende Holzwände und ein schwarzer Marmorboden. Gemütlich, aber auch teuer. Rechtwinklige Holzvertäfelungen säumen die Wände; ob es sich um Türen handelt oder einfach um Dekor, kann ich nicht erkennen. Rechts von uns schwingt eine der Türen auf.

Dominick eilt vor und salutiert vor einem Mann, der von unserem Standpunkt aus nicht zu sehen ist. »Mein König, ich habe …«

»Noch mehr Winterianer. Ja, ich habe es vermutet.«

Die tiefe Stimme passt zu der warmen Dunkelheit der Umgebung.

Sie klingt fast anheimelnd, eine Stimme, die ich bei einem Großvater, nicht aber bei einem König vermutet hätte.

Sir tritt vor und schiebt Dominick schroff zur Seite.

»Noam.«

Als ich Mather einmal überredet habe, eine Flasche von Finns Sommerianer Wein zu stibitzen, und wir danach ein wenig beschwipst waren, hat mich Sir dazu verdonnert, zwei Wochen lang das Essgeschirr zu spülen, weil ich »mich unserem zukünftigen König gegenüber respektlos verhalten habe«. Doch Sir nimmt es sich heraus, den Vornamen des cordellianischen Königs so auszusprechen, als wäre der ein unartiges kleines Kind.

Noam tritt in die Empfangshalle, die Arme über der Brust gekreuzt. Er ist hochgewachsen, zwar nicht so groß wie Sir, aber immer noch imposant. Seine goldbraunen, von Grau durchzogenen Haare fallen ihm auf die Schultern. Sein Bart ist bereits grau. Er hat geheimnisvolle Augen, die in mir das Gefühl hervorrufen, nackt und gleichzeitig unsichtbar zu sein, als könne er mit einem Blick all meine Geheimnisse erraten. Und seine Magsignie, Cordells Dolch, steckt in seinem Gürtel, der purpurrote Edelstein am Griff leuchtet schwach im Halbdunkel.

Mit undurchdringlicher Miene richtet er seine dunklen Augen auf Sir. Dann wandert sein Blick weiter zu Mather, bevor er bei mir verweilt. Er grinst.

Das kann nichts Gutes bedeuten.

»Das ist alles, Dominick, danke.«

Dominick zieht sich widerwillig zurück, als habe er mehr erwartet. Aber dann verneigt er sich, murmelt, er komme später noch einmal, um Neues aus Herbst zu berichten, und geht hinaus.

»William«, sagt Noam, ohne den Blick von mir zu wenden. »Was bin ich froh, dass Ihr es geschafft habt. Ist ein übles Geschäft, sich mit dem Schatten der Jahreszeiten herumzuschlagen. Die Jahreszeiten können recht« – er überlegt kurz – »launisch sein.«

Ich muss mich beherrschen, um nicht zu schnauben. Launisch … Aber meine Gedanken kehren zurück zu dem Ausdruck, den er für Angra gebraucht hat – der Schatten der Jahreszeiten. Ich hatte ganz vergessen, dass die Rhythmus-Königreiche ihn so nennen. Als sei er nichts anderes als ein grauer Dunst, der von uns Übrigen ausgeht, und würde vielleicht verschwinden, wenn wir uns nur in die richtige Richtung bewegen.

Sir tritt in Noams Blickfeld und ich atme erleichtert auf. »Ich hatte gehofft, wir könnten dies in einer privateren Atmosphäre besprechen.«

Sir wirft Mather einen Blick zu. »Mein König hat mir berichtet, dass Ihr bereits mit ihm gesprochen habt, aber da gibt es noch ein paar weitere Dinge, über die ich auch gerne sprechen würde.«

Noch nie zuvor hat Sir Mather als »König« bezeichnet. Als *künftigen* König, ja. Auch als Königliche Hoheit. Aber noch nie als König. König Mather Dynam. Unbehagen erfasst mich. Ich weiß, er ist unser König, und ich wusste, dass es eines Tages so kommen würde. Ich hatte nur gehofft, mir bliebe mehr Zeit, zumindest so lange, bis wir die andere Medaillonhälfte gefunden hätten.

Noam gibt zwei Dienstmädchen ein Zeichen. »Kümmert

euch um Lady Meira. Sorgt dafür, dass sie heute Abend strahlend aussieht.«

Sir und ich erbleichen gleichermaßen. Sir erbleicht? Ich glaube nicht, dass ich Bithai noch mag.

»Entschuldigung?«, knurrt er.

Noam grinst. »Der Ball. Mein ganzer Hofstaat ist versammelt und wartet seit zwei Tagen in Bithai auf ein Fest. Nun kann es endlich beginnen. Sicherlich hat Euch Euer *König* davon berichtet.«

Von der Art, wie er das Wort *König* betont, bekomme ich eine Gänsehaut. Ich werfe einen Blick auf Mather, dessen Gesicht genauso rot ist wie die Azaleen draußen. Er hat die Zähne fest zusammengebissen.

Die Dienerinnen kommen auf mich zu. »Bitte, hier entlang«, fordert mich eine der beiden auf.

Sir nickt mir zu. Aber etwas in seinem Blick, das er offenbar kaum zurückhalten kann, erweckt in mir den unbändigen Wunsch, mein *chakram* zu werfen, um Noams hübsche Eingangshalle kurz und klein zu schlagen.

Die Dienerinnen setzen sich in Bewegung und nach kurzem Zögern folge ich ihnen.

Genauso müssen sich wohl Schafe fühlen, bevor wir ihnen die Kehle durchschneiden und sie über dem offenen Feuer rösten.

Als wir die Empfangshalle verlassen, höre ich Noam betont sagen: »Ja, wir kommen bestimmt zu einem Arrangement.«

Ich wirble herum, aber Sir, Mather und Noam haben sich bereits zu einem Raum seitlich der Halle begeben – vermutlich Noams Arbeitszimmer. Die Tür schließt sich hinter ihnen, sodass ich nicht mehr hören kann, was gesprochen wird.

»Lady Meira, hier entlang, bitte.«

Lady. O bitte!

Ich gebe mich geschlagen und folge den Dienerinnen. Die Empfangshalle führt zu einem Ballsaal – *dem* Ballsaal, in dem heute Abend vermutlich das Fest, das Noam geplant hat, stattfinden wird. Er ist groß und prachtvoll geschmückt, mit Marmor und Leuchtern, üppigen Grünpflanzen und viel Gold. Langsam wird mir schlecht von Cordells zur Schau gestelltem Wohlstand.

Auf jeder Seite des Saals befindet sich eine Treppe. Die Dienerinnen führen mich die linke Wendeltreppe hinauf, sodass ich einen Rundumblick auf den Ballsaal habe, aber statt mich umzusehen, hefte ich den Blick fest auf meine dreckverkrusteten Stiefel.

Wir gelangen in das zweite Stockwerk und durchqueren so viele Flure, die alle gleich aussehen, dass ich allmählich glaube, dass Noams Plan darin besteht, dass ich mich in einem Labyrinth erdrückend luxuriöser Pracht verliere. Die Holzvertäfelung glänzt so sehr, dass ich im Vorbeigehen mein Spiegelbild sehen kann. Kristallleuchter werfen tanzende Lichtpunkte auf meinen Körper, die kastanienbraunen Teppiche sind so dick und weich, dass meine Stiefel darin tiefe Abdrücke hinterlassen.

Schließlich halten die Dienerinnen vor einer Tür. Die glänzende Oberfläche wirft meinen ängstlichen Gesichtsausdruck zurück wie ein Spiegel. Als sich die Tür öffnet, trete ich, auch wenn ich es ungern zugebe, in ein Schlafgemach, das ich genau so einrichten würde, wenn ich genug Geld hätte und mir um nichts sonst Gedanken machen müsste.

Der Raum ist schlicht und hübsch, nicht so übertrieben und prunkvoll wie Noams Tor. Darin befinden sich lediglich ein Himmelbett (ein wirklich hübsches Himmelbett), ein Schrank (ein wirklich hübscher Schrank) und ein lavendelfarbener Teppich mit einem komplizierten Muster auf dem Holzboden. Die Balkontüren an der gegenüberliegenden Wand stehen offen, und schwere weiße Vorhänge flattern im Wind, als ich in die Mitte des Raums trete.

Beide Dienerinnen sind höchstens ein paar Jahre älter als ich. Sie tragen schlichte Kleider aus dem typischen jagdgrünen cordellianischen Stoff. Goldbraunes Haar fällt ihnen weich über den Rücken. Eine der beiden, deren große braune Augen den Anschein erwecken, als sehe sie alles, tritt auf mich zu. »Gefällt es Euch, Lady Meira?«

»Meira.«

»Ja, genau das sagte ich doch. Lady Meira.«

Ich runzle die Stirn. »Einfach Meira. Ohne Lady.«

»Lady Meira, ich befürchte, das geht nicht.«

Ich knirsche mit den Zähnen, dann wende ich mich wieder den Dienerinnen zu. »Also gut. Wie heißt ihr?«

»Mona.«

»Rose.«

»Nun, Mona und Rose, was könnt ihr mir über Noams Pläne sagen?«

Mona hält den Kopf demütig gesenkt und Rose zuckt lediglich die Schultern.

»Wir wissen nur, dass wir dafür sorgen sollen, dass Ihr bis acht Uhr fertig angekleidet seid.«

Ich betrachte sie mit zusammengekniffenen Augen. »Und wenn ich mich weigere?«

Mona reißt die Augen auf. Rose, eindeutig diejenige von beiden, die das Sagen hat, legt eine Hand auf Monas. »Ich hoffe nicht, dass Ihr das tut. König Noam hat uns eindeutig zu verstehen gegeben, dass unsere Zukunft in seinen Diensten von Eurer Anwesenheit bei dem Ball abhängt.«

Ich ziehe die Stirn in Falten. »Und ihr tut immer genau das, was euer König verlangt?«

Rose wiegt den Kopf langsam hin und her, so als verstehe sie nicht, wie ich eine solche Frage überhaupt stellen kann. Ich erwarte dieselbe Reaktion von Mona, doch als ich bemerke, wie sie zögert und die Hände ringt, grinse ich unwillkürlich in mich hinein. Rose bemerkt meinen veränderten Gesichtsausdruck und sieht Mona scharf an. Diese wirft die Hände in die Luft und nickt so heftig, dass ich fürchte, das Haar könne ihr vom Kopf fallen.

»Natürlich gehorche ich ihm«, erklärt Mona. »Ich finde nur – es wäre schön, oder? Wenn wir unsere eigene Magie hätten?«

Roses Gesicht wird genauso rot wie die gleichnamige Blume. »Keinem Cordellianer mangelt es an irgendetwas, und du traust dich, *vor einem Gast* solche Dinge zu sagen?« Sie wendet sich an mich. »Entschuldigt, Lady Meira – Mona ist noch neu hier.«

Mona gibt sich geschlagen, lässt die Hände fallen und den Kopf auf die Brust sinken. Aber sie erwidert nichts – wendet sich stattdessen mir zu, den Blick zu Boden gesenkt. »Vergebt mir, Lady Meira.«

Ich vergesse fast, mich bei der Bezeichnung »Lady« zu sträuben, als ich sehe, wie ihr kleiner Funke erloschen ist. Ich schaffe es nicht, das Staunen aus meinem Gesicht zu vertreiben – das einzige Mal, dass sie den Mund aufgemacht hat, war bei dem Gedanken, ihre eigene Magie zu haben? Um nicht länger von Noam abhängig zu sein?

Ich verweile bei diesem Gedanken und versuche, mir vorzustellen, wie ich das deuten soll. Ich muss an den Lapislazuli in meiner Tasche denken, den kleinen runden Stein, der gegen meinen Schenkel drückt. Mather wollte glauben, dass er Magie enthalte, dass jeder sie einfach vom Boden aufheben könnte. Das würde die Welt so viel einfacher machen – niemand würde vom Wohlwollen seines Königs oder seiner Königin abhängig sein. Niemand wäre gezwungen, innerhalb der Grenzen seines Königreichs zu bleiben, um an der Magie seiner Blutslinie teilzuhaben. Wir wären viel weniger … ausgeliefert? Das scheint nicht der richtige Begriff zu sein, zumindest nicht für jemanden, der sein Leben lang darum gekämpft hat, diese Art von Magie zu erlangen. Aber vielleicht werden diese Fragen in anderen Königreichen, die jahrhundertelang über ihre Magie verfügten, gestellt. Vielleicht fragen sie sich, wie es sein würde, von den Gesetzmäßigkeiten unserer Welt befreit zu sein.

Ich schüttle den Kopf und blicke Mona an. »Du brauchst

dich nicht zu entschuldigen. Es ist richtig, Fragen zu stellen.« Auch wenn ich nicht wüsste, was ich auf diese Fragen antworten sollte. Ich weiß nur, dass Winter seine Magie braucht, um frei zu sein. Das ist alles, worüber ich mir im Augenblick Gedanken machen kann.

Rose blafft mich an: »Wenn solche Fragen den klaren Anweisungen unseres Königs widersprechen, ist es *überhaupt nicht* in Ordnung.« Sie hebt gleichzeitig eine Augenbraue und einen Finger, als wolle sie nun mir drohen.

Ich lasse mich auf das Himmelbett fallen, die Arme ausgebreitet. »Kein Grund zur Aufregung: Ich werde zu dem Ball gehen.«

Als Rose wieder zu sprechen anfängt, höre ich das Lächeln in ihrer Stimme. »Ausgezeichnet. Dort drüben wartet ein Bad auf Euch, Lady Meira.«

Ich hebe den Kopf und sehe, wie Mona auf eine Tür zu meiner Linken deutet.

»Wir kommen wieder, wenn Ihr Euch ausgeruht habt«, sagt Rose und schubst Mona hinaus.

Als sie die Tür hinter sich schließen, richte ich mich auf. Der Lapislazuli drückt gegen meine Hüfte, erinnert mich an Mather und an Sir, nicht an die Magie und daran, wer sie haben sollte oder nicht. Ich krame den Stein aus meiner Tasche und rolle den kleinen blauen Ball in meiner Handfläche. Die immer gleiche Bewegung beruhigt meine Nerven. Irgendetwas will Noam von mir. Noch beunruhigender ist die Tatsache, dass der König eines Rhythmus-Königreichs in einem Jahreszeiten-Flüchtling etwas von Wert sieht, etwas, das für ihn von Vorteil sein könnte. Und Mather und Sir wissen, was es ist, aber sie sind gerade in einer Besprechung mit Noam. Ich habe also die Wahl, in der Hoffnung, in einem der vielen Gemächer Antworten zu finden, im Palast herumzuschnüffeln oder ein Bad zu nehmen und ein Nickerchen zu machen.

Als habe mein Körper bereits die Entscheidung getroffen, gähne ich herzhaft, und meine Augen brennen vor Müdigkeit.

Ich schäle mich aus meinen Reisekleidern, stapele alles in eine Ecke und lege mein *chakram* obendrauf. Der Lapislazuli rollt von dem Stapel, schlägt auf dem Holzboden auf und bleibt auf dem flauschigen Teppich liegen. Ich hebe ihn auf, lege ihn auf den Nachttisch und starre auf die blaue Oberfläche. Ich weiß, es ist lächerlich, aber ich entspanne mich ein wenig, weil ich weiß, dass ein Stück Winter bei mir ist, wenn ich es brauche.

Duftende Seifen und schäumendes Wasser vertreiben schnell alle unterschwelligen Sorgen, erfüllen meine Sinne mit Lavendelduft und Dampf. Daran könnte ich mich gewöhnen.

Nachdem ich viel zu lange im Bad verbracht habe und schon ganz schrumpelig bin, gehe ich zurück ins Schlafzimmer und ziehe die Stirn in Falten, als sich der Nebel der Entspannung lichtet. Irgendetwas stimmt hier nicht. Ich lasse zweimal den Blick durch den Raum schweifen, noch halb benommen. Dann blicke ich zu Boden und sehe …

Nichts.

Meine Sachen sind verschwunden. Mein *chakram*, meine Stiefel, alles. Nur der Lapislazuli liegt noch auf dem Nachttisch. Statt meiner Kleider finde ich auf dem Bett ein Nachthemd ausgebreitet, ein schimmerndes elfenbeinfarbenes Gewand. Ich sollte mir Sorgen machen, doch das Nachtgewand ist weicher als Kaninchenfell. Ich ziehe es über den Kopf und erneut senkt sich der Nebel der Entspannung über mich. Und als ich zwischen die Seidenlaken schlüpfe und unter die warme Steppdecke, vergesse ich, warum ich überhaupt beunruhigt sein sollte. Oder warum ich in Noams Arbeitszimmer hätte gehen sollen, um Antworten zu finden. Oder mich zumindest auf die Suche nach Noams Arbeitszimmer hätte machen sollen, weil schließlich all diese Flure hier gleich aussehen und seine Bäume lächerlich sind. Aber verdammt noch mal, dieses Bett ist so bequem …

Kapitel 10

»Es tut mir leid, aber ich weiß nicht, was ich sonst tun soll. In wenigen Stunden wird er hier sein.«

Ich befinde mich wieder im Arbeitszimmer meines letzten Traums. Die warme Feuerstelle, der Geruch glühender Kohlen, das offene Fenster, durch das die Schneeflocken hereinwirbeln. Und die dreiundzwanzig Winterianer, die in jener Nacht entkamen und jetzt mit zwei Kleinkindern in der Rania-Ebene leben, beschäftigt mit letzten Vorbereitungen. Und Hannah, deren ruhige Stärke ins Wanken gerät, als sie neben einer Frau niederkniet. Es ist … Alysson? Warum habe ich wieder diesen Traum?

Alysson sitzt auf einem Stuhl vor Sir, der sich mit gesenktem Kopf über die Lehne beugt. Beide wirken bedrückt, scheinen den Tränen nahe, bemühen sich, vor ihrer Königin stark zu erscheinen. Alysson hat die Hände um ein winziges Deckenbündel gelegt.

»Ich weiß nicht, was ich sonst tun soll«, flüstert Hannah und berührt mit ihren langen, weißen Fingern das Bündel in Alyssons Händen. Eine winzige Hand kommt zum Vorschein, Hannah legt beide Hände darum.

Mather.

»Ihr braucht nicht zu gehen«, sagt Hannah. »Ich braucht mir nicht zu gehorchen.«

Die Königin von Winter beschwört ihren General und dessen Frau?

Alysson blickt zu ihrer Königin hoch, eine Hand immer noch um Mather gelegt. Mit der anderen greift sie nach Hannahs Hand. »Wir tun es«, flüstert sie. »Natürlich tun wir's. Für Winter.«

»Wir alle tun es«, meldet sich jetzt Sir zu Wort. Er blickt hoch, wach und aufmerksam. »Meine Königin, Ihr könnt Euch auf uns verlassen.«

Hannah erhebt sich und streckt gedankenverloren die Finger nach ihrem Sohn aus. Sie nickt und schweigt, bis in der Ferne eine Explosion zu hören ist und alle aufspringen.

»Es tut mir so leid, dass ich euch das angetan habe«, flüstert Hannah. »Es tut mir so leid ...«

»Lady Meira?«

Ich schrecke hoch, mache mich auf eine weitere Explosion gefasst, bereit, nach dem winzigen Baby zu greifen und loszurennen. Erst nach einigen Atemzügen und einem intensiven Blick auf das Himmelbett wird mir klar, dass ich mich nicht in jenem Winterianer Arbeitszimmer befinde, sondern in Cordell. Ich bin in Noams Palast und Rose beugt sich über mich. Aufregung steht ihr ins Gesicht geschrieben.

Es war bloß ein Traum. Ein *weiterer* Traum von Hannah. Aber warum hat er sich so real angefühlt?

»Lady Meira, seid Ihr bereit, Euch schön machen zu lassen?«, fragt Rose, ohne sich um meinen starren Blick zu kümmern.

Ich ziehe eine Augenbraue hoch. »Willst du damit sagen, ich sei nicht schön?«

Roses Miene zeigt Bestürzung. »Nein! Natürlich nicht ... ich meine ...«

»Alles in Ordnung, Rose. Ich mache doch nur einen Scherz.« Ich schwinge die Beine aus dem Bett und nehme das, was ich vor mir sehe, in mich auf. Drei weitere Dienerinnen haben sich Mona und Rose angeschlossen. Jede hält entweder einen Beutel oder ein Kleidungsstück in der Hand. Offensichtlich gehört dies zu Sirs Plänen – mich aufzuhübschen, so wie man ein Huhn dressiert, bevor man es in den Kochtopf wirft. Ich kann ja schlecht in meinen Reisekleidern auf einen Ball gehen, was mir schon früher hätte bewusst werden können. Ich habe nie etwas Eleganteres als meine abgewetzte Kleidung getragen. Ich weiß auch gar nicht genau, ob ich besser gekleidet sein *möchte* oder nicht. Jedes Mal, wenn Dendera mir Ballkleider beschrieben hat, dachte ich: *Du lieber Himmel, das klingt nach viel überflüssigem Stoff, und Röcke wurden vermutlich bloß als eine Vorrichtung erfunden, Frauen vom Wegrennen abzuhalten.*

»Natürlich, Lady Meira«, sagt Rose und wendet sich an die Mädchen. »Los, Mädels, packen wir's an!«

Ich hebe abwehrend die Hände. »Was – jetzt? Ich möchte meine Kleider zurück und mein *chakram* – au!«

Alle fünf Mädchen stürzen sich gleichzeitig auf mich. Sie zerren mich aus dem Bett und schubsen mich auf einen Ankleidesockel, sodass ich mich wie einer von Noams albernen Goldbäumen fühle, unter dem Menschen zwitschern.

»Mona: Beine und Füße. Cecily: Mieder und Ärmel. Rachel und Freya: Haare und Gesicht.« Rose führt sich auf wie ein General vor einer Schar verwirrter Soldaten, befiehlt und keift. Die Mädchen schubsen mich hin und her, ersticken mich fast mit jeder Menge Stoff und behandeln mich reichlich mit Puder und Ölen. Eine formt mein Haar zu einer Lockenfrisur, eine andere schmiert mir etwas Glänzendes auf Lippen und Wangen. Die dritte steckt meine Füße in hochhackige Schuhe, und die vierte bindet mein Mieder so eng, dass sich mir der Magen dreht.

»Seid ihr … sicher … dass all dies … nötig ist?«, stammele ich. Ich kann ja verstehen, dass man bei einem Ball besser gekleidet sein sollte als sonst, aber sind diese Qualen wirklich notwendig? Kann ich nicht einfach ein schlichtes Kleid tragen? Oder noch besser: erst gar nicht zu dem Ball hingehen? Aber Sir und Mather werden dort sein, und ich will nicht warten, bis er zu Ende ist, um herauszufinden, was sie vorhaben.

Rose legt einen Finger auf die Unterlippe und begutachtet mich. Dann wendet sie sich wortlos dem Schrank zu und öffnet ihn. Auf der Innenseite beider Türen befindet sich je ein Spiegel. Obwohl die Bügel überquellen von Kleidern und Abendroben, bin ich zu sehr auf mein Spiegelbild konzentriert, um darauf zu achten.

Noams Dienerinnen sind talentiert. Oder ich bin hübscher, als ich dachte.

Das Kleid, in das sie mich gesteckt haben, ist von einem intensiven Rubinrot, sehr elegant und schwungvoll, mit einem raffiniert eingestickten Muster auf dem Mieder. Das Goldmuster verläuft weiter nach oben und mündet in zwei Trägern, die unterhalb meiner Schlüsselbeine verlaufen, und lenken den Blick auf eine geflochtene Goldkette, die mir eines der Mädchen um den Hals gelegt hat. Meine Haare, die zu einer Frisur aus festgesteckten Locken aufgetürmt sind, wirken sehr natürlich, zumal mir ein paar weiße Strähnen ins Gesicht gezupft wurden.

»Und?« Rose verschränkt die Arme vor der Brust. Sie wirkt sehr selbstzufrieden.

Ich schließe den Mund. Vielleicht ist es gar nicht so schlimm, etwas eleganter zu sein. »Ihr habt … eure Sache gut gemacht.«

Rose seufzt, während die Mädchen zurücktreten, jetzt, da sie ihre Aufgabe erledigt haben. Ein paar umschmeicheln mich. »Ihr seid so schön. Er wird ganz hingerissen sein von Euch …«

Ich hebe einen Finger und blicke mich um. »Moment. Wen meint ihr?«

Mona schließt ihren Beutel mit Schminkutensilien. »Prinz Theron, Lady Meira. Er wird begeistert sein.«

Noams Sohn. Ich ziehe die Stirn kraus und umklammere gedankenverloren den Stoff des Rockes.

Die Mädchen schicken sich zum Gehen an. Rose scheucht sie hinaus und befiehlt ihnen, nachzusehen, ob andere Gäste noch Hilfe in letzter Minute benötigen. Ich springe vom Ankleidesockel und greife nach Roses Arm.

»General William und König Mather.« Sein Titel geht mir erstaunlich leicht von den Lippen und ich zucke zusammen. »Wo sind sie?«

»Mylady, sie richten sich ebenfalls für den Ball her. Sie haben mir aufgetragen, Euch zu sagen, dass sie Euch vor dem Ball in der Bibliothek treffen würden, solltet Ihr nach ihnen fragen.«

»Und wann beginnt der Ball?«

»In zehn Minuten.«

Ich presse die Hände gegen die Schläfen, um eine plötzlich auftretende Migräne zu bekämpfen. »Rose, wenn dir etwas daran liegt, dass ich den Ball besuche, dann erklärst du mir genau, wo sich diese Bibliothek befindet. Und zwar auf der Stelle.«

Rose deutet mit dem Finger den Flur entlang und dann nach links. »Zweimal links, einmal rechts. Erste Türe rechts.«

Ich will gerade Danke sagen und losrennen, als mir bewusst wird, dass ich ja ein Ballkleid trage. Wie oft werde ich diese Gelegenheit haben? Ich mache einen hastigen Knicks und der Stoff meiner Röcke hüllt mich ein wie eine Wolke. Rose klatscht Beifall, während ich mich bereits wieder erhebe und zur Tür hinausrennen will. Dann bleibe ich kurz stehen, greife nach dem Lapislazuli und stopfe den kleinen blauen Stein in eine der Taschen des Ballkleids. Etwas zum Festhalten.

Zweimal links, einmal rechts. Erste Türe rechts.

Ich wiederhole diese Anweisungen wie ein Mantra, während ich durch die Gänge stürme. Unterwegs komme ich an wuselnden Bediensteten und elegant gekleideten Menschen vorbei, die ich nicht kenne. Vermutlich Angehörige der königlichen Familie. In einem *normalen* Kleid zu rennen, ist schon schwierig genug, aber in einem Ballkleid fühlt man sich, als versuche man zu laufen, während man in ein Zelt gehüllt ist. Schließlich gebe ich mich geschlagen und hebe die vielen Stofflagen meines Seidenrocks in die Höhe. Ein paar vorbeigehende Höflinge runzeln die Stirn, aber ich rase an ihnen vorbei, bin viel zu froh, meine Beine frei zu haben, als dass mich ihre schockierten Blicke kümmern würden. Ich hatte recht – Röcke *sind* eine Erfindung, die nur dazu dient, Frauen das Laufen schwer zu machen.

Die Tür zur Bibliothek steht offen, als ich hineinstürme, aber der Raum ist leer. Die Bücherregale an den Wänden reichen drei Stockwerke hoch und fast ebenso hohe Fenster lassen die Strahlen der untergehenden Sonne herein. Drei Galerien erstrecken sich über mir und in der Mitte des Raums steht ein Klavier. Aber es ist niemand hier, nicht einmal ein Bediensteter, der in einer Ecke Bücher abstaubt.

Ich haste im Raum herum und durchsuche sämtliche Ebenen und Ecken nach Sir oder Mather oder Dendera. Niemand. Mein Herz beginnt zu hämmern.

Sie sind nicht da.

Dass sie nicht da sind, vertreibt das angenehme Gefühl, das die Ballvorbereitungen in mir hinterlassen haben, das Bad und den Luxus und die Pracht von Bithai. Hier stehe ich also in der Bibliothek von Cordell im Ballkleid und nach Lavendel und Vanille duftend und führe mich auf wie irgendein fremdes Burgfräulein. Ich sollte diese Gelegenheit nutzen. Sollte mir nichts daraus machen, dass ich vor dem Ball nichts mehr herausfinden werde, denn genau diese Art von Normalität hat sich Sir doch immer für mich gewünscht, oder? Ich sollte lachen und tanzen und aufgeputzt sein. Ein leichteres Leben führen.

Doch so herrlich es auch sein mag, sich in einem Schaumbad zu rekeln und ein schönes Kleid zu tragen: *Ich* habe mir so ein Leben nie gewünscht. Dendera hat oft von der Zeit erzählt, als in Winter noch alles in Ordnung, sein Hof ein glanzvoller Mittelpunkt war, als Königin Hannah genauso rauschende Bälle gab wie all die anderen Königreiche auf der Welt. Die Damen kleideten sich in prachtvolle elfenbeinfarbene Gewänder und die Männer in dunkelblaue Anzüge und alles glitzerte in Silber und Weiß. Ich habe Denderas Geschichten gelauscht und gelächelt über die Bilder, aber meine Träume waren erfüllt von Winters Schlachten. Geschichten von der Verteidigung unseres Königreichs. Dem Kampf für unser Land. Der Verteidigung unseres Volkes.

Nicht, dass die Höflinge Winters weniger würdig gewesen wären als die Soldaten, die dafür kämpften, aber ich wollte nie ein solches Leben führen, wie Dendera es gehabt hatte. Ich wollte ein eigenständiges Leben, ein Leben, bei dem ich *fühlen* konnte, dass ich ein Teil von Winter war. Und das bedeutete für mich, für Winter zu kämpfen.

Ein Stück Pergament auf einem Notenständer erweckt meine Aufmerksamkeit und ich nehme es in die Hand. Etwas an der krakeligen Handschrift sticht mir ins Auge. Es scheint, als habe es der Schreiber sehr eilig gehabt, das Gedicht aufs Papier zu bannen.

Worte formten mich,
Zogen mich vom ersten Atemzug in ihren Bann,
Kleine schwarze Striche, eingeritzt in meinen Körper, während ich mich wand und schrie
Und ihre Bedeutung erfasste.

Pflicht. Ehre. Schicksal.
Sie waren hübsche Bilder von Herzen.
Also nahm ich sie, bewahrte sie und machte sie mir zu eigen,
Verschloss sie in mir und holte sie nur heraus
Wenn andere Menschen ihre Bedeutung missverstanden.
Pflicht. Ehre. Schicksal.
Ich glaubte an alles.
Ich glaubte ihm, als er sagte, ich sei seine größte Pflicht.
Als er sagte, ich würde seine größte Ehre sein.
Ich glaubte nur ihm und seinen drei Worten.
Pflicht. Ehre. Schicksal.
Ich glaubte zu viel.

Es liegt ein Schmerz darin, dasselbe Ich-will-mehr-als-das, das mein Kleid ein bisschen weniger hübsch erscheinen lässt. Es raubt mir den Atem. So etwas wie dieses Gedicht hätte ich in Ventralli erwartet, das für seine Künstler berühmt ist, aber nicht in Cordell, wo Geld und Macht dominieren und fruchtbares Ackerland. Wer hat das geschrieben?

»Lady Meira?«

Ich wirble herum, das Pergament flattert zu Boden, und mein Kleid bauscht sich zu einem großen, umgedrehten roten Trichter. Im ersten Moment denke ich, es ist Noam. Dieselbe hochgewachsene Gestalt, dasselbe goldene Haar und dieselben dunkelbraunen Augen. Aber dieser Mann ist zu jung, als dass sein Haar mit grauen Strähnen durchzogen wäre. Er ist nur ein paar Jahre älter als ich. Seine Haut ist weich und am Kinn sind lediglich ein paar Bartstoppeln zu erkennen. Und er ist auch viel attraktiver als Noam, nicht so barsch. Er wirkt, als könne er eher eine Ballade singen als ein Königreich führen.

Ich streiche mein Kleid glatt. »Prinz Theron«, rate ich.

Ein Strahlen geht über sein Gesicht. Dann fällt sein Blick auf das Pergament, das zwischen uns auf dem Teppich liegt, die beschriebene Seite nach oben. Sein Strahlen erstirbt. Er bückt sich und greift nach dem Papier, knüllt es in der Faust zusammen, als könne er es allein durch Willenskraft auflösen.

»Bei den goldenen Blättern«, flucht er, reißt sich dann aber zusammen und verzieht das Gesicht zu einer Grimasse. Das Pergament in seiner Hand hat ihn für einen Moment seine guten Manieren vergessen lassen. »Tut mir leid. Das ist … nichts.«

Ich runzle die Stirn. »Habt Ihr es geschrieben?«

Er kneift den Mund zusammen. Er kämpft mit sich, ob er es zugeben oder diese Unterhaltung wieder zurück auf Kurs lenken soll.

Ich deute auf das Pergament, das er behutsam auf den Tisch legt. »Es ist gut«, sage ich. »Ihr seid begabt.«

Therons Anspannung lässt ein wenig nach. »Danke«, erwidert er vorsichtig, und seine Mundwinkel zucken nach oben. Es ist nicht Mathers strahlendes Lächeln, aber es entwaffnet mich trotzdem, lässt meine Beine unter den Schichten von Röcken und Unterröcken erzittern.

Ich räuspere mich, wende meine Aufmerksamkeit von Noams erschreckend attraktivem Sohn zurück zu dem Grund, warum ich hier bin. Doch selbst wenn Sir oder Mather jetzt auftauchen würden, könnten wir nicht ungestört reden. Also raffe ich meine Röcke auf eine etwas damenhaftere Weise und gehe auf ihn zu.

»Offensichtlich erwartet man mich auf einem Ball«, sage ich. »Und ich will es nicht riskieren, Roses Zorn auf mich zu ziehen. Seid Ihr ebenfalls auf dem Weg dorthin?«

Theron nickt und legt eine Hand auf meinen Arm, als ich an ihm vorbeigehe. Die Geste ist so behutsam, dass mich ein unbeschreibliches Prickeln durchläuft. Ein Funke, den die Berührung seiner Finger auf meinem Arm ausgelöst hat.

»Ja, bin ich. Darf ich Euch meine Begleitung anbieten? Dann könnten wir uns ein wenig kennenlernen.« Sein Blick gleitet zu dem Pergament zurück. »Nun, *richtig* kennenlernen.«

Liegt der Ballsaal etwa so weit entfernt?

Theron reicht mir seinen Arm. Ich zögere kurz, ziehe die Augenbrauen hoch. Dann lege ich meine Finger auf den grünen Samtstoff seines Ärmels. »Ja, gern.«

»Ihr seid also der Sohn von Cordells König«, beginne ich, als wir links in den Flur einbiegen. »Wie ist das so?«

Theron lacht leise auf. »Tja, manchmal nützlich, manchmal grauenhaft. Ihr seid schön – wie ist *das* so?«

Der Absatz meines Schuhs bleibt irgendwo hängen und ich stolpere vorwärts. Noch nie hat mich jemand als schön bezeichnet. Einmal hat Dendera gesagt, ich sei ein »hübsches Ding«, und Mather … Ich atme tief durch und überlege, ob er je irgendetwas dergleichen zu mir gesagt hat. Nein, das hat er nicht, stelle ich ernüchtert fest, doch bis jetzt war ich mir dessen auch nicht bewusst – genauso wenig wie der Tatsache, wie sehr ich es mir von ihm wünschte. Diese Erkenntnis bringt mir qualvoll zu Bewusstsein, dass Theron mich noch immer anblickt. Ich erwidere seinen Blick, weiß nicht, was ich sagen soll.

»Vergebt mir«, sagt Theron mit bleichem Gesicht. »Ich hätte nicht so vorlaut sein sollen. Wir lernen uns ja erst kennen. Ich versichere Euch, dass ich viel charmanter bin, als es auf den ersten Blick den Anschein haben mag.«

»Nun, ich hoffe, wir haben genug Zeit für uns allein, damit Ihr mich von Eurem Charme überzeugen könnt.« Als mir bewusst wird, was ich da gerade gesagt habe, reiße ich die Augen auf. »Oh. Nicht doch. So war das nicht gemeint ... Also, natürlich war es so gemeint, aber nicht so kess, wie es klang.«

Theron nickt. »Wir haben so viel Zeit, wie Ihr wollt, Lady Meira. Ich werde Euch nicht drängen.«

Wir biegen noch einmal um eine Ecke und eine der beiden Treppen windet sich vor uns nach unten. Das kichernde Geplauder der Ballgäste vermischt sich mit der Musik, die vom Ballsaal nach oben dringt. Der Geruch von Essen steigt mir in die Nase – Honigschinken, Lavendeltorten, der Geruch von Likör, ein köstliches Kaffeearoma. Einen Moment lang nehme ich all das in mich auf und mein Magen beginnt zu knurren angesichts der verführerischen Gerüche, bis ...

»Einen Moment«, sage ich, als seine Worte in mein Bewusstsein vordringen. »Wozu wollt Ihr mich nicht drängen?«

Therons Gesicht wird rot vor Verlegenheit und er tritt einen Schritt zurück und entzieht mir seinen Arm. »Man hat es Euch also nicht gesagt«, stöhnt er.

Im selben Moment setzt sich das Puzzle in meinem Kopf zusammen. »Ihr wisst, was Euer Vater, Sir und Mather …«

Theron nickt. Er strahlt eine Gelassenheit aus, die Noam fehlt, etwas Anmutiges und eine Ruhe, die jede seiner Bewegungen überlegt wirken lässt. »Ja«, flüstert er. Er wirft einen Blick auf den Ballsaal unter uns und sieht mich dann wieder an. »Ich … es tut mir leid. Ich dachte, dass man es Euch gesagt hätte. Mein Vater und König Mather haben ein Abkommen getroffen. Wir werden Winter helfen …«

Ich klatsche begeistert in die Hände. Sir hat es geschafft. Winter hat einen Verbündeten.

Aber Theron ist noch nicht fertig. »… solange wir mit Winter verbunden sind.«

Meine Hände erstarren mitten in der Bewegung. »Verbunden?«

Er atmet schwer. Ich spüre die Wärme seiner Finger, mit denen er meine Hand umfasst, noch bevor ich sie sehe.

Ich weiche zurück, stoße gegen einen kleinen Ziertisch hinter mir. Die Vase darauf gerät ins Wanken und zerschellt auf dem Boden, Wasser und Blumen ergießen sich über den flauschigen Teppich.

Aber ich starre Theron wortlos an. König Mather hat mit Noam ein Abkommen getroffen.

Er hat eine Verbindung zwischen Cordell und Winter hergestellt. Und ich bin das Bindeglied.

Kapitel 11

Ich bin eine Schachfigur, die sie benutzt haben, um mit Cordell ein Bündnis zu schließen. Die Zunge klebt mir am Gaumen, droht mich zu ersticken, als ich dastehe und Theron anstarre. Dies alles muss eine Ausgeburt meiner allzu lebhaften Fantasie sein, denn der König von Cordell würde nie zustimmen, seinen Sohn – den Erben eines der reichsten Rhythmus-Königreiche – mit einem einfachen Jahreszeiten-Mädchen zu verheiraten. Ich irre mich, das muss es sein.

»Wollt Ihr damit sagen, dass Mather uns durch einen Vertrag mit Cordell verbunden hat? Bitte sagt mir, dass das ein bedeutungsloses Stück Papier ist«, flehe ich ihn an.

»Sagt mir, dass es nicht … das ist, was ich glaube.«

Aber Theron schweigt, was meine Panik nur noch verstärkt. Er öffnet gedankenverloren den Mund, seufzt jedoch lediglich und lässt schweigend den Blick über mich gleiten.

Ich fasse mir an den Bauch, der Stoff des Ballkleids fühlt sich weich an, und ich kämpfe gegen den Kloß in meinem Hals an. Mather hat es tatsächlich getan. In mir macht sich ein neues Gefühl breit – Verrat. Wie konnte er nur? Warum hat er das getan? Nein. *Nein.* Ich werde nicht den Verstand darüber verlieren, denn es ergibt noch immer überhaupt keinen Sinn. Warum sollte Cordell ausgerechnet *mich* auswählen? Da muss noch etwas sein, das Mather und Sir mir verheimlichen.

Nun, offensichtlich gibt es sogar ziemlich viel, was sie mir nicht gesagt haben, aber im Augenblick sind sie unten beim Ball. Und ich werde sie zum Reden bringen.

»Fühlt Ihr Euch nicht gut?«, fragt Theron schließlich, unternimmt aber keinen Versuch, mich noch einmal zu berühren. Es wäre leichter, wenn er unsympathisch wäre, wenn es ihm gleichgültig wäre, ob es mir gut geht. Aber er sieht gekränkt aus. Ist auch er nur eine Schachfigur?

Wenn ich an das Gedicht in der Bibliothek denke, das er vom Boden aufgehoben hat, wahrscheinlich schon.

»Tut mir leid«, sagt Theron. Er blickt zum Geländer, deutet zum Ballgeschehen. »Ich weiß, es kommt ziemlich plötzlich, aber dieser Ball ist für Euch. Für mich. Für uns.«

Uns. Es hört sich wie ein Fremdwort an.

Ich löse mich von der Wand. Meine wilde Entschlossenheit, zu diesem Ball hinunterzugehen, Mather und Sir zur Rede zu stellen und Antworten zu fordern, ist auf einmal großer Angst gewichen. Denn wenn ich ihnen jetzt entgegentrete, wird Theron ebenfalls dabei sein. Mather wird lächeln und mir gratulieren und versuchen zu erklären, weshalb dies das Beste für Winter sei. Dass das Einzige, was wir für unser Königreich tun können, diese Heirat ist, um eine Allianz zu schaffen, da wir nichts als nutzlose Kinder sind. Er wird mir erklären, dass der Kuss vor unserem Aufbruch aus dem Lager ein Abschiedskuss war, mehr nicht. Dass, auch wenn ich Winter oder sein versklavtes Volk nie gesehen habe, es auch nie betreten habe, von mir erwartet wird, dass ich alles opfere, da ich keine Rolle spiele, solange Winter nicht frei ist.

Doch schon im selben Moment verabscheue ich mich dafür, dass ich so denke. Andere Winterianer sitzen versklavt in Arbeitslagern, während ich mit dem Kronprinzen von Cordell verlobt bin – arme kleine Meira: Sie hat das schreckliche Los, mit einem gut aussehenden Prinzen verlobt zu sein. Mein Leben könnte wirklich schlimmer sein, sogar sehr viel schlimmer.

Aber warum verursacht der Gedanke, Therons ausgestreckte Hand zu ergreifen, eine solche Leere in mir?

Ich habe meine Hand unwillkürlich in die Tasche geschoben und umfasse den Lapislazuli. Dann ziehe ich sie ruckartig wieder heraus und widerstehe dem Drang, diesen blöden Stein so weit wie möglich von mir wegzuschleudern. Ich will nichts von alldem. Ich brauche weder Mather noch Sir. Habe sie nie gebraucht.

Ich lege meine Hand in Therons. Seine warmen Finger schließen sich um meine, als wir uns zur Treppe begeben. Seine Hand verleiht mir eine Stärke, die ich nicht erwartet hätte. Etwas weitaus Mächtigeres als die vorgestellte Stärke des blauen Steins, der immer noch schwer in meiner Tasche liegt.

Als wir ankommen, blicke ich vom Geländer auf die vielen Cordellianer Würdenträger und Adligen, die unten warten. Die Männer tragen Uniformen wie die von Theron in Jagdgrün und Gold und die Frauen glänzen wie ich in Ballroben in den Juwelenfarben Rot, Blau und Violett. Ganz hinten in der Ecke entdecke ich die anderen Winterianer, sie stecken wie ich in vermutlich geborgten Anzügen in Dunkelgrün für die Männer und üppigen Ballroben für die Damen. Sie sind alle versammelt: Sir, Dendera, Alysson, Finn, Greer, Henn und Mather.

Mather blickt mich an, und trotz der weiten Entfernung meine ich zu erkennen, wie er sein Kinn anspannt, als knirsche er mit den Zähnen. Als ich seinem Blick begegne, ihn festhalte, wendet er sich ab.

Plötzlich setzt die Musik mit einem leisen Wimmern der Geigen plötzlich aus. Unter uns und zu unserer Linken ist ein Podium für das Orchester aufgebaut. Jetzt aber steht Noam da, eine Hand triumphierend auf seinen Sohn und mich gerichtet.

»Meine Damen und Herren, verehrte Gäste«, beginnt er seine Rede. Er ist ja so glücklich. Überglücklich. »Bitte begrüßt mit mir Prinz Theron Haskar und seine künftige Braut, Lady Meira von Winter.«

Künftige Braut.

Ich ziehe scharf die Luft ein, versuche durchzuatmen, schaffe es aber nicht, meine Lungen mit Luft zu füllen. Es ist also wirklich wahr. Das hier. Theron.

Die Menge weicht zurück, als habe Noam verkündet, dass er ihnen ihre Titel wegnehmen würde. Ihr Vergnügen am Ball ist einem Schock gewichen. Offensichtlich heißen bei Weitem nicht alle Anwesenden Noams Arrangement gut. Irgendwie geht es mir dadurch ein klein wenig besser. Nicht viel besser, aber immerhin schaffe ich es, der Menge, die wenig begeistert applaudiert, leicht zuzuwinken.

Mather bemerkt meine Reaktion und wendet sich Sir zu. Der schleudert ihm irgendetwas entgegen, und dann gehen sie beide auf die großen Glastüren auf der rechten Seite des Ballsaals zu, die hinausführen zu gepflegten grünen Hecken, Pflastersteinwegen und Springbrunnen unter einem nächtlichen Himmel.

Als Theron und ich die Tanzfläche betreten, überfällt uns eine Schar von Adeligen und bombardiert uns mit Fragen, die harmlos klingen, aber in Wirklichkeit reine Beleidigungen sind. Bemerkungen wie: »Hoheit, ich hatte angenommen, Ihr und meine Tochter versteht Euch so gut«, und: »Wollt Ihr nicht mit meiner Nichte tanzen? Letztes Jahr hat sie Eure Anwesenheit so sehr genossen.«

Therons Mund ist leicht geöffnet. Er scheint unfähig, auch nur ein Wort hervorzubringen. Der dickleibige Herzog, dessen Nichte letztes Jahr so glücklich war, greift nach Therons Arm und, sein aufgedunsenes Gesicht färbt sich rosa.

»Ich bestehe darauf, mein Prinz«, sagt er und zerrt Theron mit sich in die Menge. Theron wirft mir einen Blick zu, lässt ihn schnell zu dem Herzog wandern und dann wieder zurück zu mir. Soll er sich dagegen wehren? Soll er bei mir bleiben?

Ich schüttle den Kopf und fächele mir mit der Hand Luft zu, will damit andeuten, dass es im Saal sehr warm ist. Theron reagiert darauf mit einem bloßen Nicken. Er versteht.

Nachdem er in der Menge verschwunden ist, beäugen mich die Höflinge. Ihre zusammengekniffenen Augen mustern mich, als sei ich ein zum Leben erwachtes mythisches Wesen. Ich deute einen Knicks an, kehre ihren kritischen Blicken den Rücken und steuere auf die Terrassentüren zu. Sollen sie doch denken, was sie wollen. Sollen sie sich doch gegen mich verschwören und schreckliche Dinge über mich sagen. Dies ist nicht mein Königreich, zumindest sollte es das nicht sein.

Ich reiße eine Tür auf. Sterne funkeln am schwarzen Himmel über mir, kleine zwinkernde Augen, die zuschauen, wie ich die Tür hinter mir ins Schloss fallen lasse und in die fantastisch kühle Nacht von Cordells Herbst eintauche. Die klare Kälte schlägt mir mit solcher Wucht entgegen, dass ich Gefahr laufe, den Schrei, den ich die letzten zehn Minuten unterdrückt habe, herauszulassen.

»Meira.«

Ich drehe mich zu Mather und Sir um, die am Eingang eines Heckenlabyrinths stehen. Ein Teil von mir würde am liebsten auf sie zulaufen, mich ihnen in die Arme werfen und sie anflehen, dass wir gehen, während ein anderer Teil von mir ihnen am liebsten Steine an den Kopf werfen würde.

Aber ich bin eine Kämpferin. Eine Winterianer Kämpferin. Und offensichtlich eine künftige Königin von Cordell.

Ich hebe eine Handvoll Kieselsteine vom Boden hoch und bewerfe Mather und Sir damit, als ich auf sie zutrete.

»Ihr elenden Verräter!« Einen Atemzug von Mather entfernt bleibe ich stehen. Der letzte Stein trifft ihn an der Schulter und er zuckt zurück, reibt sich die getroffene Stelle.

»Meira, beruhige dich«, sagt Sir und legt mir die Hand auf den Arm.

Ich packe ihn am Handgelenk und stoße ihn rückwärts in die Hecke, meine andere Hand fährt an seine Kehle, noch bevor ich weiß, was ich tue. Nie hätte ich mir eine solche Situation vorstellen können.

»Warum?«, knurre ich ihn an. »Warum habt Ihr mir das angetan?«

Sir lässt sich nicht auf den Kampf ein. Wenn er es getan hätte, wäre ich im Nu mit ein paar gebrochenen Fingern auf dem Boden gelandet. »Wir hatten keine Wahl.«

»Nein«, fauche ich. »*Ich* habe keine Wahl. Ihr habt mir diese Entscheidung aufgezwungen. *Warum?*«

»Ich habe es getan«, erwidert Mather.

Mein Körper verkrampft sich. Nein, das hat er nicht. Das kann nicht sein.

Denn von allen Menschen weiß Mather am besten, was es heißt, an irgendeine beliebige Königstochter oder -nichte verheiratet zu werden, die er noch nie gesehen hat, weil es das Einzige ist, wofür er von Nutzen ist. Hat nicht Mather mir erklärt, dass er wisse, wie schrecklich es sei, wegen der falschen Dinge geschätzt zu werden?

Habe ich ihm denn gar nichts bedeutet?

Ich lasse Sir los und drehe mich um. Mein ganzer Körper fühlt sich taub an, von Kopf bis Fuß gefühllos.

»Als Dendera und ich nach Bithai kamen, habe ich mit Noam gesprochen«, sagt Mather. »Ich habe ihm erklärt, was geschehen ist. Wir haben die Hälfte des Medaillons und sind somit unserem Ziel, unsere Magsignie zurückzugewinnen, schon viel näher. Und da Noam bereits Herbst unterstützt, habe ich ihm erklärt, dass die Interessen von Winter und von Cordell fast identisch seien. Wenn er Frühling besiegt, ist Herbst gerettet. Aber …«

»Herbst braucht Frühling nicht zu unterwerfen.«

Die Stimme dröhnt aus der Dunkelheit und wir drehen uns alle um und blicken auf die sich dunkel abzeichnende Gestalt am Eingang des Heckenlabyrinths.

Noam. Ich werde ihm die Augen durch die Nasenlöcher herausreißen.

Ich bin mir nicht sicher, ob Sir meine Gedanken lesen kann oder an meiner Miene meine Mordlust erkennt, aber er greift nach meinem Handgelenk, um mich zurückzuhalten.

»Herbst braucht Zeit. Ein paar Jahre, in denen der Schatten der Jahreszeiten in Schach gehalten werden muss, während Prinzessin Shazi heranwächst. Sobald sie alt genug ist, ihre Magsignie zu benutzen, wird Herbst in der Lage sein, allein mit Frühling fertigzuwerden.« Noam tritt zur Seite und lehnt sich lässig gegen eine Statue am Eingang des Labyrinths. »Es liegt nicht unbedingt in meinem Interesse, mit einer Jahreszeit einen offenen Krieg zu führen.«

Mather taumelt auf ihn zu. »Wie kommt Ihr darauf, dass Shazi Frühling aufhalten kann, wenn sie älter ist? Auch wenn Herbst stärker wird, wird Frühling sich niemals mit seinem eigenen Königreich zufriedengeben. Ihr habt ja gesehen, wozu Angra fähig ist. Er wird sich überall, wo er kann, ausbreiten …«

Noam hebt die Hand. »So weit waren wir schon mal, König Mather. Und Ihr kennt meinen Standpunkt.«

Mather brummt: »Meine Mutter hat ihre Macht *nicht* an Angra abgegeben, hat sich ihm nicht unterworfen.«

Aber Noam ignoriert ihn. »Angra ist nicht so ehrgeizig, dass er versuchen wird, sich bis in ein Rhythmus-Königreich auszudehnen. Das ist ein Jahreszeiten-Problem und wird es auch bleiben, und meine Nichte wird nicht so schwach sein wie Hannah.« Noam lächelt mich an. »Und ich glaube, Winter hat Potenzial. Ich bin sicher, Ihr werdet es schaffen, Eure Minen wieder zu öffnen und Euer Königreich neu aufzubauen. Ja, Cordell *wird* Winter helfen. Wir bieten Euch Unterstützung und Sicherheit, solange sich daraus kein offener Krieg zwischen Cordell und Frühling entwickelt.«

Ich schüttle den Kopf, seine Worte ergeben keinen Sinn. Er will uns helfen und doch wieder nicht helfen? Er glaubt, wir könnten Winter wiederaufbauen, aber er will nichts tun, um uns dabei zu unterstützen. Was soll seiner Meinung nach gehen?

Etwas von dem, was er gesagt hat, lässt mich aufhorchen. Ich schnappe nach Luft.

»Ihr wollt unsere Minen an Euch reißen, jetzt, wo Ihr mit Winter verbündet seid. Ihr werdet versuchen, den Schlund zu finden.« Ich entziehe mich Sirs Griff, um auf Noam loszustürzen. Wie gern würden meine Finger jetzt nach meinem *chakram* greifen, um seinen Schädel zu spalten. »Ihr werdet unser gesamtes Königreich auf den Kopf stellen, um ihn zu finden.«

Noam tritt einen Schritt auf mich zu. »Die Politik lässt nicht viel Raum für Geschenke, Lady Meira. Ich kann es mir nicht leisten, einem anderen Königreich etwas ohne Gegenleistung zu geben. Ja, ich erwarte eine Bezahlung.«

Wut steigt in mir auf und ich fange an zu keuchen. »Ihr habt alles«, fauche ich. »*Cordell* hat *alles*. Ihr habt jetzt sogar freien Zugriff auf Herbst – und trotzdem wollt Ihr noch die Ressourcen einer anderen Jahreszeit? Und wenn Ihr den Zugang nicht findet? Warum glaubt Ihr, dass Ihr mehr Glück haben werdet als die Menschen, die seit Tausenden von Jahren dort leben?«

Noam legt die Hand auf seinen Dolch, der purpurrote Edelstein an dem Knauf funkelt an seiner Hüfte. »Es ist an der Zeit, dass ein Rhythmus-Königreich sich dort versucht, wo die Jahreszeiten gescheitert sind. Ja, Cordell ist verbündet mit Herbst, und ja, ich werde es auf der Suche nach dem Zugang zum Schlund auf den Kopf stellen. Aber was, wenn der Zugang sich nicht in Herbsts Teil der Klaryns befindet? Ihr seid jung. Ihr hattet bisher mit Politik nicht viel zu tun. Aber bald werdet Ihr lernen, dass die Dinge eben so funktionieren – das ist Eure neue Welt.«

Ich wende mich wieder an Sir. »Nein. Sagt ihm, dass wir das nicht zulassen werden, nicht in Winter. Wir werden …«

Doch Sir senkt den Blick. Sein gesamter Körper wirkt, als wolle er sich auflösen, und noch nie in meinem ganzen Leben habe ich erlebt, dass er so viele Gefühle zeigt.

Wir sind Noams Gnade völlig ausgeliefert, bis er sich entschieden hat, uns entweder zu helfen oder uns in die Dunkelheit zurückzuwerfen, wo niemand sonst uns zu Hilfe eilen wird. Ich hatte immer geglaubt, dass Sir einen Plan hätte, wer unsere Verbündeten sein würden, nachdem wir unser Medaillon zurückgewonnen hätten. Wenn dies die beste Option war – eine Falle –, wer sonst sollte sich dann die Mühe machen, uns zu helfen? Vielleicht warten die anderen Rhythmus-Königreiche ja nur darauf, dass wir uns im Schatten der Jahreszeiten auflösen, um dann unser Königreich für sich zu beanspruchen und Zugang zu dem Schlund der Magie zu haben? Keine der anderen Jahreszeiten ist stark genug, Angra zu entmachten, sie haben zu viele eigene Probleme.

Wir haben keine Wahl.

Ich trete einen Schritt zurück. Mather legt mir die Hand auf den Rücken, lässt sie dort ruhen. Sein Daumen streicht behutsam über den Stoff meines Kleides.

Nein, nein, nein.

»Lady Meira.« Noam deutet mit dem Arm auf den Ballsaal. »Dieser Ball findet zu Euren Ehren statt. Es wird Verdacht erregen, wenn Ihr zu lange abwesend seid.«

Ich schüttle den Kopf, setze mich aber in Bewegung, meine Füße tragen mich zu den Lichtern des Balls. Als ich Noam erreiche, bleibe ich stehen. »Warum ich?«

Noams Lächeln wird einen Augenblick lang schwächer und er wirft Sir einen amüsierten Blick zu. »Es ist Teil unserer Abmachung, dass Ihr in Winter einen angemessenen Titel erhaltet. Bei Cordells goldenen Blättern, hat man Euch etwa eingeredet, dass Ihr nach Winters Wiederauferstehung Geschichte sein würdet? Dass Ihr für Euer neu geschaffenes Königreich keine Bedeutung mehr hättet?«

Ich werfe einen Blick über die Schulter auf Mather und Sir.

Neben Noam, der gelassen und entspannt wirkt, sehen sie im flackernden Licht des Ballsaals wie besiegt aus. In den vergangenen paar Minuten hat Noam mehr vernünftige Dinge gesagt, als Sir es je getan hat. Diese traurige Erkenntnis sorgt dafür, dass etwas in mir klick macht, und das ungute Gefühl in meinem Bauch löst sich auf.

Ich wollte nie im Nichts verschwinden, aber Sir hat mir nie in Aussicht gestellt, dass es nicht so sein würde. Er hat mir nie das Gefühl gegeben, dass ich noch eine Rolle für Winter spielen würde, sobald wir unser Königreich befreit hätten, auch wenn ich ihm noch so leidenschaftlich zu beweisen versuchte, dass ich mehr könne, als bloß ein normales, sicheres Leben zu führen. Er ließ mich einfach in dem Glauben, dass ich in alldem verloren sein würde, dass ich nicht wichtig genug sei, um auch künftig von Bedeutung zu sein.

Und nun das: So werde ich nun also eine Rolle für Winter spielen – als »Heiratsschachfigur«.

»Ja«, flüstere ich. »Das habe ich geglaubt.«

Mather und Sir stehen zu lassen, fühlt sich an wie ein Albtraum, in dem ich mir wünsche, dass Mather hinter mir herrennt, Noam abwehrt und mir gesteht, dass er mich nie mit jemand anderem vermählen könne, da er schon ewig in mich verliebt sei.

Noam hält mir die Tür zum Ballsaal auf und lächelt, als die Musik und das Lachen seines Gefolges zu uns nach draußen dringen. »Ihr seid jetzt Teil dieser Familie«, sagt er, als sich die Tür hinter uns schließt. »Ihr solltet Euch dessen bewusst sein, dass mein Sohn Optionen hat. Sehr viel *vorteilhaftere* Optionen, die uns nicht in einen Krieg verwickeln würden. Mein Königreich entwickelt sich, passt sich an und verändert sich, während Euer Volk in der Stagnation dahindämmert wie Steine, die von einem Fluss glatt geschliffen werden. Ihr sitzt irgendwo oberhalb der Macht, kümmert Euch aber nicht im Geringsten darum. Ihr solltet froh sein, dass ich so großmütig bin, Euch zu helfen.«

Ich unterdrücke einen Protest. Noam fasst mich am Arm, damit ich stehen bleibe. Als sich seine dicken Finger in meiner Haut festkrallen, taucht vor meinem inneren Auge ein Bild auf, wohl eine von Sirs Lektionen über höfische Abstammungslinien. Noam hatte eine Frau: Melinda DeFiore, eine Prinzessin von Ventralli und Therons Mutter. In meiner Erinnerung sehe ich Noam neben ihrem Bett knien. Er muss miterleben, wie ihr geschwächter Körper langsam in die Klauen des Todes sinkt. Sie war krank, sehr krank, aber irgendetwas stimmt nicht mit Noam. Hat er sie etwa sterben lassen?

Ich schüttle den Kopf. Wann hat mir Sir von ihrem Tod erzählt? Aber er muss es wohl getan haben. Ich erinnere mich so lebhaft daran, dass er irgendwann bei seinen Lektionen den Tod von Königin Melinda von Cordell erwähnt haben *muss*.

Noam reißt mich aus meiner Erinnerung, indem er den Griff um meinen Arm noch verstärkt, mich auf dieselbe Weise festhält, wie Theron es getan hatte. Nein, anders. Theron war behutsam, gab mir das Gefühl, dass ich mich jederzeit von ihm lösen könnte. Noam dagegen hält mich umklammert, als sei ich sein Eigentum. In Cordell gehört ihm alles, und er ist es gewohnt, dass alles – Menschen, Tiere und Pflanzen – sich der Macht seiner Magsignie unterwerfen. Obwohl ich keine Cordellianerin bin und seine Magsignie keinerlei Einfluss auf mich hat, spüre ich die Macht, die er besitzt, als er meine Hand mit seiner umklammert und zudrückt.

Ich gehöre ihm jetzt.

Paare wirbeln zu flotten Melodien an uns vorbei, doch ihr Lachen tritt in den Hintergrund, als Noams Gesicht plötzlich einen stechenden Ausdruck bekommt, während er sich nach außen hin weiterhin ruhig gibt.

»Ihr braucht mich«, zischt er. »*Winter* braucht mich. Ihr werdet Euch einer anständigen Ausbildung unterziehen, werdet Unterricht in Etikette und cordellianischer Geschichte erhalten. Und ich rate Euch, dieses Training zu absolvieren und mir auch sonst zu gehorchen.«

Ein Zittern durchläuft meinen Arm. In diesem Augenblick, in dem er meine Angst verstärkt und seine Macht genießt, sehe ich Herod vor mir, der mir Drohungen entgegenschleudert, als sei er eine Katze und ich ein Vogel, dessen Flügel in seinen Klauen gefangen sind.

Ich löse mich aus Noams Umklammerung. »Hat das Eure Frau getan? Euch nicht gehorcht?«, fauche ich und werfe die Anklage wie ein *chakram* in einen dunklen Raum.

Als seine selbstgefällige Miene plötzlich in sich zusammenfällt, lässt meine Abneigung gegen ihn ein wenig nach. Es ist das Letzte, was er je von mir erwartet hätte, überhaupt von irgendjemandem, und es stürzt ihn von dem Podest, auf das er sich erhoben hatte.

»Was …« Noam öffnet den Mund, schließt ihn wieder und öffnet ihn erneut. Wut tritt an die Stelle von Schock und er umfasst drohend mein Handgelenk.

Ich grabe meine Nägel in seine Haut. »Vielleicht habe ich keine Wahl bei diesem ganzen Arrangement«, sage ich und schüttle ihn ab, »aber Ihr seid nicht der erste Mann, der mich unterschätzt. Ich empfehle Euch also, mich mit etwas mehr Respekt zu behandeln, *König* Noam.«

Bevor er etwas erwidern kann, wirble ich herum und mische mich unter die Tanzenden, schlüpfe durch ihre Reihen, bis ich in dem Getümmel von tanzenden Paaren und rauschenden Ballroben verschwinde.

Ich befinde mich in einem Farbenmeer, funkelndes Gold, Dunkelgrün und Blau, das direkt aus den tiefsten Tiefen des Destas-Meers zu kommen scheint. Die Farben und die Musik schaffen in ihrer Kombination eine seltsame Ruhe im Chaos, einen seltsam friedlichen Ruhepol inmitten des Ballsaals mit seiner Musik und den tanzenden Paaren. Es verschafft mir beinahe Entspannung.

Beinahe.

Ich lege die Hände vors Gesicht und atme aus, atme ein und atme wieder aus. *Atme einfach weiter.* Egal, was geschieht, egal, wer sich gegen mich wendet, egal, welches aufgeblasene Schwein der Meinung ist, die Macht über mich zu haben, ich bin immer noch ich. Ich werde immer *ich* bleiben.

Doch wer ist das: *ich?* Offensichtlich ist es dieses Mädchen im rubinroten Ballkleid und mit dem gepuderten Gesicht, das von Cordells vornehmer Gesellschaft beäugt wird. Das Mädchen, das den König von Cordell mit so viel Abscheu behandeln kann, wie er mich behandelt. Eine Dame? Das ganz sicher nicht!

Und ganz sicher auch niemand, der für Mather oder Sir von Bedeutung ist. Oder der im neuen Königreich Winter eine bedeutende Stellung einnehmen wird, egal, was Noam denkt. Sondern bloß ein Waisenmädchen, dem willkürlich ein Titel verliehen wird, der gerade übrig ist, jemand, der wie eine Kerze in einer mondlosen Nacht abgebrannt wird, bis sie sich in einer Lache der Konformität und des Gehorsams auflöst.

Ich wollte eine Kämpferin sein. Jemand, der sich sein Ansehen *verdiente.* Jemand, den Sir voller Stolz betrachten würde. Jemand, den Mather beachten und …

Nein.

Dies ist die Position, in der Sir mich sehen will. Er hat es unmissverständlich klargemacht, dass ich, wenn er seinen Willen durchsetzen könnte – und er hat ihn jetzt durchgesetzt –, nie und nimmer ein Soldat werden würde. Und Mather kann aus Bithais vierstöckigem Palast springen und auf einem goldenen Baum landen.

Eine Hand umfasst meinen Ellbogen, und ich zucke zurück, als ich in Mathers Augen blicke. Er reißt mich in seine Arme, verwandelt diese Umarmung dann aber gleich in eine Tanzhaltung, als könne er fühlen, wie gefährlich nah ich daran bin, ihn zu schlagen. »Ich will nur reden«, bettelt er, während wir uns durch das Meer von Tanzenden zur Musik bewegen.

»Nun, ich nicht«, kontere ich und löse mich aus seinen Armen. Paare wirbeln an uns vorbei, beobachten uns, aber ich weigere mich, weiter mit Mather zu tanzen, auch wenn er mit angespanntem Gesicht und glasigen Augen die Arme ausstreckt.

Er verbannt die Gefühle, die sich in seinem Gesicht abzeichnen, verbirgt sie, wischt sie einfach weg, tut so, als bedeuteten sie ihm nichts, dabei sollten sie ihm doch *alles* bedeuten.

Ich schüttle den Kopf. Ich werde *nicht* heulen, will ebenfalls keine Gefühle zeigen. »Du hast doch gesagt, du wüsstest, wie das ist«, presse ich schließlich hervor, und die Worte kratzen in meinem Hals. »Du hast gesagt, du wüsstest, wie es sich anfühlt, für wertlos gehalten zu werden und nichts dagegen tun zu können. Und doch behandelst du mich wie eine Schachfigur bei diesem Ehearrangement, weil du und Sir mich für nichts anderes geeignet hieltet. Danke, Mather. Danke, dass du mir endlich zeigst, wo mein Platz ist.«

Mather ringt nach Luft und fährt sich mit der Hand durch die Haare, die sich aus seinem Haarknoten gelöst haben. Er schüttelt den Kopf, schweigt aber. Entweder ist er nicht in der Lage, etwas zu sagen, oder er tut es einfach nicht. Die Tränen, die ich bis jetzt zurückhalten konnte, rinnen mir nun über die Wangen. Wütend wische ich sie weg. Gerade als ich in der Menge untertauchen will, taucht Theron auf.

Er sieht genauso mitgenommen aus, wie ich mich fühle, nur dass er die letzten Minuten mit Tanzen verbracht hat und damit, seinem Vater als Spielball zu dienen. Er mustert

Mather. Dann lässt er den Blick auf mir ruhen und hebt eine Augenbraue.

Ich wende mich von Mather ab. Das hier ist jetzt mein Platz. Hier gehöre ich hin.

»Tut mir leid«, sage ich zu Theron. Die laute Musik erstickt meine Stimme, sodass es aussehen muss, als würde ich nur stumm die Lippen bewegen.

Therons Mundwinkel kräuseln sich zu einem Lächeln, doch seine Augen bleiben unbewegt.

»Mir auch«, erwidert er und streckt die Hand aus.

Ich spüre es, wie Mather die schwere Spannung, die in der Luft liegt, mit sich nimmt, als er sich von uns abwendet. Ich sehe ihm nach, als er sich vorbei an den Tanzenden den Weg zu Sir bahnt. Als er sich nach mir umdreht, spüre ich einen Kloß im Hals. Seine Augen wandern zwischen Theron und mir hin und her, und er schiebt Sir zur Seite, um auf die Treppe zuzusteuern. Sir greift nach seinem Arm und zischt ihm etwas zu und Mather zischt genauso barsch etwas zurück.

Dann verschwindet er die Treppe hoch.

Sir wendet sich ab, sucht nach Alysson und verschwindet ebenfalls.

»Lady Meira?« Theron ringt sich ein Lächeln ab, seine Hand immer noch nach meiner ausgestreckt. Diese Geste hat etwas Endgültiges, so als würden alle Menschen, an denen mir etwas liegt, verschwinden, wenn ich sie ergreife.

Aber im Grunde sind sie das bereits. Und alles, was ich noch habe – je haben werde –, steht vor mir, mit einem schiefen Lächeln und vor Anspannung zusammengekniffenen Augen.

Ich schüttle den Kopf. »Einfach nur Meira«, sage ich, als ich Therons Hand ergreife und zulasse, dass er mich an sich zieht. Meine Wange reicht kaum bis zu seinem Gesicht, meine Schläfe endet neben den Bartstoppeln an seinem Kinn. Er strömt einen zarten Duft nach Lavendel und abgegriffenen Buchseiten aus. Wir bewegen uns im Rhythmus des Orchesters hin und her, behutsam und gleichmäßig, als wollten wir sagen: *Wir machen hier die Musik, nicht ihr.*

»Einfach nur Meira«, wiederholt Theron. Er legt die Arme noch ein wenig fester um mich und blickt auf mich herunter. Dann nickt er entschlossen. »Gemeinsam werden wir es schaffen.«

Darauf fällt mir nichts ein. Ich wende den Kopf ab und schließe die Augen, kämpfe gegen das eisige Gefühl an, das seine Worte in mir hervorrufen. *Gemeinsam.* Wir beide, nur wir beide, während alles um uns herum auseinanderbricht.

»Wollt Ihr nicht mehr als das?«, hauche ich und blicke endlich zu ihm hoch.

Sein Blick ist weich, sanft, aber meine Frage ruft eine gewisse Anspannung in ihm hervor. Seine Lippen öffnen sich, und die Antwort, die er gibt, klingt so sehr nach dem, was mir selbst gerade durch den Kopf geht, dass ich einen Moment lang sogar das Gefühl habe, ich hätte sie selbst gegeben.

»Jeden Tag meines Lebens.«

Kapitel 12

Rose und Mona schaffen es nur gemeinsam, mich aus dem Ballkleid zu schälen. Und als es ihnen schließlich gelingt, verlange ich, dass sie mir meine entwendeten Kleidungsstücke und mein *chakram* zurückgeben, statt widerspruchslos ein weiteres Nachthemd zu akzeptieren und ins Bett zu kriechen. Nachdem sie eine Zeit lang auf mich eingeredet und mir erklärt haben, dass dies keine Kleidung für eine Dame sei, und ich sie anherrschte, dass sie mir als ihrer künftigen Königin zu gehorchen hätten – ich musste mehrmals ansetzen, bevor ich es in ruhigem Ton über die Lippen brachte –, geben sie schließlich nach und holen meine Sachen zurück.

»Zumindest haben wir sie gewaschen«, bemerkt Rose und reicht mir mein Hemd. Es sieht jetzt weiß aus, nicht mehr braun und zerknittert.

»Und ich habe eine der Wachen dazu gebracht, sich darum zu kümmern.« Mona hebt mein *chakram* hoch. »Er hat es geschärft.«

Mona ist die Beste!

Sie ziehen sich zurück und ich schlüpfe in meine weitaus bequemeren Kleider. Der blöde blaue Stein verschwindet in meiner Tasche, noch bevor ich mir darüber klar werde, warum ich ihn nach allem, was Mather getan hat, immer noch haben will, warum ich mich besser fühle, wenn ich ihn bei mir trage, als wenn ich ihn zurücklasse. Ich lege mir mein *chakram* über die Schultern, sodass es an seinem üblichen Ehrenplatz zwischen meinen Schulterblättern ruht, und rase von der Flurtür zum Balkon. Kurz vor dem Absprung kralle ich mich an einem der weißen Vorhänge fest und schwinge mich auf das Geländer. Ich habe so eine Geschwindigkeit drauf, dass ich hoch in die Luft schwinge, und ich bin mir sicher, dass der Vorhang gleich reißen wird.

Doch erstaunlicherweise trägt der Vorhang mein Gewicht und schwingt mich wieder in Richtung Palast zurück. Der vertraute Adrenalinstoß rauscht durch meinen Körper, dasselbe Gefühl von Freiheit, das ich bei der Mission in Lynia empfunden hatte. Es lässt mich klarer sehen, macht meinen Kopf leichter. Ich lasse den Vorhang los und greife nach dem Fenstersims direkt über meinem Balkon. Ich hätte auch ohne dieses Vorhangtheater hinausklettern können, was aber nicht annähernd so lustig gewesen wäre.

Nachdem ich mich an dem Sims hochgezogen habe, gelange ich mit ein paar kurzen Sprüngen und Klettermanövern aufs Dach. Es besteht aus denselben Rundziegeln wie alle anderen Dächer in Bithai. Doch im Gegensatz zu allen anderen Dächern ist es nicht steil, sondern flach und begehbar. Ein perfekter Aussichtspunkt in Kriegszeiten – und ein perfekter

Rückzugsort für eine aufgewühlte künftige Königin, die das Bedürfnis hat, ihre neue Heimat kennenzulernen.

Bei dem Begriff »Heimat« verziehe ich unwillkürlich das Gesicht. Dies ist nicht meine Heimat. Ich war noch nie in meiner echten Heimat, und hier soll mir eine Ersatzheimat geboten werden, nach der ich nie verlangt habe. Ich sollte dankbar sein, ja sogar glücklich – die meisten Winterianer müssen ein Arbeitslager in Frühling als ihre Ersatzheimat bezeichnen. Aber ich empfinde nichts als Enttäuschung.

Ich beginne über die Dachziegel zu rennen. Der Palast ist riesig, ständig zweigen neue Flügel ab, manche mit Glaskuppeln, die von oben Licht hereinlassen. Aber es ist der Turm über dem nördlichen Palastflügel, der mein größtes Interesse weckt. Er ist leer und ein wenig eingestaubt. Dass er nicht genutzt wird, beweist, dass Bithai seit Jahren vom Krieg verschont wird. Ich schwinge mich übers Geländer und stoße einen umgefallenen Tisch zur Seite. Endlich ein Ort, den Noam nicht herausgeputzt hat.

Allmählich wird mir klar, warum der Turm genau hier erbaut wurde. Er ist nach allen Seiten hin offen, sodass man einen Blick über die gesamte Stadt und das restliche Königreich dahinter hat. Im Osten schläft der Großteil der Bithaier unter einem klaren Himmel mit Halbmond. Im Westen erstreckt sich Ackerland bis hin zum fernen Horizont, grün und dunkel ohne das Licht der Stadt. Im Süden …

Ich grabe die Finger ins Geländer. Im Süden liegen die Jahreszeiten. Frühling mit seiner Brutalität und seinem Blutdurst und Winter mit seinem Schnee und Eis und seiner Kälte, die nie endet, sowie seiner Königin, die mich mit Bildern von Flüchtlingen und Mather als Baby in meinen Träumen verfolgt.

Mather.

Ich habe das Gefühl, gleich zu explodieren. Mir ist heiß, meine Glieder sind schwer, und ich bekomme keine Luft mehr. Ich hasse ihn dafür, dass er mir das Gefühl gegeben hat, er würde mich ebenfalls mögen, dafür, dass er mir ein kleines bisschen Hoffnung gemacht hat, so winzig wie ein Stein, und einen Kuss auf die Wange gegeben hat, obwohl wir beide wussten, dass wir nie mehr füreinander sein könnten als das, was wir sind.

»Du darfst es ihm nicht übel nehmen.«

In einer schnellen Bewegung ziehe ich mein *chakram* hervor und ziele damit auf den Schatten hinter mir.

Sir.

Ich verstärke den Griff um die Waffe. »Ihr habt vielleicht Nerven.«

Sir tritt aus der Ecke des Turms, an der er gerade hereingeklettert ist. »Ich wollte den Tag nicht zu Ende gehen lassen, ohne dir die Wahrheit zu sagen.«

Ich lache. Ein hohles Lachen, das mir einen Schauder über den Rücken jagt. »Nun, der Tag ist bereits vorbei, Ihr seid also etwas zu spät dran.«

Sir tritt auf mich zu, nimmt mir das *chakram* aus der Hand und wirft es zu Boden. Bevor ich mich wehren kann, wirbelt er mich herum, sodass ich in den Süden blicke, und hält mich eisern am Nacken fest.

»Verdammt«, blafft er. »Du hast nie gesehen, wie es dort ist. Alles, was du gesehen hast, sind ein paar Städte am Rande von Frühling, die Nachwirkungen von Winters Zerstörung. Aber du hast nie die Winterianer in den Lagern gesehen. Du hast nicht erlebt, wie Angra sie mitgenommen hat; du hast ihnen nicht in die Augen gesehen, als ihnen bewusst wurde, was mit ihnen geschah: dass Angra sie jetzt bis zu ihrem Tod ausbeuten würde. Also führ dich nicht auf, als ob du wüsstest, was auf dem Spiel steht, Meira. Du weißt *gar* nichts. Es tut mir leid, wenn diese Heirat für dich so schwer zu akzeptieren ist, aber sie wird stattfinden. Du wolltest für Winter eine Rolle spielen? *Das hier* ist es, wofür Winter dich braucht.«

Ich ramme Sir meinen Ellbogen in den Magen und schlage seine Hand aus meinem Nacken. Er torkelt nach hinten, hustet und sieht mich schockiert an.

»*Nein.*« Ich zeige mit dem Finger auf ihn, weil ich nicht weiß, was ich sonst tun soll. Mein Arm zittert, ein äußeres Zeichen meiner inneren Erregung, meiner schwelenden Wut. »Ihr werdet mir keine Vorhaltungen machen, als ob dies irgendeine Lektion wäre, die Ihr mir einpauken wollt. Das hier ist nicht das Unterrichtszelt. Dies ist mein *Leben.* Sir, Ihr wisst, wie schlimm das für mich ist. Ihr wisst alles, und wenn ich Eurer Meinung nach nichts weiß, warum sagt Ihr es mir dann nicht? Warum sagt Mather es mir nicht selbst, statt Euch damit zu beauftragen, es für ihn zu tun?«

Sir blickt mich einen Augenblick lang durchdringend an, wirkt ruhig, jede Art von Streitlust ist aus seiner Miene gewichen. Seine Augen sind feucht, sein Haar zerzaust, sein

Körper leicht gebeugt, so als wäre er von der Brandung zu oft gegen die Felsen geschleudert worden. Und dabei *war* er immer unser Fels in der Brandung.

Ich fahre mir durchs Haar und ein Stöhnen entringt sich meiner Kehle. Es ist etwas Tiefes, Verborgenes, als wäre ich immer noch das Kind, das immer zu heulen anfängt, wenn Sir verärgert ist, an die Oberfläche drängt. »William, was ist geschehen?«

Einmal hat er mich in die Arme genommen. Als ich sechs war, noch klein genug, um mit ihm und Alysson in einem Zelt zu schlafen. Eines Nachts wachte ich schreiend auf. Ich war schweißgebadet und schrie so laut, dass mir mein Körper noch Tage danach wehtat. Sir war sofort bei mir und suchte alarmiert nach dem Feind.

»Ich habe sie gesehen«, wimmerte ich.

»Wen?« Er war sehr besorgt, hatte die Stirn in Falten gelegt und die Augen weit aufgerissen, als erwarte er, dass sich plötzlich ein Frühlingianer Soldat aus den Schatten löse.

»Meine …« Ich brachte die Worte nicht über die Lippen. *Mutter. Vater.* Ich hatte sie noch nicht einmal wirklich gesehen in meinem Traum – stellte sie mir bloß so vor, wie ich dachte, dass sie aussehen würden, entsprechend meiner Fantasie. Zwei liebevolle Menschen, die auf der Straße niedergemetzelt wurden, sodass ihnen das Baby in ihren Armen entglitt, bevor Sir mich schließlich auflas.

Doch in meinem Traum fielen sie Flammen zum Opfer. Sie riefen mir von einem brennenden Gebäude etwas zu, während Angra draußen davorstand, ein Ungeheuer mit einem Stab in der Hand. Seine Magsignie. Orange und rote Feuerfunken sprühten aus dem ebenholzfarbenen Stab heraus, tanzten über den Boden und vermischten sich mit den Flammen des Gebäudes. Ich stand hinter ihm und schrie ihn an, er solle aufhören.

Angra wandte sich nach mir um. »Nicht, bevor ihr alle tot seid.«

Als ich Sir meinen Traum erzählte, schwieg er lange. In seinem Gesicht spiegelten sich seine widersprüchlichen Gefühle wider. Angst und Bedauern und noch etwas Tieferes – vielleicht Schuldgefühle. Ein Vorwurf? Doch dann verschwand all das wieder aus seinem Gesicht, und er legte die Arme um mich, bettete mich an seine Brust und ließ zu, dass ich mich an ihn schmiegte.

»Es ist nicht deine Schuld«, flüsterte er. »Meira, es ist nicht deine Schuld.«

Sechzehn Jahre, und das ist alles, was ich von ihm bekommen habe: eine Umarmung in einem seltenen Augenblick der Schwäche. Als ich meine Arme hängen lasse, starrt Sir so angestrengt Richtung Süden, als könne er Winter dort tatsächlich sehen.

»Vor vierzehn Jahren bin ich schon einmal hierhergekommen«, flüstert er. Ich rühre mich nicht von der Stelle.

»Zwei Jahre nach dem Angriff. So lange habe ich gebraucht, meinen Stolz zu überwinden. Cordell war eines der Königreiche gewesen, das wir zu Hilfe gerufen hatten, als Frühling irgendwann zu stark wurde, aber sie ließen uns im Stich. Niemand kam, weder eines der Rhythmus- noch der Jahreszeiten-Königreiche.«

Sir richtet sich auf und presst die Hände auf die Augen, wischt eine Gefühlsregung weg. »Als ich hierherkam, versuchte ich alles, um Noam dazu zu bewegen, uns zu helfen. Wir hätten gebraucht, was immer er geben konnte, und er hatte *alles.* Aber …« Sir schweigt und lässt das Kinn sinken, als er immer tiefer in seine Erinnerung eintaucht. »Noam hat sich innerhalb dieser vierzehn Jahre kein bisschen verändert. Er wollte damals dasselbe wie heute. Dasselbe, was alle Rhythmus-Königreiche wollen: Zugang zu unserem Königreich, zu unseren Bergen. Eine legale und feste Verbindung, um vielleicht noch mehr Magie zu erlangen.«

Ich nicke. Ich hatte nicht gewusst, dass Sir früher schon einmal hier gewesen ist. Aber es ergibt Sinn – sein Hass auf Noam, seine leidenschaftliche Wut auf Cordell. Ich kneife die Lippen zusammen. Nie zuvor hat er so offen mit mir geredet.

»Aber wir hatten nichts mehr zu bieten. Außer Mather kein königlicher Winterianer Hof mehr, durch den man Bündnisse hätte eingehen können, und Noam hatte weder Töchter noch eine Nichte. Also schlug er eine Verbindung zwischen dir und Theron vor, unter der Bedingung, dass du, sobald unser Königreich wiederhergestellt wäre, im neuen Winter einen Titel und eine Stellung bekämst, die einer künftigen Königin von Cordell würdig wären.« Sir seufzt. »Aber du warst noch so jung, so klein. Und ich konnte nicht – ich hatte nicht das Recht, dich derart zu verschachern. Du warst ja nicht einmal *mein* Kind. Wie sollte ich denn ein solches Heiratsarrangement für dich treffen?«

Ich spüre einen Kloß im Hals und schlucke schwer, aber der Kloß bleibt.

»Aber das war vor vierzehn Jahren. Vierzehn Jahre und wir sind immer noch kaum einen Schritt weiter. Gut, wir haben die eine Hälfte des Medaillons, aber wir können die andere Hälfte nicht zurückbekommen, ohne Angra zu töten, und ohne Hilfe werden wir das nie schaffen. Wir brauchen Hilfe. Bis Prinzessin Shazi alt genug ist, ist Herbst zu schwach, und Sommer würde uns lieber verrecken lassen, als uns zu helfen. Und kein anderes Rhythmus-Königreich hat sich auch nur dazu herabgelassen, überhaupt mit uns zu verhandeln. Auch wenn Cordell ein Rhythmus-Königreich ist, auch wenn ich weiß, dass Noam uns benutzt ...« Er schweigt kurz, um sich wieder zu fangen. »Wir haben einfach keine andere Wahl, als darauf zu vertrauen, dass er uns tatsächlich helfen wird. Als Angras Späher aus unserem Lager entkommen ist, habe ich Mather beiseitegenommen und ihm erklärt, was geschehen würde. Dendera würde ihn nach Bithai bringen, damit er sich dort mit Noam treffen und ihm erklären sollte, dass wir einverstanden sind.«

Ich sinke gegen das Geländer, der Turm dreht sich um mich.

»Du darfst Mather keinen Vorwurf machen, er hat sich nur an meine Befehle gehalten. Und du wirst dich jetzt auch daran halten.« Sir erhebt die Stimme, ist nicht länger der sanfte Geschichtenerzähler, sondern fährt in scharfem Ton fort: »Meira, du wirst es tun. Du wirst tun, was du für uns tun musst – für uns alle. Für Winter.«

Ich schüttle den Kopf, aber Sir wiederholt: *»Du wirst tun,* *was du für uns tun musst – für uns alle. Für Winter.«* Es geht nicht darum, was ich tun will, was ich tun *kann*, sondern, was ich *für sie tun muss*. Für Winter.

Fast muss ich über die Ironie lachen. Schließlich hatte ich mir ja gewünscht, gebraucht zu werden, oder? Aber das Lachen bleibt mir im Hals stecken. Ja, ich wollte gebraucht werden, aber nicht so – ich wollte aufgrund meiner Persönlichkeit und meiner Fähigkeiten gebraucht werden, nicht weil ich eine Winterianer Frau bin und unser neuer Verbündeter einen passenden Cordellianer Mann hat, mit dem er mich verheiraten will. Ich wollte ein Teil von Winter sein, mir meine Zugehörigkeit verdienen.

Mein Blick wandert vom Boden des Turms zu Sirs Gesicht. Er hat sich wieder einigermaßen gesammelt und sieht jetzt nicht mehr so mitgenommen aus.

»Tat es Hannah leid?«, flüstere ich. »War sie wegen irgendetwas, das sie getan hatte, aufgewühlt, bevor Angra angegriffen hat?«

Sirs Miene erstarrt, als ob Angra Mather vor seinen Augen erstochen habe. Aber dann schüttelt er den Kopf, starrt ins Leere und hat offenbar nicht vor, meine Frage zu beantworten.

Ich hebe mein *chakram* vom Boden auf und schwinge mich auf die Steinmauer. »Ich weiß, dass Ihr mir etwas verschweigt. Etwas Wichtiges. Den Grund für das alles hier. Eines Tages, Sir, werde ich es herausfinden. Und ich hoffe nur, es ist für mich einleuchtend genug, Euch zu vergeben.«

Ich springe vom Turm, rolle mich auf dem Dach darunter ab und renne los. Die kalte Nachtluft lässt mich immer schneller werden, die Dunkelheit und die funkelnden Sterne tragen mich irgendwohin, wo ich nichts fühlen muss.

Durch die offenen Balkontüren schleiche ich in mein Zimmer zurück. Auf dem Bett erwartet mich ein neues Nachthemd, aber ich bin zu erschöpft, um es anzuziehen. Ich lege lediglich das *chakram* und den Lapislazuli auf den Nachttisch, strecke mich dann vollständig bekleidet auf der Decke aus und schließe die Augen.

Atme, atme. Ich konzentriere mich voll darauf, die Luft ein- und auszuatmen, bis ich in den Schlaf hinüberdämmere.

Zuerst glaube ich, ich sei in Naoms Palast, aber der Ballsaal sieht ganz anders aus. Vor mir erhebt sich eine große weiße Marmortreppe und der Raum ist viereckig. Der Boden aus demselben weißen Marmor lässt den gesamten Raum in der ruhigen, friedlichen Dunkelheit der Nacht leuchten. Das ist der Palast von Jannuari. Winter.

Ich atme aus, mein Atem bildet eine weiße Wolke, und Frieden breitet sich in mir aus. Ich bin in Winter. Und sie ist wieder da. Hannah. Ich kann ihre Anwesenheit spüren, wie eine sanfte Aura.

In einem fernen Flur schreit ein Baby.

Ich laufe die Treppe hinauf, eile Flure entlang, die mit elfenbeinfarbenem Marmor verkleidet sind. Weiße Kerzen flackern auf den Tischen, als ich vorbeirenne, und werfen unheimliche Schatten.

Endlich stoße ich auf einen Raum zu meiner Rechten. Die Tür steht offen und Licht strömt heraus. Ich betrete den Raum und erblicke in der Mitte eine Korbwiege, aus der weiches weißes Licht leuchtet. Hannah steht daneben, und Baby Mather schreit erneut, wimmert, als werde er angegriffen.

Ich trete auf die Wiege zu. Hannahs eisblaue Augen blicken zu mir hoch.

»Ich kann nicht mit ihm sprechen«, sagt sie. Sie geht um die Korbwiege herum und ich erhasche einen Hauch ihres Parfüms. »Aber Angra beobachtet dich nicht.«

»Angra?«

Hannah schüttelt den Kopf und blickt sich im Raum um. Ihr Gesicht verrät Panik, Angst, als könne uns jemand überfallen. »Er kommt. Aber du kannst mich hören, oder?«

Ich nicke. »Ja, ich kann Euch hören.« Ich zögere kurz. »Meine Königin.«

Wo vorher nur Licht war, ist jetzt ein Schatten in der Ecke. Schwarz und undurchdringlich. Hannah streckt den Arm nach mir aus, doch die Finger hält sie geschlossen.

»Beeil dich«, sagt sie. »Tu, was du tun musst.«

»Was?« Ich trete auf sie zu und sie dreht sich wieder zu Mather um.

»Tu, was du tun musst«, flüstert Hannah in die Korbwiege hinein. Der Schatten in der Ecke wird größer und größer. Er tritt zwischen uns, und als ich losschreie, um Hannah zu warnen, wird es schwarz um mich.

Magie.

Das ist das Erste, was mir in den Sinn kommt, als ich aufwache. Die Dunkelheit und der Schrei aus meinem Traum lösen sich im Morgenlicht auf. Ich drehe mich zur Seite und mein Blick fällt auf Mathers Lapislazuli auf dem Nachttisch. Dieser blöde blaue Stein.

Es war nicht mein erster Traum von Hannah, aber nie zuvor hat sie etwas zu mir gesagt. Zu *mir.* Als sei ich dort gewesen, damals, als Jannuari zerstört wurde. Eine Woge der Beklemmung lässt mich erschaudern. Ist es das, was Mather mir geschenkt hat? Einen unheimlichen Stein, der Albträume und Visionen heraufbeschwört? Dabei habe ich schon genügend andere Gründe, um ihn schlichtweg zu hassen. Es *kann* nicht Magie sein. Ich habe diese Träume, weil ich so erschöpft bin, dass ich Albträume bekomme. Das ist alles.

All dies und dazu noch der Ball von gestern Abend sorgen dafür, dass ich fix und fertig bin. Ich bin erschöpft und ausgelaugt und habe das dringende Bedürfnis, mein *chakram* nach irgendetwas zu werfen.

Doch Rose und Mona haben ganz andere Vorstellungen davon, wie ich meinen Tag verbringen sollte. Nach einem kurzen Frühstück in meinem Gemach, bei dem wir eine Diskussion über die Bedeutung Benimmunterricht haben, klettere ich vom Balkon. Rose bekommt beinahe einen Anfall, als sie sieht, wie ich mich in die Luft schwinge, aber ich könnte schwören, dass Mona sich insgeheim amüsiert. Sie ist nach wie vor meine Lieblingsdienerin. Obwohl Noam mir gestern klar zu verstehen gegeben hat, dass ich ihm zu gehorchen habe, bin ich nicht bereit, so leicht nachzugeben. Vielleicht bin ich in diesem Arrangement gefangen, aber das heißt noch lange nicht, dass ich zu Noams Sklavin in Gestalt der künftigen Königin geworden bin.

Also mache ich mich daran, das Palastgelände zu erkunden. Ich tue, was ich tun muss, genau wie Hannah es mir aufgetragen hat. Was auch immer sie mit dieser geheimnisvollen Warnung sagen wollte. Aber es war ja gar keine wirkliche Warnung, bloß das, was meine Einbildung aus den Ereignissen gemacht hat – hoffe ich zumindest.

Ich laufe einen gepflasterten Steinweg entlang, vorbei an kleinen Gruppen von Mitgliedern der Königsfamilie, die bei meinem Anblick alle entweder diskret die Nase rümpfen oder mit zusammengekniffenen Augen anfangen, miteinander zu flüstern. Bestimmt lassen sie sich darüber aus, dass ich immer noch meine Reisekleider trage und ein *chakram* auf den Rücken gebunden habe. Es werden immer mehr Naserümpfer, und mir wird klar, dass ich durch Gärten laufe, in denen fügsame künftige Königinnen in schicken Gewändern herumhuschen und kichern sollten. Dass sie der Welt einfach ihren Lauf und die Männer alle Entscheidungen treffen lassen sollten.

Aber ich werde *nicht* eine solche Königin sein, ganz egal, ob Cordell meine Heimat ist oder nicht. Aber was für eine Königin werde ich sein? Ich weiß nur, was für eine Kämpferin ich immer zu sein versucht habe – aktiv, wachsam, eifrig, flink, bedacht darauf, ein Teil von Winter zu sein. Werde ich so auch als Königin sein? Oder wird Noam dafür sorgen, dass ich eine hilflose Galionsfigur bleibe, eine hübsche Elfenbeinstatue, die er in einen seiner Alkoven stellen kann?

Plötzlich hallen diese Gedanken wie ein Schock in mir wider:

Dass ich darüber nachgedacht habe, *tatsächlich* eine Königin zu sein – darüber, welche *Art* von Königin ich sein werde. Nicht *vielleicht*, sondern *sicher*. Als ob ich das Leben, das Sir und Mather mir aufgezwungen haben, bereits akzeptiert hätte. Ich weiß, ich habe keine Wahl – dies ist jetzt meine Rolle. Aber ich will dieses Leben nach wie vor nicht, und ein Teil von mir spottet über den anderen Teil, der weiß, dass ich einen Weg finden muss, mich damit abzufinden.

Ich will nicht weiter über diese Dinge nachdenken, nicht weiter ziellos durch hübsche Gärten schlendern und so tun, als ob ich hierhergehöre. Also schwinge ich mich über ein paar Hecken, schlängele mich durch eine Reihe eng bepflanzter immergrüner Buchsbäume – und lande an einem wunderbaren Platz.

Kampflärm umgibt mich. Soldaten ächzen, Schwerter klirren, und Pfeile surren durch die Luft.

Männer in mehr oder weniger bekleidetem Zustand umkreisen einander, trainieren mit Waffen oder Fäusten in einem mit einem Seil abgesperrten Ring. Hinter ihnen erstreckt sich eine Scheune. Die Türen stehen offen und aus dem Inneren hört man das Wiehern der Pferde. Männer schleppen Rüstungen hinein und hinaus.

Cordells Übungsgelände.

Das bedeutet … *Ich kann tatsächlich mein* chakram *auf etwas schleudern.*

Zur äußersten Linken stehen mindestens zwei Dutzend Zielscheiben für Äxte und Wurfspeere, die auf hohen Holzpfählen angebracht sind. Einige Soldaten schleudern Dolche und Messer, andere zielen mit altmodischen Bögen und wieder andere mit Armbrüsten aus glänzendem Metall, die mich in etwa so aufgeregt kichern lassen, wie Rose und Mona es angesichts meines Ballkleids getan haben.

Ich spüre mein *chakram*, das gegen meine Schulterblätter drückt, wie es darum bettelt, an dem Spaß teilhaben zu dürfen. Also trete ich vor, ziehe es heraus und lasse es durch die Luft sirren. Die Klinge dreht sich, frisst sich durch den oberen Teil eines Holzpfahls und wirbelt wieder zurück, bis sie in meiner Handfläche landet. Ein Schauder der Erleichterung durchläuft mich.

»Meira?«

Ich drehe mich um, und mein *chakram* kippt zur Seite, vibriert in meiner Hand, bereit, so oft geschleudert zu werden, bis ich jede Sekunde der letzten Tage aus mir herausgeschleudert habe. Aber stattdessen stehe ich einfach da und kneife die Augen zusammen, um nicht auf Therons glänzende Haut zu starren. Sein Oberkörper ist nackt – und es wird deutlich, dass Cordell seine Männer einem gezielten Brustmuskeltraining unterwirft. Er löst sich aus einer Gruppe von Soldaten neben der Scheune, deren Aufmerksamkeit auf uns gerichtet ist und denen vor Staunen der Mund offen steht. Sie alle sind schweißüberströmt und bewaffnet. Schwerter und Messer baumeln von ihren Händen und Gürteln. Das Gleiche gilt für Theron. Er steckt ein Schwert in die Scheide an seiner Taille. Sein amüsiertes Lächeln lässt meine erhitzten Wangen noch mehr erglühen. Alle Soldaten um uns herum haben in ihrem Training innegehalten. Die Art, wie sie die Köpfe geneigt haben, lässt vermuten, dass sie es nicht gewöhnt sind, dass Frauen sich auf dem Übungsgelände zeigen und auf die Zielscheiben werfen.

Theron deutet mit einem Nicken auf mein *chakram*. »Eine gute Erfindung von Herbst. Meine Tante hat uns kurz nach ihrer Heirat eine ganze Ladung davon geschickt. Eure Lieblingswaffe?«

Ja, Wurfwaffen überhaupt. Etwas Sicheres, auf das ich mich konzentrieren kann. Zumindest sicherer, als die hervortretenden Muskeln des Kronprinzen von Cordell zu beobachten, während er eine Axt aus dem Boden neben mir zieht.

Statt zu antworten, wende ich mich erneut dem Pfahl zu und schleudere noch einmal das *chakram* durch die Luft. Es vollzieht einen schönen Bogen und gräbt sich durch die Zielscheibe, eine Spur von meinem letzten Treffer entfernt, bevor es wieder zu mir zurückfliegt. Verdammt, das fühlt sich gut an.

Ich blicke zu Theron hoch. »Und Eure Lieblingswaffe?«

Theron greift nach der Axt. Er blickt sich um, betrachtet die immer noch gaffenden Männer, von denen viele jetzt auf meinen Pfahl deuten und verwundert den Kopf schütteln.

»Warum sollte ich meine größte Stärke so schnell preisgeben?«

Theron bedenkt mich mit einem neckischen Grinsen, und unwillkürlich verstärke ich den Griff um mein *chakram*, als ob es mir Halt gegen sein Lächeln gäbe.

»Es ist dein erster Tag als Mitglied der Königsfamilie von Cordell und schon versetzt du die Soldaten in Panik«, ertönt Mathers Stimme hinter uns.

Mit Theron vor und Mather hinter mir fühle ich mich sofort, als sei ich ohne Waffen auf einem Schlachtfeld eingekeilt.

Mather. *König* Mather. König Mather, der mit Noam jene Abmachung ausgehandelt hat, die mich Theron ängstlich, nervös und gleichzeitig beschwingt anstarren lässt.

Ich drehe mich zu ihm um. Mir fallen alle möglichen hässlichen, gepfefferten Flüche ein, die eines zerlumpten Soldaten, aber nicht einer zukünftigen Königin würdig sind.

Aber alles, was ich entgegenschleudern möchte, erstirbt mir auf der Zunge, als ich ihn anblicke. Denn – *bei allem, was kalt ist* – er trägt ebenfalls kein Hemd. Lediglich die Medaillonhälfte baumelt um seinen Hals und seine sommersprossige Haut zeugt von der Anstrengung eines harten Trainings. Nicht, dass ich ihn noch nie ohne Hemd gesehen hätte, aber an diesen Anblick werde ich mich nie gewöhnen. Offensichtlich hat er mit einigen der Männer hier trainiert – vermutlich bin ich sogar an ihm vorbeigelaufen, ohne ihn zu bemerken. Zu meiner Ehrenrettung: Es gibt hier eine Menge von Paradebeispielen für Cordells Trainingsrituale. Mathers Bauchmuskeln und Arme, die aussehen, als könnten sie einen Kuhnacken durchtrennen, wirken neben Theron und drei Dutzend anderen Soldaten nicht mehr *ganz so* umwerfend.

Ich zwinge mich, Mather in die Augen zu schauen. Und ertappe mich nur Sekunden später dabei, wie ich auf seine Brust starre. Ich schlucke und beiße die Zähne zusammen. Gut. Der Übungshof ist wohl deshalb hinter einer Mauer aus immergrünen Buchsbäumen verborgen, um glotzende Mädchen wie mich abzuhalten.

»Hat man in Cordell die Hemden abgeschafft?«, murmele ich und peile die Zielscheibe an. Ich blicke hinab auf mein *chakram*, um die Röte, die allmählich meinen Hals hochkriecht, zu verbergen.

Theron lacht auf, verstummt jedoch sofort wieder, als weder Mather noch ich etwas sagen. Er tritt neben mir unbehaglich von einem Bein aufs andere und dreht die Axt in der Handfläche. Ich spüre, wie er Mather mustert. Beide sind sie in einem seltsamen Netz gefangen, das mich umgibt. Ich stehe im Mittelpunkt eines unheimlichen Besitzkampfes zwischen dem König von Winter und dem Kronprinzen von Cordell. Wie – im Namen aller Dinge, die kalt sind – konnte das passieren?

Aber ich habe kein Mitleid mit Mather, als er näher an mich herantritt und langsam und schwer atmet. Mir ist nur allzu bewusst, dass aller Blicke auf uns gerichtet sind, als er neben mir stehen bleibt, so nahe, dass ich ihn spüren kann, wenn ich die Augen schließe.

»Können wir reden?«, murmelt er.

Meine Nackenhaare sträuben sich. *Nein. Warum sollte ich je wieder mit dir reden?*

Aber ich sollte nicht wütend auf ihn sein. Es ist alles Sirs Schuld. Ich schaue mich nach Theron um, der den Blick von mir abgewendet hat. Er peilt jetzt die Zielscheibe neben meinem Pfahl an. Er holt mit dem Arm aus, und jeder Muskel in seinem Rücken ist angespannt, als er die Axt herumschwingt, immer und immer wieder, immer enger, bis sie schließlich durch die Luft wirbelt und in der Mitte der Zielscheibe landet. Der Griff zittert von dem Aufprall.

Theron sieht mich an und ein Lächeln zeichnet sich auf seinem Gesicht ab. »Meine Lieblingswaffe spielt keine Rolle«, sagt er und setzt damit unsere Unterhaltung fort, als sei nichts geschehen. Er wirft Mather einen funkelnden Blick über meine Schulter zu. »Egal, welche Waffe ich benutze, ich treffe *immer* mein Ziel.«

Meine Augenbrauen schnellen in die Höhe. Hinter mir atmet Mather scharf ein. Jeder auf dem ganzen Trainingsgelände verharrt in neugierigem Schweigen. Neben dieser Neugier ist eine gefährliche Anspannung zu spüren, als bahne sich ein Kampf an.

Mather tritt von hinten näher an mich heran, seine Stimme klingt ruhig und kontrolliert. »Meira, bitte.«

Theron wirft einen Blick zur Seite und sieht mir fest in die Augen, während er über das ganze Gesicht strahlt. Dann wendet er sich ab und geht zum Pfahl, um seine Axt herauszuziehen. Er trifft immer sein Ziel, egal, welche Waffe er benutzt. Egal in welcher Situation. Egal, wie wenig Kontrolle er über sein Leben hat.

Ich kann ein Lachen nicht unterdrücken, als ich mich Mather zuwende und mein *chakram* ins Halfter schiebe. »Was kann ich für Euch tun, mein König?«

Mather wird blass. Er fährt sich mit der Hand übers Gesicht, fängt sich dann aber wieder. Er deutet auf die Scheune. »Komm mit mir«, sagt er, Entschlossenheit in der Stimme.

Kapitel 13

Die eine Hälfte der Scheune besteht aus Ställen, in denen Pferde neugierig den Kopf über die halbhohen Türen strecken, während die andere Hälfte einen weitläufigen Raum mit Eichentischen, Schränken und verrosteten Eisengestellen bildet. Durch die geöffneten Scheunentore strömt kühle Luft und die dünne Strohschicht auf dem Steinboden verleiht dem Ganzen eine betont männliche Note.

Mather betritt entschlossen den Raum und bleibt rechts an der Wand stehen. Er blickt mit gekreuzten Armen daran entlang und reckt das Kinn vor. »Ich dachte, wenn Winter vielleicht so etwas hätte …« Ihm versagt die Stimme, sein Blick verliert etwas von der Verärgerung, die noch Sekunden zuvor zu spüren war.

Ich bleibe neben ihm stehen und kreuze ebenfalls die Arme. An der Wand hängt eine Landkarte, ziemlich groß und sehr detailliert. Sie zeigt ganz Primoria – von den nördlichsten Paisel-Bergen bis hinunter zu den südlichsten Klaryns.

In der Mitte befinden sich der Eldridge-Wald und die Rania-Ebene, ein Klecks aus Grün und Gelb. Die Flüsse Langstone und Feni teilen die Karte in zwei Hälften.

Die Einmaligkeit dieser Landkarte besteht jedoch in der Art, wie die Königreiche dargestellt sind: In der Mitte des jeweiligen Königreichs befindet sich eine kleine Abbildung der Königlichen Magsignie.

»Ist es das, worüber du mit mir reden willst? Über Geografie?«, knurre ich.

Mather schüttelt den Kopf und runzelt die Stirn. »Nein, ich …«

Er schweigt, fährt sich mit der Hand übers Gesicht und sucht nach den richtigen Worten. Als er wieder zu sprechen beginnt, ist er wütend, seine Worte klingen abgehackt. »Ich wollte, dass du das hier siehst, das alles hier. Ich wollte dir erklären – verdammt noch mal, kannst du mir bitte einfach nur zuhören?«

»Weil du verdienst, dass ich dir zuhöre?«, erwidere ich schnippisch.

»Nein«, gibt er zu. »Weil *du* es verdienst, das zu hören, was ich dir zu sagen habe. *Du* verdienst es, Meira. Das hat nichts mit mir zu tun.«

Ich verdrehe die Augen, mache aber keine Anstalten, zu gehen oder etwas zu entgegnen, was Mather offenbar als Aufforderung versteht, weiterzusprechen. Er wirft wieder einen Blick auf die Karte und lässt ihn auf Cordell verweilen. In der Mitte von Cordell funkelt ein Dolch unter einem *M* als Zeichen für die männliche Abstammungslinie.

»Paislys Schild«, sagt Mather wie zu sich selbst, als er seinen Blick über die Landkarte gleiten lässt.

»Ventrallis Krone. Yakims Axt, Sommers Armreif, Herbsts Ring, Frühlings Stab und …«

Er macht einen Schritt nach vorn, streckt die Handfläche aus und legt sie auf Winter. Winter, eingerahmt von Frühling im Osten, den Bergen im Süden, Herbst im Westen und dem Fluss Feni im Norden, in der Mitte das Medaillon mit der eingravierten weißen Schneeflocke und darüber wie zum Spott das *W* für die weibliche Abstammungslinie. Eine visuelle Darstellung eines unserer lebenslangen Kämpfe.

»Zwischen den ganzen Besprechungen hatte ich kaum Zeit zum Atmen«, sagt Mather. »Aber vor ein paar Tagen kam ich hier heraus, um etwas Luft zu schnappen, und habe diese Karte gesehen. Hauptmann Dominick erklärte, sie sei hier aufgehängt, um die Männer an Cordells Platz in der Welt zu erinnern, daran, dass sie ein Teil im größeren Puzzle von Primoria sind.«

Ich ziehe die Stirn in Falten. »Das hört sich aber gar nicht nach etwas an, was Noam gutheißen würde.«

Mather strafft die Schultern. »Es war auch nicht Noam, der sie hat aufhängen lassen.« Er wirft einen Blick zurück, die Hand noch immer auf dem Bild des Medaillons. »Es war Theron.«

Die Art und Weise, wie er Therons Namen ausspricht, straft seinen ansonsten ehrerbietigen Ton Lügen. So als bilde dieses eine Detail einen dunklen Fleck in einem schönen Wandteppich.

Mather streicht mit den Fingern über die Landkarte und berührt die Umrisse des Medaillons. Die eine Hälfte davon trägt er um den Hals. Neben der handtellergroßen Darstellung sieht sie beinahe kläglich aus. Leer.

»Noam behauptet zwar gern, Cordell sei das einzige Königreich der Welt«, fährt er fort, wobei seine Stimme immer härter wird, »doch dass seine Männer so leidenschaftliche Cordellianer sind, liegt zum Teil auch an dieser Karte. Die Mahnung daran, dass sie auch zu einem anderen Königreich gehören könnten, egal ob Rhythmus oder Jahreszeit, dass sie genauso gut Yakimianer, Ventrallianer oder Sommerianer sein könnten. Aber sie sind Cordellianer. Und dieses Wissen treibt sie an, für ihr Land zu kämpfen.« Mather lächelt traurig; eigentlich ist es gar kein Lächeln. »Das ist es, was ich mir für Winter wünsche.«

Er kehrt der Karte den Rücken und kommt auf mich zu, immer näher, bis er nur noch eine Handbreit von mir entfernt ist. Wir sind allein, die anderen Soldaten sind draußen auf dem Übungshof.

»Ich wollte das nicht«, flüstert er. »Ich will, dass Winter befreit wird, aber ihn will ich nicht ... Nicht für dich. Ich will nicht, dass du denkst, du seist wertlos, dass dies der einzige Ort für dich sei, denn das ist er nicht, Meira ...«

Mein Puls hämmert, Angst und Wut durchströmen mich, und ich kann mich nicht überwinden, ihm in die Augen zu sehen. *Schweig. Bitte schweig einfach, du riesiger, törichter ...*

»Ich weiß nicht, was ich tun soll.« Mathers Atem streicht mir übers Gesicht. »Bevor wir das Lager verlassen haben, hat mich Sir beiseitegenommen und mir erklärt, was ich zu tun hätte. Ich habe mich so schrecklich gefühlt wie noch nie zuvor in meinem Leben. Zum ersten Mal habe ich in vollem Ausmaß begriffen, wie viel wir opfern müssen, um Angra zu stürzen, wie wenig unser persönliches Leben angesichts der übergeordneten Aufgabe wert ist. Ich hatte immer gehofft, wir würden einen Ausweg finden ... Dass wir zusammenbleiben könnten. Und ich schwöre dir ...« – Mather umfasst mit Daumen und Zeigefinger mein Kinn und zwingt mich, ihm in die Augen zu sehen – »... ich schwöre dir, ich werde einen Weg finden, alles wieder in Ordnung zu bringen. Ich habe dir versprochen, dass ich das Gleichgewicht wiederherstellen werde, und das werde ich.«

»Nein.«

Das Wort bleibt in der Luft hängen. Ich blinzle verwirrt, aber ich weiß, ich würde es wiederholen. Warum? Seit einer Ewigkeit habe ich mir gewünscht, dass er so etwas zu mir sagen möge, nicht wahr? Warum kommt mir als Reaktion auf seine Worte dann etwas anderes in den Sinn als *Ja*?

Mather blickt mich mit zusammengekniffenen Augen an. »Doch, das werde ich. Ich werde nicht zulassen, dass Angra noch mehr von unserem Leben zerstört. Egal, was William sagt, es muss eine andere Möglichkeit geben ...«

»Nein!«

Ich löse mich gewaltsam von ihm, aber in meinem Inneren löst sich etwas und bleibt an ihm hängen. Jedes seiner Worte tut weh. Sie verbinden sich mit Sirs Worten von letzter Nacht und stürzen mich in tiefe Verwirrung. Alles, was ich weiß, ist, dass Mathers Glaube an eine andere Lösung eine höhnische, alles verzehrende, leere Hoffnung darstellt, auf die einzulassen ich mir nicht leisten kann. Es gibt keine andere Möglichkeit. Keine andere Hoffnung. Sir hat vierzehn Jahre lang versucht, einen anderen Weg zu finden. Und hat mich in dem Glauben gelassen, dass Mather mich vielleicht retten könnte. Und doch hat alles in dieser Hochzeitslotterie geendet …

»Mather, ich tue es«, sage ich mit dünner, müder Stimme. »Für unser Königreich, für unser Volk. Für *dich*. Wir brauchen Cordell. Wir brauchen das hier.«

Mather weicht zurück, als hätte ich ihn geschlagen. Röte kriecht seinen Hals hinauf und Schweißperlen glänzen auf seiner Stirn. »Du *willst* Theron heiraten, nicht wahr?«

Ich kneife die Augen zusammen. »Wie bitte?«

»Du *willst* Theron heiraten«, wiederholt er, nicht mehr als Frage, und sein gesamter Körper erschlafft. »Du …«

Willst mich nicht.

Seine unausgesprochenen Worte legen sich schwer auf meine Schultern, drücken mich nieder, bis ich das Gefühl habe, auf dem strohbedeckten Boden zusammenzubrechen.

»Du bist ein Idiot«, fauche ich, obwohl ich mir bewusst bin, dass ich seinem Vorwurf nicht widersprochen habe. »Dies hat absolut nichts damit zu tun. Es geht darum, Verbündete für die Rettung *unseres* Königreichs zu gewinnen. Zwischen uns hat sich nichts geändert. Es ist nur einfach genauso unmöglich, wie es immer war, und es ist richtig so.«

»Ich werde einen Ausweg finden«, kontert Mather. Er macht einen Schritt auf mich zu, und ich trete einen Schritt zurück, ein bizarrer Tanz durch die Scheune. »Ich war immer auf der Suche nach einem Weg. Ich habe es dir gesagt, bevor wir aufgebrochen sind – habe dir versprochen, dass ich es in Ordnung bringen würde.«

»Wie hätte ich ahnen sollen, dass es das war, was du gemeint hast? Ich habe bloß immer Sirs Stimme im Ohr, der mir eingehämmert hat, du seist zu wichtig, um dich an mich zu vergeuden.«

»Aber ich habe nie so gefühlt. Du warst immer *alles* für mich! Ich wusste bloß nie, wie ich damit umgehen sollte, wie sehr ich dich brauchte, weiß es immer noch nicht. Doch ich bemühe mich. Glaubst du wirklich, ich würde mir von William einreden lassen, ich sei zu gut für dich?«

»Was sollte ich denn sonst glauben?« Meine Stimme ist inzwischen so laut, dass die Dachsparren zittern. Ich trete noch einen Schritt zurück, noch einen zweiten, obwohl ich weiß, dass ich nie weit genug von ihm entfernt sein werde. »Vielleicht kannst *du* über die Realität unserer Situation hinaussehen und dir ein anderes Ergebnis vorstellen, aber alles, was *ich* je gesehen habe, was ich *sehe*, ist eine Mahnung daran, dass unser Leben nicht uns gehört.«

»Du glaubst, ich weiß nicht, dass unser Leben nicht uns gehört?«

Mather umschließt die Medaillonhälfte mit der Faust. »Meira, ich bin der *König*!«

Ich halte mir die Ohren zu, schüttle den Kopf, blocke alles, was er sonst noch sagen könnte, ab, alles, was mich daran hindern könnte weiterzureden. »Nichts davon spielt eine Rolle. Es spielt keine Rolle, was ich will, brauche oder wen ich liebe, weil Sir mich immer daran erinnern wird, dass Winter an erster Stelle steht.«

Mather schweigt. Seine Gesichtszüge entspannen sich, und durch meine über die Ohren gepressten Hände höre ich, wie er eines der Worte wiederholt, die ich gesagt habe.

»Wen du liebst?«

Nein ... das habe ich nicht gesagt. So töricht kann ich nicht gewesen sein ...

Schritte lassen mich herumschnellen. Neben all den anderen Geräuschen, den ächzenden Männern auf dem Übungshof, den klirrenden Schwertern und sirrenden Pfeilen, hätte das Geräusch von Schritten eigentlich nicht auffallen dürfen.

Theron steht in der Türöffnung, wirkt angespannt, als habe er uns dabei erwischt, wie wir miteinander auf dem Boden herumtollen. »Ist alles in Ordnung?«

Mit offenem Mund hebe ich eine Hand. Ja. Nein. War es nie, wird es nie sein.

Theron wartet meine Antwort nicht ab. Er wendet sich Mather zu. Der Schweiß auf seiner Haut glitzert im Sonnenlicht hinter ihm. »König Mather.« Theron tritt vor, dann wieder zurück. Er sieht aus, als wolle er am liebsten auf den Übungshof hinauseilen und auf jemanden einhacken. »Ich habe gehört, Ihr seid geschickt mit der Klinge?«

Ich ziehe die Stirn in Falten. Das kann nicht gut gehen.

Und das tut es auch nicht. Mather schweigt, scheint abzuwägen, wie wütend Sir sein wird, aber einen Moment später zieht er eine Grimasse, die mich um Therons Leben fürchten lässt.

»Keine Sorge, Prinz Theron. Ich werde Euch mit Nachsicht behandeln.«

Ich zerre an Mathers Arm, aber er entzieht ihn mir und geht auf Theron zu. Im letzten Moment weicht er ihm aus und geht um ihn herum, hinaus auf den Übungshof. Theron folgt ihm mit schweren Schritten.

Als ich hinter Mather und Theron zum Schwertkampfring eile, tritt auf dem Hof erneut erschrockenes Schweigen ein. Mather schlüpft durch die Seile, reißt ein Trainingsschwert aus einer Hülle und bewegt sich in dem Ring so nervös wie ein eingesperrter Bulle.

»Ihr dürft das nicht tun.« Ich wende mich nur deshalb an Theron und fasse ihn am Arm, weil Mather bereits im Ring steht. Außerdem ist Theron schließlich mein Verlobter. Ich sollte Angst um ihn haben. Zumindest *mehr* Angst um ihn, oder?

»Tut das nicht. Ihr seid beide zu wichtig für so etwas.«

Therons Mund entspannt sich, und ich hoffe, dass er vielleicht nachgibt.

Aber dann ertönt eine Stimme, und ich muss mich zurückhalten, um nicht nach meinem *chakram* zu greifen und dem Soldaten den Schädel zu spalten.

»Zeigt es ihm, mein Prinz«, ruft er von der anderen Seite des Schwertkampfrings. »Zeigt ihm, wie wir in Cordell kämpfen.«

Theron schließt die Augen, zieht eine fast schmerzliche Grimasse. Als er sie wieder öffnet, legt er seine Hand auf meine, mit der ich seinen Arm umklammert halte. »Wenn Ihr wollt, dass wir aufhören, werden wir es tun.«

Noch mehr Männer feuern ihn jetzt an. Rufen seinen Namen – »Theron!« –, so laut und so zuversichtlich, dass ich Mather vor mir in sich zusammensinken sehe.

Das ist es, was Mather gemeint hat. Was er sich für unser Volk wünscht. Nicht nur ein Lied, das zwei lächerlichen Bäumen vorgetragen wird, oder eine Landkarte, die es an seinen Platz in dieser Welt erinnert. Sondern Stolz. Tradition. Etwas wie die unbändige Freude der Soldaten, als sie von Herbst nach Bithai zurückkehrten, von dem Stolz, mit dem sie ihrem Prinzen zujubeln.

Mather geht auf und ab und wirbelt Dreck unter seinen Stiefeln auf. Je lauter die Männer schreien, desto wütender wird er. »Los, Cordell!«, brüllt er. Seine Stimme dröhnt durch die Reihen der brüllenden Männer, deren Rufe immer lauter werden. »Zeigt mir, was Ihr könnt.«

Ich starre ihn an. Er neigt das Kinn, seine Intensität lässt nach, wenn auch unmerklich. Aber nicht genug. Nicht ganz. Er wird dies durchziehen.

Und Theron ebenfalls. Seine Männer erwarten es von ihm. Sie schreien nach ihm, nach Cordell. »Mein Prinz, zeigt unsere Stärke! Beweist unsere Kraft und Macht!«

Kein Mann kann so einer Herausforderung widerstehen. Als ich sehe, wie sich Mather im Ring bewegt, und spüre, wie allein, schwach und klein wir sind, umgeben von Menschen, die ein Königreich und eine Identität besitzen, weiß ich …

Ich würde diese Herausforderung annehmen. Auch wenn es noch so töricht, egoistisch oder falsch wäre, ich würde sie annehmen. Diese Erkenntnis raubt mir den Atem. Ich lege die Hand auf meine Brust und atme schwer in der stickig gewordenen Luft. Ich würde dem Ruf meines Königreichs, der Winterianer, folgen, wenn sie danach schrien, dass ich mich vor ihnen beweise.

Würde ihnen beweisen, dass sie wirklich an erster Stelle kommen, immer, egal, was passiert.

Also sage ich nichts, als Theron meine Hand loslässt und sich meinem Griff entzieht. Doch ich sollte etwas sagen. Ich sollte ihn bitten, sich einfach umzudrehen und in die Scheune zurückzugehen, nicht auf das Gebrüll seines Volkes zu achten. Aber in meinem Kopf dröhnt meine eigene Stimme und verzerrt die Worte der Cordellianer.

Meira, beweise dich! Beweis dich für Winter. Du willst Bedeutung für dein Königreich haben und willst, dass dein Königreich Bedeutung für dich hat? Dann beweis es.

Tu, was du tun musst. Nicht, was du WILLST. Das, was du musst. Beweis es!

Einer von Therons Männern reicht ihm ein Übungsschwert. Mein Blick konzentriert sich auf die Bewegung, als Theron kurz zögert und seine Finger zucken. Doch dann greift er danach.

In dem Augenblick, in dem Theron den Griff berührt, geht Mather zum Angriff über. Lautlos und tödlich vollführt er eine anmutige, wenngleich etwas zu aggressive Bewegung und zielt mit dem Schwert auf Therons Kopf. Theron weicht aus, rollt sich auf die andere Seite des Rings, wirbelt Staub auf, als er sich halb aufrichtet und den Schwung nutzt, um nach Mathers Beinen auszuholen. Mathers linkes Knie knickt kurz ein, was Theron die Chance gibt, wieder auf die Füße zu springen – und dann beginnt der Wahnsinn.

Von solchen Schwertkämpfen hat Sir uns früher immer erzählt: zwei Gegner, die wild entschlossen sind, den anderen in Stücke zu hacken, aber beide gleich stark, sodass keiner die Oberhand gewinnen kann. Theron jagt Mather zu einer Seite des Rings – Mather tritt gegen Therons Beine und zwingt ihn zu Boden – Theron schnellt nach hinten und lenkt Mathers Schlag zur Seite – Mather nutzt diesen Schlag, um Therons Knie zu erwischen –

Mit jedem Hieb wird das Gebrüll der Soldaten lauter. Ich weiß nicht einmal mehr genau, wen genau sie eigentlich anfeuern, weiß nur, dass zwei Männer königlicher Abstammung, die einander den Garaus machen wollen, sie zur Raserei treiben. Je lauter die Männer schreien, desto heftiger pocht mein Herz. Ich bin gebannt von dem Schwertkampf und kaue immer noch an den beiden Worten herum, die mir nicht aus dem Kopf gehen.

Beweis es.

Mathers Schwert windet sich um das von Theron und schlägt es ihm aus der Hand. Es fliegt über die Köpfe der Menge. Panik steigt in mir auf, Panik, dass es zu weit geht, Panik angesichts dieses blinden Wahnsinns, darüber, wie die Soldaten voller Erwartung brüllen und Mather den Fuß gegen Therons Brust rammt. Theron fällt entkräftet zu Boden, und Mather kauert über ihm, hält das Schwert mit beiden Händen über seinen Kopf, bereit, es auf seinen Schädel heruntersausen zu lassen.

Noch bevor ich klar denken kann, bin ich unter dem Seil durchgeschlüpft und im Ring.

»Ergebt Euch«, schreie ich, als ich auf sie zustürme. »Theron, ergebt Euch!«

Keiner von beiden scheint mich zu hören. Keiner von beiden zuckt zusammen, keucht oder sieht etwas anderes als den Kampf.

Ich stolpere zwischen ihnen hindurch, stürze mit rudernden Armen auf Mather zu und stelle mich schützend über Theron. Mathers Schwert schießt hoch in die Luft, durchschneidet sie mit einer letzten gellenden Drohung, als ich nach seinen Armen greife, nach seinem Schwert, um diesen Wahnsinn zu beenden.

Dann ist es vorbei. Alle erstarren, so als hätte Noam jeden Cordellianer mithilfe seiner Magsignie in Salzsäulen verwandelt.

Ich atme tief durch, den Körper immer noch ausgestreckt in dem letzten schwachen Versuch, Mather davon abzuhalten, einen Riesenfehler zu begehen, und das Geräusch, das alle zum Schweigen gebracht hat, ertönt erneut.

»MATHER!«

Sir. Sein weißhaariger Kopf drängt sich zwischen den Cordellianer Soldaten durch, die dicht an dicht stehen.

»Bei den goldenen Blättern«, zischt Theron.

Ich kann Mathers Gesicht nicht sehen. Überhaupt sehe ich wenig, als ich mich umdrehe und Theron zu mir hochblickt. Seine Brust ist blutverschmiert und auch Mathers Stiefel weisen ein paar rotschwarze Flecken auf.

»Prinz Theron!«

Es ist Dominicks Stimme. Er zerrt einen winzigen Mann mit einem überquellenden Beutel voller Verbände hinter sich her. Sie tauchen unter dem Seil durch, betreten den Ring und schieben Therons Hand, die auf seiner Brust ruht, beiseite.

Dominick wendet sich den Männern zu, die immer noch ihren Prinzen und den fremden König anstarren. »Der Spaß ist vorbei, geht jetzt zurück zu eurem Training.«

Die Männer eilen davon. Das alles geht viel zu schnell für mich – ich bin in Gedanken immer noch bei Therons Blut und Mathers Wut und dem Echo der Schreie der Soldaten, meiner eigenen Stimme in meinem Kopf, die mir zubrüllt, mich zu entscheiden. Mich für Winter zu entscheiden. Ohne Rücksicht auf Mather … auf Theron … und auf mich selbst.

Hinter mir fällt ein Schwert zu Boden und das Metall hinterlässt einen hohlen Klang. Ich wende mich um. Die Welt dreht sich immer schneller um mich.

»Meira.« Mather streckt die Hände aus, starrt darauf, als seien sie voller Blut. »Ich wollte nicht – ich weiß nicht, was …«

Als Sir sich in den Schwertkampfring schwingt, erbebt das ganze Übungsgelände. Er stapft schweigend auf uns zu. Sein Blick fällt auf Theron, der am Boden liegt, zu Mather, der neben seinem Schwert steht, und zu mir, inmitten von alldem.

Als Sir den Blick wieder auf Mather heftet, zeigt seine Miene blanke Wut. Er sagt noch immer nichts, macht lediglich zwei schnelle Schritte vorwärts, greift nach Mathers Arm und zerrt ihn aus dem Ring. Als sie außer Hörweite sind, brüllt Sir etwas, woraufhin Mather ein paarmal den Kopf schüttelt und etwas zurückbrüllt.

Finger streichen über meine Hand. Theron steht neben mir. Weder lächelt er noch nickt er noch tut er sonst etwas. Er steht einfach neben mir, eine ruhige und beständige Mahnung, dass ich nicht allein bin, und Blut sickert durch den Verband über seiner Brust. Er stellt eine ruhige und beständige Erinnerung daran dar, dass ich nicht allein bin.

»Ist alles in Ordnung mit Euch?«, frage ich und deute auf den Verband.

Theron blickt auf die Wunde und grinst mich spitzbübisch an. »Um mich aufzuhalten, bedarf es mehr als eines Stiefels.« Er berührt den Verband und presst die Lippen zusammen. »Aber ich sollte lieber etwas anziehen, das die Wunde verdeckt. Für den Fall, dass mein Vater ...«

Sein Blick wandert zu Mather und Sir, die in einiger Entfernung immer noch hitzig diskutieren. Als Theron mich wieder anblickt, atmet er tief durch und strafft die Schultern.

»Kein Grund, noch mehr Unruhe zu stiften«, sagt er und zeigt zum Palast. »Wollt Ihr mit mir kommen? Ich wasche mich etwas und führe Euch dann herum, sofern Ihr mögt. Eine weitaus weniger gefährliche Unternehmung.«

Mein Blick wandert von ihm zu Sir, zu Mather und wieder zurück. Sollte ich bleiben und mit Sir reden? Sollte ich zu ihnen gehen und versuchen, Mather zu verteidigen?

Ich straffe die Schultern. »Das würde ich gerne.«

Kapitel 14

Theron führt mich den Bedienstetenaufgang, der sich durch das Innere des Palastes schlängelt, zu seinen Gemächern hoch, um ein Zusammentreffen mit Noam zu vermeiden. Wir steigen drei Stockwerke hinauf und gehen endlose Gänge entlang, die alle weitaus weniger luxuriös sind als die offiziellen Gänge des Palasts, ausgestattet lediglich mit schmucklosen grünen Teppichen, rohen Holzwänden und milchig weißen Kerzen auf braunen Tischen.

Mädchen mit Wäschekörben und Botenjungen mit Nachrichten huschen vorbei, gehen den täglichen Aufgaben nach, die den Palast am Laufen halten. Alle, an denen wir vorbeikommen, bleiben stehen und verneigen sich vor Theron. Ihre Mienen entspannen sich und zeigen ihre Freude, jemanden zu sehen, den sie kennen, und ihre Arbeit kurz zu vergessen. Theron nickt jedem Einzelnen zu. »Geht es deiner Mutter besser?«, fragt er eine vorbeieilende Dienerin. Sie macht einen Knicks und erklärt, dass der Arzt ein Wunder vollbracht habe, denn ihrer Mutter gehe es tatsächlich besser.

»Ich hoffe, dein Bruder fühlt sich wohl auf seinem neuen Posten«, spricht Theron einen Botenjungen an. Dieser strahlt ihn an und sagt: »O ja, mein Herr, er ist zum Leutnant befördert worden.«

Ich halte mich hinter Theron, komme aus dem Staunen nicht mehr heraus. Er kennt sie alle. Jeden Einzelnen. Und nicht nur das, er scheint ehrliches Interesse an ihnen zu haben. Er erinnert sich nicht nur an Dutzende von Gesichtern, sondern auch an die kleinsten Details, etwa, wie sich ein bestimmtes Ackerland entwickelt, will wissen, ob letzte Woche der Handel mit Yakim erfolgreich war, ob sich die Tochter bei dem neuen Ehemann bereits eingelebt hat.

Im dritten Stock bleiben wir vor einer Tür stehen und Theron öffnet sie. Er verhält sich, als wären solche Begegnungen an der Tagesordnung. Ich werfe einen Blick zurück. Auch keiner der Bediensteten scheint irgendetwas ungewöhnlich zu finden. Ist Theron so vertraut mit ihnen? Ich kann mir nicht vorstellen, dass Noam damit einverstanden ist, dass sein Sohn sich mit Untergebenen abgibt.

»Sind hier in Cordell alle Mitglieder des Königshauses so …« – ich halte inne, um das richtige Wort zu finden – »… fürsorglich?«

Theron blickt über meine Schulter zu einer Gruppe plaudernder Dienerinnen. Sein Blick schweift ab, und ich bin sicher, dass die Erinnerung, der er gerade nachhängt, keine angenehme ist, doch er zwingt sich zu einem Lächeln. »Niemand sonst schleicht so oft durch diese Gänge, um zu seinem Zimmer zurückzukommen«, scherzt er. Noch bevor ich weitere Fragen stellen kann, betritt er den Raum. Mir bleibt nichts anderes übrig, als ihm zu folgen.

Die Tür führt zu einem direkt neben einem Arbeitszimmer gelegenen Wohnzimmer, das zwar geräumig ist, aber nicht übertrieben groß. Links befindet sich ein Esstisch, rechts sind um eine Feuerstelle herum Sessel und Sofas arrangiert. Ein dicht gewobener grün-goldener Teppich bedeckt den Boden; die Farben abgestimmt auf die dunklen Schattierungen der restlichen Ausstattung. Über dem Esstisch hängt ein Kronleuchter, und Gemälde von Cordells Lavendelfeldern, seinen leuchtend grünen Wäldern und seinen Flüssen, die vorbei an gelben Grasebenen fließen, schmücken die Wände. Es ist hübsch hier, aber funktional, ein Ort, an dem ich mir sowohl ein strategisches Treffen als auch lasterhafte Kartenspiele vorstellen könnte.

»Ich brauche nicht lange«, erklärt Theron, als er die Tür hinter uns schließt und im Schlafgemach zur Rechten verschwindet. Einen Moment später höre ich, wie Wasser in eine Schüssel plätschert. Ich schlendere durch das Wohnzimmer, um meine Gedanken davon abzulenken, dass Therons Tür zum Schlafgemach offen steht und jetzt sicherlich nicht nur sein Oberkörper unbekleidet ist.

Verdammt, noch nie in meinem Leben habe ich mir so viele Gedanken über einen unbekleideten Mann gemacht. Nicht einmal im Lager mit Mather habe ich darüber nachgedacht, dass er nach mir ins Badezelt gehen würde … na gut, vielleicht *habe* ich daran gedacht, aber ich war nie so durcheinander wie jetzt. Ich presse die Hände auf meine Wangen und atme tief durch.

In der Mitte des Raums bleibe ich stehen und kneife die Augen zusammen. Hier drin gibt es jede Menge Krimskrams, nicht nur Möbel und Dekoration. Ich sehe mich um und betrachte den vollgestopften Raum. Ich war so abgelenkt durch meine Gedanken an unbekleidete Männer, dass mir der leicht chaotische Zustand von Therons Wohnzimmer gar nicht aufgefallen war – der *völlig* chaotische Zustand, um ehrlich zu sein. Gerahmte Gemälde jeder Größe und Form sind willkürlich im Raum verteilt, gegen den Schreibtisch, die Wand und die Stühle gelehnt. Kleinere Bilder sind auf einem dünnen Baumwolllaken auf dem Tisch ausgebreitet. Kunstvolle, mit Juwelen und Gold verzierte Masken schmücken die Ecken einiger Rahmen. Turmhohe Bücherstapel thronen vor der Feuerstelle und auf kleinen Beistelltischen. Die Bücherregale sind so vollgestopft, dass ich befürchte, sie könnten einstürzen und sich in einer Wolke von Papier und Staub auflösen. Es gibt auch ein paar sehr große Bücher, große vorsintflutliche Wälzer, die so alt und empfindlich aussehen, dass ich fürchte, sie könnten allein durch zu starkes Atmen auseinanderfallen.

Ich beuge mich über den Esstisch. Meine Augen huschen über handflächengroße Miniaturen von Eichen und über Bücher, deren vergilbte Seiten aus dem Einband hervorlugen. Auf einem davon steht in Goldschrift *Geschichte des Handels am Fluss Feni*. Ein anderes trägt den Titel *Geschichten von Bergbewohnern*. Daneben entdecke ich einen Stapel Pergament; ein paar unleserliche Zeilen sind in derselben hektischen Handschrift wie das Gedicht in der Bibliothek daraufgekritzelt. Therons Werk. Ich kneife die Augen zusammen, kann aber diesmal nur ein paar Worte entziffern – *echt* und *könnte* und noch ein paar andere. Dann wende ich mich einer Sammlung von ovalen Porträts in einer kleinen Schachtel zu, die alle in filigranen Silberrahmen stecken. Ich streiche über die Hand einer Frau, deren Haar zu einem straffen Knoten hochgebunden ist und die den Maler grimmig anstarrt, als hätte er ihr die Haare höchstpersönlich so straff gebunden.

Ich höre, wie hinter mir eine Schranktür geschlossen wird, und drehe mich um, um in den anderen Raum zu spähen. Aber alles, was ich sehen kann, ist ein Himmelbett, das in helles Licht getaucht ist, das durch ein offenes Fenster hereinflutet. Nebenan wird erneut ein Schrank geschlossen und ich gehe auf die halb offene Zimmertür zu. In diesem Moment taucht Theron auf und fasst sein feuchtes Haar zu einem Pferdeschwanz zusammen. Er hat seine Trainingskleidung gegen etwas einem Prinzen Angemesseneres eingetauscht – eine schwarze Hose mit Goldstreifen an der Seite, ein eng anliegendes weißes Hemd, das bis zum Hals zugeknöpft ist, und eine schwarze Weste.

Er bindet sein Haar zusammen und fragt: »Was würdet Ihr gerne als Erstes sehen? Wir haben eine Menagerie im Wald, eine Kunstgalerie im Nordflügel …«

Ich hebe eine Augenbraue. »Eine Kunstgalerie? Seid Ihr sicher, dass es dort noch etwas zu sehen gibt?« Ich deute auf die Bücher und die Gemälde um uns herum. »So, wie es aussieht, dient Euer Status als Prinz nur als Fassade für Euer Leben als Kunstdieb.«

Theron blickt sich im Raum um und geht geistesabwesend auf den nächstbesten Bücherstapel zu, nimmt ein Buch in die

Hand und fährt mit der Hand über den Rücken. Dann blickt er zu mir, in seinen Augen ein gespielt gekränkter Ausdruck. »Ich raube auch Bibliotheken aus. Und ich habe zwei gute Gründe für diese …« – er kneift die Augen zusammen, als er überlegt – »Sammlung.«

»Ihr wollt also ein zweites Standbein haben, falls es mit dem Königsein nicht klappt?« Ich lächle, auch als mir bewusst wird, wie wahr das sein könnte.

Theron zuckt die Schultern und legt das Buch auf den Stapel zurück.

»Das auch. Aber der eigentliche Grund ist, dass mein Vater findet, dass sich so eine Besessenheit nicht für einen künftigen König ziemt, und er sich weigert, hierherzukommen, solange ich meine Gemächer mit allem Möglichen vollgestopft habe.« Er strahlt mich an. »Außerdem gehörte viel davon meiner Mutter.«

»Eurer Mutter?« Ich lasse den Blick über das Bücherregal schweifen und erinnere mich an Sirs Lektionen. Wahrscheinlich wird von Theron, der zur Hälfte Cordellianer, zur Hälfte Ventrallianer ist, erwartet, dass er mehr seinem Vater nachschlägt als seiner Mutter.

Ich strecke die Hand aus und berühre die Rücken der Bücher auf dem Regal. Sie erinnern mich an die Feuerstelle, die Finn für uns gekauft hat.

An einem Teil seiner Vergangenheit festzuhalten, auch wenn man damit an dem Schmerz festhält, sie für immer verloren zu haben, ist dennoch weniger schmerzlich als der Schmerz des Vergessens.

»Tut mir leid«, sage ich, obwohl ich eigentlich gar nicht weiß, wofür ich mich entschuldige. *Es tut mir leid, dass deine Mutter nicht mehr hier ist. Es tut mir leid, dass dein Vater dich benutzt.*

Theron winkt ab und kommt näher, dann bleibt er am Ende des Regals stehen. »Lest Ihr viel?«

Ich zeichne die Buchstaben auf dem Rücken eines besonders umfangreichen Buches nach. »Nur das, was Sir mir zum Lesen gegeben hat. Ich ziehe es vor, meine Zeit zu vertrödeln.« Ich lächle, aber Theron beobachtet mich, die Lippen nachdenklich zusammengekniffen.

Er kehrt dem Bücherregal den Rücken und steuert auf einen Stapel Gemälde in der Ecke zu. »Ich habe ein Landschaftsbild, das Euch bestimmt gefallen wird«, sagt er über seine Schulter hinweg und wühlt sich durch große viereckige Rahmen. »Es ist ein älteres Bild, aber gut erhalten …«

Er spricht weiter, doch seine Stimme verblasst zu einem Gemurmel, einem fernen Geräusch am Rande meines Bewusstseins. Ich starre auf das umfangreiche Buch, über dessen Rücken ich gerade mit den Fingern fahre. Der Titel erregt plötzlich meine Neugier. Es ist alt, sehr alt, einer dieser zerlesenen Bände, die sich jeden Augenblick in eine Wolke aus Staub aufzulösen drohen. Ich lese den Titel ein zweites Mal.

Die Magie von Primoria.

Magie wie … meine Träume von Hannah?

Ich weiß nur das über Magie, was Sir mich gelehrt hat, aber es *muss* einen Grund für meine Träume geben – sofern sie nicht durch Stress hervorgerufen werden, was ich immer noch für möglich halte. Aber wenn das nicht der Fall ist, muss es einen anderen Grund dafür geben – den Stein? Eine weitere magische Quelle? Und wenn die Magie eine andere Ursache hat, dann muss es noch eine weitere magische Quelle geben als die Königlichen Magsignien. Ich meine, da ist der Schlund, aber die Magie dort wirkt sich nur auf die Jahreszeiten aus, so wie alle Königlichen Magsignien lediglich die Bürger innerhalb eines bestimmten Umkreises betreffen. Wenn ich in einem Jahreszeiten-Königreich wäre, könnte ich meine Träume von Hannah vielleicht einem Rest der Magie aus dem Schlund zuschreiben – auch wenn ich noch nie gehört habe, dass dies möglich ist –, aber was konnte diese Träume hier in Cordell auslösen? Sofern es überhaupt Magie ist. Und ich nicht gerade dem Wahnsinn verfalle.

Als ich meine Gedanken sortiere, überkommen mich jede Menge Zweifel. *Tausende von Jahren.* So lange schon gibt es keine Magie mehr außerhalb der acht Königlichen Magsignien. Seit Lawinen und Sabotage den Zugang zum Schlund unzugänglich machten. Gäbe es noch eine andere Magiequelle, irgendeine Form von Magie, hätte die doch längst jemand entdeckt, oder?

Doch keiner dieser Gedanken hindert mich daran, das alte Buch vom Regal zu nehmen und mit beiden Händen zu umklammern. Unten auf der rechten Seite prangt ein dunkelrotes Siegel aus Wachs, dessen Prägung im Laufe der Jahre immer glatter geworden ist. Eine unentzifferbare Schrift rankt sich um die Abbildung eines Lichtstrahls, der auf eine Bergspitze fällt. Ein paar Worte kann ich erkennen – DES GLANZ –, der Rest ist komplett unleserlich geworden. Das

Siegel eines Herstellers? Was es auch sein mag, ich streiche mit dem Finger darüber und kaue gedankenverloren an meiner Lippe.

Etwas Recherche kann nicht schaden, oder? Zumindest ist es eine weitaus bessere Alternative, als im Palast von Bithai zu sitzen und auf die Rolle der künftigen Königin von Cordell getrimmt zu werden, während Sir, Mather und Noam alle Entscheidungen weiterhin ohne mich treffen. So *tue* ich wenigstens etwas. Nichts Bedeutendes, aber immerhin etwas. Es ist ein Anfang.

»… doch interessant, finde ich«, unterbricht Theron meine Gedanken.

Ich wende mich ihm zu und drücke das riesige Buch an die Brust. Er hält ein Gemälde an den oberen Ecken auf Hüfthöhe fest, der untere Teil berührt gerade noch seine Stiefel.

Mir stockt der Atem – ich habe das Gefühl, als würde alle Luft aus mir herausgesaugt, als wäre das Gemälde ein Wirbelwind und ich mittendrin.

Es ist Winter. Oder vielleicht ein Rhythmus-Königreich während des Weltwinters. Doch wenn ich das Bild betrachte, habe ich Winter vor Augen. Ich sehe einen Wald, dessen Bäume sich unter dem Gewicht des Frosts biegen. Die braunen Äste sind zu glitzernden Säulen erstarrt. Schneewehen türmen sich um die Stämme auf, lediglich unterbrochen durch Felsblöcke oder kleine schneebedeckte Büsche. Es herrscht friedliche Morgenstille, die Sonnenstrahlen stehlen sich bis zu den Baumwipfeln hoch und tauchen alles in das blasse Blaugelb der Morgendämmerung.

Beweis es.

Wieder diese beiden Worte. Meine Finger umklammern das Buch. Je länger ich auf das Gemälde starre, desto mehr erfüllt mich so etwas wie Entschlossenheit. Sir hatte recht. Ich weiß gar nichts. Ich weiß nicht, wie Winter aussieht, welchen Wald dieses Gemälde darstellt. Ich weiß nichts, habe Winter nie gesehen, da es Winter nicht mehr gibt. Weil ein schrecklicher Krieg, eine brutale Machtübernahme, bei der Tausende von Menschen niedergemetzelt, eingesperrt und vernichtet wurden, es in kürzester Zeit vernichtet hat. Und mir bleibt nur die Hoffnung, dass ich eines Tages meine eigenen Erinnerungen an Winter haben werde.

Ich war so verdammt egoistisch! Selbstsüchtig und engstirnig. Ich wollte für Winter eine Bedeutung haben, aber *auf meine eigene Weise.* Innerhalb der von mir festgelegten Rahmenbedingungen. Ich unterdrücke das Lachen, verabscheue mich selbst dafür, dass ich so lange gebraucht habe, um zu erkennen, dass Sir recht hat. Der Teufel hole ihn – wie sehr wünschte ich mir, dass er sich endlich einmal irrt.

Ich merke nicht einmal, dass ich auf ihn zugegangen bin, bis Theron sich räuspert. Ich knie jetzt vor dem Gemälde auf dem Boden und betrachte es, halte immer noch mit einer Hand das Buch an die Brust gedrückt, während meine andere nach den Bäumen ausgestreckt ist, so als könnte ich etwas Schnee von den Ästen schütteln, wenn ich mich genug bemühe.

Theron hält das Gemälde jetzt so, dass er einen Blick daraufwerfen kann. »Wenn Ihr wollt, lasse ich es in Eurem Gemach aufhängen.«

Ich nicke und lege auch die andere Hand wieder um das Buch. »Danke«, hauche ich und blicke zu ihm hoch. Er lächelt mild, seine Augen leuchten, als er mein Gesicht mustert.

Doch dann erstirbt sein Lächeln nach und nach. »Wir werden es zurückerobern.«

Ich drücke das Buch noch fester an mich, schlucke schwer und verdränge Tränen, die plötzlich aufsteigen. »Wir?« Ich schüttle den Kopf. »*Sie* werden es zurückerobern. Meine Aufgabe besteht darin …« Ich verstumme, zucke zusammen. Es sollte nicht wehtun. Ich tue das, was ich tun muss – in Cordell einheiraten. Für Winter.

Theron lehnt das Gemälde gegen die Lehne eines Sofas und fährt mit der Hand darüber. Sein Blick schweift ab, als erinnere er sich an eine alte Geschichte. Als er mich wieder anblickt, stehe ich ruhig da und halte das Buch wie einen Schild zwischen uns.

»Als ich elf war, wäre ich fast in Ventrallis Schreiberzunft eingetreten«, sagt er.

Ich runzle die Stirn. »Ehrlich? Was ist geschehen?«

»Nichts Gutes«, lacht er. »Ich habe damals an den König von Ventralli geschrieben – den Schwager meiner Mutter – und eine Sondergenehmigung erhalten, der Zunft beizutreten. Ich habe eine Unterkunft besorgt und die Reise dorthin organisiert und sogar die Anzahl der Männer festgelegt, die mich begleiten sollten. Ich war so stolz auf mich und wünschte es mir so sehr.« Therons Blick verweilt auf einem Punkt über meiner Schulter, er blickt in die Vergangenheit. »Fünf Tage vor meiner Abreise schickte mein Vater seinen Haushofmeister zu mir, um mir mitzuteilen, dass eine Kutsche warte, um mich zu einem Militärstützpunkt an Cordells Küste zu bringen. Ich würde die nächsten drei Jahre dort verbringen und von einem Oberst ausgebildet werden. Mein Vater kannte meine Pläne, er wusste, dass ich nach Ventralli wollte. Ich hatte es ihm erzählt, als ich die Pläne schmiedete, aber bis zu diesem Tag wusste ich nicht, dass er nie die Absicht hatte, mich gehen zu lassen. Dass sein Kronprinz in Militärtaktiken und Kriegsführung unterwiesen werden sollte, nicht in Kunst und Poesie.« Er runzelt die Stirn und blickt mich an, als hätte er bereits völlig vergessen, dass ich auch noch da bin. »Aber das hat mich nicht von dem hier abgehalten« – er deutet mit einer Handbewegung auf die Bücher und Gemälde – »und auch nicht davon, die besten Schriftsteller und Poeten und Künstler von Ventralli nach Cordell einzuladen. Meira, in Eurem neuen Leben wird es immer ein *sie* geben. *Sie* fällen Entscheidungen, *sie* formen Eure Zukunft. Der Trick besteht darin, bei alldem einen Weg zu finden, immer noch Ihr selbst zu bleiben.«

»Gönnt man uns denn diesen Luxus?«, frage ich. Ich mache mir keine Gedanken darüber, wie vorlaut das klingen könnte oder wie wenig ich von ihm weiß – ich kann nur daran denken, wie gut ich ihn bereits zu kennen scheine. Er wollte mehr aus seinem Leben machen. Er wollte Künstler werden, doch sein Vater wollte ihn als König sehen. Und so steht er vor mir, der Erbe von Cordell, inmitten von Stapeln von Büchern und Gemälden. Er ist beides. Er hat sich allem angepasst, was das Leben ihm auferlegte.

Theron atmet tief durch, seine Schultern sind leicht geneigt. »Ich muss zumindest daran glauben.«

Ich ziehe die Stirn in Falten. Ist es tatsächlich möglich? Kann ich das erfüllen, wozu Winter mich braucht, und gleichzeitig auch das, was *ich* will? Kann ich, statt nur für das zu kämpfen, was ich will, oder mich dem zu unterwerfen, was Winter braucht, ein Gleichgewicht zwischen beidem finden?

Ich halte das Buch hoch. »Darf ich es mir leihen?«

Theron nickt, noch bevor er sieht, welches es ist. »Natürlich. Nehmt, was Ihr wollt.« Und er zeigt auf das Bild. »Und ich werde dafür sorgen, dass es in Eurem Gemach aufgehängt wird. Und jetzt« – ein strahlendes Lächeln überzieht sein Gesicht – »auf in die Menagerie?«

Kapitel 15

Als Rose und Mona mich am nächsten Morgen erneut beschwören, den Benimmunterricht zu besuchen, versetze ich ihnen und mir selbst einen Schock, indem ich Ja sage.

Rose, die ein himmelblaues Kleid und ein marineblaues Band in den Händen hält, bleibt neben dem Kleiderschrank stehen. Sie kneift die Augen zusammen. Nach kurzem Zögern eilt sie durch den Raum und bleibt zwischen meinem Bett und dem Balkon stehen.

»Ist das eine List?«, fragt sie, und ich sehe, wie sie anfängt, die Arme auszubreiten, als wolle sie mich davon abhalten, an ihr vorbeizurennen und vom Balkon zu springen.

Ich lasse mich auf der Seite gegenüber den Balkontüren aus dem Bett gleiten und begegne in aller Ruhe ihrem Blick. »Nein. Ich werde hingehen.«

Rose runzelt die Stirn. »In angemessener Kleidung?«

Ich hebe eine Augenbraue. »Ja.«

»Ohne Eure Waffe?«

Ich unterdrücke ein Murren. »Reicht es denn nicht, dass ich *hingehe*?«

Roses Stirnrunzeln vertieft sich und sie schnalzt abfällig mit der Zunge.

»Waffen haben im Palast nichts verloren.«

Mit ein paar kurzen Schritten durchquert sie den Raum und legt das Kleid samt dem Band aufs Bett. Kaum ist sie damit fertig, nestelt sie an meinem Nachthemd herum und öffnet die Knöpfe am Rücken, als habe sie Angst, ich könne meine Meinung ändern, wenn sie nicht schnell genug ist. Ich zucke zusammen, will sie instinktiv abwehren. Ich kriege das hin. All das – die Heirat, die Lektionen, die mir Noam aufgezwungen hat, *und* meinem Königreich auf eine Art und Weise helfen, die ich mir nicht einmal im Traum hätte vorstellen können, mir aber dennoch das Gefühl geben wird, ein Teil von Winter zu sein.

Wenn Theron das kann, kann ich es auch. Ich kann in einen bereits von anderen entworfenen Wandteppich meine eigenen Fäden einweben. Es ist möglich. Und ich könnte etwas bewirken, denn ich bin schließlich in einer Machtposition, nicht wahr? Habe jetzt bei Weitem mehr Macht als eine einfache Kämpferin.

Es *wird* gut werden.

Als Rose mir das Kleid über den Kopf streift und Mona mein Haar bürstet, straffe ich die Schultern. Ich bin die künftige Herrscherin von Cordell. Wie würde sich eine solche Herrscherin verhalten? Mather kommt mir in den Sinn, seine Beständigkeit, sein stets ruhiges Verhalten, egal, was kommt. Ich will mich wie Mather verhalten. Ich kann das.

»Ich nehme mein *chakram* mit«, sage ich. Als Rose blitzartig hochblickt, ist mein Blick ganz ruhig, kontrolliert, unbewegt.

»Ich habe nicht vor, es zu benutzen, aber ich will es bei mir haben.«

Rose presst die Lippen aufeinander. Sie kneift die Augen zu einem Schlitz zusammen, bevor sie mir das dunkelblaue Band um die Taille bindet.

Ich kann mir ein Lächeln nicht verkneifen. Ein kleiner Sieg.

Die nächste Woche vergeht wie im Flug. Ich befasse mich mit der Geschichte von Cordell, lerne, richtig zu knicksen und welche Gabel ich beim Essen von Salat zu benutzen habe. Rose und Mona sind sichtlich überrascht darüber, wie eifrig ich alles aufnehme. Jedes Mal, wenn ein Lehrer mich lobt, weil ich eine Frage richtig beantwortet habe, tuscheln sie aufgeregt hinten im Raum herum. Aber ich war schon immer eine gelehrige Schülerin – schon früher im Lager. Erst als ich sah, wie Mather ohne mich trainierte, wurde ich gereizt und begann aufzubegehren, und Sir rang die Hände und schrie mich an, bis ich in Tränen ausbrach. Jetzt aber bemühe ich mich ernsthaft, mich bei diesem Unterricht auf meine Rolle als künftige Königin vorzubereiten.

Und sei es nur deshalb, weil ich jeden Morgen einen Weg finde, *ich selbst* zu sein.

Im frühen Morgengrauen, wenn die Sonne noch ihren schwarzblauen Krieg gegen den Nachthimmel ausficht, schlüpfe ich in meine Kleider – meine *eigenen* Kleider, Hemd, Hose und Stiefel – und husche durch den noch schlafenden

Palast zur Bibliothek, wo ich *Die Magie von Primoria* versteckt habe. Deshalb und aufgrund meines Tagesplans voller Unterricht und Mahlzeiten in meinem Gemach habe ich die anderen Winterianer seit Mathers und Therons verheerender Vorstellung auf dem Übungshof nicht mehr gesehen. Nicht, dass *sie* mir aus dem Weg gehen würden – es ist umgekehrt. Wenn ich Dendera kommen sehe, verschwinde ich in irgendeinem Flur, höre ich Finns Stimme, klettere ich eine Mauer hoch. Ich will keinem von ihnen begegnen, bevor ich nicht etwas vorzuweisen habe. Bevor ich nicht beweisen kann, dass ich in dieser Position immer noch als *ich selbst* nützlich sein kann.

Jeden Morgen würde ein Teil von mir gerne zum Schießplatz eilen, statt in die Bibliothek zu schleichen. Seit ich mit dem Königinnentraining begonnen habe, habe ich mein *chakram* nicht mehr benutzt. Auch wenn ich es zu jeder Unterrichtsstunde mitnehme, fühlt es sich immer mehr wie eine Requisite an. Aber der andere Teil von mir, der sich in dieses Arrangement gefügt hat, weiß, wie wichtig es ist, dass ich versuche, *Die Magie von Primoria* zu lesen.

Wobei die Betonung auf dem Wort *versuchen* liegt.

Jede Zeile auf jeder Seite des Buchs, das sich in meinen Händen fast auflöst, ist gefüllt mit den allerwinzigsten Wörtern, geschrieben in einer vollkommen unleserlichen Schrift. Der Verfasser hat die Zeilen so eng zusammengepresst, und die Zeit hat sie nur noch mehr ineinander verschwimmen lassen, sodass der Text nun wie ein riesiger Tintenklecks aussieht. Und als ob das noch nicht genug wäre, sind die Zeilen, die ich tatsächlich entziffern kann, keineswegs hilfreich.

Entweder ist die Sprache veraltet oder der Text besteht aus Rätseln. Doch meistens handelt es sich um historische Tatsachen, die ich bereits kenne. Dass sich der Magieschlund, eine geheimnisvolle und magische Quelle, die seit der Schaffung der Welt existiert, seit Urzeiten unterhalb der vier Jahreszeiten-Königreiche befindet. Der Schlund liegt tief, tief unter der Erde. Selbst wenn ein Rhythmus-Königreich ein Jahreszeiten-Königreich erobern und auf der Suche nach dem Zugang zum Schlund einen Eingang graben würde, würde es Jahrzehnte dazu brauchen.

Früher gab es einmal einen Eingang zu dem Schlund in den Klaryns-Bergen, einen Schacht, der eines Tages entdeckt wurde, als Bergarbeiter darauf stießen. Niemand weiß, wo genau die Mine lag – kurz nachdem sie entdeckt worden war, fiel sie einem Erdrutsch oder einem Unwetter zum Opfer. Aber ich stelle mir gerne vor, dass sie sich in Winters Teil der Klaryns-Berge befand. Denn welch anderes Jahreszeiten-Königreich ist im Bergbau so gut wie wir? Andererseits ist es uns seit dem Verschwinden dieses Eingangs zu dem Magieschlund nicht mehr gelungen, einen anderen Weg zu finden, also sind wir vielleicht *doch nicht* so gut?

Als der Eingang vor Tausenden von Jahren offen war, wurde eine Expedition entsandt, um die Magie von dort an die Oberfläche zu holen. Legenden und ein paar der besser lesbaren Zeilen in dem Buch zufolge befand sich die Magie in der Mitte einer endlosen Höhle, ein großer Energieball, der sich bewegte und knisterte, da er im negativen Teil der Höhle hing.

Damit die Magie aus der Höhle entnommen werden konnte, benötigte er einen Wirt, einen Gegenstand, der mit seiner Energie versehen wurde. Der große Energieball pulsierte durch die Höhle, stieß hier und da mit chaotischen Blitzfunken wie mit unkontrollierten Fingern gegen die Felsen. Und die Felsen, die er berührte, wurden mit Magie erfüllt. Also fingen die Monarchen an, Gegenstände in der Nähe der Quelle abzulegen, und warteten darauf, dass magische Blitze Schwerter, Schilde oder Juwelen trafen und mit Magie erfüllten. Sie versuchten sogar, dafür zu sorgen, dass die Magie ihre Bediensteten traf, und somit menschliche Magsignien zu erschaffen. Dies führte zu der Entdeckung, dass lediglich Gegenstände Empfänger für Magie sein konnten – Menschen dagegen verwandelten sich in nichts anderes als verkohltes Fleisch.

Auf diese Weise entstanden die Königlichen Magsignien. Die Monarchen auf der ganzen Welt sorgten dafür, dass sie als Erstes mit magischen Gegenständen versorgt wurden, und verbanden diese Magsignien durch noch mehr Magie mit ihren Abstammungslinien. Doch kurz nach Schaffung der acht Königlichen Magsignien verschwand der Eingang zum Schlund und unsere Welt veränderte sich für immer; und so blieben die Königlichen Magsignien die einzigen, die je geschaffen wurden. Zwar hatten wir jetzt Magie, aber auch Vorurteile – die Rhythmus-Königreiche hassten uns Jahreszeiten, weil wir etwas so Lebenswichtiges eingebüßt hatten. Vielleicht hatten sie die Jahreszeiten schon vorher aus verschiedenen Gründen gehasst, doch bis zum heutigen Tag hängt ihnen der Verlust der Magiequelle nach, auch wenn niemand ein anderes Leben kennt als das, wie wir es heute führen. Es hat immer die acht Königlichen Magsignien gegeben, nicht mehr und nicht weniger.

Das ist alles, was ich entziffern kann. Und je mehr ich auf *Die Magie von Primoria* starre, desto mehr wird aus meinem Fünkchen Zweifel eine lodernde Flamme. Wonach genau suche ich? Diese Woche hatte ich jede Nacht denselben Traum von Hannah, sah sie im Arbeitszimmer umgeben von den Winterianer Flüchtlingen. Aber ich kann keinerlei Zusammenhang zwischen dem Traum und dem, was ich tue oder nicht tue, herstellen. Ich habe sogar versucht, den Lapislazuli zu verstecken und ihn ein paar Tage lang nicht zu berühren, hatte aber dennoch immer denselben Traum. Ist das etwa keine Magie? Aber was hoffte ich überhaupt zu finden? Eine längst vergessene Magiequelle, die ich Sir darbieten könnte, um zu beweisen, dass ich nicht nur durch unser Bündnis mit Cordell eine Bedeutung für Winter haben kann, sondern auch darüber hinaus, auf meine ganz eigene Art?

Ich schlage das Buch zu und lehne mich mit dem Rücken gegen die Galerie hinter mir. Das frühe Morgenlicht wirft gelbe Strahlen durch die riesigen Fenster zu meiner Linken. Es ist fast Zeit für den nächsten Königinnenunterricht, doch das tagelange frühe Aufstehen zehrt an mir, und ich möchte einfach wieder in mein Bett kriechen und mich nicht länger darum kümmern, dass ich mich bemühen wollte, eine echte Dame zu sein. Meine Finger krallen sich um den Bucheinband, und ich bedauere es, dass ich heute Morgen mein *chakram* in meinem Zimmer gelassen habe. Ein paar Schnitte und dieses wenig hilfreiche Buch bestünde nur noch aus Fetzen.

»Hunger?«

Ich blicke nach rechts und sehe, wie Theron die Treppe hinaufspäht, die zur dritten Galerie führt, wo ich mich niedergelassen habe. Er trägt ein Tablett mit dampfenden Schüsseln und mein Magen reagiert mit einem sehr undamenhaften Gluckern. Theron ist der Einzige, der über meine frühmorgendlichen Besuche hier Bescheid weiß. Auch er kommt jeden Morgen hierher, um Bücher zurückzustellen oder neue zu holen. Es macht mir nichts aus, ihm zu begegnen.

Er kommt weiter die Treppe hinauf und lässt sich, den Blick auf die unter uns liegende Bibliothek gerichtet, neben mir nieder. »Ich dachte mir, dass Ihr hungrig seid, da Ihr wieder nicht beim Frühstück wart«, sagt er und stellt das Tablett zwischen uns ab. »Mein Vater ist besänftigt, weil Ihr den Unterricht besucht, aber Eure Freunde …«

»… verdienen jedes Quäntchen Sorge und Kummer, das ich ihnen bereite?«, ergänze ich und greife nach einem knusprigen Stück Brot in einem Korb.

Theron lacht. »Ich wollte gerade sagen, dass sie meinen Hof durch ihr ständiges aufgeregtes Geflüster verborgen hinter Kübelpflanzen erschrecken, aber ›Kummer verdienen‹ bringt es auch auf den Punkt.«

»Jemand sollte ihnen sagen, dass Kübelpflanzen keine Geräusche abhalten.« Ich schiebe mir kleine Brotstücke in den Mund, ohne im Reden innezuhalten, genieße diesen kleinen Verstoß gegen die Etikette. Es ist nur allzu leicht zu vergessen, dass Theron ein Prinz ist, dass er so viele Ränge höher steht als ich, dass ich ihm nicht einmal ebenbürtig wäre, wenn ich oben auf den Klaryns-Bergen stehen würde, dass ich ordentlich und damenhaft sein und einen Knicks machen muss, wenn er sich nähert – lauter Dinge, die ich gestern im Benimmunterricht gelernt habe. Vieles ist in seiner Gegenwart einfach, und ich versuche immer noch herauszufinden, warum das so ist.

Theron deutet mit einem Nicken auf das Buch, das ich immer noch an die Brust gepresst habe. »Darf ich fragen, wie Ihr vorankommt, oder werdet Ihr wieder drohen, es auseinanderzureißen?«

Ich stöhne. »Ich will nicht darüber reden … Dieses Porridge schmeckt gut. Was ist dadrin, Erdbeeren?«

»Ihr wollt mir immer noch nicht verraten, was Ihr tut?«

»Nein«, sage ich und blicke auf. Wie sollte jemand etwas anderes denken, als dass man vollkommen verrückt geworden ist, wenn man ihm berichtet, dass man ständig von einer toten Königin träumt?

»Ich könnte Euch helfen«, bietet Theron mit leichter Stimme an. »Ich bin nämlich dafür ausgebildet, einem ganzen Königreich zu helfen, also denke ich, dass ich etwas von meinem Können dafür aufwenden kann, einer schönen Frau zu helfen.«

Ich blicke zu ihm hoch, habe die Augen trotz des Lächelns, das sich über mein Gesicht ausbreitet, zusammengekniffen. »Es ist nicht fair, solche Komplimente zu machen. Wisst Ihr nicht, wie gefährlich solche Dinge sein können?«

Theron zuckt grinsend die Schultern, seine Wangen sind mit einer zarten Röte überzogen. Ist er etwa verlegen?

Dann verzieht er das Gesicht zu einer Schnute, schürzt die Lippen und zieht die Augenbrauen hoch.

Ich starre ihn an.

»Ihr seid unmöglich«, knurre ich und schlage das Buch auf.

Theron lacht und rückt etwas näher an mich heran. »Unmöglich, liebenswert. So gut wie dasselbe.«

Ich lache spöttisch und betrachte erneut die unentzifferbaren Seiten. Beim Anblick dieser schwarzen, wabernden Tinte bekomme ich sofort Kopfweh. »Ich versuche gerade, mehr über Magie zu lernen«, beginne ich.

Theron ringt nach Luft. »Indem Ihr ein Buch mit dem Titel *Die Magie in Primoria* lest? Da wäre ich im Leben nicht draufgekommen!«

»Unmöglich, liebenswert, Scherzkeks. So gut wie dasselbe.«

»Ihr gebt also zu, dass ich liebenswert bin?«

Ich starre ihn mit offenem Mund an, doch mir fällt nichts ein, was ich darauf erwidern könnte. Er lächelt und wartet. Schließlich schnaube ich bloß kurz.

»Wie gesagt –«, beginne ich erneut. Theron gibt mir mit einer Geste zu verstehen, dass er mich nicht unterbrechen wird. »Ich versuche gerade, mehr über Magie herauszufinden. Über die Königlichen Magsignien und woher sie kommen und« – ich streiche mit den Fingern über die zerfließende schwarze Tinte – »und all so etwas. Alles, was ich erfahren kann. Vielleicht finde ich eine Möglichkeit, wie wir Angra auch ohne unser Medaillon besiegen könnten.«

Während ich rede, wird Therons Miene ernst. Er betrachtet die Seiten unter meinen Händen. »Was habt Ihr bisher herausgefunden?«

»Nichts, was ich nicht schon wusste. Dieses Buch ist nicht zu entziffern.« Ich suche mir einen Absatz aus, den ich tatsächlich lesen kann. Aber das allein bedeutet noch nicht, dass sie Sinn ergeben. »Das hier zum Beispiel: ›Von den Lichtern ging ein großes Verderben aus; und Leid brachte es über jene, die kein Licht hatten. Sie bettelten und so entstanden die Lichter. Die vier schufen die Lichter; und die vier schufen die Lichter.‹« Ich lehne den Kopf gegen das Geländer. »*Was in aller Welt soll das heißen?*«

Therons Miene bleibt ernst. Ich erkenne diesen Ausdruck als sein »Künstler«-Gesicht, denn genauso sah er aus, als wir uns in seinem Gemach befanden und er das Gemälde von Winter betrachtete. Neugierig, konzentriert, so als könne das gesamte Bücherregal hinter ihm zusammenbrechen und er würde keine Miene verziehen.

Seine Lippen bewegen sich lautlos, als er den Absatz für sich wiederholt. »›Vier‹? Da steht zwei Mal ›vier‹?«

»Ja.« Ich werfe einen Blick auf das Buch. »Zwei Mal genau dasselbe: ›Die vier schufen das Licht, und die vier schufen das Licht.‹«

Theron nickt. »Die Königreiche von Primoria. Vier und vier. Die vier Rhythmus- und die vier Jahreszeiten-Königreiche. Sie schufen etwas … Gegenstände? Nein, etwas, das mit Magie zusammenhängt. Ein metaphorisches Licht? Vielleicht die Magsignien? Mit Licht könnten also die Magsignien gemeint sein.«

Er beugt sich über das Buch, deutet auf den Absatz und fügt seine Wörter ein, als er weiterliest. »›Von den Magsignien ging ein großes Verderben aus; und Leid brachte es über jene, die keine Magsignie hatten. Sie bettelten und so entstanden die Magsignien. Die Rhythmus-Königreiche schufen die Magsignien; und die Jahreszeiten-Königreiche schufen die Magsignien.‹«

Er strahlt mich an, doch sein Strahlen erstirbt, als er meinen Blick sieht. »Was ist los?«

»*Was los ist?*« Ich deute mit dem Finger auf den Absatz. »Ich habe mir drei Tage lang den Kopf zerbrochen und Ihr spaziert hier herein und habt es in drei Sekunden gelöst.«

Therons Lächeln kehrt zurück. »Ich habe Euch ja gesagt, dass ich Euch helfen kann.«

»Und was bedeutet das nun, oh weiser und gelehrter Prinz? Es ergibt immer noch keinen Sinn. Ein großes Verderben ging von den Magsignien aus? Doch die Rhythmus- und Jahreszeiten-Königreiche schufen noch mehr Magsignien? Aber sie schufen doch nur die acht, bevor der Eingang verschwand. Also was genau ist gemeint mit diesem Verderben? Ein metaphorisches oder ein wortwörtliches Verderben …«

Theron lehnt sich zurück, die Arme auf den Knien, und blickt hinab zur Bibliothek. »Genau deshalb ist die Literatur so faszinierend. Sie verlangt immer nach Auslegung, von Hunderten von Leuten, die etwas lesen, sieht jeder die Dinge anders.«

Mit einem Seufzen schließe ich das Buch. »Ich brauche keine hundert unterschiedlichen Auslegungen. Ich muss ein Buch lesen, in dem steht: ›So verteidigst du Winter und stellst die Macht deines Königs wieder her. Und wenn du schon mal dabei bist: So kannst du beweisen, dass du wichtig bist, auch wenn niemand dir das glauben will …‹«

Ich halte den Blick auf die Bücherregale und nicht auf Theron gerichtet, und ich glaube nicht, dass ich ihn je wieder werde ansehen können, ohne vor Verlegenheit über dieses Eingeständnis meiner Schwäche im Erdboden zu versinken. Was die ganze Hochzeitsangelegenheit vielleicht ein bisschen schwierig machen könnte. Ich habe noch allzu deutlich im Ohr, was ich gesagt habe, und ich kann mich nicht überwinden, zu atmen, geschweige denn ihn anzusehen.

Aber Theron lässt mir keine Wahl. Er lässt sich genau mir gegenüber auf die Knie nieder und hat die Stirn in Falten gelegt. Sein Blick gleitet über mich hinweg, als versuche er, mich auf dieselbe Weise zu erkunden wie den Absatz im Buch.

Nach kurzem Schweigen verzieht er das Gesicht. »Ihr *seid* wichtig«, ist alles, was er sagt.

Ich zucke zusammen, und mir wird kalt, als er mich mit dieser Überzeugung im Blick anstarrt. Das erinnert mich an die gespannten, intensiven Blicke von Mather, gleichzeitig aber auch wieder nicht. Wenn Mather mich so angesehen hat, wusste ich nie, welche Gefühle er hinter seiner ernsten Miene verbarg. Ob er mich mochte oder ob er versuchte, genau das herauszufinden. Aber bei Theron fühlt es sich viel zielgerichteter an. So als würde er mich ansehen, weil er Lust dazu hat, und nicht, weil er sich Fragen stellt.

Keiner von uns beiden sagt etwas, wir sind beide zu befangen, um wegzurücken, und gleichzeitig zu befangen, um näher zu rücken.

Unten wird eine Tür zugeknallt. Ich zucke zusammen, werde aus meiner Trance gerissen. Vermutlich ist es Rose – ich komme zu spät zum Unterricht. Aber die Stimme, die zu uns hochdringt, lässt mich aus ganz anderen Gründen hochschrecken.

»Meira«, sagt Sir so entschlossen, dass es mich gewissermaßen über den Balkon im dritten Stock herunterzieht.

Theron seufzt. »Die Bibliothek hat nur einen Ausgang«, sagt er, als könne er meine Gedanken lesen.

Ich stöhne. Ich kann Sir nicht entkommen. Es sei denn, ich sause an ihm vorbei und verschwinde blitzschnell in den Gängen des Bithai-Palasts.

Theron erhebt sich und streckt die Hand aus, um mir hochzuhelfen. »Wenn ich dabei bin, wird er ruhig bleiben.«

Ich lasse das Buch zu Boden gleiten, lege meine Hand in seine und möchte ihn anlächeln. Als er mich auf die Füße zieht und wir uns einen kurzen Augenblick sehr nahe sind, möchte ich noch so einiges mehr, und ich frage mich, ob es wirklich so grauenhaft sein wird, ihn zu heiraten.

Theron führt mich die Treppe hinunter und hält immer noch meine Hand. Es stört mich kein bisschen, im Gegenteil, und ich beginne mich zu fragen, ob meine Antwort auf die Möchte-ich-ihn-heiraten-Frage mich vielleicht überraschen könnte.

Als wir unten ankommen, sind dort alle versammelt: Sir, Alysson, Dendera, Finn, Greer, Henn und Mather. Sie stehen eng in der Mitte des Raums zusammengedrängt. Ihre Gesichter verraten entweder Wut oder Enttäuschung.

Sir tritt auf Theron und mich zu, die Arme über der Brust verschränkt. Sein Blick fällt auf unsere Hände, die immer noch ineinander verschlungen sind, aber er erspart sich einen Kommentar, und ein Schauder durchläuft mich, wird immer intensiver, je länger wir dastehen, ohne etwas zu sagen.

»Prinz Theron«, beginnt Sir mit sehr ruhiger Stimme. »Wir müssen mit Lady Meira reden. Allein.«

Ich unterdrücke ein Stöhnen. Nicht weil Sir mit mir reden möchte, sondern wegen des Ausdrucks, den er benutzt hat: *Lady* Meira. Es fühlt sich so formell an. Zu formell. Ich will nicht, dass Sir sich mir gegenüber so verhält.

Theron wendet sich ihm zu. »General Loren, leider muss ich dies mit allem Respekt ablehnen.«

Mather, der hinter Sir steht, gibt einen verärgerten Laut von sich. Mein Blick wandert zu ihm, und wir schauen uns in die Augen, während ich weiterhin nichts tue, direkt neben Theron stehen bleibe. Mather betrachtet unsere Hände und sieht mir dann wieder in die Augen. Seine Miene ist verzerrt vor Wut, Bedauern, Wut, Wut, Wut …

»Stimmt etwas nicht, König Mather?«, erkundigt sich Theron.

Mather macht einen Schritt nach vorn, aber Sir streckt den Arm aus und fasst ihn an der Brust. Mather hält inne, keucht wie im Schwertkampfring. Ich warte darauf, dass ich bei seinem Anblick eine Art Schuldgefühl empfinde oder zumindest Unbehagen. Aber ich bin nur müde – halte es einfach nicht länger aus, dass ich von ihm nichts weiter erfahre als unentzifferbare Gefühle. Ich bin es leid, auf ihn zu warten, bin *ihn* leid.

Doch wir brauchen keine weitere Begegnung wie die im Schwertkampfring. Ich werde allein hiermit fertig, bin es immer geworden.

Ich ziehe an Therons Hand, bis er zu mir herunterblickt. »Ich komme schon zurecht«, verspreche ich und ertappe mich bei dem Gedanken, wie seltsam sich das anhört. Wenn Sir mich früher wegen irgendwelcher Vergehen verhört hat, gab es nie jemanden, der sich Sorgen um mich gemacht hätte. Dass nun Theron da ist, macht mich gleichzeitig stark und schwach, so als könne ich mich zu sehr auf ihn stützen, auf die Hilfe, die er mir anbietet, und mich hinter ihm verlieren.

Nach kurzem Zögern nickt Theron. Er drückt noch einmal meine Hand und zieht sich dann zurück zur Tür. Im Vorübergehen nickt er allen höflich zu.

Die Tür schließt sich hinter ihm, und ich habe nur einen kurzen Augenblick Zeit, mich zu sammeln. Ich versuche, mich vorzubereiten auf Sirs Wutausbruch, aber es ist Dendera, die auf mich zueilt.

»Es mag ja noch angehen, mit dem Prinzen allein in der Bibliothek zu sein«, blafft sie. »Da kann man drüber hinwegsehen. Aber in seinem *Schlafgemach*? Kannst du dir vorstellen, wie am ganzen Hof über dich geredet wird? Und dann gehst du uns auch noch eine Woche lang aus dem Weg – Schnee sei Dank hast du wenigstens am Benimmunterricht teilgenommen, aber das allein reicht nicht.«

Denderas Gesicht ist hochrot, ihr Haar steht vom Kopf ab,

als habe sie seit Tagen nicht mehr geschlafen. Hat sie sich schon so lange Sorgen gemacht? Die beiden Male, als ich ihr aus dem Weg gegangen bin, wirkte sie tatsächlich nervös, aber ich habe angenommen, es liege eben daran, dass ich ihr aus dem Weg ging, nicht etwa daran, dass ich in Therons Schlafgemach war. Ich verstehe, warum das für vornehme Damen unangemessen wäre, aber in meinem Fall finde ich es etwas albern. Ich bin ja schließlich noch in der Ausbildung, oder? Und noch vor Kurzem habe ich in Lynias Abwasserkanal gesteckt und bin nur knapp einer Gefangennahme entkommen – ich bin froh, dass ich noch am Leben bin und mich überhaupt unangemessen verhalten *kann*.

»Du meinst das nicht im Ernst?«, frage ich, obwohl ich das Gefühl habe, dass ich sie damit noch mehr aufbringen werde.

Und so ist es. Sie lacht auf und Speichel sammelt sich in ihren Mundwinkeln. »Du glaubst also, ich scherze?«

Sir schreitet ein und legt ihr die Hand auf den Arm. »Dendera …«

»William, red du mit ihr! Sie kann sich nicht weiterhin so benehmen. Sie hat jetzt Verantwortung. Ich hatte noch keinerlei Möglichkeit, um mit ihr über Farben oder Essen oder Dekoration zu sprechen …«

Ich werfe Sir einen Blick zu. »Wovon redet sie da?«

Dendera schweigt, als Sir mich anblickt. Alle scheinen sich plötzlich zurückzuziehen, als wüssten sie, dass ich das, was Sir mir jetzt sagen wird, nicht gut aufnehmen werde.

Sirs Miene ist undurchdringlich. »Wir wollten mit dir über Folgendes sprechen, Meira«, fängt er an. Ich entspanne mich etwas, als er bloß meinen Namen sagt, nicht meinen Titel. »Die Heirat ist für Ende des Monats geplant, und Dendera ist in dem Komitee, das die Hochzeitsfeier arrangiert, also braucht sie deine Mithilfe ...«

»*Wie bitte?*«, kreische ich. »Moment mal. Die Hochzeit? Am Ende des – das ist in zwei Wochen! Ich unterziehe mich der Ausbildung, diesem blöden Unterricht ...«

Aber Sir lässt sich nicht beirren, ignoriert meinen Ausbruch vollkommen. »Sie braucht deine Mithilfe. Es ist noch viel zu tun, um dieses Bündnis zu besiegeln.«

Ich starre ihn an. Sie alle. Alle beobachten mich und stärken ihm den Rücken und ...

Mather hat sich abgewendet. Er hat mir den Rücken gekehrt und klammert sich mit gesenktem Kopf an das Klavier. Seine Schultermuskeln zeichnen sich deutlich unter seinem Hemd ab, als er den glatten schwarzen Deckel noch fester umfasst.

»Das wär's dann also?«, flüstere ich. Tränen steigen mir in die Augen, als ich erkenne, dass *dies* ab jetzt mein Leben sein wird. Ich hätte darauf gefasst sein müssen, dass die Hochzeit schnell stattfinden würde, jetzt, wo wir so nah dran sind, unsere Magsignie zurückzubekommen. Und ich kann nicht einmal mit mit meiner großen Enthüllung aufwarten, dass Hannah zu mir gesprochen hat und ich herausgefunden habe, wie die Magie funktioniert und wie wir die Magie aus unserer Magsignie zurückbekommen, denn Hannah hat nicht zu mir gesprochen, zumindest nicht wirklich, und ich kann nicht einmal ein blödes Buch lesen und habe die Zeit damit vergeudet zu lernen, wie man Salat mit einer komischen Gabel isst.

Das war es dann also. Das ist wirklich alles, was ich tun kann. Schließlich entspannen sich Sirs Züge ein wenig. Seine Lippen zucken, seine Augen sind gerötet.

Aber ich schüttle den Kopf, bevor er etwas sagen kann. »Na schön. Bestens. Ich nehme an, alles ist arrangiert? Und Noam ist bereit, euch Männer zur Verfügung zu stellen, die mit euch nach der zweiten Medaillonhälfte suchen?«

Niemand sagt etwas. Ihr Schweigen treibt mich dazu an, schneller zu reden, an ihrer sonst so festen Mauer der Überlegenheit zu rütteln.

»Ich habe also recht, nicht wahr? Ansonsten hättet ihr es nämlich nicht so eilig, mich zu verheiraten, wenn nicht auch Noam seinen Teil des Abkommens erfüllen würde. Wenn nicht auf beiden Seiten Vorbereitungen getroffen würden.«

Dendera zuckt zusammen. Ihr Blick huscht zu Sir und auch Finn betrachtet Sir – alle sehen ihn an, denn er ist derjenige, von dem sie erwarten, dass er uns durch all dies führen soll.

Er reckt das Kinn vor. »Noam wird seinen Teil der Abmachung erfüllen, sobald wir unseren erfüllt haben.«

Ich lasse seine Worte auf mich wirken. Noam rührt keinen Finger, um uns zu helfen. Er gaukelt uns einfach vor, dass er sein Versprechen halten wird, während Dendera, Alysson, Finn und die Übrigen mich anstarren, als sei ich eine Puppe, mit der sie spielen.

Ich fahre Sir an. »*Nein.*«

Sir fasst mich am Arm, aber ich schüttle ihn ab und dränge mich an allen vorbei – Dendera, die etwas von Blumenarrangements faselt, Alysson, die mich bittet, mich zu beruhigen, und Mather, der gar nichts sagt, sondern einfach dasteht, während alle von mir erwarten, dass ich die Augen schließe und gehorche.

Aber wenn *ich* meine Augen schließen und ohne Widerrede gehorchen muss, dann gilt das auch für Noam.

Kapitel 16

Als ich aus der Bibliothek und in den Gang hinausstürme, löst sich Theron von der Wand neben der Tür und läuft neben mir her.

»Ihr habt mir nicht gesagt, dass sie bereits unsere Hochzeit planen«, blaffe ich ihn an, als ich auf den Ballsaal zusteuere, um von dort aus in Noams Arbeitszimmer zu gelangen. »Aber ich hätte mir wohl darüber klar sein müssen, dass wir nicht viel Zeit haben würden, uns kennenzulernen.«

Theron hält weiter Schritt mit mir. Er schaut kurz über die Schulter und ich folge seinem Blick. Ich sehe die sieben Winterianer Flüchtlinge, angeführt von Sir, hinter uns herlaufen. Als ich Sir ansehe, verdüstert sich seine Miene.

»Meira, bleib stehen!«, ruft Sir. Mather fasst nach seinem Arm und sagt etwas, was die Prozession davon abhält, mir noch weiter zu folgen. Eine Woge der Dankbarkeit durchflutet mich, bevor ich um eine Ecke biege und sie außer Sicht sind.

»Tut mir leid«, sagt Theron, als wir den Gang hinuntereilen. »Ich wollte erst mit Euch reden, wenn ich meinen Vater davon überzeugt hätte, die Hochzeit zu verschieben.«

Er schießt nach mir um eine weitere Ecke und stößt fast mit einem Diener zusammen, der ein Tablett mit Vasen vor sich herträgt. Der Diener schreit auf, beide weichen in entgegengesetzte Richtungen aus und wie durch ein Wunder fällt nichts herunter. Theron eilt weiter neben mir her.

»Warum glaubt er, er kann uns wie Marionetten behandeln und herumtanzen lassen?«, knurre ich.

Theron schweigt.

Als wir zum Ballsaal gelangen, stürme ich die Treppe hinunter. Auf halbem Weg durchschaut Theron, wo ich hinwill, und versucht, mir den Weg zu versperren, indem er rückwärtsgeht, weil ich nicht stehen bleibe.

»Meira, das bringt doch nichts …«

»Ist mir egal.«

»Seit er die Verlobung verkündet hat, habe ich jeden Tag auf ihn eingeredet. Wenn *ich* schon nicht seine Meinung ändern kann …«

Ich beiße die Zähne zusammen. »Das. Ist. Mir. Egal.«

Theron bleibt stehen und ich dränge mich an ihm vorbei. Meine Gedanken sind wie ausgelöscht, ich bin wie versteinert, als ich vor Noams Arbeitszimmer stehe. Als ich mit der Faust gegen die Tür hämmere, weiß ich nur eins: dass ich all das so unendlich leid bin. Ich habe genug von Noam und Herod und Sir und Angra und all diesen arroganten Puppenspielern, die alle Fäden ziehen und nicht bereit sind, sie aus der Hand zu geben. Das Leben könnte so einfach sein, wenn sie nur loslassen würden, wenn sie mich einfach in Ruhe ließen, denn ich habe das alles so satt …

Ich hämmere erneut mit der Faust gegen die Tür. »Noam«, rufe ich.

Keine Reaktion.

Ich drehe den Türknauf. Unverschlossen. Törichter König.

»Meira, warte …«

Sir hat mich schließlich eingeholt, ebenso die anderen hinter ihm. Sie starren mich an, als sei ich ein Tier, das aus Bithais Menagerie geflohen wäre. Sir macht einen Schritt nach vorn und ich knurre wütend. Vielleicht *bin* ich ein entflohenes Tier und vielleicht *sollten* sie mich mit diesem kleinen Funken von Angst ansehen. Denn ich bin das ungezähmte, unberechenbare, nutzlose Waisenmädchen. Dabei will ich sie überhaupt nicht hassen, ihnen keine Vorwürfe machen, aber ich kann nicht anders, und dieser Hass und diese Schuldzuweisung setzen mein Herz in Brand, sodass ich das Gefühl habe, von innen heraus zu verbrennen.

»Gratulation«, verkünde ich, als ich die Tür zu Noams Arbeitszimmer öffne. »Ihr habt Meira, das verrückte, verwaiste Soldatenmädchen endlich gebrochen. Bei dem Gerede über Blumenarrangements ist sie durchgedreht.«

Dendera seufzt, aber ich ignoriere sie und betrete das Arbeitszimmer. Von Noam ist nichts zu sehen. Der Raum ist leer. Direkt vor der Tür befindet sich ein Schreibtisch, umgeben von hohen rotbraunen Bücherregalen an den Wänden. Auf dem Schreibtisch herrscht ein Durcheinander von Papieren, Federkielen und Tintenfässern. Bücherstapel und ein Wirtschaftsbuch auf einem Ständer vervollständigen das Bild.

»Meira, er ist nicht hier«, sagt Sir hinter mir. »Komm raus

da …« Er streckt eine Hand in das Zimmer und greift nach mir.

Wag es nicht, mich anzurühren.

Ich fauche ihn an: »Ihr könnt mich nicht herumkommandieren. Ihr seid nicht mein Vater, *Sir.*«

Ich schlage ihm die Tür vor der Nase zu, noch bevor er etwas sagen kann. Bevor irgendjemand etwas sagen kann. Bevor sie merken, dass ich die Türe abgeschlossen und mich in Noams Arbeitszimmer verbarrikadiert habe und mein kleiner Wutausbruch zu einem regelrechten Tobsuchtsanfall angeschwollen ist.

»Meira!«, ruft Sir von der anderen Seite der Türe. Er hämmert mit der Faust dagegen, dreht den Türknauf und schlägt erneut gegen die Tür. »Öffne sofort die Tür! Bist du dir überhaupt über die Folgen im Klaren, die es haben wird, dass du in das Arbeitszimmer des Königs von Cordell eingedrungen bist …«

Auch Alysson und Dendera rufen nach mir. Ich könnte schwören, dass Finn, Henn und Greer im Hintergrund leise kichern, aber vielleicht ist es auch bloß Einbildung, so unzurechnungsfähig und wütend wie ich gerade bin.

Ich lasse mich auf Noams Stuhl fallen. Was mache ich hier eigentlich? Natürlich weiß ich, was für Folgen es haben wird, dass ich in das Arbeitszimmer des Königs von Cordell eingedrungen bin. Wenn er es herausfindet – und das wird er! –, werde ich meine Zukunft in Cordell garantiert im Gefängnis verbringen. Und helfen wird Noam uns jetzt auch nicht mehr.

Oder doch?

Ich nehme das Wirtschaftsbuch vom Ständer und überfliege es, suche nach einem Hinweis, dass er uns tatsächlich zur Seite stehen wird, finde aber lediglich Eintragungen zu Getreideeinnahmen und Ausgaben für den Handel. Ich lege das Buch auf den Ständer zurück und überfliege den Papierstapel vor meinen Augen. Es handelt sich um die Korrespondenz mit einem Herzog in Ventralli sowie die Beschwerde vom Besitzer eines Bauernhofs außerhalb von Bithai, der vom Hochwasser überschwemmt wurde. Ich schiebe alles zur Seite und widme mich den Schubladen, reiße sie auf und stoße erneut auf Federkiele, leeres Papier und …

Die linke obere Schublade ist verschlossen.

Ich ziehe erneut daran, doch sie lässt sich nicht öffnen. Ich nehme einen Brieföffner vom Tisch und breche das Schloss auf. Im selben Moment höre ich von draußen eine neue Stimme, die mit den anderen ein Wortgefecht beginnt.

Noam.

»Sie ist *was?*«, brüllt er. »William, sie ist Euer Schützling, untersteht Eurer Verantwortung. Ich habe Euch Obdach und Hilfe geboten, gewähre Euch sämtliche Freiheiten in meinem Palast, und so dankt Winter es mir? Bei den goldenen Blättern von Cordell, ich schwöre, dass ich …«

Ich reiße die Schublade auf. Jede Menge Papier quillt mir entgegen. Ich greife nach dem obersten. Sind das Berechnungen für Eisen? Das nächste Blatt sieht ähnlich aus, aber es handelt sich um Schätzungen für kostbare Edelsteine. Dann entdecke ich eine Karte von … Minen? Winters Minen. Dutzende von Linien ziehen sich durch die Klaryns-Berge. Und dann …

Ein Brief.

Meine ganze Enttäuschung, der Wutanfall, den ich gerade hatte, verebbt. Was bleibt, ist klare, nüchterne Erkenntnis, ein dumpfes Gefühl in meiner Brust, als ich Wort für Wort dieses Briefs in mich aufnehme.

Abschrift. Original im Ersten Monat des Weltherbsts an den König von Frühling gesandt.
Cordell ist jetzt auf der Grundlage eines Verlöbnisses mit Winter vereint. Mein Sohn und Erbe, Prinz Theron Haskar, wird einen überlebenden Flüchtling von Winter zur Frau nehmen. Hierdurch mache ich Cordells Eigentumsrecht an Winter und all dessen Besitztümern geltend, die jetzt aufgrund der Heirat durch einen verbindlichen und unauflösbaren Eigentumsvertrag Cordell gehören.
Angesichts von Cordells neu gewonnener Autorität in Winter bin ich willens, Frühling Mather Dynam, den Erben von Winter, als Zeichen des guten Willens, dass Winter voll und ganz unter dem Einfluss von Cordell steht, zu überlassen.

Ich zittere so sehr, dass die Buchstaben vor meinen Augen verschwimmen.

Noam hat uns reingelegt. Er ist dabei, uns zu verkaufen – nein, nicht uns, sondern Mather. Er verkauft Mather an *Angra,* damit Angra Noam die Kontrolle über unsere Besitztümer überlässt. Damit Noam unsere Minen ausplündern und unser Königreich auf den Kopf stellen kann, bis alle Magie herausströmt. Damit Noam bekommt, was er will, denn er bekommt immer, was er will. Er denkt nicht einmal daran, uns zu helfen, er nutzt einfach unsere Verbindung, um sich durch die Klaryns-Berge zu wühlen.

Ich wusste, dass er uns benutzen würde ... aber doch nicht *so* skrupellos.

Die Tür zum Arbeitszimmer wird aufgerissen, knallt gegen die Wand und fegt Bücher von den Regalen. Noam starrt mich an, sein Gesicht ist puterrot. Mit einer Hand stützt er sich in den Türrahmen, die andere umklammert die Tür.

»Das ist absolut intolerabel ...«, beginnt er. Dann fällt sein Blick auf die offene Schublade, den Brief in meiner Hand, die anderen auf meinem Schoß. Sein Gesicht läuft noch dunkler an und mit einem einzigen Satz durchmisst er den Raum.

Ich bin unfähig, etwas zu sagen, stehe unter Schock, als Noam mit der Hand ausholt. Er macht eine Faust, alles an seinem Körper verwandelt sich in Muskeln und Stärke, und der Dolch an seinem Gürtel leuchtet purpurfarben, glüht, als Noam mit der Faust auf mich losgeht.

»Halt!«, ruft Theron.

Ich sehe wirbelnde Farben, ein Handgemenge, dann wird Noam gegen ein Bücherregal gedrückt. Mather hält ihn am Kragen fest und Theron steht direkt hinter ihm. Beide starren den König von Cordell an, als hätte keiner von ihnen etwas dagegen, wenn der andere Noam zum Krüppel schlagen würde.

»Zu den Waffen!«, brüllt ein Soldat auf dem Gang vor dem Arbeitszimmer, und das Klirren von Metall erfüllt die Luft,

Schwerter werden gezogen und Messer gezückt. Die übrigen Winterianer und fünf Soldaten aus Cordell dringen mit gezückten Klingen in den Raum.

Theron wirbelt zu seinen Männern herum. »Zurück!«

Noam röchelt gegen Mathers Faust an, die ihm die Kehle zudrückt. »Undankbarer Junge! Ich bin dein Vater«, faucht er an seinen Sohn gewandt.

»Ihr seid ein Feigling«, zischt Theron leise. Dann wendet er sich mir zu, die Stirn gerunzelt. »Meira, warum ...?«, aber er beendet die Frage nicht, starrt mich nur an, ruhig und erschrocken und abwartend.

Noam hat uns reingelegt.

»Meira«, knurrt Sir. Er geht um die Soldaten von Cordell herum und bleibt vor mir stehen. Seine Arme zittern. Sein Blick ist angespannt, er bemüht sich, seinen Zorn im Zaum zu halten.

»Was hast du getan?«, zischt er mir zu.

Ich schnaube, als ich seine Worte höre. »Was *ich* getan habe?«, keuche ich. »Ich habe einen glücklichen Augenblick lang Euer unerträgliches, arrogantes und überhebliches Verhalten ignoriert und Noams Verschwörung gegen uns aufgedeckt.«

Mich durchläuft es kalt, als mir bewusst wird, dass ich, hätte Sir seinen Willen durchgesetzt, mir wahrscheinlich gerade Stoffmuster für Kleider ansehen oder im Benimmunterricht sitzen würde, statt diesen Brief in Händen zu halten. Und diesem Falschspiel ein Ende zu setzen.

Ich springe von Noams Stuhl hoch und reiche Sir den Brief.

»Und ich würde es jederzeit wieder tun.«

Mather wirft einen Blick auf mich und dann auf den Brief. Seine Wut löst sich in Verwirrung auf und er lockert seinen Griff um Noams Hals. Noam entwindet sich seinem Griff, streicht sein Hemd glatt, geht aber nicht zum Gegenangriff über. Als Mather neben Sir tritt, um den Brief zu lesen, überzieht ein zufriedenes Grinsen Noams Gesicht. Alle warten gespannt. Die Soldaten halten immer noch ihre Waffen gezückt und sind bereit, uns zu töten, sollte Noam ihnen den Befehl dazu geben.

Ich beobachte, wie der Inhalt des Briefes in Sirs Bewusstsein dringt. Sehe, wie sich seine Enttäuschung über mich auflöst, als ihm klar wird, dass er versagt hat, wir versagt haben, Noam uns reingelegt hat. Cordell war unsere einzige Hoffnung, und hier ist der Beweis, dass wir Sklaven sind, immer Sklaven sein werden, die von anderen Königreichen ausgebeutet werden.

Sir reicht Mather den Brief und wendet sich Noam zu. Er sagt kein Wort, starrt diesen großen König, der uns hätte helfen sollen, nur an. Das Schweigen im Raum ist bedrückend. Mather gibt den Brief weiter an Finn, und im nächsten Moment haben sich auch die anderen darum geschart, lesen ihn und schnappen nach Luft, die Muskeln gespannt vor Wut.

Noam strafft die Schultern. »Ein Jahr nach Winters Fall entsandte Yakim ein Regiment in Euer Königreich. Versuchte, es dem Schatten der Jahreszeiten gewaltsam zu entreißen. Ventralli versuchte es ebenfalls. Habt Ihr das gewusst? Beide sorgten dafür, dass nichts davon an die Öffentlichkeit gelangte. Sie schämten sich für ihr Scheitern – denn Angra metzelte sie grausam nieder. Bis auf den letzten Mann. Das Klima in Winter war zu hart für die Ventrallianer und Yakimianer, und da die Magie aus ihren Magsignien nicht aus ihren Ländern bis nach Winter reichte, war Angra im Vorteil, da sein Königreich an Winter angrenzte und seine Magsignie so nah war. Nachdem ich erlebt hatte, auf welche Weise meine Rhythmus-Brüder den Tod fanden, entschloss ich mich zu einer weniger aggressiven Vorgehensweise.«

Mathers Schultern heben und senken sich mit jedem Atemzug. Er hat die Hände zu Fäusten geballt. Aber seine Augen wirken leer, erloschen, genauso wie Sirs und die von Alysson und den anderen Flüchtlingen. Sie sind gebrochen und hilflos, unfähig, etwas zu sagen.

Theron hat sich vor seinem Vater aufgepflanzt. Er hält jetzt den Brief in den Händen. Sein Gesicht ist aschfahl, als sein Blick von den Zeilen zu Noam wandert. Als könnte oder wollte er den Sinn des Briefes nicht verstehen.

»Ich wollte eine unanfechtbare Verbindung zu Winter schaffen«, fährt Noam fort. »Eine, die Frühling nicht ignorieren könnte. Eine, die die anderen Königreiche von Primoria nicht bestreiten könnten. William, ich habe vierzehn Jahre darauf gewartet, dass Ihr nach Bithai zurückgekrochen kommst und mein Angebot annehmt. Als Euer Knabenkönig auf meiner Türschwelle aufgetaucht ist, habe ich Angra sofort diesen Brief gesandt, um alle Stolpersteine aus dem Weg zu räumen, die uns auf unserem Weg, Winter in Besitz zu nehmen, behindern könnten – und begonnen, eine Brücke zwischen Frühling und Cordell zu errichten, damit Frühling uns für den Fall, dass weder Herbst noch Winter einen Eingang zu dem Magieschlund finden, uns ebenfalls Zugang zu seinem Königreich gewährt.« Noam lächelt überlegen. »Wahrscheinlich habt Ihr gedacht, Angras Blutdurst sei mit Hannahs Ermordung gestillt worden, aber die Jahreszeiten waren seit jeher barbarisch. Und Barbarei ist nur allzu leicht vorherzusagen.«

Als Mather auf ihn losstürmen will, werfe ich mich vor ihn, halte ihn zurück, umfasse seine beiden Handgelenke, den Kopf gegen seine Brust gepresst. Ich höre ihn knurren, aber er versucht nicht, mich abzuschütteln.

»Da diese ganze hässliche Angelegenheit jetzt offenliegt« – Noam klatscht hinter mir in die Hände – »haben wir doch wohl Hochzeitsvorkehrungen zu treffen?«

Ein Schrei löst sich aus meiner Kehle und ich fahre zu ihm herum, stehe immer noch zwischen Mather und Noam. »Warum sollten wir dem jetzt noch zustimmen?«, schreie ich. »Wir haben nichts mehr zu verlieren.«

Noam lächelt unbeirrt, doch seine Miene nimmt einen drohenden Ausdruck an, und er zieht die Stirn in Falten. »Lady Meira, Ihr seid nur noch zu acht. Und Ihr seid in *meinem* Königreich. Ihr könnt meinen Sohn entweder freiwillig oder unter Zwang heiraten. Ich habe nicht so lange gewartet und so hart gearbeitet, um Winter *nicht* unter Kontrolle zu bekommen, und es muss lediglich offiziell aussehen – ob Ihr Euch danach entscheidet, Euer weiteres Leben im Gefängnis zu verbringen, das liegt ganz an Euch.«

Ich kann nicht sagen, ob ich Mather zurückhalte oder er

mich. Ich nehme nichts anderes mehr wahr, sehe nicht, was Sir gerade tut, ob es Alysson ist, die weint – höre nur noch Noams grauenhaftes Schnauben. Zum x-ten Mal an diesem Morgen bedauere ich, dass ich mein *chakram* in meinem Schlafgemach gelassen habe.

»Aber ich schweife ab.« Noam wedelt mit der Hand, als scheuche er eine Fliege aus dem Fenster. »Ich gebe Euch einen Augenblick, Euch zu sammeln, Lady Meira, aber dann werdet Ihr im Unterricht erwartet, und König Mather und General William müssen zu einem Treffen, stimmt's? Die Herzöge von Cordells Küstenprovinzen freuen sich sehr, unseren neuen Verbündeten kennenzulernen.«

Noam redet weiter über das, was wir tun *müssen*, über unsere Pflichten, über inszenierte Treffen, die anstehen, damit alles glaubwürdig wirkt. Als wisse er, dass wir dieses Schicksal annehmen würden, und das Schreckliche ist … wir *werden* es. Als Sir uns aus dem Raum führt, sehe ich es in seinen Augen. Dieselbe Niederlage, die ich in seinem Blick sah, als ich ihn wegen des Heiratsarrangements konfrontiert habe. All diese Jahre des Kampfes, all diese Jahre des bloßen Überlebens unter Angras Angriffen, und nun gibt er sich geschlagen, weil ein arroganter König ein Chaos aus unserem Leben gemacht hat?

Die Tür zum Arbeitszimmer wird zugeschlagen. Theron ist drinnen bei seinem Vater geblieben, und ich überlege, ob ich mir vielleicht Sorgen um ihn machen sollte. Doch ich fühle nur eine große Leere, als ich die anderen der Reihe nach anblicke und erkenne, dass sie alle unter demselben Schock stehen.

Ich schüttle ungläubig den Kopf. »Angra wird herkommen, um uns zu holen, nicht wahr?«

Meine Frage macht die Atmosphäre noch erdrückender. Obwohl ihnen die Antwort ins Gesicht geschrieben steht, sagt niemand etwas, außer Mather, der die Schultern noch mehr strafft. Als ich zu ihm hochblicke, liegt ein erschreckender Ausdruck in seinen Augen, wie ich ihn noch nie gesehen habe. Eine wilde Mischung aus Angst und Zerrissenheit und ein missglücktes Lächeln – doch die Tränen in seinen Augen strafen es Lügen.

»Nicht uns«, korrigiert er. »Mich.«

Sir schnaubt. »Mather …«

Aber Mather tritt einen Schritt zurück, und ich strecke unwillkürlich die Hände nach ihm aus, als wisse ich bereits, was er sagen will, als seien seine Worte ein Erdbeben und mein Körper erzittere mit jeder Erschütterung.

»Wenn das der Weg ist«, beginnt er, »wenn das das Schicksal ist, das Noam für uns ausgewählt hat, werde ich nicht zulassen, dass auch nur ein Einziger von euch im Gefecht umkommt. Ich bin es leid, euch alle wegen eines Ziels, das wir selbst nicht genau abschätzen können, in Gefahr zu bringen. Ich bin es leid, eine Schachfigur zu sein.«

Mather sucht meinen Blick und mein Mut sinkt.

»Ich werde Noams Vereinbarung erfüllen«, sagt er. »Und ich werde es *so* tun, dass Angra sich um andere Dinge kümmern muss und ihr endlich die Winterianer aus den Lagern befreien könnt. Wir brauchen keine Magie, nicht, wenn du Noam dazu bringen kannst, Angra zu bekämpfen. Nicht, wenn …«

»Mather!« Sein Name sprudelt aus mir hervor, ein kratzendes Krächzen. »Noam wird uns nicht helfen, egal, ob wir unseren Teil der Abmachung erfüllen oder nicht …«

»Sollte ich es nicht wenigstens *versuchen*? Stellt euch doch nur vor, wie viel Gutes ihr ausrichten könnt, wenn Angra nicht länger nach euch sucht. Wofür all diese Sorgen, all dies Leid? Für eine Magie, die wir vielleicht wiedererlangen oder auch nicht? Eine Magie, die wir nicht einmal nutzen können, selbst wenn wir ihn tatsächlich zurückgewinnen würden? Nein, ich habe es satt. Ich …«

Sirs Faust taucht wie aus dem Nichts auf, ein fester weißer Fels, der auf Mathers Wange landet. Mather geht zu Boden, rappelt sich hoch auf Hände und Knie, während wir ihn mit stockendem Atem anstarren. Sir hat Mather einen *Fausthieb versetzt*. Ich spüre nichts als Schock und Unglauben. Meinem Verstand fällt es schwer, das zu begreifen, was meine Augen gesehen haben.

Auf Sirs Gesicht zeigen sich gefährliche rote Flecken, als er niederkauert und Mathers Kopf nach hinten reißt, damit er ihm ins Gesicht zischen kann: »Du bist der König von Winter – du bist kein Feigling«, knurrt er, und die Qual, die aus seiner Stimme herauszuhören ist, erfasst auch mich. »Das Einzige, weshalb du Angra eines Tages entgegentreten wirst, ist, um ihm ein Schwert in die Brust zu rammen. Und wenn du noch einmal solchen Unsinn redest, werde ich dir die tatsächliche Bedeutung des Worts *Opfer* beibringen. Wir werden einen Weg finden – und zwar ohne dass du dich Angra auslieferst.«

Mather starrt zu ihm hoch, genauso fassungslos wie wir Übrigen. Sir hat recht mit dem, was er gesagt hat, aber in einem liegt er falsch: Mather hatte nicht vor, Noams Vereinbarung zu erfüllen, weil er ein *Feigling* ist, sondern, weil er unser *König* ist, weil er nicht länger zusehen will, dass sich unser Leben *so* abspielt, weil er eine Möglichkeit sah, dies alles zu beenden.

Sir fasst nach Mathers Arm und reißt ihn hoch. Mather berührt sein Gesicht, streicht über den bereits purpurroten Bluterguss und betrachtet Sir mit argwöhnischem Blick.

Ich öffne den Mund, um mich einzumischen, als ein Cordellianer Soldat durch den Palasteingang stürmt. Er beachtet uns kaum, als er zu Noams Arbeitszimmer eilt, die Tür aufreißt und auf die Knie fällt. Noam, Theron und die anderen Soldaten im Inneren des Raums wirbeln zur offenen Tür. Noams Gesicht ist verzerrt vor Wut.

»Mein König«, stammelt der Soldat und ringt nach Luft. »Ich bringe schlechte Nachrichten. Es ist Frühling. Sie sind …«

Noam stapft vorwärts. »Was ist los, Mann? Ein Bote? Der verdammte König hat doch nicht …«

»Nein, mein König«, unterbricht ihn der Soldat. »Ein Bataillon von Frühling hat vor einer Stunde unsere Südgrenze überquert – sie haben drei Bauernhöfe in Brand gesteckt und weigern sich zu verhandeln. Mein König, sie marschieren direkt auf uns zu. Angras Männer sind auf dem Weg hierher.«

Kapitel 17

Frühling ist hier. In Cordell.

Noam verlässt fluchtartig den Raum, stürmt an uns vorbei, ist verschwunden, noch bevor jemand etwas sagen kann. Ansonsten hätten wir klarstellen können, dass all seine Machenschaften umsonst waren. Frühling greift an, was bedeutet, dass es keine Abmachung gibt. Angra lehnt es nicht nur ab, ihm Winter zu überlassen, er wird sich auch sonst auf nichts einlassen.

Noams Spielchen mit uns, seine Lügen, alles war umsonst, denn jetzt hat Angra ihn hintergangen. Und auch Mather hat sich geirrt – sich Angra auszuliefern, hätte nichts geändert. Angra wird keine Ruhe geben, bis ihm auch der letzte Winkel von Winter gehört.

Ich atme tief durch, verdränge ein plötzlich aufsteigendes Angstgefühl, als die Soldaten hinter Noam hereilen. Wir Winterianer sind nun allein auf dem Gang, nur der Kronprinz von Cordell steht noch am Schreibtisch seines Vaters.

Nach dem Blick zu urteilen, den Theron mir zuwirft, als er den Brief in der Hand zusammenknüllt, wusste er nichts vom Plan seines Vaters. Seine Miene zeigt eine Mischung aus Bedauern, Wut und Mitgefühl. Ich zucke zusammen, als Mathers Finger über meine streichen und ich merke, dass ich mich an ihm festgeklammert habe, so als wäre er in diesem Palast das Einzige, was mich davor bewahren könnte, in tausend Stücke zu zerfallen. Wann hatte ich nach seiner Hand gegriffen? Nachdem Sir ihm den Fausthieb versetzt hatte? Ich kann immer noch nicht glauben, dass das alles geschehen ist. Dass Mather tatsächlich angeboten hatte, für uns zu sterben.

Meine Hand umfasst seine noch fester. Alle möglichen Gefühle quälen mich. Angst vor dem, was er tun wollte, Trauer, dass ich beinahe meinen besten Freund verloren hätte, und Erleichterung darüber, dass Sir seinen verrückten Vorschlag so entschieden abgeschmettert hat. Doch am meisten bin ich schockiert über die Gefühle, die ich *nicht* empfinde. Keine Schmetterlinge im Bauch, während ich seine Hand halte, nichts ist von meinen Gefühlen für ihn übrig geblieben. Mather ist mein König, mein Freund – mein *bester, einziger* Freund – und ich bin seine Kämpferin. Ich würde Denderas oder Finns Hand genauso halten, wenn sie damit drohten, für uns sterben zu wollen.

Die Gründe, warum ich Mathers Hand halte, haben sich so schnell geändert. Aber hier geht es nicht um ihn oder um das, was zwischen uns geschehen ist. Hier geht es um eine Kämpferin, die ihren König beschützt. Hier geht es um Winter. Und Mather *ist* Winter.

Wie nicht anders zu erwarten, ist Sir der Erste, der sich von dem Schock erholt. Sofort erteilt er nach allen Seiten Befehle. »Finn, Greer, Henn, Dendera und Mather – zur Waffenkammer! Und wenn irgendein Cordellianer euch aufhalten will, kommt zu mir. Alysson, du bleibst bei Meira. Keine von euch verlässt den Palast. Prinz Theron –« Er unterbricht sich, als ihm bewusst wird, dass er Theron nichts befehlen kann.

Theron blickt ihn an, das Kinn entschlossen vorgereckt. »Ebenfalls zur Waffenkammer.«

Sir wendet sich wieder Mather zu. »Ich will, dass du in fünfzehn Minuten kampfbereit bist.«

Mather nickt. Er versteckt seine Gefühle hinter einer Maske – Angst, Wut, Bedauern, was auch immer. Er lässt meine Hand los und rennt hinter Finn, Greer, Dendera und Henn den Gang hinunter. Er dreht sich kein einziges Mal mehr nach mir um, und ich habe keine Ahnung, was ihm durch den Kopf geht. Vielleicht denkt er gar nichts, *kann* nicht denken, nach alldem.

Sir deutet auf mich. »Meira …«

Ich verziehe den Mund. »Ich weiß, ich soll im Palast bleiben.«

Er beißt die Zähne zusammen. »Ich wollte gerade sagen: Pass auf dich auf.«

Mein Mund klappt auf. Aber Sir ist bereits den Gang hinuntergeeilt, zu den Palasttüren, durch die Noam eben entschwunden ist.

Theron legt den Brief zurück auf den Schreibtisch seines Vaters. »Ich habe wirklich nichts gewusst«, versichert er mir. Außer uns beiden ist nur noch Alysson hier und ein paar Soldaten auf dem Flur.

Ich hole Luft, bin erstaunt, wie leer ich mich fühle. Als ob das Chaos der letzten Minuten mir alle Kraft geraubt hätte. »Das spielt jetzt auch keine große Rolle mehr, oder?«

Theron blickt mich an, etwas arbeitet in ihm. Er macht ein paar schnelle Schritte durch das Arbeitszimmer, tritt hinaus in den Gang und fasst nach meiner Hand. »Lady Alysson, würdet Ihr uns bitte begleiten? Ich möchte Euch meiner Leibwache anvertrauen.«

Alysson starrt ihn an. »Hoheit …«, stammelt sie, doch Theron hat sich bereits in Bewegung gesetzt und zieht mich mit sich. Sie folgt uns, doch bevor sie zu uns aufschließen kann, stürmen Soldaten um die Ecke, schließen sich Theron und mir an, um ihren Kronprinzen zu schützen, und trennen uns somit von Alysson.

Theron zieht mich näher an sich heran und wir bleiben am Eingang zum Ballsaal stehen. »Sollen wir auch zur Waffenkammer?«, fragt er. Seine Stimme ist so leise, dass Alysson uns hinter den Soldaten nicht hören kann.

Ich blicke zu ihm hoch. Er hält den Blick auf mich gerichtet und in seinen Augen funkelt ein seltsames Leuchten.

»Aber Sir…« Meine Stimme versagt, als das Leuchten in Therons Augen sich noch verstärkt. Nach all dem, was passiert ist und was gerade passiert, wirkt dieses Lächeln so erleichternd, dass ich es erwidere.

Theron schüttelt den Kopf. »Will, dass Ihr im Palast bleibt … Wir wissen beide, dass dies nicht der Platz ist, an dem Ihr am nützlichsten seid.«

Verwundert starre ich ihn an. »Ihr lasst mich also kämpfen?«

»Wenn wir beim Tor angelangt sind, entscheidet Ihr selbst, ob Ihr kämpfen oder in den Palast zurückkehren wollt. Aber ich werde Euch nicht zurückhalten, wenn Ihr das meint.«

»Warum?«

Theron verzieht den Mund. »Weil mein Leben lang mein Vater über mich bestimmt hat«, flüstert er. »Aber ich werde dieses Machtspiel unter Monarchen nicht dulden. Das ist *unser* Leben. Ich lasse nicht zu, dass mein Vater, General Loren oder auch Angra uns weiterhin weismachen wollen, dass es *nicht* so sei.«

Sein Gedicht fällt mir wieder ein, seine krakelige Handschrift auf dem Pergament in der Bibliothek. Ein kleines Lächeln umspielt Therons Mundwinkel. Er blickt mich auf eine Art an, die weder besitzergreifend noch herablassend ist, sondern mir ein Gefühl der Gleichwertigkeit gibt.

Als ich ihn anlächle, wird mir warm ums Herz. Es ist kaum der richtige Zeitpunkt für Flirtereien und intensive Blicke, aber ich kann nicht anders. Es mildert ein wenig die Angst, uns Frühling entgegenzustellen, so als könnte mir nichts geschehen, solange ich Theron an meiner Seite habe. Nicht als Beschützer, sondern als Gleichgestellten. Ich bin nicht die Einzige, die in diesem Machtspiel gefangen ist. Ich bin nicht allein.

Ich muss daran denken, wie mir das letzte Mal jemand auf diese Weise geholfen hat: nämlich als Mather eine Verletzung vorgetäuscht hat und Sir mich für die Mission nach Lynia ausgewählt hat. Mather tat es, weil er wusste, dass ich es so wollte, aber Theron tut es, weil er weiß, dass er selbst es wollen würde.

Ich blicke zu Theron hoch. Sie ähneln sich so sehr. Und doch auch wieder nicht.

Theron winkt die Soldaten hinter ihm heran. »Bringt Lady Alysson in Sicherheit.«

»Ja, mein Herr«, erwidert einer von ihnen. Alysson macht kehrt, um mit ihnen mitzugehen, weil sie annimmt, dass wir uns irgendwie zwischen all den Männern befinden. Kaum hat sie uns den Rücken zugewandt, schlagen Theron und ich die Gegenrichtung ein, laufen durch eine Tür und betreten den Dienstbotenbereich.

Ich weiß, was ich zu tun habe, um zu beweisen, dass ich als künftige Königin von Cordell *und* als ich selbst nützlich sein kann: Ich werde an diesem Kampf teilnehmen. Ich werde diese Stadt und die Winterianer beschützen. Sir wird fuchsteufelswild werden, doch das ist mir in diesem Moment völlig egal.

Wir warten, bis Mather, Greer, Henn, Finn und Dendera ihre Ausrüstung bekommen haben und die Waffenkammer verlassen, bevor wir hineingehen. Doch wie sich herausstellt, verfügt Cordell über keine Rüstung, die zu meiner kleinen Statur passt, also muss ausgepolstert werden. Zusammen mit Theron verlasse ich die Waffenkammer, eine hübsche metallene Armbrust auf den Rücken geschnallt. Zu wenige Soldaten in Cordell verwenden ein *chakram* und so würde ich damit in den Reihen der Armee nur auffallen. Je länger ich mich Sirs Beobachtung entziehen kann, umso besser.

»Steht dir gut, die Rüstung.«

Ich wende mich nicht um, als Mather zu uns herübereilt. Seine Rüstung gleicht exakt der von Theron – vom Brustharnisch über die Beinschienen bis zum Kettenhemd. Und er hat auch genauso viele Waffen: ein Schwert und ein Messer und sogar eine Axt, die er auf dem Rücken befestigt hat. Die Prellung auf seiner Wange ist jetzt purpurrot.

Mather blickt mich an, doch ich weiche seinem Blick aus. »Du hast noch nie auf William gehört, oder? Weder als wir klein waren noch heute.«

Ich schweige. Theron geht nun links von mir und Mather rechts. Beide wirken genauso angespannt, wie ich es jedes Mal bin, bevor ich mein *chakram* durch die Luft sirren lasse, und werfen einander schneidende Blicke zu.

Aber diese Dinge müssen bis später warten. Ich hoffe nur, dass *später* nicht bedeutet, dass Bithai von Frühling geplündert wurde und wir uns durch Trümmer arbeiten.

Je mehr wir uns dem Haupttor von Bithai nähern, desto hektischer geht es zu. Soldaten eilen auf das Tor zu, während die Bürger in die entgegengesetzte Richtung laufen. Sie ziehen Karren hinter sich her oder Nutztiere, die sie mit ihren Wertsachen beladen haben. Bewohner aus den Dörfern rund um Bithai kommen herbeigeströmt, um innerhalb der Stadtmauern Schutz zu suchen.

»Neben dem Tor befindet sich ein Turm. Mein Vater und Euer General werden dort sein«, erklärt Theron. Er blickt Mather an, als versuche er zu entscheiden, ob er noch etwas hinzufügen soll.

Mather nickt. »Wie viele Männer habt Ihr in der Stadt?«

»Fünftausend. Nur ein Bruchteil unserer Armee, aber immerhin.«

»Die Magsignie?«

Theron strahlt, zeigt einen Hauch von Stolz. »Mein Vater mag wohl bekannt dafür sein, seine Magsignie vor allem für den Opportunismus seiner Bürger zu nutzen, aber wenn nötig, setzt er auch viel von seiner Macht für die Verteidigung ein. Ich denke, Ihr werdet zufrieden sein, König Mather.«

Mather erwidert Therons Lächeln nicht.

Er starrt ihn bloß an, durch ihn hindurch, und nickt. »Ich hoffe Bithai zuliebe, dass Ihr recht habt.«

Die Straßen, die zum Stadttor hinführen, sind sehr belebt, aber am Tor selbst herrscht das reinste Chaos. Bauern aus dem Umland strömen herein, Kälber und Schafe blöken, Babys wimmern. Ein paar Soldaten versuchen, für so etwas wie Ordnung zu sorgen, aber sie haben kaum eine Chance.

Der Turm, von dem Theron gesprochen hat, erhebt sich zu unserer Linken, windet sich hoch über die Mauer, sodass man von dort einen freien Blick nach Süden hat. Ein paar Generäle stehen in der Nähe der Tür. Als wir näher kommen, erfüllt das unterdrückte Gebrüll ihres furchtlosen Anführers die Luft mit Nervosität.

Hauptmann Dominick ist einer der Männer am Tor. Sein dunkles Haar hängt in schweißtriefenden Strähnen herunter. Als er sich uns zuwendet, entspannen sich seine Züge ein winziges bisschen.

»Mein Prinz, ein Bote hat uns berichtet, dass Frühlings Armee voraussichtlich am Spätnachmittag hier eintreffen wird.«

»Danke, Dominick«, sagt Theron. Dann wirft er Mather einen harten und herausfordernden Blick zu. »Wollen wir?«

Endlich, *endlich* verzieht Mather den Mund zu einem zaghaften Grinsen. »Es ist Euer Königreich, also nach Euch.«

Theron tippt sich an den Kopf und stürmt in den Turm. Seine Rüstung klirrt, als er die Wendeltreppe hinaufeilt. Mather schickt sich an, ihm zu folgen, also gehe ich als Letzte hinterher und wäre fast gegen Mather geprallt, als er plötzlich stehen bleibt.

»So kannst du nicht kämpfen«, blafft er mich an.

Ich verziehe den Mund. Ich hatte mir vorgenommen, mich irgendwo im Turm zu verstecken, um Sir aus dem Weg zu gehen, und Mather schuldet mir zumindest sein Schweigen, oder?

»Wenn du mich zum Palast zurückschickst, schleiche ich mich hinaus, und du wirst nicht wissen, wo ich bin, und kannst mich auch nicht im Auge behalten. Vertrau mir, diese Option ist für uns alle am besten.«

Mather zieht eine Augenbraue hoch. »Ich weiß.«

»Was?«

Er seufzt und winkt einen vorbeirennenden Soldaten herbei. »Deinen Helm, bitte.«

Der Soldat nimmt seinen Helm ab. Mather nimmt ihn und dreht meinen Zopf zu einem Knoten im Nacken, um mir dann den Helm auf den Kopf zu stülpen. Das Visier ist noch hochgeklappt, und ich habe das Gefühl, ich würde ihn verschwommen und fern wie durch einen Tunnel sehen. Erinnerungen an unsere Übungskämpfe überkommen mich. All diese Übungskämpfe, die wir als Kinder ausgefochten haben: zwei Kinder, die vorgaben, Kämpfer zu sein. Oder zwei Kämpfer, die vorgaben, Kinder zu sein.

»Versuch, möglichst nicht zu sprechen«, sagt Mather. »Zieh keine Aufmerksamkeit auf dich. Wenn William merkt, dass du es bist, bist du auf dich allein gestellt.«

»Darin habe ich Übung.«

Er schweigt, hat beide Hände um den Helm gelegt. Ich warte, ob er vielleicht noch etwas sagen will, doch er schließt lediglich mit den Daumen das Visier.

»Wenn es losgeht, bleib an meiner Seite, Meira, oder ich werde dich persönlich zurück in den Palast bringen.«

Ich nicke, das Innere des Helms scheppert hin und her. Es riecht nach Schweiß und nach Eisen, das vermutlich in den Klaryns-Bergen gefördert wurde und mir so ein heimeliges Gefühl verleiht.

Mather verschwindet wortlos im Turm. Ich hoffe, dass meine Tarnung überzeugend genug ist und die Bedrohung durch Frühling Sir so sehr ablenkt, dass er den schmalen jungen Soldaten nicht bemerkt. Ich weiß nicht, was ich mehr fürchte: Sirs Zorn oder den von Angra.

Ich blinzle durch die engen Augenschlitze und folge Mather die Treppe hinauf.

Sieben Stockwerke höher schlägt uns Noams Gebrüll durch eine offene Tür entgegen. Der große kreisförmige Raum ist der höchstgelegene des Turms. Von hier aus kann man in alle Richtungen über Bithais Stadtgrenzen hinaus sehen. Hochrangige Generäle stehen überall verteilt, sind in Landkarten vertieft oder versuchen vergeblich, den Blick von ihrem wehklagenden König abzuwenden.

In Noams Mundwinkel hat sich Speichel gesammelt, er wedelt mit den Armen in der Luft herum und läuft in seiner Rüstung nervös auf und ab. Seine Magsignie steckt in einem Metallgürtel über seiner Hüfte, seinem üblichen Ehrenplatz.

»Der Teufel hole Euch, William. Der Teufel hole Euch und jeden einzelnen Eurer weißhaarigen Plagegeister. Ich hätte Euch nie erlauben dürfen, meine Grenzen zu überschreiten, und erst recht nicht meinen Sohn opfern dürfen. Verdammte Jahreszeiten-Königreiche. Nutzlose Barbaren, die sich weigern, sich stärkeren Gegnern gegenüber geschlagen zu geben …«

Ich stelle mich zu zwei anderen Wachen an die Mauer. Sie nicken mir zu, als fänden sie meine Anwesenheit selbstverständlich. So weit, so gut.

»Ihr habt einfach nicht genug Verstand zum Verhandeln«, fährt Noam fort. »Ich hätte es wissen müssen. Aber nein, ich hatte Mitleid mit Euch, habe mein Königreich erniedrigt, indem ich mich mit einem Jahreszeiten-Königreich verbündet habe, und *das* ist nun der Dank dafür? Jetzt greift Angra mich an. Sagt mir nur einen guten Grund, weshalb ich Euch alle nicht auf der Stelle an Frühling ausliefern sollte.«

Mein Wutausbruch vom Morgen scheint nichts im Vergleich mit seiner Art, herumzuzetern, zu toben und sich zu ereifern. Glaubt Noam etwa allen Ernstes, er habe uns etwas Gutes getan? Er denkt offenbar wirklich, wir sollten ihm dankbar sein. Als ob nicht er selbst sich und uns in diese Lage gebracht hätte, indem er versucht hat, mit dem Schatten der Jahreszeiten zu verhandeln.

Sir lässt das alles an sich abperlen, er lehnt an einer Wand und reibt sich die Nase. Er hat sich noch nie dazu herabgelassen, auf Gebrüll oder Drohungen zu reagieren – nicht, dass ich damit Erfahrung aus erster Hand hätte …

Theron tritt herbei, wirkt jetzt schon erschöpft, obwohl es bis zum eigentlichen Kampf noch einige Stunden hin ist. »Vater, hört auf …«

Noam wirbelt zu ihm herum, als ob er vergessen hätte, dass sein Sohn ebenfalls hier sein könnte. »Ja. Natürlich, mein Sohn. Wir beenden es. Beenden es sofort. Wir sind fertig mit Winter. Die Verlobung ist gelöst.«

»Nein.« Therons leises, böses Brummen rüttelt alle Anwesenden auf.

Noam blickt ihn stirnrunzelnd an. »Was?«

»Nein«, wiederholt Theron. »Ich wollte sagen, Vater, hört auf, Euch zum Narren zu machen.«

Sir blickt ruckartig auf, die Augen weit aufgerissen vor Erheiterung und Schock.

Noam weicht zurück. »Sag mir bloß nicht, dass du … *Frühling* marschiert gegen Bithai – und *sie* sind schuld daran, dass sie kommen …«

»Nein, dafür habt Ihr selbst gesorgt. Als Ihr Angra diesen Brief geschrieben habt, habt Ihr ihm genauestens verraten, wo sie sich befinden. Was habt Ihr denn geglaubt, was geschehen würde?«, brüllt Theron. Sein Blick wirkt wie irr, etwas in ihm bricht auf, nachdem er seinen Vater jahrelang stillschweigend erduldet hat. Die Männer um ihn herum sehen ihn verwundert an, offensichtlich bestürzt, weil ihr Prinz ihren König anbrüllt. »Habt Ihr wirklich geglaubt, Angra würde vor Euch in die Knie gehen? Dass er verhandeln und sich fair verhalten würde? Angra will *sie töten.* Und nichts wird ihn davon abhalten, das zu bekommen, was er will. Er hat sich noch nie auf Verhandlungen eingelassen. Glaubt Ihr etwa, Winter habe nicht versucht zu verhandeln, bevor es vernichtet wurde? Glaubt Ihr, Herbst habe nicht versucht, mit ihm zu verhandeln, nachdem sich Frühling gegen es gewandt hat? Hättet Ihr Euch je die Mühe gemacht, Herbst einmal zu besuchen, hättet Ihr mitbekommen, wie rachsüchtig er ist.«

Ich ziehe die Stirn in Falten. Noam war noch nie in Herbst, der Heimat seiner Schwester und Nichte, dem Ort, wohin er Tausende seiner Männer zum Kampf entsendet?

»So kannst du nicht mit mir reden!« Noam hebt die Hand, um ihm Schweigen zu gebieten, aber Theron ignoriert sie.

»Doch, ich kann. Ihr habt bereits viel zu viel Zeit vergeudet. Unsere Männer brauchen einen Anführer, jemanden, der ihnen sagt, wie man der anrückenden Armee standhalten kann, keinen schwafelnden Idioten. Vater, Euer großer Plan ist gescheitert. Seht es endlich ein.«

Noams Mund klappt auf, genauso wie meiner – ja wie alle Münder in diesem Raum.

Therons Augen flackern und seine Hände zittern leicht. Er scheint zu begreifen, wie weit er übers Ziel hinausgeschossen ist. »Tut es.« Seine Stimme verwandelt sich in ein Zischen.

»Wenn ich könnte, würde ich dir diesen Dolch sofort abnehmen, aber du bist nun einmal der älteste lebende Erbe von Cordell. Also verhalte dich auch so.«

Noam sieht aus wie ein in die Enge getriebener, herrenloser wilder Hund, der verzweifelt nach einer Fluchtmöglichkeit sucht. Nach einer Ewigkeit entspannt er sich, zuckt die Achseln und blickt seinem Sohn in die Augen. »Du wirst ein guter König. Irgendwann«, fügt er wie eine Drohung hinzu.

Theron neigt den Kopf.

Noam wendet sich an den General neben ihm und legt die Hand auf seinen Dolch. »Euer Regiment wird unsere linke Flanke bilden. Haltet es bereit. Und Ihr – die rechte Flanke.«

Er erteilt seine Befehle, als wenn nichts geschehen wäre. Als habe er seinen Wutausbruch absichtlich inszeniert, als eine Art Vorkampfritual.

Theron lässt die Schultern sinken, als sein Vater sich abwendet. Aber Sir tritt neben ihn und murmelt etwas, was Theron erneut die Schultern straffen lässt.

Auch Mather tritt auf ihn zu. »Das war mutig.«

Theron fährt sich mit der Hand übers Gesicht. Er wirkt erschöpft, als könne er jeden Moment zusammenbrechen und eine Woche lang schlafen. Aber da ist noch etwas in seinem Blick, etwas, das unter der Oberfläche gärt.

»Es ist schlimm genug, dass es überhaupt nötig war.« Theron wendet sich an Sir. »Es tut mir leid. Alles. Cordell ist eigentlich weit besser als …« Sein Blick huscht zu Noam. »König Mather, General Loren, ich entschuldige mich.«

Sir macht eine abwehrende Bewegung. Hinter ihnen deutet Noam durch die Turmfenster nach draußen und ruft einem seiner Generäle einen Befehl zu.

»In einem Punkt bin ich mit ihm einig«, sagt Sir. »Ihr werdet ein guter König sein, Prinz Theron.«

Innerhalb von fünf Minuten Komplimente von Sir *und* von Mather! Ich an seiner Stelle wäre voller Dankbarkeit, aber Theron starrt lediglich auf den Steinboden.

Auch Sir geht sofort wieder zur Tagesordnung über. Ich werde die Männer nie verstehen. »Mather und ich, wir müssen uns jetzt um unsere Leute kümmern.«

Theron nickt. »Natürlich.«

Sir rast die Treppe hinunter, Mather ist ihm dicht auf den Fersen. Als er an mir vorbeikommt, blickt er mich an und haucht: *Versuch, hierzubleiben.*

Es ist einer der sichersten Plätze. Zumindest, solange Angras Kanonen nicht durch den Turm fegen und ihn langsam in sich zusammenfallen lassen.

Ich schlucke und straffe den Rücken. Noam ist damit beschäftigt, seine verschiedenen Regimenter mit Kraft zu versehen, indem er die Energie aus seiner Magsignie den Männern und Offizieren zuleitet. Die Atmosphäre im Turm hat sich drastisch verändert, ist nicht länger von Kummer und Angst erfüllt. Es ist erstaunlich, was ein besonnener Anführer bei einer Gruppe von Männern ausrichten kann.

Aber nicht nur Noams Magie beruhigt sie. Theron redet mit jedem einzelnen General und schickt sie los, um ihre Soldaten vorzubereiten. Während sein Vater rohe Gewalt anwendet, erreicht er ihren Gehorsam durch Gelassenheit.

Therons Zuverlässigkeit, seine Selbstsicherheit erinnern mich an jemanden.

Er erinnert mich an Sir. Sie strahlen beide dieselbe ernste Sicherheit angesichts von Situationen auf Leben und Tod aus. Sind beide ein Fels in der Brandung.

Auf halbem Weg durch den Raum wirft mir Theron einen Blick zu. Erkennt er die dick gepolsterte Rüstung, in die er mich gesteckt hat?

Nach einer Weile umspielt ein kleines Lächeln seine Mundwinkel – zu unauffällig, um Misstrauen zu erregen, lediglich eine kleine Geste, die besagt: *Ich passe auf Euch auf.*

Ich lächle ebenfalls, auch wenn er es nicht sehen kann.

Kapitel 18

Als die Sonne ein paar Stunden nach der Mittagszeit immer noch kurz über dem Horizont steht, befinde ich mich draußen vor den Toren von Bithai. Sämtliche Bewohner von den umgebenden Höfen sind geflüchtet, um Schutz innerhalb der hohen Steinmauern der Stadt zu suchen, während die Soldaten ihre Posten auf den wogenden Grasfeldern bezogen haben.

Noam, Theron und ein paar hochrangige Generäle sind im Turm neben dem Tor geblieben, die übrigen Männer und ich dagegen wurden zum Schlachtfeld beordert.

Das Meer von Soldaten erstreckt sich so weit in alle Richtungen, dass ich nicht einmal mehr das Grün der Grasebene von Bithai sehen kann, sondern nur noch silberne Rüstungen und dunkle Waffen und Männer in Kampfhaltung. Die Kavallerie nimmt die äußeren Flanken ein, in der Mitte sammelt sich die Infanterie in endlosen Reihen, und im Hintergrund postieren sich in zwei langen Reihen die Bogenschützen am schräg abfallenden Rand von Bithais Plateau. Und genau hier stehe ich, die gespannte Armbrust in der Hand.

Die vergangenen Stunden waren mit allerlei Vorbereitungen erfüllt: Es war die Aufstellung der Regimenter durchzuführen und sicherzustellen, dass alle richtig bewaffnet waren. Jetzt sind alle an ihrem Platz, und ich habe Zeit, das alles auf mich wirken zu lassen. Ich atme ein, wieder aus, mein Atem heizt den Helm auf, mein Puls hämmert mir in den Ohren und hallt in dem Metall wider, das meinen Kopf umhüllt. Das Warten ist das Schlimmste – bei meinen Missionen zur Proviantbeschaffung hatte ich nie die Möglichkeit, nervös zu werden. Es musste immer so schnell gehen, dass ich, als sie vorbei waren, nicht einmal bemerkt hatte, dass ich eigentlich mehr hätte empfinden sollen als einen heftigen Adrenalinstoß. Aber jetzt stehe ich hier, höre meinen eigenen Herzschlag, suche den Horizont ab und warte auf die Schlacht – ein schreckliches Gefühl.

Die anderen Winterianer stehen als eine eigene Gruppe hinter den Bogenschützen. Noam kann uns mit seiner Magsignie nicht helfen, kann uns keine Stärke oder Willenskraft vermitteln, weil wir keine Cordellianer und deshalb nicht empfänglich für seine Magie sind. Genauso wäre es umgekehrt. Auch wenn unsere Magsignie vollständig wäre, könnten wir seinem Volk nicht helfen. Dabei sind wir der Grund, weshalb Frühling überhaupt angreift – wenn wir alle sterben, verlöre dieser ganze Krieg seinen Sinn, auch wenn Noam uns vorhin gedroht hat, uns an Angra auszuliefern.

Mather hat dafür gesorgt, eine Position ein paar Schritte hinter mir einzunehmen, damit er notfalls eingreifen kann. Er sitzt hoch zu Pferd und steht rechts hinter mir. Er hat bisher nichts unternommen, um seine Drohung, sich Angra auszuliefern, wahr zu machen, und ich atme jedes Mal auf, wenn ich feststelle, dass er noch da ist. Ich drehe mich nach ihm um, würde nur allzu gern diesen verhassten Helm absetzen. Ob Eisengeruch oder nicht, dieses Ding ist nichts anderes als ein metallener Backofen, und kein Winterianer mag Hitze.

Mather beugt sich ein wenig vor auf seinem Pferd und blickt mich fragend an. *Alles in Ordnung mit dir?*

Ich nicke. Er bewegt sich erneut, sagt etwas zu Sir, der heftig den Kopf schüttelt.

Mein Körper schmerzt vor Sehnsucht. Ich sollte bei ihnen sein, nicht hier, versteckt zwischen Noams Bogenschützen. Wenn Noam seine Regimenter dazu bringt, sich in die eine oder die andere Richtung zu bewegen, werde ich als Einzige nicht wissen, welchen Weg ich einschlagen soll. Wenn Noam seine Bogenschützen anhält, nach links zu schießen, und ich einen Pfeil nach rechts abschieße, werde ich mich verraten.

Ich verdränge meine Bedenken und konzentriere mich wieder auf das Gewicht der metallenen Armbrust in meinen Händen und auf die Energie, die sich um mich herum entfaltet. Hauptmann Dominick steht drei Reihen vor mir in der Infanterie und überwacht vom Pferd aus seine Männer. Niemand sagt ein Wort, niemand brüllt Befehle, und niemand atmet zu laut. Wir warten alle in der Vorahnung des Todes, der auf uns zumarschiert.

Die Sonne steht jetzt tiefer. Als die Hitze des Spätnachmittags langsam schwächer wird, geht eine Bewegung durch die Männer. Sie stehen jetzt aufrechter, alle Augen nach Süden gerichtet. Die Armee von Frühling wurde entdeckt. Noch nie zuvor habe ich gesehen, wie sich eine ganze Armee unter dem Einfluss eines Magsignie bewegt. Sir hat mir natürlich davon berichtet, mir die Kämpfe von Frühling gegen Winter in derart epischer Breite geschildert, dass ich fast das Kanonenfeuer in der Luft riechen konnte. Durch ihre Magsignien können Herrscher ganze Regimenter dazu bringen, sich als eine Einheit zu verhalten, und auch Menschen hin und her bewegen, so als würden sie Gegenstände auf einer Tischplatte arrangieren. Dabei ist es kein gewaltsames Drängen, sondern eher ein unterbewusster Vorschlag – die Soldaten können sich auch dazu entscheiden, die durch die Magsignie kanalisierten Anweisungen nicht zu befolgen. Aber für gewöhnlich liegt es im eigenen Interesse der Soldaten, sich dem Willen ihres Anführers zu fügen.

Sirs Geschichtslektionen gehen mir durch den Kopf, fügen sich mit dem zusammen, was ich in dem Magiebuch gelesen habe. Jede Magsignie funktioniert wie ein Pferd; wenn man es zu sehr beansprucht, ist es völlig erschöpft und man muss warten, bis es sich erholt hat, bevor man es wieder einsetzen kann. Und niemand weiß, was passiert, wenn man eine Magsignie *zu* oft und *zu* gewaltsam benutzt – niemand war je so töricht, ihre Magie komplett versiegen zu lassen, sofern das überhaupt möglich ist. Die Monarchen können es spüren, wenn die Wirkung der Magie nachlässt, ihr Instinkt sagt ihnen, dass etwas nicht stimmt. Und die Magie ist passiv – nur wenn der Magsignienträger bewusst entscheidet, sie zu nutzen, funktioniert sie.

Wenn Noam seine Magsignie überlegt und in Maßen nutzt, könnte er damit Cordell einen riesigen Vorteil verschaffen. Angra verlässt seinen Palast in Frühling nie, und Herod, der höchstwahrscheinlich das Kommando über diese Armee führt, wird nicht dieselbe Kontrolle über seine Männer haben. Angras Magie mag vielleicht bewirken, dass sie Frühling im Geiste treu ergeben sind, auch wenn sie sich jenseits der Grenzen ihres Königreichs befinden, aber er wird sie nicht lenken und ihnen sagen können, wo sie angreifen und wann sie sich zurückziehen sollen. Um unser aller Wohlergehen willen hoffe ich, dass dies Vorteil genug für uns sein wird.

Als die Soldaten von Cordell munter werden, werden wir es ebenfalls. Ich wage einen letzten Blick nach hinten, will sie noch ein Mal sehen. Als Einzige fehlt Alysson. Somit sind wir noch sieben.

Die Bogenschützen bringen ihre Armbrüste in Anschlag, und ich bemühe mich, mich ihrem Rhythmus anzupassen. Die Armbrust ist um einiges schwerer als mein *chakram*, sperrig und unhandlich, aber ich kann es schaffen. Habe es schon früher getan. Nur war ich dabei nie Teil einer Armee und trug auch keinen lästigen Helm.

Ich lege den Finger auf den Abzug, mein Atem wird immer ruhiger. Noch wurde kein Pfeil abgeschossen, wir halten unsere Armbrüste lediglich gen Himmel gerichtet.

»Na kommt schon«, zischt der Mann neben mir.

Seine Nervosität überträgt sich auf mich wie eine Flamme, die sich entzündet und einen Flächenbrand in der gesamten

Gruppe auslöst. Bald wünschen sich alle nur noch, dass der Kampf endlich beginnt.

Dann hören wir das Geräusch, auf das alle gewartet haben, das Vibrieren, das unsere Nervosität noch weiter steigert.

Kanonenfeuer.

Ein einziger Schuss ertönt aus der Ferne, aber er ist zu weit entfernt, um jemanden zu treffen. Ein Warnschuss, der Frühlings Ankunft ankündigen soll. Der Schuss verhallt und Angras Armee taucht in der sinkenden Spätnachmittagssonne am Horizont auf. Die Soldaten sehen aus wie eine einzige dunkle Masse, die sich wie eine Landplage über Cordells ferne Hügel ergießt. Erneut ertönt ein Kanonenschuss, dann zwei weitere, kommen immer näher …

Sirrrr.

Die Bogenschützen schießen die ersten Pfeile ab. Ich schließe mich ihnen an, lasse meinen Pfeil bogenförmig über die Infanterie fliegen. *Sind sie bereits in Reichweite? Sind sie nah genug …*

Ja, sie sind es. Frühling ist so nah, dass bereits drei Kanonenkugeln in die ersten Reihen von Noams Infanterie eingeschlagen sind, noch bevor unsere Pfeile auf sie niedergeprasselt sind, so nah, dass ich sehen kann, wie die Männer mit erhobenen Waffen auf uns zurennen und wilde Schlachtrufe ausstoßen.

Noch fünf Sekunden. Vier Sekunden. Drei.

Zwei.

Eins.

Die Wucht des Zusammenpralls der beiden Armeen lässt Noams Männer erzittern. Sie erwidern die Kriegsrufe von

Frühling durch eigene, erfüllen die Luft mit ihrem Gebrüll. Zusammen mit den Bogenschützen schieße ich noch drei weitere Pfeile ab, bevor ich bemerke, dass sich die Gruppe aufgeteilt hat, um Cordells Stärke zu verteilen. Eine Hälfte rennt nach rechts, die andere nach links. Ich schließe mich der rechten Gruppe an, überlege kurz und renne dann doch nach links, als eine Reihe von Infanteristen sich zurückwälzt, gegen mich stößt und mich zu Boden wirft. Ich rolle mich zur Seite, schnelle herum, kann gerade noch schweren Stiefeln und Pferdehufen ausweichen, als Dominicks Männer in einer geschlossenen Formation auf die linke Flanke zusteuern. Noam scheucht sie herum – warum?

Eine Hand greift nach meinem Arm. Noch bevor ich erkennen kann, wer es ist, hänge ich an einem Sattel und schwinge mich hinauf.

»Ich habe dich darauf trainiert, nicht aufzufallen«, blafft mich der Reiter an.

Ich erstarre, die Arme um Sirs Taille geschlungen. Meine Wangen glühen vor Scham und der Enttäuschung darüber, ertappt worden zu sein. Das einzig Gute ist, dass ich jetzt den Helm abnehmen kann.

Während ich den Metallbackofen abnehme und auf den Boden fallen lasse, versetzt Sir sein Pferd in Trab, damit es Dominicks Regiment folgt. »Bringt Ihr mich jetzt zurück?«

Dominicks Männer schwenken nach rechts ab, reihen sich hinter der Kavallerie ganz links ein.

»Du wirst jetzt bei mir bleiben«, zischt Sir. Er deutet auf meine Armbrust. »Kümmer dich als Erstes um die Männer direkt vor uns. Was auch immer du tust, was auch immer geschieht, *hör nicht auf, Pfeile abzuschießen.*«

Ich halte meine Armbrust abschussbereit und Sir treibt sein Pferd an. Wir galoppieren an Dominicks Soldaten vorbei, machen einen weiten Bogen um die Kavalleristen, bis wir die erste Reihe der Reiter erreicht haben.

»Auf drei geht's los«, sagt der Hauptmann der Kavallerie zu Sir.

»Ihr gebt das Zeichen.«

Der Hauptmann hebt das Schwert hoch. Ich lehne mich zur Seite und suche den Horizont ab, um zu erkennen, gegen wen wir kämpfen werden. Und dort, auf Bithais üppigen grünen Hügeln, tauchen unsere schlimmsten Albträume auf.

Angras Kavallerie erklimmt vor uns einen Hügel. Die Pferde tragen Rüstungen, die Soldaten schwingen Armbrüste, Schwerter oder Äxte. Und zwischen den stampfenden Hufen laufen noch weitere Infanteristen in Rüstungen mit der schwarzen Sonne umher.

Das also ist der Grund, weshalb Noam Dominicks Regiment hierhergelenkt hat. Wenn es dieser Kavallerie gelänge, unsere Reihen zu durchbrechen, könnte sie sich links einen Weg vorbei an Noams restlicher Armee zu Bithais Haupttor bahnen.

Ein weiterer Reiter hält neben uns. Mather. Er begegnet meinem Blick unbeirrt und selbstsicher, während die Reiter von Frühling immer näher kommen. Noch ein Hügel und sie werden in Schussweite sein.

»Eins«, brüllt der Hauptmann, woraufhin ich den Blick von Mather wende. »Zwei.«

Ich hebe meine Armbrust hoch. Das ist es also. Ich habe zwar schon Scharmützel mit kleinen Gruppen von Soldaten von Frühling ausgetragen, aber noch nie an einer Schlacht teilgenommen. Eine seltsame Ruhe erfasst alle, etwas, das nicht auf Noams Magsignie zurückzuführen ist. Ein tieferer Instinkt, der alles andere ausblendet.

»Drei!«

Sir und ich preschen zusammen mit Noams Kavallerie los.

Alles um uns herum scheint im Schneckentempo abzulaufen, bis man schließlich nichts mehr hört außer dem Stampfen der Pferdehufe, den Schreien der Soldaten und dem Pfeilhagel, der von Frühlings Bogenschützen ausgeht und den Himmel mit grimmigen schwarzen Streifen verdunkelt.

Ich schieße einen Pfeil ab, dann noch einen, senke langsam meinen Bogen, um immer niedriger zu zielen, während wir uns Frühlings Reitern immer mehr nähern. Kurz bevor wir mit ihnen zusammenstoßen, greift Sir nach unten und berührt mein Bein. Mather wendet sich mir zu, die Augen weit aufgerissen. Ein kurzer Moment der Ruhe. Ich habe das Gefühl, als erlebe ich alles um mich herum im Traum.

Die Jahre des harten Trainings machen sich bezahlt. Unsere Pferde brechen mühelos durch die Kavallerie von Frühling. Pfeile sirren durch die Luft, Schwerter werden geschwungen, Messer in Kehlen gerammt. Die Pfeile meiner Armbrust klingen wie eine Symphonie, während sie auf ihr Ziel zuschwirren. Die Armbrust ist nicht mehr nur eine Waffe, die ich in der Hand halte – sie ist ein Teil von mir, wir bilden eine perfekte Harmonie.

Sir reißt sein Pferd herum, und ich schrecke aus meiner Benommenheit hoch und bemerke, dass wir Angras Kavallerie bereits vollständig durchbrochen haben. Im ersten Moment erfüllt mich ungeheure Erleichterung – es sind nur so wenige! Aber dann entdecke ich, was uns hinter der Kavallerie erwartet.

»MATHER!«

Sirs Schrei lässt mir das Blut in den Adern gefrieren. Ich wirble herum und sehe, wie Mather auf uns zukommt. Er hat uns fast erreicht, fast … Ich habe keine Zeit, den Gedanken zu Ende zu denken.

Kanonen sind auf uns gerichtet. Dutzende davon, die von Ochsen über die Hügel gezogen werden. Neben den Eisenungeheuern marschieren Soldaten, und sogar aus dieser großen Entfernung kann ich die grausame Freude in ihren Gesichtern sehen, spüren, fühlen, als sie die Kanonen abfeuern und uns den Tod entgegenschleudern. Das ist alles, was ich in diesem Moment in mich aufnehmen kann, das triumphierende Gebrüll der Soldaten über unseren Untergang. Im selben Augenblick, in dem meine Augen wahrnehmen, dass die schwarzen Geschosse, die um uns herum in die Erde einschlagen, Kanonenkugeln sind, reißt mich eine unsichtbare Kraft vom Pferd und schleudert mich wie eine Stoffpuppe auf den Boden. Ein feuerroter Schmerz trübt meinen Blick, schießt aus meiner Brust und lässt alle Geräusche um mich herum verschwimmen, während in meinem Kopf ein tödliches Gebrüll einsetzt. Etwas unter mir riecht nach Eisen, feucht und warm. Aber es ist nicht der beruhigende Geruch von Eisen, das aus den Klaryns-Bergen gefördert wurde.

Es ist Blut.

Die gedämpften Geräusche werden wieder lauter, steigern sich zu einem grauenhaften Gedröhn. Ich versuche mich aufzurichten, eine meiner Rippen schmerzt höllisch, aber ich kümmere mich nicht darum, da immer mehr Kanonenschüsse abgefeuert werden, immer mehr Kugeln um uns herum einschlagen.

Es war eine Falle. Immer mehr Frühlingianer Soldaten rennen auf uns zu, umzingeln uns. Hie und da halten einzelne Cordellianer Kavalleristen ihnen stand, aber es ist sinnlos. Wir sind zu sehr vom Rest unserer Armee abgeschnitten, hilflos verloren in unserem törichten übereilten Bestreben, Angras Kavallerie zu zerstören.

Ich rapple mich hoch. Die gepolsterte Rüstung dient meiner gebrochenen Rippe als kläglicher Notverband. Ich stolpere vorwärts, bahne mir einen Weg durch umherfliegende Trümmer und leblose Körper. Der Gestank nach Blut und Schweiß raubt mir den Atem, verstärkt sich mit jeder Explosion, jedem Schrei.

Mather. Ich glaube, ich rufe seinen Namen, kann aber meine eigene Stimme nicht hören. Vielleicht hauche ich es nur, ein schwacher Schrei in der Dämmerung. *William!*

Neben mir schlägt eine Kanonenkugel ein, reißt mich mit unsichtbarer Kraft nieder. Ich breche über einem Körper zusammen, eine blutige Hand greift nach meiner Schulter. Panik erfasst mich, doch dann erkenne ich blitzartig, wer da nach mir greift, sehe, wie blutüberströmt er ist, wie schlimm verwundet.

Sir.

Wenn er uns früher solche Situationen beschrieben hat, schien es immer etwas so weit Entferntes zu sein, etwas, mit dem ich nie konfrontiert sein würde. Verletzungen auf dem Schlachtfeld. Übermäßiger Blutverlust, gebrochene Knochen, leblose Körper …

Das ist nicht real, kann es nicht sein. Nicht jetzt, nicht er.

Ein Frühlingianer Soldat stößt dicht neben mir einen Schrei aus, bevor er leblos in sich zuammensinkt. Sein Todesschrei dröhnt mir in den Ohren, während ich sehe, wie Sir die Lippen bewegt. Ich beuge mich zu ihm hinunter und schreie, will, dass das Dröhnen in meinen Ohren nachlässt, damit ich ihn inmitten der Schreie und Explosionen hören kann.

Seine Lippen bewegen sich erneut. »Meira.«

Seine Finger sind feucht von Blut, Schlamm und Schweiß, als ich seine Hand ergreife. »Was soll ich tun?«, rufe ich. »Sagt mir, was ich tun soll.«

Sir lächelt trotz der Blutflecken auf seinen Wangen. Eine tiefe Wunde klafft auf seiner Brust. Dunkles Blut strömt heraus, weiße Knochensplitter treten hervor.

»Meira«, wiederholt er. Er hebt die Hand, um meine Wange zu berühren, sein Daumen streicht über meine Schläfe.

»Was soll ich tun?«, rufe ich erneut. Eine weitere Kanonenkugel schlägt in meiner Nähe ein; die Einschläge kommen näher und näher. Gleich werden sie uns treffen. Ich muss Sir hier wegschaffen, muss einen Arzt …

»Es tut mir leid«, stöhnt er.

Ein Schleier legt sich über seine Augen und er starrt ins Leere. Als er mich wieder ansieht, ist sein Blick verschwommen, so als sehe er durch mich hindurch.

»Nein«, schreie ich. Ich schüttle ihn an den Schultern, will, dass er mich wieder ansieht. »Nein! Hört mir zu, William Loren. Ihr habt das nicht verdient.«

Sir nickt. »Ich habe Winter gedient.«

Ein weiterer Kanonenschuss. Über mir bricht ein Frühlingianer Soldat in Kampfgebrüll aus, sein Schwert hocherhoben. Ich will nach meiner Armbrust greifen, doch sie ist nicht da – wurde durch die Explosion des Kanonenschusses weggerissen. Bevor ich nach einer anderen Waffe tasten kann, fliegt ein Cordellianer Pfeil durch die Luft, und der Soldat bricht neben Sir zusammen.

So viele gefallene Soldaten, sowohl auf der Seite von Frühling als auch auf der von Cordell. So viel Blut und Tod …

Erneut streicht mir Sir mit dem Daumen über die Schläfe. Ich beuge mich über ihn, schirme ihn vor herumwirbelnden Trümmern, Blut und allem anderen ab.

»Nein«, murmele ich. Das ist alles, was ich tun kann, was ich sagen kann. Mein Blick ist getrübt durch den Staub und durch meine aufsteigenden Tränen. »Nein, NEIN. William, bitte, lasst mich nicht …«

Sir stöhnt. Er sieht mich wieder an und noch einmal zeigt sein Blick Erkennen. »Meira«, flüstert er. »Du musst sie retten.«

»Natürlich«, hauche ich. »Das werde ich. Ich verspreche, ich werde es tun. Aber Ihr müsst mir helfen. Ich schaffe es nicht ohne Euch!«

Sir schüttelt den Kopf. »Hast du das Lied von Bithai gehört, als wir hier ankamen?«

Ich nicke und Sir spricht weiter.

»Die Worte«, sagt er. »Hast du die Worte gehört?«

Als ich jetzt den Kopf schüttle, holt Sir tief Luft, schließt die Augen und zitiert es mit rasselndem Atem, trotz seiner Schmerzen.

Cordell, Cordell, wir kamen her,
Zu knien vor deinem Thron.
Lass alle, die um Zuflucht flehn,
Hier ein wie einen Sohn.
Cordell, Cordell, schickst du uns aus,
Um in den Kampf zu ziehn,
Lass jene, die nicht kehrn zurück,
Für immer bei dir ruhn.

Er öffnet erneut die Augen. »Das ist es, was Winter braucht«, röchelt er. »Das ist es, was Winter haben muss.«

Ich schüttle erneut den Kopf, Tränen laufen mir über die Wangen. »Nein, William – Winter braucht *Euch!*«

Sir lächelt, doch sein Daumen bewegt sich nicht mehr. Alles an ihm erstarrt, wie ein See, der im Winter gefriert. Diese plötzliche Stille geht mir durch und durch. Er bewegt sich nicht mehr. Er atmet nicht mehr. Er lebt nicht mehr.

Ganz langsam sinken seine Hände herunter auf seine Brust.

»Meira!«

Jemand ruft meinen Namen, die Stimme zerrissen vor Angst. Ich berühre Sirs Gesicht, meine schmutzigen Finger fassen in sein Haar. Er schaut zum Himmel hoch, mit leerem Blick, ein Ausdruck, dessen grauenhafte Bedeutung sich mir schon vor Langem eingebrannt hat. Eine Kerze ohne Funke, ein Himmel ohne Sonne. Es ist dieser Blick, den die Menschen bekommen, wenn sie aufhören, ein Mensch zu sein, wenn sie sich in einen leblosen Körper verwandeln. Aber er ist viel zu stark und zu klug, um dieses bloße Nichts zu akzeptieren. Ich weigere mich, ihn gehen zu lassen, nicht so, nicht, solange ich ihn unbedingt brauche.

»William«, schluchze ich, schüttle ihn. Sein Blut quillt zwischen meinen Fingern hindurch. »Schaut mich an! Bitte, ich flehe Euch an, seht mich an …«

Alles, was ich mir je gewünscht habe, ist, dass Ihr mich anseht.

»Meira!« Mather lässt sich neben mir auf den Boden gleiten, schlingt die Arme um meine Schultern.

»Nein!« Ich strecke die Hand aus, stoße ihn weg, aber er zwingt mich, aufzustehen. *»Nein!«*

Wir stolpern rückwärts, über einen weiteren Toten. Genau wie Sir starrt der Soldat durch die herumwirbelnden Trümmerteile zum blauen Himmel hoch, ein weiteres Opfer in Angras Krieg.

Ich schiebe Mather beiseite, Wut erfasst mich, als ich Angras Namen denke. Es ist seine Schuld. All dies hier, seine

Gier und seine Magsignie und die Tatsache, dass Winter so schwach ist.

Mathers Arme lassen mich los, sodass ich mich noch einmal zu Sir hinunterbeugen, ihn noch ein letztes Mal berühren kann.

Bitte, Ihr dürft nicht auch noch sterben, nicht Ihr auch noch.

Kälte strömt von meinen Fingerspitzen durch meinen Arm.

Ich spüre, wie sie sich über das Schlachtfeld ausbreitet, über Sirs Körper, wie Frost, der den Boden überzieht. Sie erfasst jedes Blutgefäß, jeden Nerv, verwandelt alles um mich herum in ein Eisfeld. Fühlt sich so ein Schock an? Fühlt es sich so an, wenn einem ein Mensch entrissen wird – kalt und verzweifelt?

Mather zieht mich hoch, als ob nichts geschehen wäre. »Meira, wir müssen weg hier, wir sind hier nicht sicher.«

Ich blicke ihn an. Ist ihm nicht auch kalt? Wie kann er diese Kälte nicht spüren? Aber seine Panik, die Art, wie er mich mit sich zerrt, verrät mir, dass er überhaupt nichts fühlt.

Ein Kanonenschuss zerreißt die Luft und ich reagiere automatisch – mit der Schulter zwinge ich Mather zu Boden, als neben mir die Erde explodiert. Die Schwerelosigkeit kehrt zurück, reißt mich vom Boden hoch und drückt mich dann zurück auf die blutgetränkte Erde. Etwas hämmert in meiner Brust und ein Schmerz flammt auf.

Ich versuche, mich aufzurichten, mich zu orientieren, wo ich gelandet bin. Doch ich schaffe es nur, mich auf die Ellbogen zu stützen, bevor mich der Schmerz langsam in Dunkelheit hüllt. Während ich darin versinke, sehe ich Mather aus weiter Ferne. Er schreit, als er von Noams Männern Richtung Bithai gezerrt wird.

»Meira.«

Ein Schatten fällt über mich. Erst denke ich, es ist Sir, aber er kann es nicht sein, kann es nie wieder sein, und ich schluchze angesichts der grausamen Wahrheit.

Der Schatten beugt sich zu mir herunter. Er grinst mich höhnisch an, eine widerliche Geste, die in scharfem Kontrast steht zu den Männern, die hinter ihm um ihr Leben flehen, während Mather von der Menge verschluckt und in Sicherheit gebracht wird.

Als ich das Gesicht erkenne, erfasst mich Entsetzen. Es ist Herod.

»Du hast mir etwas gestohlen«, zischt er. »Und es wird Zeit, dass ich es mir zurückhole.«

Als er sich über mich beugt, überwältigen mich Schmerz, Angst und Erschöpfung, sodass alles um mich in Dunkelheit versinkt.

Kapitel 19

Schneeflocken wirbeln um mich herum, lassen die Luft über dem elfenbeinfarbenen Feld weiß und kalt erscheinen.

Ich bin in Winter.

»Ich dachte, ich hätte mehr Zeit.« Hannah steht neben mir. Sie trägt ein weißes Seidengewand, das Medaillon funkelt an ihrem Hals. Ihr Blick ist getrübt, ich kann nicht sagen, ob von der Kälte oder durch Tränen.

»Was?« Plötzlich steigt Panik in mir auf. Ich sollte nicht in Winter sein. Zuletzt war ich … irgendwo anders. Aber wo?

»Ich dachte, ich hätte mehr Zeit«, wiederholt Hannah. »Die Verbindung zur Magie aus der Magsignie ist dauerhaft, aber es war damals zu früh. Ich habe versucht, dir Zeit zu geben, aber die Zeit ist nun abgelaufen.« Sie blickt mich an, und jetzt erkenne ich die Tränen in ihren Augen, Tränen, die hervorquellen und ihre Wangen hinunterrollen. Sie tritt einen Schritt auf mich zu, streckt die Hand nach mir aus.

»Wartet.« Ich weiche zurück. Ich kann mich an nichts mehr erinnern. Warum ich hier bin, erneut in einem Traum gefangen, und warum ich so einen schweren Druck in meinem Magen spüre. Warum …

Sir ist tot. Und ich wurde von Herod gefangen genommen.

Ich falle auf die Knie und ringe nach Luft. »Nein …«

Hannah tritt näher. »Wenn du in Frühling angekommen bist, wird Angra seine dunkle Magie benutzen, um dich zu beobachten, so wie er Mather seit Winters Fall beobachtet.« Ihr Gesichtsausdruck wird weicher. »Es tut mir leid, dass ich nicht erklären kann, was ich dir gleich zeigen will, aber für mehr bleibt jetzt keine Zeit.«

Sie legt die Hand auf meine Stirn. Ich will protestieren, aber kaum berührt ihre Haut meine, erfüllen Bilder meinen Kopf, Bilder und Momente aus ... der Vergangenheit. Hannah führt mir die Vergangenheit vor Augen. Ich weiß nicht, woher dieses Wissen kommt, aber es ist so unumstößlich wie die Bilder, und ich atme schwer, um nicht in Panik zu geraten.

Dutzende von Menschen stehen auf einem dunklen Weg, halten Steine und Schmuckstücke und Stöcke fest in der Faust. Die Gegenstände leuchten schwach, schimmernde Lichtimpulse unter dem nachtschwarzen Himmel. Die Menschen drehen sich um, als sich eine andere Gruppe nähert, die ebenfalls leuchtende Gegenstände bei sich trägt. Die beiden Gruppen zögern keine Sekunde – mit einem lauten Schrei gehen sie aufeinander los. Fäuste zermalmen Knochen, als seien sie lediglich morsches Holz, Körper fliegen durch die Luft.

Normale Menschen können so nicht kämpfen. Aber dies hier sind keine normalen Menschen – diese Gegenstände sind Magsignien. Hatten die Menschen einst ihre eigenen Magsignien? Aber es wurden doch nur die Königlichen Magsignien geschaffen, bevor der Schlund verschwand ...

Oder etwa nicht?

Ein Schatten erhebt sich aus dem Kampf, entgeht jedem Hieb, jedem hasserfüllten Knurren. Je größer der Schatten wird, desto wütender wird die Menge, als ob das eine das andere nach sich ziehe. Wut erzeugt noch mehr Wut, Böses noch mehr Böses ...

Vom Licht ging ein großes Verderben aus.

Noch mehr dunkle Wolken des Verderbens tauchen auf, erheben sich über den Städten und Dörfern, ausgehend von Menschen, die ihre Magsignien für schreckliche Dinge missbrauchen. Ein Mörder, ein Dieb, eine Frau, die schützend die Hände über den Kopf hält, da ihr Mann sie schlägt. Jedes Mal, wenn jemand die Macht seiner Magsignie missbraucht, wird das Verderben größer. Und jedes Mal, wenn das Verderben größer wird, dringt es in weitere Menschen ein und bewirkt, dass sie noch üblere Dinge tun.

Und Leid brachte es denen, die kein Licht hatten.

Acht Menschen stehen vor mir am Rand einer Klippe in einer großen unterirdischen Höhle. Eine strahlende Lichtkugel aus der endlosen Tiefe blendet mich. Als ich erkenne, was es ist, löst sich alles, was ich jemals gefühlt habe, buchstäblich auf. Zurück bleibt nur ein leichter Schauer der Ehrfurcht.

Der verlorene Magieschlund.

Sie baten darum, also wurden die Lichter geschaffen.

Die acht Menschen stapeln Steine, Schmuckstücke und Stöcke am Rand des Schlunds. Acht getrennte Stapel von Magsignien, die immer noch leicht glimmen. Jeder der acht Menschen legt ganz oben auf seinen Stapel einen Gegenstand, der nicht glüht.

Ein Medaillon, einen Dolch, eine Krone, einen Stab, eine Axt, einen Schild, einen Ring. Ich lasse noch einmal den Blick über diese acht Menschen gleiten. Vier Männer, vier Frauen.

Die vier schufen das Licht; und die vier schufen das Licht.

Energiegeladene Strahlen streifen die acht Stapel wie Finger, einen nach dem anderen, unaufhaltsame Wogen der Macht, die von den neuen Magsignien angezogen werden wie der Blitz von Metall. Magie erfüllt die Königlichen Magsignien, verbindet sich mit ihren Herrschern, ihren Abstammungslinien und ihren Geschlechtern.

Die Szene verändert sich erneut, zieht an mir vorbei. Die Wolken des

Verderbens lösen sich jetzt auf, schwinden ob der Macht der Königlichen Magsignien, als die Herrscher das Verderben aus ihren Ländern vertreiben. Die Menschen freuen sich, als der Dunst des Verderbens sich auflöst.

Als Nächstes sehe ich etwas, das ich nur allzu gut erkenne – das Königreich Frühling. Kirschbäume erstrecken sich in einem Meer aus Rosa und Weiß um einen Mann mit lockigem blondem Haar, fast durchscheinend grünen Augen und fahler Haut. Er steht am Eingang seiner Stadt, einen Stab in der Hand. Und um ihn herum wabert die letzte schwarze Wolke in Primoria, gibt schwache Impulse von sich.

»Du bist die wahre Stärke«, sagt der Mann zu der Wolke und streckt ihr seine Arme entgegen.

Ich stoße einen Schrei aus, brauche jemanden, der mich hört, der versteht, dass sie es nicht vollständig zerstört haben. Das Verderben existiert noch immer – im Herrscher von Frühling.

»Sag mir, wie ich sie retten kann.«

Die Szene wechselt. Jahrhunderte vergehen. Ich befinde mich in einem Schlafgemach in Hannahs Palast. Hinter den offenen Balkontüren ist Januari zu sehen. Das Verderben ist zu einer fernen, vergessenen Legende verblasst, und das Einzige, was jeder in Winter fürchtet, ist Frühling. Hannah kauert am Fuß eines Himmelbetts, Tränen rollen ihr über die Wangen.

»Sag mir, wie ich mein Volk vor ihm retten kann«, bettelt sie. Zu wem spricht sie?

Dann sehe ich es. Das kleine weiße Glühen in ihrer Hand, die sie, zur Faust geballt, an die Brust gedrückt hat. Sie hält das Medaillon und bittet es, ihr zu sagen, was sie tun soll. Hat irgendein anderer Monarch das je versucht? Seine Magsignie nicht nur als Quelle der Macht zu benutzen, sondern auch als Quelle der Autorität?

Hannahs Medaillon reagiert auf ihre Bitten, ein weißer Schauer strömt aus ihrer Hand. Die Magie strömt in sie hinein und dadurch entsteht … dies. Dieses ganze Wissen um die Vergangenheit, darum, warum die Königlichen Magsignien wirklich geschaffen wurden und was Winter in Frühling tatsächlich erwartet. Ich widerstehe dem Bedürfnis, mich zu einer Kugel zusammenzurollen und diesen Ort nie wieder zu verlassen. Hier ist es sicher, hier gibt es kein Verderben, auch nichts Böses. Mein Herz wird schwer, wenn ich daran denke, was mich außerhalb meines Traums erwartet.

»Wenn du bereit bist, wirst du begreifen, wie du all dies nutzen kannst«, sagt Hannah, und ich zucke zusammen. Ich dachte, dies wäre eine ihrer Erinnerungen, aber nun richtet Hannah ihre tränenfeuchten Augen auf mich, als sich ein Schluchzen aus meiner Kehle löst. »Nun liegt es an dir, Meira. Wach auf.«

Warmes, flimmerndes Gold pulsiert hinter meinen Lidern, und ich blinzle in die Sonnenstrahlen, die über mir dahinziehen, Säulen tanzenden Lichts unter einem klaren blauen Himmel. Der Wind ist erfüllt vom Geruch nach dürrem Gras und trockener Erde, so durchdringend, dass ich sofort weiß, wo ich mich befinde – auf der Rania-Ebene.

Nun liegt es an dir.

Ich schließe die Augen, unterdrücke das Schluchzen, das aufsteigt, als mir Hannahs Traum im Kopf herumgeistert. Warum hat sie mir all das gezeigt? Warum *mir?*

Weil Sir tot und Mather weg ist. Ich bin die Einzige, die noch übrig ist und die im Begriff ist, einem Grauen gegenüberzutreten, das vor Tausenden von Jahren geschaffen wurde; vor so vielen Jahren, dass es nicht einmal mehr Mythen aus dieser Zeit gibt.

Ich kämpfe gegen mein Schluchzen an und atme tief durch.

Ich kann mir jetzt keine Gedanken darüber machen, muss mich darauf konzentrieren herauszufinden, wo ich bin. Ganz langsam, Stück für Stück, öffne ich die Augen und betrachte meine Umgebung.

Ich befinde mich in einem Käfig aus Holzlatten, der von schwerfälligen Ochsen gezogen wird. Männer gehen neben dem Käfig her, auf ihren Brustharnischen prangt Frühlings schwarze Sonne. Ich bin Herods Gefangene.

Greggs Geschichte kommt mir wieder in den Sinn, jedes kleinste Detail. Ich erinnere mich, wie er vor vielen Jahren ins Lager zurückkehrte, ein gebrochener, geschundener Kämpfer, der gerade miterleben musste, wie seine Frau starb. Die Worte sprudelten ihm aus dem Mund, als wisse er gar nicht, was er sagte, sie strömten einfach heraus, als er uns in allen Einzelheiten berichtete, wie Herod Crystalla getötet hatte …

Übelkeit erfasst mich, und ich drehe mich zur Seite, schaffe es gerade noch bis zur Ecke des Käfigs, bevor sich mir der Magen umdreht und ich das wenige, was ich gegessen und noch nicht verdaut habe, erbreche. Ich klammere mich an den Holzlatten fest und kämpfe gegen die Tränen, als sich ein allzu bekannter Schatten über mir aufbaut.

»Guten Morgen, Meira. Ach ja, jetzt *Lady* Meira, nicht wahr? Ich hatte noch gar keine Gelegenheit, Euch zu Eurer Verlobung zu gratulieren. Einer kleinen Jahreszeiten-Göre gelingt es, sich den reichen Prinzen von Cordell zu schnappen. Ich wusste nicht, dass die Rhythmus-Königreiche jetzt ihre Mitleidsader entdeckt haben.«

Ich konzentriere mich auf das Gras unter den Holzrädern

des Käfigs, auf den Geruch von erdigen, abgestorbenen Pflanzen und bitterem Erbrochenem. Nicht auf die Stiefel von Herod, der neben mir hergeht und eine der Holzlatten umfasst hält.

»Ich klettere die gesellschaftliche Leiter hinauf.« Ich würge erneut, muss husten. Zumindest ist nichts mehr in meinem Magen, was ich erbrechen könnte. Während ich mich übergeben habe, haben meine Rippen stillgehalten, aber jetzt melden sie sich, schmerzen so sehr, dass ich mich auf den Rücken rolle. Doch nicht einmal das kann den Schmerz lindern. Ich brauche Medizin, eine bessere Schiene als meine Rüstung und ihre Polsterung. Ich bezweifle, dass ich so etwas hier bekommen werde.

Herod lacht. »Wie schnell fallen doch die Mächtigen.«

Ich schließe die Augen, das Sonnenlicht zaubert rote und goldene Funken auf die Innenseite meiner Lider. Ich werde Herod nicht die Genugtuung verschaffen, mich zusammenbrechen zu sehen. Ich werde stark sein.

Einst besaßen die Menschen Magsignien, um sie stark zu machen. Ich habe sie gesehen, Magsignien wie Steine und Schmuckstücke und Stöcke. Ich verdränge den Traum, lasse nicht zu, dass er mich mit noch mehr Kummer vergiftet, aber etwas hält mich gefangen und lässt mich nicht mehr los.

Die Menschen hatten Magsignien wie *Steine.*

Der Stein in meiner Tasche, den Mather mir geschenkt hat … Als Kind wollte er daran glauben, dass er magische Kräfte besitze. Ein Lapislazuli, der in Winter abgebaut wurde … Er könnte …

Das ist Wahnsinn.

Aber ich habe nichts zu verlieren, wenn ich es versuche, oder?

Ich schließe die Augen noch fester, konzentriere mich auf den Lapislazuli, darauf, was er möglicherweise enthält. Ich stelle mir vor, wie die Kraft des Steins in meinen Körper strömt, durch meine Brust fließt und meine Rippen mit Vitalität und Gesundheit erfüllt.

Aber nichts geschieht.

Ich versuche es noch einmal, beiße die Zähne zusammen, flehe das blaue Ding an, etwas zu tun, mir irgendwie zu helfen – nur *eine* Rippe zu heilen, nur eine …

Etwas stößt mich brutal in die Seite – der Griff von Herods Schwert. Der rasende Schmerz lässt mich aufstöhnen, und ich verdränge die Übelkeit, die mich zu übermannen droht; aber meine Konzentration ist zerstört.

»Du hast genug geschlafen«, sagt Herod. »Angra wird dich bei vollem Bewusstsein haben wollen, wenn wir eintreffen.«

Sobald sich mein Magen beruhigt hat, presse ich fest die Lippen aufeinander und drehe mich von Herod weg. Meine Rippen schmerzen so sehr, dass ich noch nicht einmal mehr schreien kann. Dunkle Sterne tanzen vor meinen Augen. Ich versuche, meinen Oberkörper so zu halten, dass der Schmerz vergeht. Doch es ist zwecklos. Das Verglühen dieses kurzen Hoffnungsschimmers hinterlässt eine noch größere Leere in mir, aber ich darf jetzt nicht darüber nachdenken. Ich muss wach bleiben. Ich muss wissen, welche Gefahren mich erwarten. Wie diese dunkle Magie, die noch mächtiger und gefährlicher ist, als wir es je geahnt hätten, eine große, zerstörerische Kraft, die sich in einem einzigen Mann gesammelt hat. Wenn diese dunkle Magie tatsächlich in Angras Vorfahren hineingeströmt ist … wurde sie dann von Generation zu Generation weitergegeben wie die Königlichen Magsignien selbst?

Aber warum hat sie sich dann nicht wieder auf der ganzen Welt verbreitet?

Andererseits gibt es jetzt nur noch eine Handvoll Magiequellen. Und das Verderben nahm immer dann zu, wenn die Menschen die Magie für das Böse benutzten. Vielleicht wird nicht mehr genug Magie eingesetzt, als dass es sich verbreiten könnte, sodass es in dem Monarchen von Frühling bleibt und alle Kraft aus ihm heraussaugt, aus ihm allein.

Mich schaudert. Nein, es ist einfach nur Angra, der Mann, den wir seit Jahren bekämpfen, ein böses, sadistisches Ungeheuer, das seine Königliche Magsignie dazu benutzt, Böses zu tun. Nur seine Königliche Magsignie. Nichts weiter.

Oder?

Das ständige raschelnde Geräusch der Käfigräder auf Gras weicht dem Klappern der Räder auf Stein. Wir überqueren eine Brücke, eine der vielen, die die Rania-Ebene über den Fluss Feni mit Frühling verbindet. Nach der Enge dieser Brücke zu urteilen, haben wir uns von der Frühlingianer Armee abgespalten. Vermutlich haben wir sie hinter uns gelassen, um April, die Hauptstadt von Frühling, schneller zu erreichen.

Als der Käfig auf der anderen Flussseite wieder auf Gras ruckelt, verwandelt sich die öde Landschaft der Rania-Ebene in blühende Bäume, deren weißrosa Blütenblätter durch die

Luft wirbeln. Zugegeben: Der Wald von Frühling ist hübsch, aber eben auch trügerisch, eine Maske.

Herod versetzt mir erneut einen Stoß mit dem Schwertgriff in den Rücken. »Setz dich auf. Wir sind bald da.«

»Das ist leichter gesagt als getan«, krächze ich, doch ein weiterer Stoß mit seinem Schwertgriff zwingt mich, eine halb aufrechte Position einzunehmen. Dunkle Punkte flimmern vor meinen Augen.

April liegt an der Nordwestspitze von Frühling, nahe der Grenze zu Winter. Es gibt keine Dörfer in der Nähe, keine Anzeichen von Leben außerhalb der massiven Steinmauern. Nur hin und wieder wird der Wald ewig blühender Bäume durch Äcker mit Feldfrüchten unterbrochen. Lächerlich friedvolle Inszenierungen eines Königreichs, das alles andere als friedvoll ist.

Die kleine Armee von Männern, die meinen Käfig begleitet, biegt von einem Seitenweg auf eine breite Hauptstraße ein, die sich zwischen den Bäumen hindurchschlängelt.

Vor uns erheben sich die Mauern von April, tauchen das Umland in Schatten, sich drohend abzeichnende Reihen in Schwarz hinter den weißrosa Bäumen. Nach wenigen Minuten passieren wir ein Tor und gelangen in die Stadt selbst. Ich versuche, mir die Einzelheiten um uns herum einzuprägen, zwinge meinen Geist, wach zu bleiben und mich nicht dem Gefühl der Angst hinzugeben, das sich in mir breitmacht.

Angras Flagge, die schwarze Sonne auf gelbem Grund, flattert an vier- bis fünfstöckigen Gebäuden, die uns in gespenstische Schatten hüllen. Als wir an ihnen vorbeirollen, tauchen in den verschmierten Fenstern Köpfe auf, Augen spähen durch rissige Türen, aber die Straßen sind menschenleer, und es gibt keinerlei Geräusche, die auf ein Leben in der Stadt hinweisen. Als hätte Angra die Menschen hier durch den Missbrauch seiner Magie schon so lange willenlos gehalten, dass sie vergessen haben, wie es ist, lebendig zu sein.

Wir überqueren eine Brücke, und die Häuser um uns herum werden etwas hübscher, die Fenster sind sauberer, die Wände intakt und frisch angestrichen. Hier sieht man auch Gruppen von Menschen beieinanderstehen. Sie spotten über das gefangene Winterianer Mädchen, eine weitere Machtdemonstration ihres Königs.

Angst ist ein Samen, der, wenn er einmal gesät ist, nie aufhört zu wachsen.

In meiner Erinnerung höre ich Sir diesen Satz flüstern und versuche, meine Angst im Zaum zu halten.

Am Ende einer letzten Straße befindet sich ein schwarzes Eisentor. Soldaten patrouillieren auf der Mauer darüber und beäugen uns von den Wachtürmen aus, eine Erinnerung daran, dass Frühling ein Königreich ist, das durch Krieg entstanden ist. Als wir das Tor hinter uns gelassen haben, erstreckt sich um uns herum ein großer grüner Hof, der zu einem Palast aus schwarzem Obsidian führt. Sogar aus der Entfernung kann ich farbige Gravuren im Stein erkennen, grüne Efeublätter, buttergelbe und dunkelrosa Blumen – Frühling in der Dunkelheit. Es ist poetisch und gleichzeitig traurig, wie gut dies das Land verkörpert.

Das Tor schließt sich hinter uns, und Herod nickt den Männern zu, die sich dem Käfig nähern. Ich unterdrücke einen Schrei, als sie mich hinauszerren. Meine Knochen knirschen, überrollen mich mit Wogen aus Schmerz, als ich zusammenbreche, hilflos zwischen den beiden Männern hänge. Getrockneter Schweiß und Erbrochenes kleben an meiner Haut und die Schnittwunden an meinen Beinen brennen. Hier hänge ich also zwischen Angras Soldaten, bin ihnen völlig ausgeliefert. Hilflos, nutzlos und allein …

Der Lapislazuli ist immer noch in meiner Tasche. Ein Stück Winter. Ich richte mich ein wenig auf und stöhne. Auch wenn ich allein bin und der Stein keine Magie enthält, bin ich *nicht* schwach.

Wir setzen uns in Bewegung, als irgendetwas zu meiner Rechten klirrt, eine Schaufel, die gegen einen Stein prallt. Herod zuckt zusammen, sodass ich den Kopf drehe.

Hätte ich es doch nur nicht getan, hätte ich doch weiter nach vorn geschaut und meine Angst vor Angra alles betäuben lassen.

In einem Garten ein Stückchen weiter rechts steht eine Gruppe von Frühlings Wachen wachsam neben einem Stapel grauer Ziegelsteine, einer Vertiefung und … Winterianern.

Alles um mich herum löst sich auf, wird schwerelos. Drei Winterianer, das weiße Haar stumpf von Schweiß und Morast, die bleichen Gesichter ausgemergelt, stehen bis zur Taille in einem hüfttiefen Loch in der Erde. Es ist ein Wunder, dass sie mit ihren knochigen Armen überhaupt eine Schaufel halten, geschweige denn damit den Boden ausgraben können.

Sie wirken so zerbrechlich, so dünn, dass man sie für Geister halten könnte.

Die Anspannung würgt mir die Luft ab. Am liebsten würde ich zu ihnen hinüberrufen, zu ihnen laufen, die Wachen niederringen und sie in Sicherheit bringen. Aber ich bekomme nicht mehr als ein Krächzen in ihre Richtung zustande.

Eine der Winterianerinnen hört auf zu graben. Sie hebt den Kopf, das Gesicht dreckverschmiert. Als ihr Blick über das Gras hinweg auf mich fällt, hellt sich ihre Miene auf. Ein Lichtstrahl im Schatten von Frühling, der mich trifft wie ein Schlag. Das Mädchen kann nicht älter sein als ich.

»Geh wieder an die Arbeit«, brüllt eine der Wachen und schwingt eine Peitsche. Sie wickelt sich um den Unterarm des Mädchens und lässt sie vorwärtsstolpern. Doch ihr Blick ruht nach wie vor auf mir und ihr Gesichtsausdruck zeigt Erstaunen.

»Nein«, flüstere ich, als der Mann erneut die Peitsche hebt. »Nicht!«

Herod stellt sich zwischen die Winterianer und mich. Die Peitsche knallt erneut auf das Mädchen herunter. Herod beugt sich vor, sodass ich nur noch sein Gesicht sehen kann. »Los, weiter«, knurrt er und treibt die Soldaten an, die mich festhalten.

Wir gehen glänzende schwarze Stufen hinauf, als die Peitsche wieder knallt, dieses Mal noch heftiger und schneller.

»Aufhören!«, schreie ich, als wir in den Schatten von Angras Palast eintauchen. »Hört auf!«

Ich drehe mich nach dem Mädchen und den anderen um.

In mir erwacht der tödliche Wille, ihnen zu helfen. Genauso heftig und schnell wie die Peitsche und genauso glanzvoll wie die Hoffnung des Mädchens. Aber die Soldaten zerren mich in das Innere des Palasts, sorgen dafür, dass ich nichts anderes mehr empfinde als Schmerz.

Kapitel 20

Kaum sind die Türen geschlossen, ist jegliche Verbindung zur Außenwelt abgeschnitten. Der Palast umschließt mich wie ein Grab.

Die Eingangshalle ist eine Höhle aus glänzendem Obsidian. Wandleuchter werfen gelbes Licht auf die glatten, glänzenden Wände, die den Raum wie ein Dauerecho tausendfach spiegeln, als wäre er endlos. Zwischen den Leuchtern hängen in perfekt abgemessenen Abständen Porträts von Frühlings vergangenen Herrschern. Eine Frau, deren langes blondes Haar in einer Lockenpracht über eine Schulter fällt, strahlt den Maler an. Ein kleiner Junge mit hellgrünen Augen blickt in die Ferne, sein blondes Haar steht rebellisch vom Kopf ab. Diese beiden Personen sind auf mindestens einem Dutzend Porträts zu sehen. Sie posieren vor Frühlings Kirschbäumen, Flüssen oder vor schlichtem blauem Hintergrund. Die unruhigen Farben gehören nicht hierher. Dieser Platz sollte ausschließlich in dunklen Farben gehalten sein. *Wer sind diese Menschen?*

Als ich die Signatur des Künstlers in der unteren Ecke eines

Gemäldes entdecke, bin ich sprachlos. *Angra Manu.* Wenn tatsächlich Angra sie gemalt hat, dann ergibt die Außenfassade seines Palasts mehr Sinn. Er macht sich die Kunst auf eine Art und Weise zu eigen, die Ventralli mit Stolz erfüllen würde.

Ich blicke auf den schwarzen Boden vor mir, wende den Blick von den Bildern voller Leben, Farbe und Glück, die von jenem König geschaffen wurden, der Winter nichts anderes als Tod gebracht hat.

Die Türen am Ende der Halle knarren, als ein Soldat sie aufreißt. Mir bleibt keine Zeit mehr, mich zu sammeln, bevor wir den Thronsaal betreten, groß und dunkel und erfüllt von einem poetischen Kontrast aus Licht und Schatten. Eine Reihe von runden Fenstern wurde in die hohe Decke eingelassen. Kreise aus Licht bilden einen Weg hin zu einem Podium am Ende des Raums, wo sich der breiteste Strahl direkt über einen gewaltigen Obsidianthron ergießt. Der Stein scheint das Licht auf eine subtile, beängstigende Weise zu verschlucken.

Aber nicht der Thron verschlingt das meiste Licht, sondern die Gestalt, die ihn einnimmt und die Augen abschirmt, als würde die Sonne sie blenden. Sie hält einen Stab in der Hand, der beinahe so groß ist wie ich.

All diese Jahre habe ich voller Angst vor ihm gelebt und Angra doch noch nie gesehen. Er verlässt seinen Palast nur selten, kümmert sich nicht um die Führung seiner Armee, macht sich nicht selbst die Hände schmutzig. Schon aus der Entfernung erkenne ich seine blonde Lockenfülle. Er sieht dem Mann, den ich in Hannahs Traum gesehen habe und der sich mit dem Verderben eingelassen hat, so ähnlich, dass ich zusammenzucke. Ich kann immer noch nicht glauben, dass die Vision real war.

Die Soldaten schleifen mich weiter in die Mitte des Saals. Dort bleiben wir stehen. Ich bin davon überzeugt, dass Angra das Hämmern meines Herzens hören und meine Angst riechen kann. Hier ist es totenstill – kein fernes Herumschlurfen von Höflingen, kein leises Stimmengewirr im Gemach nebenan. Diese unwirkliche Ruhe ist viel erschreckender, als wenn Angra wüten und toben würde. Er ist das Auge eines Sturms und alle um ihn herum warten voller Bangen auf den Ausbruch seines Wahnsinns.

Herod tritt vor. »Mein König«, sagt er, und seine Stimme hallt in dem leeren Saal wider.

Angra schweigt. Er nickt den Wachen zu, die mich stützen, und ich stöhne, als sie mich zu Boden werfen. Meine Rüstung klirrt auf dem harten Stein. Ich schaffe es nicht, meinen Schrei zu unterdrücken. Der schwache Laut hallt von den Wänden wider.

Herod lacht, als ich mich auf dem glatten Obsidianboden krümme.

»Ich habe Euch einen Beweis für Winters Schwäche gebracht.«

»Den Jungen?« Angras Stimme klingt beißend, als er Herods Fehler anprangert – ich bin nicht Mather. Auch wenn es Herod noch so sehr genießt, mit mir zu spielen: Er hat versagt.

Aus Herods Kehle kommt ein tiefes Knurren. »Nein. Die kleine Diebin, die die halbe Medaillonhälfte gestohlen hat.«

Schwere Stiefelschritte kommen vom Podium herunter. Ich rühre mich nicht von der Stelle, habe die Hände um meinen Oberkörper geschlungen, halte die Augen geschlossen und den Kopf gesenkt. Darauf hat Sir mich ein Leben lang vorbereitet. Auf Angra, auf Frühling.

Sie treffen Entscheidungen, sie formen Eure Zukunft. Der Trick besteht darin, einen Weg zu finden, trotz allem noch Ihr selbst zu bleiben.

Therons Worte gehen mir durch den Kopf, sein Lächeln, seine sanfte Selbstsicherheit. Ich klammere mich an dieses Bild, an alles, was mir helfen wird, mich daran zu erinnern, dass ich Meira bin, etwas, das man mir nicht nehmen kann.

Angra bleibt neben mir stehen. Ich spüre seine Wärme neben meinem zusammengekrümmten Körper. Er beugt sich herunter, sein Stab stößt hörbar auf dem Boden auf.

»Sie ist verletzt«, bemerkt er. Das dröhnende Echo seiner Stimme ist einem Flüstern gewichen, das über mich hinwegrollt.

Ich öffne die Augen und ein verzweifelter Klagelaut bildet sich in meiner Kehle. Dieser Mann sieht nicht nur aus wie der König, der in Hannahs Vision den Bund mit dem Verderben eingegangen ist – dieser Mann *ist* dieser König. Dieselben durchscheinenden grünen Augen, dieselbe fahle Haut, derselbe Schimmer im Gesicht, wenn er den Kopf schräg hält und den Griff um seinen tiefschwarzen Stab verstärkt, der an der Spitze mit einer offenen ebenholzfarbenen Halbkugel verziert ist. Es ist derselbe König.

Wie ist das möglich? Vielleicht liegen die Bilder aus Hannahs Visionen nicht so weit zurück, wie ich dachte? Nein, ich habe ja *gespürt,* wie lange das alles zurückliegt. Aber Angra sieht nicht älter aus als der Mann in Hannahs Vision, irgendwo in den Zwanzigern.

Ich weiß, dass es Angra war, der den Angriff gegen Winter geführt hat, als unser Königreich vor sechzehn Jahren vernichtet wurde, aber dieser Mann wäre vor sechzehn Jahren niemals alt genug gewesen, um unser Königreich zu unterwerfen. Wenn ich jetzt darüber nachdenke … *Ich weiß nicht, wer vor Angra König von Frühling war.* Sirs Lektionen umfassten nie Frühlings Geschichte vor unserem Krieg mit ihm. Hängt dieses Geheimnis, das ihn umgibt, mit dem Verderben zusammen? Er begibt sich nie außerhalb von Frühling. Er zeigt sich nie in der Öffentlichkeit. Es wäre für ihn ein Leichtes, seine Macht und seine Unsterblichkeit vor der Welt zu verbergen.

Ich kneife den Mund zusammen, um mein Wimmern zu unterdrücken. Mein Bedürfnis zu schreien kämpft in mir wie ein Wildpferd, das hinter einem Gatter eingesperrt ist. Wenn all das wahr ist, wozu ist Angra dann noch fähig?

Angra starrt mich unbeteiligt an. Die Iris seiner hellgrünen Augen flackert, und seine blonden Locken wippen auf und ab, wenn er sich bewegt. Es sind dieselben wilden, ungezähmten Locken wie die des Jungen auf den Gemälden. War er das ebenfalls? Er malte also Selbstporträts – und eine Frau?

Er hält den Kopf schräg, und seine Mundwinkel kräuseln sich, während er mich mustert. Er sieht jung aus, ruhig, aber irgendetwas treibt ihn um, etwas, das mir mehr Angst einjagt als Herods Grausamkeit – eine große Entschlossenheit und

Geduld. Und um seinen Hals trägt er über einer schwarzen Tunika die vordere Hälfte von Hannahs Medaillon.

Ich ringe nach Luft. Es ist so nah. Auf dem Silberherz ist eine Schneeflocke eingraviert, doch die Oberfläche wirkt stumpf auf Angras Haut.

»Würdest du gerne geheilt werden?«, flüstert er unvermittelt.

Ich ziehe die Stirn in Falten, wende den Blick von dem Medaillon. Er wollte, dass ich es sehe. Er wollte, dass ich weiß, dass er es besitzt, genauso wie mich, baumelnd und nutzlos. Aber ich höre seine Frage, und meine Rippen schreien laut *Ja!*, während der Rest von mir im Dunkeln zittert, darauf wartet, dass um mich herum alles auseinanderbricht.

Angra beugt sich noch weiter zu mir herunter. Als er mich anblickt, wie ich mich zu seinen Füßen krümme, blitzt in seinen Augen Wahnsinn auf. »Du hast Schmerzen. Möchtest du nicht, dass ich dich heile?«

»Heilt das Winter-Mädchen«, würge ich hervor. »Das Mädchen, das Euer Soldat ausgepeitscht hat.«

Angra lächelt. Auch er mag es, dass ich mich wehre. Ich habe keine Zeit, noch etwas hinzuzufügen. Angra schließt die Finger um seinen Stab und ich drifte ab in eine glühend rote Welt; alles stürzt zusammen hinter einem einzelnen Schrei, der von den Wänden widerhallt. Ich bin es, die schreit, wälze mich vor Schmerzen auf dem Boden. Meine Brust bricht ein, jede Rippe kracht und biegt sich unter einer unsichtbaren Kraft, die mich zerquetscht, mich in den Staub drängt. Ich schreie erneut und alle Knochen kehren an ihren Platz zurück und wachsen wieder zusammen. Ich kann spüren, wie sie heilen, sie jucken und prickeln, verraten mir genau, an welcher Stelle in meinem Oberkörper sie sich befinden.

Dann hört es auf und ich rolle mich zur Seite. Mein Mund steht offen, doch ich bin unfähig, etwas zu sagen, etwas zu tun. Zu den Schmerzen gesellt sich eine entsetzliche Angst. Wenn Angra nur ein gewöhnlicher Monarch wäre und sein Stab lediglich eine normale Königliche Magsignie, könnte er mir damit nichts anhaben, da ich nicht zur Abstammungslinie seines Königreichs gehöre. Er aber konnte seine Magie dafür einsetzen, mich zu verletzen, mich wieder zu heilen – also muss er über irgendetwas verfügen, was ihm hilft. Etwas Mächtigeres.

Etwas wie das Verderben.

Dieser Gedanke trifft mich wie der entscheidende Schlag in einem Kampf, der Schlag, der mich der Bewusstlosigkeit entgegentreibt. Alles, was Hannah mir gezeigt hat – Angras wahre Macht – seine Alterslosigkeit …

Es ist wahr.

»Möchtest du immer noch, dass ich das Mädchen heile?«, will Angra wissen.

Ich schüttle den Kopf, eine schwindelerregende Migräne bringt die Welt ins Wanken.

Angra senkt den Stab, sodass ich in die schwarze Halbkugel blicken kann.

»Du gehörst zu den wenigen, die mir entkommen sind«, bemerkt er. »Du musst damals noch ein Kind gewesen sein.«

Er dreht die Hand, und der Druck kehrt zurück, es fühlt

sich so an, als würde ein Stiefel einen Käfer zermalmen. Ich atme ein paarmal schnell ein und aus und konzentriere mich auf das Licht, das durch die Decke hereinströmt.

Konzentrier dich, Meira.

Als die ersten Rippen knacken, kann ich meinen Schrei noch zurückhalten, aber nicht mehr, als Angra auch die weiteren bricht. Der Schrei verwandelt sich in ein jämmerliches Wimmern, als der Druck noch stärker wird, meine Rippen hervortreten, dann an ihren Platz zurückkehren und sich mit tödlicher Langsamkeit wieder zusammenfügen.

»Wie genau gelang es einem Kind, mir zu entkommen?«

Meine Rippen sind wieder geheilt. Schweiß perlt mein Gesicht herunter und meine Worte kommen stammelnd. »Es waren *zwei* Kinder, die entkamen ...«

Er dreht erneut die Hand. Dieses Mal sehr schnell. Alle Knochen brechen gleichzeitig und wachsen in Sekunden wieder zusammen. Ich sehe Sternchen, Dunkelheit und flackerndes Licht.

Angra blickt zu Herod. »Wo ist der Junge?«

Ich erwarte mit Bangen Herods Antwort. »Meine Männer verfolgen ihn.«

Die Hoffnung, die in diesen Worten steckt, nimmt mir den Atem. Solange Mather lebt, besteht immer noch Hoffnung für Winter.

Angra packt mein Haar und zwingt mich, zu ihm hochzuschauen.

»Euer Widerstand bröckelt. Es ist nur eine Frage der Zeit, bevor ich Hannahs Sohn mit eigenen Händen töten werde.«

Die Hoffnung in meiner Brust kämpft gegen seine Drohungen an. *Angra, Ihr irrt Euch, denn Mather ist am Leben. Es besteht immer noch Hoffnung.*

Aber sie verfliegt genauso schnell, wie sie gekommen ist, als meine Gedanken unwillkürlich durcheinanderwirbeln. *Sir ist tot, und dieser Krieg ist schlimmer, als wir es uns vorstellen konnten.*

Angra strahlt. »Das dachte ich mir.«

Seine Hand berührt mein schrecklich verräterisches Gesicht, das meine Gefühle nur allzu offen preisgibt. Als seine Finger meine Haut berühren, verschwimmt sein Bild vor meinen Augen. Sein Gesicht verzerrt sich, Dunkelheit umhüllt mich, und die Schwärze dieses Thronsaals verwandelt sich in ein milchiges Weiß. Genau wie unter Hannahs Berührung versinke ich in eine Erinnerung, die nicht meine ist.

In der Ferne erstreckt sich ein Schneefeld unter einem klaren Nachthimmel. Der Mond, eine Sichel am nachtschwarzen Himmel, taucht eine kleine Gruppe von Männern und Pferden in fahles Licht. Ein Mann hält eine Laterne in der Hand, die die Brustharnische mit der schwarzen Sonne von Angras Wachen beleuchtet. Angra selbst, dessen Aussehen vollkommen unverändert ist, blickt von einem kräftigen Schlachtross auf die Männer herunter. Er trägt einen schweren schwarzen Umhang und sein Stab steckt in einem Halfter an seinem Sattel …

Angra nimmt seine Hand von meinem Gesicht. »Was hast du …«

Ich blicke ihn an, den Mund halb geöffnet. Eine Stimme in meinem Kopf drängt mich, die Hand auszustrecken. Ich ergreife Angras Hand mit einer Kraft, die ich selbst nicht vermutet hätte. Die Vision kehrt zurück, ist jetzt deutlicher, als stünde ich tatsächlich neben Angra auf einem von Winters Feldern.

Hufgetrappel ertönt aus der Ferne, als drei Reiter auf uns zukommen. Sie bleiben vor uns stehen. Um uns herum ist nichts, nur Schnee und dieses heimliche Treffen zwischen Frühling und Winter.

Hannah treibt ihr Pferd weiter und steigt ab. Über ihrem Kleid trägt sie nichts als einen blutroten Umhang, ein krasser Kontrast zu dem weißen Schnee. »Ich danke Euch, dass Ihr diesem Treffen zugestimmt habt.«

Angras Pferd tänzelt angesichts der Spannung, die in der Luft liegt. Die Wachen hinter Hannah halten Waffen in der Hand, bereit, ihre Königin zu verteidigen. Angras Männer werfen einen verstohlenen Blick auf ihren König, um es ja nicht zu verpassen, wenn er das Zeichen zum Angriff gibt. Aber Angra schwingt sich lediglich aus dem Sattel.

»Wie hätte ich Eurer Bitte widerstehen können, Hoheit? Insbesondere nach Eurer verlockenden Botschaft.« Angra tritt vor, sein schwarzer Umhang streift über den Schnee. »Ihr habt angedeutet, Ihr hättet ein Angebot, das ich nicht ablehnen könne.«

Hannah faltet die Hände unter ihrem Umhang und blickt auf. Ihre blauen Augen leuchten im schwachen Mondlicht. »Ich gebe mein Leben für mein Volk.«

Angras Gesicht wird rot vor Entsetzen. »Keine Rätsel. Was schlagt Ihr vor?«

Das Medaillon leuchtet weiß an Hannahs Hals. Dann beginnt sie zu sprechen. Ihre Stimme klingt beherrscht und ruhig. »Ich lasse Euch Winters Medaillon zerstören und mich töten. Ich werde zulassen, dass Ihr Winters Abstammungslinie beendet.«

»Wenn …?«, fragt Angra spöttisch.

»Wenn nie wieder ein Frühlingianer Soldat seinen Fuß auf Winters Erde setzt.«

Angra schnaubt, was mir Gänsehaut verursacht. »Dies hat aber nichts damit zu tun, wie wenig Männer Euch nur noch geblieben sind? Ich weiß, unsere letzte Schlacht hat Winter sehr geschwächt, aber ich hätte nie gedacht, dass Euch das derart in Verzweiflung stürzen würde. Habt Ihr vor, Euer Versprechen jetzt einzulösen?«

Angra zieht einen Dolch aus seinem Gürtel und hält ihn so blitzschnell an Hannahs Kehle, dass ich kaum sehe, wie es geschieht. Hannahs Wachen stürmen mit gezückten Schwertern vor und auch Angras Männer halten ihre Waffen bereit. Aber keiner der beiden Monarchen rührt sich.

Hannah gibt ihren Männern einen Wink und sie treten zurück. »Ja«, flüstert sie, und ein Schauder erfasst mich. Ja? Sie will zulassen, dass er sie hier und jetzt tötet? Aber Hannahs Gesicht zeigt keinerlei Angst, auch wenn Angras Dolch ihr jederzeit die Kehle durchtrennen könnte. »Dann sind wir uns also einig?«

»Das sind wir. Aber ich frage mich, Hoheit, wie weit unser Abkommen geht?«

Er vergräbt das Messer in seiner Handfläche und tritt einen Schritt zurück. Sein Blick wandert über Hannahs Körper und bleibt an ihrer Mitte hängen. Seine Miene verrät Belustigung. »Ihr wisst es noch nicht, oder?«

Hannahs Hände greifen unter ihren Umhang, umfassen ihre Taille und sie öffnet verwirrt die Lippen. »Angra, wir haben eine Abmachung. Wir können das hier beenden.«

Angra schwingt sich wieder aufs Pferd. »Ja, wir haben eine Abmachung.«

»Dann tötet mich. Zerstört mein Medaillon und tötet mich. Beendet es!«

Hannah fleht jetzt. Ihr roter Umhang umwogt sie, als sie durch den Schnee auf Angra zugeht.

»Keine Sorge, Hoheit!« Angra blickt auf sie herunter, seine grünen Augen blitzen. »Ich stimme dieser Abmachung zu. Aber ich werde Euch vernichten, wenn ich es für angebracht halte und wenn es Euch den größten Schmerz bereitet.«

Hannahs Gesicht verdüstert sich. »Was meint Ihr damit?«

Angra grinst. »Ihr seid nicht die Letzte Eurer Linie.« Und damit gibt er seinem Pferd die Sporen, jagt es über das Schneefeld.

Kapitel 21

Hannah hat sich tatsächlich ergeben.

Die Wahrheit raubt mir den Atem. Hannah hat sich Angra ausgeliefert, wie Noam es in jener Ballnacht im Garten von Bithai behauptet hat. Und Mather war sich sicher gewesen, dass sie sich bis zum Ende gegen Angra gewehrt hatte. Aber Noam hatte recht. Sie *hat* sich ergeben – aber nicht so, wie er geglaubt hat. Es war ein Opfer, keine hilflose Unterwerfung. Ein Opfer wie das, das Mather für uns geben wollte.

Sag mir, wie ich sie retten kann …

In meinem Traum hat Hannah ihr Medaillon gefragt, wie sie ihr Volk retten könnte. War das die Antwort gewesen? Dass die einzige Möglichkeit, ihr Volk zu beschützen, ihr Tod sei? Aber sie wusste nicht, dass sie schwanger war und dass das Ende von Winters königlicher Abstammungslinie bedeutete, auch ihren Sohn zu töten.

Angras Stab wirbelt durch die Luft und knallt gegen meine Wange, sodass mein Kopf auf den Boden aufprallt und Schmerz mich überwältigt.

»General, Ihr habt Magie in meinen Palast gebracht.« Seine Stimme ertönt wie ein Peitschenknall.

Magie? Eine panische Angst erfasst mich, dass Angra mir die Magiequelle, wie immer sie auch aussehen mag, wegnehmen wird, Panik, dass ich *tatsächlich* eine Magiequelle haben könnte. *Der Stein? Hannah? Was es auch sein mag, wie benutze ich es? Hannah hat gesagt, sie könne nicht mehr mit mir sprechen, sobald ich in Frühling sei, denn Angra würde mich mit seiner schwarzen Magie im Auge behalten. War es also tatsächlich der Lapislazuli?*

Herod lacht dröhnend. »Magie? Sie ist absolut harmlos.«

Angra holt mit seinem Stab gegen Herod aus und schlägt ihn zu Boden. Dann wirbelt er zu mir herum. »Mädchen, welchen kläglichen Rest von Magie du auch besitzen magst, er wird dir nichts nutzen.« Angra stapft näher und zerrt mich brutal hoch. Er achtet darauf, nur meine Rüstung zu berühren, vermeidet jeden Hautkontakt. »Deine geschwächte Magie kann hier nichts ausrichten.«

Angra hätte sich niemals damit zufriedengegeben, Winters Abstammungslinie auszulöschen, das Medaillon zu zerbrechen, Hannah und Mather zu töten und uns in Freiheit leben zu lassen. Er hätte nicht eher Ruhe gegeben, bis er das erreicht hätte, was nun eingetreten ist: dass wir seine Sklaven sind und Frühling auf den Überresten unseres zerstörten Reiches steht. Selbst Hannahs Opfer, etwas so viel Größeres als alles, was ich je tun könnte, hätte nichts geändert. Aber warum? Welchen Sinn hatte all das?

»Was wollt Ihr von uns?« Die Frage platzt aus mir heraus, zitternd und schwach.

Angra lässt mich los, weicht einen Schritt zurück. »Macht«, erwidert er, als ob das alles erklären würde.

Ich schüttle den Kopf, kämpfe gegen das Bedürfnis an, in Tränen auszubrechen. »Winter hat keine Macht. Wir haben nichts mehr.«

Angra presst die Lippen aufeinander, als sei ich ein wütendes Kleinkind. »Winter wird mir nicht im Weg stehen«, flüstert er mehr zu sich selbst als zu mir. Er nickt Herod zu, bevor ich seine sinnlose Erklärung entziffern kann. Wie könnten wir ihm auf irgendeine Art im Weg stehen?

Er ist wahnsinnig. Was er getan hat, ist vollkommen sinnlos, und es gibt nichts, was wir tun können, um ihn zufriedenzustellen. Diese Gewissheit ist schlimmer als alles andere, denn es bedeutet, dass kein Ende dieses Horrors abzusehen ist. Es gibt nichts, was wir tun könnten, um es zu beenden, keine Möglichkeit vorauszusagen, was Angra tun wird.

Er will uns einfach bluten sehen.

»Zieh ihr die Rüstung aus«, befiehlt Angra Herod. »Zieh sie bis auf die Knochen aus.«

Ich weiche zurück, als Herod nach meinen Armen greift. Sein Gesicht läuft rot an und Speichel löst sich von seinen Mundwinkeln. Ein tollwütiger Hund an Angras Leine. Sein Atem ist heiß und schwer vom Kampf und von dem langen Marsch nach Frühling.

»Ich werde dir zeigen, wo du hingehörst«, brummt Herod, als er die Riemen an meiner Rüstung löst. Das verbeulte Metall samt der Polsterung fällt scheppernd auf Angras Boden. Ich stehe jetzt in einem fleckigen Baumwollunterhemd da, meine zerlumpte Hose gehalten durch einen ausgefransten Ledergürtel. Ich bin selbst überrascht, in welchem Maße meine Stärke auf einer Schicht aus Metall zwischen Herod und mir beruht hat. Meine Knie knicken ein, mein Magen dreht sich um.

Er wird den Stein finden. Und er wird ihn mir wegnehmen und mich dann vernichten.

Herods Finger tasten über meinen Hals, meine Arme und gleiten meinen Körper hinunter, als er mich nach Gegenständen absucht. Seine Finger hinterlassen ein dumpfes Gefühl auf meiner Haut, bis er den Lapislazuli berührt.

»Untersteht Euch …«, sage ich. Mein Körper zuckt unwillkürlich zurück.

Herod grinst mich hämisch an, als er den Stein hervorzieht. Ich werfe mich nach vorn, hebe die Faust, doch er weicht meinem hilflosen Versuch, mich zu wehren, mühelos aus. Mit einem dumpfen Aufprall stürze ich auf den Obsidianboden, Schmerz durchzuckt meinen Ellbogen und meine Hüfte.

Doch der Schmerz tritt in den Hintergrund, als ich sehe, wie Herod den Lapislazuli achtlos auf das Podium wirft, wo er vor die Füße seines Herrn poltert. Wie gebannt starre ich auf den glänzenden blauen Stein und erinnere mich an den Tag, an dem Mather ihn mir geschenkt hat. Wie überzeugt er war, dass ich ihn haben sollte, ein Relikt unseres verlorenen Königreichs. Ich habe mich nie bei ihm bedankt, zumindest nicht genug.

Meine Eingeweide krampfen sich zusammen, als Angra den Stein in die Hand nimmt und einen Augenblick lang die Augen schließt, als versuche er, seine Magie in sich aufzunehmen. Er blickt mich an, ein Grinsen huscht über sein Gesicht. »Sag, Mädchen, war das die magische Quelle?«, will er wissen. »Wenn ja, dann ist der Stein jetzt leer. Und wenn es nicht der Stein war, den du benutzt hast, werde ich die Quelle finden und sie dir entreißen, glaub mir.«

Seine Worte verdrängen meine Angst. War es doch keine Magie, die diese Vision hervorgerufen hat? War es doch Hannah, die mir eine letzte Erinnerung gezeigt hat, bevor sie mich allein in Frühling zurücklassen muss? Einsamkeit überrollt mich wie eine Welle, erfasst jeden Nerv von mir, und ich versuche mit aller Macht, in diesem grauenhaften Nichts um mich herum das Schluchzen zu unterdrücken.

Die Geschichte, die Vergangenheit, welches Verderben Hannah auch befürchten mag – es spielt keine Rolle mehr. Denn es ist vorbei, bis auf den letzten Rest aufgesaugt von Angra, als er den Stein mit seiner mächtigen Faust umschließt. Es gibt nichts mehr, was mir jetzt noch helfen könnte.

Herod reißt mich vom Boden hoch. Seine Miene verrät mir, dass er noch nicht fertig ist, nicht so einfach.

Atme tief durch, Meira. Denk an nichts, rühr dich nicht.

Angra entspannt sich auf seinem Thron. »Nicht jetzt, General«, befiehlt er, und ich erstarre, als wüsste ich bereits, was er als Nächstes sagen wird. Und ich weiß es tatsächlich, oder? Ich habe es gewusst, seit wir April betreten haben.

»Bring sie zu ihnen«, knurrt Angra. »Ich will, dass sie sie brechen, bevor Ihr es tut.«

Herod bleibt neben mir stehen. Seine Enttäuschung lässt

ihn schweigen, als er mich herumschubst und die beiden Wachen mich durch die dunkle Halle zum Ausgang zerren.

Trotz des Lichts, das durch die Fenster in den Thronsaal strömt, wirkt der Abendhimmel hell im Vergleich zu Angras Palast. Ich verdränge diesen Gedanken und stelle mit klopfendem Herzen fest, dass die drei Winterianer Sklaven verschwunden sind. Lediglich ihre Schaufeln sind noch da, stecken aufrecht in der Erde. Irgendwie habe ich das Gefühl, dass ich bald herausfinden werde, wohin sie gebracht wurden.

»Steckt sie zu den anderen. Und noch etwas, Meira.«

Ich gehe den Steinweg entlang, mein Körper schmerzt bei jedem Schritt. Zwar ist er geheilt, aber Angras Magie hat mich geschwächt, und ich taumele bei jedem Schritt wie ein Blatt im Wind.

»Wir werden uns wiedersehen«, ruft mir Herod hinterher. »Sehr bald schon.«

Er lacht, und seine Stimme verklingt, während er zum Palast zurückkehrt. Die Türen schlagen zu und meine Muskeln entspannen sich ein wenig. Für den Augenblick ist er verschwunden.

Die Wachen schleppen mich durch Aprils Elendsviertel. Je tiefer wir vordringen, desto baufälliger werden die Häuser mit ihren faulen Deckenbalken. An den Straßenecken häuft sich stinkender Müll. Als wir vorbeigehen, beäugen uns die Bürger von Frühling, lächeln höhnisch über die neueste Winterianer Gefangene. Sie leben in baufälligen Häusern und die Gesichter ihrer Kinder starren vor Dreck. Wie können sie stolz darauf sein, ein fremdes Königreich zu zerstören, wenn ihr König sich nicht einmal um sein eigenes kümmert?

Die Soldaten bringen mich zu einem Tor aus Eisenstangen, das das Elendsviertel von dem trennt, was dahinterliegt …

»Das Winterianer Arbeitslager. Willkommen zu Hause«, knurrt einer der Männer und öffnet das Tor.

Ich muss meine ganze verbliebene Kraft aufbieten, um weiterzugehen, einen Fuß vor den anderen zu setzen, bis sie das Tor hinter uns wieder zuziehen. Hier gibt es nicht einmal mehr Häuser, bloß Zellen. Genau wie Gregg gesagt hat. Käfige mit drei massiven Seitenwänden, einem Dach und einer Gittertür. Sie sind wie Blöcke übereinandergestapelt. Einige sind leer, aber in den meisten hocken dumpfe, ausdruckslose Winterianer Gefangene, die uns mit leblosen Augen anstarren. Alles ist ihnen gleichgültig. Wie sollte es auch anders sein? Angra hat jegliches Gefühl aus ihnen herausgeprügelt und sie in diese Käfige gesteckt, bis er sie zum Arbeiten benötigt.

Die Wachen schubsen mich die lange Reihe von Käfigen entlang. Staub legt sich auf meine Stiefel, der Wind in meinen Ohren hört sich an wie verzweifeltes Wehklagen. Die Käfigreihen scheinen kein Ende zu nehmen. Es sind so viele, dass sich mein Magen erneut umdreht.

Es gibt noch drei weitere Arbeitslager wie dieses in Frühling. Angra hat tatsächlich ein ganzes Königreich gefangen genommen und seine Opfer auf die grausamste Weise unterjocht, indem er sie zu Sklaven machte.

Als Kind konnte ich mir einfach nicht vorstellen, wie so

viele Hunderte von Menschen eingesperrt sein könnten. Aber jetzt …

Wie konnten wir das zulassen?

Die Wachen schieben mich in einen leeren Käfig in der unteren Reihe. Hier drin gibt es nichts, keine Pritsche, keine Möbel, nichts zu essen. Es ist einfach nur ein schmutziger Raum mit Blick auf die Käfige gegenüber.

»Mach's dir nicht zu gemütlich«, höhnt eine der Wachen. »Wir kommen zurück.«

Ich blicke sie durch die Eisenstangen, die ich umklammert halte, an. »Versucht es doch«, murmele ich, aber sie sind bereits verschwunden, haben die neueste Winterianer Sklavin schon wieder vergessen.

Jetzt bin ich allein. Muss mir nicht mehr auf die Zunge beißen oder stark sein oder achtgeben, nicht vor ihren Augen zusammenzubrechen. Diese erbärmliche Freiheit wird mir nun voll bewusst, und alles, was geschehen ist, alles, was ich gesehen und gefühlt habe, ballt sich in mir. Ich lehne mich gegen die Wand und gleite zu Boden, ziehe die Knie an und vergrabe das Gesicht darin. Die Winterianer, die ich durch die Käfigtür sehen kann, beobachten mich. Sie starren mich an und flüstern miteinander.

Das ist eine von denen, die da draußen gelebt haben, während wir hier drin waren. Warum hat uns niemand gerettet?

Weil wir versagt haben. Weil ich Sir sterben ließ. Weil unser einziger Verbündeter sich an der Entweihung seines eigenen Königreichs berauscht. Weil wir nur die eine Hälfte von Hannahs Medaillon wiederbekommen und selbst dafür ewig gebraucht haben. Weil Angra so viel mächtiger ist, als wir vermutet hatten.

Meine Schultern zittern und ich umklammere meine Knie noch fester, unterdrücke das Schluchzen. Sir hat mich Besseres gelehrt, aber ich habe keine Kraft mehr, stoisch und gelassen zu erscheinen. Mather war immer derjenige von uns beiden, der in jeder Situation seine Gefühle verbergen konnte. Und wenn Mather auf der Flucht ist und Theron und Bithai besiegt sind und Angra wirklich so böse und unsterblich ist, wie ich es in Hannahs Vision gesehen habe, werde ich vermutlich hier sterben.

Ich stoße einen lautlosen Schrei aus, den Kopf noch immer zwischen meinen Knien vergraben, raufe mir die Haare und verkrieche mich in mich selbst: Nein, so darf es nicht enden …

Das Türschloss klickt auf, aber es ist mir gleichgültig. Soll Angra doch kommen oder Herod. Ich habe nichts mehr, was sie mir nehmen könnten.

Füße schlurfen herein und die Tür wird wieder geschlossen. Jemand ist hereingekommen.

Ein paar Augenblicke verstreichen. Wer auch immer es sein mag, kniet neben mir nieder. Ich halte die Augen geschlossen und erstarre, als sich eine Hand auf meine Schulter legt.

Dann blicke ich hoch. Es sind die Winterianer aus dem Palast, die beiden Männer und das Mädchen, das ausgepeitscht wurde. Sie hat noch die Spuren davon auf den Armen, Striemen, überzogen mit getrocknetem Blut. Aber sie lächelt, ein beruhigendes Lächeln, und hinter den Prellungen um ihre Augen leuchtet ein Licht auf.

Sie stellt eine halb volle Schale mit Eintopf auf den Boden und betrachtet mich ausgiebig. »Du bist hier«, haucht sie, als ob sie genauso bestürzt wäre wie ich. Als ob es ein Wirklichkeit gewordener Traum wäre, und sie befürchtet, dass ich wieder verschwinde, wenn sie es nicht ausspricht.

Die beiden Männer hocken hinter ihr, den Blick auf mich gerichtet. Ein kleiner Funke von Neugier verbirgt sich hinter ihren Wunden, während sie sich ihren eigenen Schalen mit Eintopf widmen. Sie sind mir gegenüber wachsamer als das Mädchen.

Sie vorhin aus der Entfernung zu sehen, war schon ein unerträglicher Anblick, aber das hier ist kaum auszuhalten.

Ich atme tief durch, kann immer noch nicht glauben, dass das Mädchen, das mich berührt, real ist. Sie alle sind real, sind hier und am Leben.

Das Mädchen sagt nichts weiter. Sie setzt sich so dicht neben mich, dass unsere Hüften sich berühren, und legt den Arm um meine Schultern. Sie ist so dünn, dass ich Angst habe, sie könne zerbrechen, wenn ich sie anfasse. Wir sitzen schweigend da, die Männer starren durch das Eisengitter, das Mädchen hält mich umfangen oder ich sie.

Als die Sonne über dem Arbeitslager verschwindet, höre ich in meinem Kopf eine zarte Stimme, die das alles hier ein bisschen weniger grauenhaft erscheinen lässt.

Wenn du bereit bist, wirst du begreifen, wie du all dies nutzen kannst.

Es war wirklich Hannah, sie hat wirklich zu mir gesprochen. Und wenn sie der Überzeugung war, es sei wichtig, mich über die Vergangenheit aufzuklären, zu versuchen, mir dabei zu helfen, dieses Puzzle zusammenzusetzen, dann gibt es vielleicht doch noch einen Weg, diesen Kampf zu gewinnen.

Das Mädchen bewegt sich. Sie ist eingeschlafen, hat den Kopf auf meine Schulter gelegt. Ihr Atem geht leise. Ich lehne meinen Kopf gegen ihren und schließe die Augen.

Vielleicht sind Sir, Mather und Theron verloren, aber nicht die Winterianer. Und solange sie leben, bin ich nicht völlig allein.

Kapitel 22

In jener Nacht drücken mich seltsame, flüchtige Träume wie eine schwere Woge nieder. Verschwommene, blicklose Augen und Gesichter aus der Vergangenheit – und Dunkelheit, immer wieder Dunkelheit, aus der sich Ungeheuer mit Klauen und blutigen Zähnen lösen und nach meiner Kehle schnappen …

Ich schrecke hoch, jeder Nerv angespannt. Aber da sind keine Ungeheuer. Zumindest nicht in diesem Käfig.

Beim Anblick der drei Gestalten, die mich anstarren, lässt meine Panik etwas nach. Die beiden Männer, beide mindestens zehn Jahre älter als ich, und das Mädchen. Ihre tief liegenden blauen Augen in dem bleichen Gesicht leuchten, und sie mustert mich, als stünde meine gesamte Lebensgeschichte auf meiner Stirn geschrieben.

»Ich bin Nessa«, erklärt sie und deutet über ihre Schulter. »Meine Brüder Conall und Garrigan.«

Garrigan nickt, aber Conall sieht mir bloß weiterhin fest in die Augen.

Sein Gesichtsausdruck steht in krassem Gegensatz zu Nessas – sie ist offen und wohlwollend, er ist verschlossen und hat für sich offenbar entschieden, dass ich eine genauso große Gefahr darstelle wie die Wachen, die um unseren Käfig herumschleichen.

Es ist Morgen.

Ich springe hoch, drücke mich gegen die raue Wand. Wird Angra mich holen lassen? Wird er dafür sorgen, dass Herod mich so lange foltert, bis ich mich unterwerfe, bis alles über die vergangenen sechzehn Jahre aus mir heraussprudelt? Mir wird schwer ums Herz und etwas schnürt mir die Kehle zu.

»Ich bin Meira«, würge ich hervor. Mein Blick wandert zwischen Nessa und der Tür hin und her, weil ich jeden Moment damit rechne, dass Soldaten hereinplatzen und mich hinauszerren.

»Wenn sie dich so schnell holen wollten, dann hätten sie dich erst gar nicht hierhergebracht«, vermutet Garrigan. Auch er ist, genau wie Conall, misstrauisch, aber dann werden seine Gesichtszüge weicher, und er schenkt mir den Anflug eines Lächelns.

»Wie willst du das wissen?«, blafft ihn Conall an und starrt auf die Tür.

»Genauso, wie ich es weiß«, erklärt Nessa stolz und greift nach meiner Hand. »Sie ist aus einem bestimmten Grund hier.«

Conall blickt mich an, als sei ich diejenige, die sie veranlasst hat, das zu sagen. Ich habe jedoch nicht die Kraft, ihre Hand zurückzuweisen, brauche diesen kleinen Trost. Ich schaue ihn einfach an, bis Conall den Blick wieder auf die Tür richtet.

»Woher kommst du?«, erkundigt sich Nessa. Die Frage sprudelt so schnell aus ihrem Mund, als habe sie sie zurückgehalten, seit ich hier angekommen bin. »Aus Winter? Nein, natürlich nicht – sie behaupten, dort lebe niemand mehr. Aus einem anderen Jahreszeiten-Königreich?«

»Ich war in Cordell, bevor ich hierherkam«, erwidere ich. Conalls Blick sorgt dafür, dass ich mich schuldig fühle, weil ich mit ihr spreche, so als würde jedes Wort, das ich sage, ihre langsam zunehmende Hoffnung nur noch verstärken. Nessa betrachtet mich immer noch mit etwas Vorsicht, aber das Leuchten in ihrem Blick ist … wundervoll. Es ist beinahe unmöglich, sie *nicht* glücklich machen zu wollen, und allein die Erwähnung von Cordell hellt ihre Miene auf.

»Cordell«, wiederholt sie, lässt meine Hand los und wendet sich Garrigan zu.

»Das ist ein Rhythmus-Königreich, nicht wahr?«

Garrigans Mundwinkel kräuseln sich zu einem Lächeln. »Unsere Nessa wird eines Tages eine Weltreisende«, sagt er, und ich merke deutlich, wie stolz er auf seine kleine Schwester ist, auf ihre Fähigkeit, sich trotz dieser Eisenstäbe ihre Träume zu bewahren.

»Oder eine Näherin«, ergänzt sie und wird rot.

Doch das kleine bisschen Glück, an dem sie sich festhalten konnte, löst sich in nichts auf, und sie betrachtet mich mit einem resignierten Achselzucken. »Wie unsere Mutter.«

»Ruhe jetzt«, zischt Conall als Warnung, als ein Schlüssel im Schloss an unserer Tür klappert.

Ich drücke mich gegen die hintere Wand. Auch wenn

Nessa und Garrigan versucht haben, mir Mut zuzusprechen, und auch wenn es mir letzte Nacht vollkommen egal gewesen wäre, wenn Angra mich hätte holen lassen, verspüre ich immer noch Angst, habe immer noch den Wunsch zu überleben, den ich unmöglich ganz ausschalten kann. Sie dürfen mich nicht holen. Nicht, bevor ich das Puzzle zusammengesetzt habe. Bevor ich nicht eine Möglichkeit gefunden habe, dem langsamen, qualvollen Tod durch Angras Hände zu entgehen, eine Möglichkeit, den anderen um mich herum zu helfen, demselben Schicksal zu entgehen.

Die Tür geht auf. Conall und Garrigan treten in die Sonne hinaus und Nessa greift nach meinem Arm. »Mach dir keine Sorgen«, flüstert sie und führt mich hinaus. »Es wird alles gut werden. Es wird …«

»Du.« Ein Soldat, der gerade dabei war, Conall und Garrigan anzuschreien, wendet seine Aufmerksamkeit jetzt mir zu und sieht zu, wie ich aus dem Käfig hinaustrete. Seine Augen sind dunkel vor Gier und mein Magen zieht sich zusammen.

Aber der Soldat deutet zum Ende der Straße, wo sich die anderen Winterianer aus den Käfigen versammelt haben. »Geh zu den anderen.«

Erleichterung erfasst mich. Angra lässt mich heute offenbar in Ruhe.

Nessa schiebt mich weiter, und Entsetzen durchflutet mich, als habe es die ganze Nacht vor dem Käfig auf mich gewartet.

Es ist das erste Mal, dass ich die Winterianer aus dem Arbeitslager von April sehe. Aus *irgendeinem* Arbeitslager.

Von der zweiten Ebene der Käfige kommen noch mehr

Winterianer zu uns, versammeln sich zu einer losen Gruppe, die zusammen die Straße hinuntergeht. Staub wirbelt unter unseren schlurfenden Füßen auf. Dutzende von Menschen drängen vorwärts, geschwächte Körper in zerlumpter Kleidung, die sich durch Jahre voller Schweiß und Schmutz braun verfärbt hat. Auch Kinder sind dabei. Hätte Angra vorgehabt, alle Winterianer abzuschlachten, hätte er das schon längst getan – und es wäre ein barmherzigeres Schicksal gewesen. Stattdessen hält er sie eingesperrt und lässt zu, dass sie neue Familien gründen. Es ist ein grausamer Sieg, seine Vorherrschaft über andere zu zeigen, indem man sie zerstört – aber es ist noch grausamer, es zu tun, indem man ihre Familien auseinanderreißt.

Die Winterianer Kinder beobachten mich. Sie stehen stoisch neben ihren Eltern. Ihre Mienen verraten, dass sie gelernt haben, keine Schwäche zu zeigen. Die Schwäche nutzt sich ab, bis man nur noch über die Ungerechtigkeit eines solchen Lebens schreien kann, ein Leben in aufeinandergestapelten Käfigen, ein Leben, bei dem man nicht einmal mehr als Mensch wahrgenommen wird. Ein Leben des qualvollen Wartens auf die fünfundzwanzig, die allen die Freiheit bringen.

Ich begegne dem Blick einer Frau in Denderas Alter. Sie verzieht das Gesicht zu einer Grimasse und ich zucke zusammen. Der Mann neben ihr macht es ihr nach, genauso ein weiterer neben ihnen. Unter ihren verächtlichen Blicken fühle ich mich hier nicht sicherer als in Angras Palast.

Ein Gefühl des Elends erfasst mich, Wogen des Ekels über

mich selbst, über ihr Leben, über alles, was mit unserem Königreich geschah, überrollen mich.

Wie lange hat es gedauert, bis sie die Hoffnung, dass wir sie befreien würden, aufgegeben haben? Wie schnell hat ihnen Angra die Hoffnung auf Flucht ausgetrieben? Wie schnell wird er auch mir diese Hoffnung nehmen?

Wenn ich in die Gesichter um mich herum blicke, mir ihre sechzehn Jahre lange Leidenszeit vorstelle ... was um des Schnees im Himmel willen könnte ich tun, um dem allen ein Ende zu bereiten? Was hätte *irgendeiner* von uns tun können – Sir oder Alysson oder Mather oder sonst wer? Es ist eine zu große Aufgabe, die Wunden sind zu tief.

Ein Wachmann lässt seine Peitsche über die Menge knallen, sodass ein paar langsamere Winterianer auf die Knie fallen. Eine ältere Frau, zwei alte Männer. Rote Striemen ziehen sich über ihre Arme, aber wir gehen weiter, angetrieben von der Angst. Wir sollten uns auflehnen gegen die Soldaten, die sie niedergepeitscht haben, für unsere Landsleute eintreten und uns gegen die Ungerechtigkeit wehren, die Frühling ihnen angetan hat.

Wir hätten eine Menge Dinge tun sollen.

Nessa drückt meine Hand. Sie hat die Hoffnung nie aufgegeben. Und jeder Zweifel verblasst neben ihrem Glauben. Fast sind mir die gaffenden Blicke, das Tuscheln der anderen lieber. Ihre Wut ist verständlich, etwas, mit dem ich umgehen kann. Aber Nessa ...

Habe ich Sir auch so angeschaut?

Diese Überlegung geht mir durch den Kopf, Worte, die mir die Kehle zuschnüren. Alle Flüchtlinge haben Sir so angeschaut, oder? Er war unsere Hoffnungsquelle. Er war das Signalfeuer, das uns den Weg zeigen würde, um unsere Leute zu befreien, unser Königreich zurückzuerlangen.

Und nun ist er tot, einfach so. All unsere Hoffnung zerborsten in einem kurzen Augenblick der Unachtsamkeit.

Ich zittere, wenn ich an ihn denke, spüre den Schmerz in jeder Faser meines Körpers. Ich kann nicht Nessas Hoffnung sein. Ich *kann* sie nicht in dem Irrglauben lassen, ich könne mehr ausrichten als alle anderen, denn auch ich kann von einem Augenblick zum nächsten tot sein. Ich kann ihr nicht das antun, was Sir mir angetan hat.

Wir bleiben stehen, als wir bei einem Tor angelangt sind, vor dem sich Menschen zusammendrängen. Soldaten gehen an uns vorbei, begleiten Gruppen in verschiedene Teile der Stadt zur Arbeit.

»Meine Brüder und ich werden wieder fürs Palastgelände eingeteilt«, flüstert Nessa und umklammert meine Hand noch fester. »Ich weiß nicht, wo du hinkommst. Ich weiß nicht, ob …«

Ich zwinge mich zu einem Lächeln. »Schon gut.«

Nessa verzieht den Mund und nickt.

Wenige Minuten später sind wir ganz vorne in der Schlange. Conall und Garrigan knurren einem Soldaten am Eingang Nummern zu. Namen gibt es hier nicht. Angra hat ihnen alles genommen – ihr Land, ihre Heimat und ihr Leben. Warum nicht auch ihre Namen?

Der Soldat teilt sie der Gruppe zu, die für das Palastgelände eingeteilt ist.

Nessa, die meine Hand nicht loslassen will, nähert sich demselben Soldaten.

»1-2072«, sagt sie, und der Soldat sieht auf einer Liste nach.

»Palastgelände.« Er wirft mir einen Blick zu, kneift die Augen zusammen und mustert mich. Ich bin zu gesund, zu wohlgenährt. Er studiert seine Liste und zieht eine Augenbraue hoch.

»Für dich hat Angra etwas ganz Spezielles vorgesehen«, sagt er. »Zur Mauer, F-19.«

F-19. F ... Flüchtling? Flüchtling 19. Weil ich der neunzehnte Winterianer Flüchtling bin, den Angra töten wird. Herod hat vermutlich mitbekommen, dass Sir in Bithai gestorben ist, er war also der achtzehnte, Gregg und Crystalla waren Nummer sechzehn und siebzehn.

Nessa führt mich an dem Soldaten vorbei zu den in Gruppen aufgeteilten Winterianern. Als wir abgeschirmt hinter ein paar Leuten stehen, flüstert sie mir ins Ohr: »Sie schicken diejenigen zur Mauer, die sie bis an ihre Grenze treiben wollen«, und drückt meine Hand. »Arbeite stetig, aber streng dich nicht zu sehr an – *tu* einfach so, als würdest du hart arbeiten. Vielleicht schaffst du es, ohne dass ...«

»Nessa, sei still«, zische ich, um sie zum Schweigen zu bringen. Ihre Fürsorglichkeit schmerzt. Sie hat hohe Erwartungen an mich, und ich weiß nicht, ob ich sie erfüllen kann.

»Du bist doch nicht einfach zum Sterben hierhergekommen«, flüstert sie, halb als Frage, halb als Herausforderung.

Ich schließe die Augen. *Warum bin ich hierhergekommen?*

Conall legt eine Hand auf Nessas Schulter. »Wir gehen jetzt.«

Nessa marschiert los, hinüber zu Garrigan. Ich hole tief Luft, als Conalls hohe Gestalt sich mir zuwendet.

Als Nessa außer Hörweite ist, kneift er die Augen zusammen.

»Wir haben versucht zu entkommen«, knurrt er. »Wir sind über Zäune geklettert, haben Wachen niedergerungen und uns unter Mauern durchgegraben. Doch das Ergebnis war immer dasselbe: noch mehr Tote. Die Letzten von euch, die hierherkamen, versprachen uns Rettung, verschwanden aber, noch bevor sie irgendwas tun konnten. Sie taten so, als hätten wir nicht schon *alles* versucht. Nessa hat wochenlang geweint, als unsere Hoffnung mit ihnen dahinschwand. Ich will nicht, dass sie das noch einmal durchmachen muss.«

Gregg und Crystalla. Ich recke das Kinn vor. »Das möchte ich auch nicht.«

»Es spielt hier keine Rolle, was du willst. Je schneller du das begreifst, desto besser.«

»Ich weiß.«

Conall blickt mich spöttisch an. »Viel Glück, F-19.«

Er macht auf dem Absatz kehrt und schließt sich seinem Bruder und seiner Schwester an, der Gruppe, die zum Palast beordert ist. Er blickt sich nicht um, kümmert sich nicht darum, dass ich allein in der Sonne stehe. Warum sollte er auch?

Ich bin lediglich ein sechzehnjähriges Mädchen. Ich an seiner Stelle würde auch nicht an mich glauben. Ich glaube selbst nicht an mich. Als Nessa mit ihrer Gruppe die Straße entlanggeht, schaut sie sich nach mir um. In ihrem Blick leuchtet Hoffnung.

Vielleicht ist es das, was Angra wollte. Dass ich ihnen falsche Hoffnungen mache, damit sie noch tiefer fallen. Er will, dass ich ihnen vorgaukele, dass sie diesem Schicksal entkommen könnten, und wird mich dann vor ihren Augen töten.

Aber es spielt keine Rolle, was Angra will. Conall hatte recht – es spielt nicht einmal mehr eine Rolle, was ich will. Alles, was im Augenblick zählt, ist zu überleben.

Soldaten führen uns zum südlichen Ende von April und durch ein enges Tor aus der Stadt hinaus. Mit einem Mal befinden wir uns in einer so völlig anderen Welt, dass ich stehen bleibe, um Luft zu holen.

Die Mauer ist ein gezackter Vorsprung aus schwarzem Stein, der von April weit in einen abgeholzten Wald hineinreicht. Stümpfe von Kirschbäumen erstrecken sich über die Landschaft. Der Anblick von Baumstümpfen, toter Erde und schwarzen Felsblöcken ist noch trostloser als April selbst. Ein Beweis dafür, welchen Tribut die Ausdehnung von Angras Königreich fordert – nichts darf übrig bleiben, keine Pflanzen, kein Zeichen von Leben.

Alles Leben muss weichen, um dem Königreich Frühling Platz zu machen.

Ich nähere mich einem Stapel aus schwarzen Felsblöcken. Auf einem kleinen Erdhügel daneben befinden sich Tragegestelle mit Lederriemen, die ein paar Winterianer sich auf die Schultern schnallen. Dann laden andere diese Gestelle mit Felsstücken voll.

»An die Arbeit!«, brüllt ein Soldat und lässt seine Peitsche über unsere Köpfe knallen. Ich greife nach einem Tragegestell und schultere es. Kaum bin ich damit fertig, wird ein schwerer schwarzer Felsbrocken auf meinen Rücken geladen.

»Die Rampen hinauf«, flüstert der Felsauflader. Seine alten Augen verraten denselben Hoffnungsschimmer wie Nessas. Er beugt sich hinunter, um ein weiteres Felsstück aufzuheben und dem nächsten in der Reihe aufzuladen.

Ich verlagere das Felsstück auf meinem Rücken und gehe auf die Rampen zu. Plattformen winden sich über acht Stockwerke in die Höhe, verbunden durch im Zickzack verlaufende Rampen, auf denen Winterianer in Reihen nach oben und wieder nach unten gehen. Die Plattformen bestehen alle aus demselben brüchigen Holz wie die Häuser in Aprils Elendsviertel, Holz, das bei starkem Wind zu zerbrechen droht. Sollten sie einstürzen, werden jedoch auch ein paar Frühlingianer Soldaten mit uns untergehen. Wenigstens ein Hauch von Gerechtigkeit.

Bei dieser Vorstellung muss ich grinsen. Gerechtigkeit wäre, wenn die Winterianer diese schwarzen Steinbrocken auf die Soldaten schleudern würden. Gerechtigkeit wäre auch, wenn wir auf das Feld vor uns stürmen und fliehen würden, solange es noch möglich ist.

Das Felsstück reibt gegen meine Schulterblätter, als ich an einer Rampe hoch oben über dem Boden haltmache. Dieses Feld *ist* ganz in der Nähe. Leuchtend grünes Getreide, fast reif für die Ernte, wogt im Wind. Ein Beweis dafür, dass Angra seine Magsignie nicht *nur* für das Böse nutzt. Doch bald wird auch dieses Feld durch die Mauer von April abgeschnitten sein. Zwar befinden sich Soldaten zwischen uns und dem Feld, aber noch gibt es einen Weg aus April hinaus.

Conalls Worte fallen mir wieder ein. *Wir haben versucht zu entkommen. Sind über Zäune geklettert, haben Wachen niedergerungen und uns unter den Mauern durchgegraben. Doch das Ergebnis war immer dasselbe: noch mehr Tote.*

Ich zögere. Wenn sie es versucht haben … sollte ich es dann nicht auch tun? Ich muss es versuchen, wenn nicht für sie, dann wenigstens für mich. Ich sitze hier genauso in der Falle wie sie.

Wenn ich an den Soldaten vorbeikomme, kann ich mich aus Frühling hinausschleichen und wieder mitsprechen. Oder ich kann nach Cordell zurückkehren, um nach Mather und Dendera und den anderen zu suchen.

Der Mann vor mir verlagert das Gewicht des Felsstücks auf seinem Rücken und macht einen weiteren Schritt nach oben. Aber irgendetwas an seinem Schritt oder dem Felsbrocken oder der Art und Weise, wie er dessen Gewicht verlagert, lässt ihn nach vorne taumeln. Sein dünner Stiefel bleibt an einem hervorstehenden Stückchen Holz hängen. Das Holz gräbt sich durch den Stoff und reißt seinen Fuß auf, sodass Blut herausströmt und auf der Plattform eine dunkle Lache bildet.

Der Mann bleibt stehen. Einen halben Herzschlag, einen halben Atemzug lang, kaum lang genug, um zu begreifen, was passiert ist, doch für einen winzigen Moment verzieht sich sein Gesicht vor Schmerz. Er lässt den Blick zu dem Soldaten oben auf der Plattform schweifen. Ich halte den Atem an, hoffe, dass der Soldat nichts merkt …

Doch dann lässt der Soldat den Kopf zu dem Mann herumschnellen. Sein Blick wandert zu der Blutspur, dem schmerzverzerrten Gesicht des Mannes.

»Wird dir die Arbeit zu viel?«, fragt der Soldat. Seine Stimme klingt herausfordernd.

Ich öffne den Mund, um etwas zu sagen, etwas zu tun, was den Mann aus dem Mittelpunkt des Interesses rückt. Als er sich abwendet und die nächste Rampe hinaufgehen will, reißt der Soldat ihn herum und schleudert ihn auf das trockene Holz. Der Mann rutscht aus, verliert durch den schweren Felsblock auf seinem Rücken das Gleichgewicht, seine Arme rudern durch die Luft, aber er kann sich nicht mehr fangen, der Felsblock ist zu schwer.

Der Mann torkelt an den Rand der Plattform, fünf Stockwerke über dem Boden. Seine Hände suchen voller Verzweiflung Halt, als sich das Felsstück in seinem Tragegestell bewegt und ihn nach hinten zieht. Das Einzige, woran er sich festhalten kann, ist der Soldat.

Ich stürme vorwärts, meine Kehle ist wie zugeschnürt, mit einer Hand lasse ich mein Tragegestell los, um sie auszustrecken, als könne ich damit den Sturz des Mannes verhindern. Als schließlich die Schwerkraft siegt, grinst der Soldat, hebt den Fuß und versetzt dem Mann einen kräftigen Stoß mitten gegen die Brust.

Ein lautloser Schrei glüht in meinem Mund, als der Mann von der Plattform stürzt. Sein Körper fliegt durch die Luft, der schwarze Felsblock zieht ihn nach unten, und die Zeit scheint beinahe stillzustehen, als er schmerzvoll langsam die fünf Plattformen hinunter zu Boden fällt.

Er schlägt auf der trockenen Erde auf und eine Staubwolke schützt seinen verkrüppelten Körper vor neugierigen Blicken.

Ich bin wie erstarrt. Doch niemand sonst zuckt auch nur zusammen. Keine Frau schreit auf, dass ihr Ehemann oder Bruder oder Sohn gerade in den Tod gestürzt ist. Sie gehen einfach weiter um mich herum, schleppen sich die Plattformen und Rampen hoch, als könnten sie mit jedem Schritt die Erinnerung an ihn auslöschen.

Jemand prallt gegen mich, und ich werde zurückgedrängt in den Strom stumpfsinniger Arbeit, vorbei an dem Soldaten, dessen Blick zu dem zerschmetterten Körper huscht.

Das Feld in der Ferne wogt in einer Brise, die ich von hier aus nicht spüren kann. Niemand würde sich mir anschließen, wenn ich versuchen würde zu flüchten. Sie würden einfach in den Tod stürzen, haben sich damit abgefunden, dass sie nie eine Chance hatten zu gewinnen. Oder sie würden als Strafe für meine Flucht abgeschlachtet werden.

Mein Blick verschwimmt vor Tränen, aber ich gehe weiter. Ich sehe das Gesicht des Mannes vor mir, kämpfe gegen den Impuls an, loszurennen und so viele Soldaten wie möglich zu töten.

Ich blicke nach unten. Der Staub hat sich verzogen und enthüllt jetzt den Körper des Mannes, der sich auf dem Boden in einen erschütternd unförmigen Klecks verwandelt hat. Etwas wallt in mir hoch.

Etwas Gefährliches, Lähmendes und Tödliches, etwas, das aus jenem Teil von mir aufsteigt, der zusammenzuckt, wann immer jemand Winters Magsignie erwähnt und niemand außer mir die Fragen stellt, die mich bewegen:

Was ist, wenn es nicht genug ist? Was ist, wenn nichts, was wir tun, genug ist?

Aber wir haben keine andere Wahl – entweder wir versuchen es weiterhin oder unser Königreich ist für immer verloren.

Während sich der Tag dahinzieht, steigt die Temperatur derart an, dass mir schwindelig wird. Erinnerungen ziehen an mir vorbei, und ich glaube, wieder auf der Rania-Ebene zu sein, Sir hinterherzutrotten auf dem Weg nach Cordell.

Ich verfluche meine Unfähigkeit, Hitze zu ertragen. Aber ich gönne Angra nicht die Genugtuung, in Ohnmacht zu fallen. Er wird mich nicht so schnell sterben sehen.

Wird dir die Arbeit zu viel?

Ich verdränge die Erinnerung. Alle um mich herum scheinen auf die Hitze genauso zu reagieren wie ich. Sie taumeln und ringen in der stickigen, staubigen Luft nach Atem. Doch sie lassen sich ihre Qualen nicht anmerken. Sie beklagen sich nicht und brechen auch nicht zusammen. Auch wenn Hitze für uns Winterianer unerträglich ist, haben sie sich schon fast an die Temperaturen von Frühling gewöhnt.

Als es Mittag wird und wir eine Pause zugestanden bekommen, bin ich für einen Moment erleichtert.

Aber nur für einen Moment.

Das Tor nach April wird quietschend geöffnet. Die Winterianer, die in der Reihe um mich herumstehen, lassen ihre Tragegestelle fallen; die Übrigen kommen von den Rampen herunter und treten zu uns. Ich folge ihrem Beispiel, richte den Blick auf das, was aus April auf uns zukommt.

Winterianer Kinder, einige kaum alt genug, um schon sprechen zu können, geschweige denn zu arbeiten. Alle stolpern mit Krügen, aus denen Wasser herausschwappt, zu unserer Arbeitsstätte. Sie mischen sich unter die Arbeiter und reichen die Krüge herum. Große blaue Augen leuchten aus hohlwangigen Gesichtern, dünne Arme zittern unter den schweren Lehmkrügen.

Ein Junge von vier oder fünf Jahren nähert sich meiner Reihe und stellt den Krug auf den Boden. Er taucht eine Schöpfkelle hinein und reicht sie dem Mann neben ihm, ein Mann in Sirs Alter, der ein paar Schlucke Wasser hinunterschlürft. Dann wendet sich der Junge dem Nächsten zu und gibt jedem der Reihe nach zu trinken, bis er bei mir angelangt ist.

»Kein Wasser für sie – Angras Befehl!«, brüllt ein Soldat hinter uns und lässt die Peitsche direkt neben den Füßen des Knaben niederzischen. Der Junge zuckt zusammen, Wasser spritzt über seine Hände und ergießt sich auf den Boden. Seine blauen Augen blicken in meine, als er sich für den nächsten Peitschenhieb des Soldaten wappnet.

Ich weiche zurück, mehr aus Instinkt als aus überlegtem Denken, denn das erlosch in dem Augenblick, in dem ich Wasser sah und riesigen Durst empfand. Ich sehe nur noch diesen Krug, aber ich trete noch einen Schritt zurück. Ich brauche kein Wasser, darf nicht zulassen, dass der Junge meinetwegen ins Zentrum der Aufmerksamkeit rückt.

»Nein«, krächze ich. »Er hat recht, kein Wasser für mich.«

Der Soldat, die Peitsche immer noch zum Schlag bereit, zieht die Stirn in Falten über meinen unerwarteten Rückzug. Aber ich wende mich ab, greife nach meinem Tragegestell und schließe die Augen, als mir ein weiterer schwarzer Felsbrocken aufgeladen wird. Der Junge widmet sich wieder seiner Arbeit, Wasser spritzt über den Krugrand. Kein Schmerz, keine Nachwirkungen. Auch kein Wasser. Solange ich den Kopf gesenkt halte und alles ertrage, gibt es keine Probleme.

Das ist alles, was ich tun kann. Nicht auffallen, den Menschen, die bereits so viel erduldet haben, nicht noch weiteren Ärger einhandeln, bis es mir gelingt … *was* zu tun?

Schon vor Stunden haben Soldaten die Leiche des abgestürzten Mannes entsorgt und in der Nähe des Plattformaufgangs einen dunklen Blutfleck hinterlassen. Ich gehe daran vorbei, starre auf das getrocknete Blut, spüre die Augen des Jungen auf mir, ein weiterer Körper in Frühlings Arbeiterreihen – genau wie der Mann, der in den Tod stürzte, ein Mensch, den die Soldaten aus Spaß zerstörten.

Der quälende Durst lässt mich taumeln, aber ich gehe weiter. *Noch einen Schritt, Meira. Noch einen.*

Kapitel 23

Wir arbeiten bis zum Einbruch der Nacht.

Als die Sonne hinter Aprils Mauern versinkt, läutet eine Glocke und treibt die Winterianer die Rampen hinunter. Wir legen die Tragegestelle auf einen Haufen und lassen die übrig gebliebenen Felsbrocken für morgen liegen. Die Mauer ist jetzt etwas höher, aber unsere Genugtuung, an diesem Aufbau beteiligt zu sein, ist in etwa so groß wie unsere Dankbarkeit für den wenig schmackhaften Eintopf nach unserer Rückkehr ins Lager.

Ich würge meinen mit einem Becher Wasser hinunter und husche davon, bevor mich jemand dafür bestrafen kann, dass ich etwas zu essen bekommen habe. Wann habe ich zum letzten Mal etwas gegessen? In der Bibliothek von Bithai, am Morgen vor der Schlacht? Wann immer es auch gewesen sein mag, es ist schon zu lange her, und mein Magen reagiert empfindlich auf die plötzliche Nahrungszufuhr.

»Du bist noch da!«, ruft Nessa, als ein Soldat mich in unseren Käfig schubst. Sie sitzt zwischen Conall und Garrigan und beugt sich zu mir vor. Ihre Brüder sind zu sehr mit ihrem eigenen Eintopf beschäftigt, um zu bemerken, dass ich den Tag überlebt habe. »Hast du etwas zu essen bekommen? Brauchst du mehr?« Sie bietet mir ihre halb volle Schale an.

Ich muss beinahe loslachen. Sie ist bereit, mir ihr Essen zu überlassen, dabei habe ich in Bithai vermutlich mehr gegessen als sie in ihrem ganzen Leben.

Ich lasse mich auf den Boden gleiten, eng an die Wand gedrückt. »Iss es selbst. Mir geht's gut.«

Conalls Miene zeigt leichtes Erstaunen. Hat er etwa wirklich geglaubt, dass ich ihr das Essen wegnehmen würde, jemandem, der schlimmer dran ist, als ich es je gewesen bin? Ich werfe ihm einen Blick zu. Wirke ich derartig selbstsüchtig, oder hat er einfach angenommen, ich sei so?

Ich rutsche unruhig auf dem Boden herum. Mein Magen rebelliert noch mehr beim Geruch des Eintopfs. Vermutlich wirke ich tatsächlich so egoistisch. Schließlich bin ich es auch die ganze Zeit gewesen, oder? Ich wollte keine Schachfigur im Heiratsreigen sein, auch wenn Winter dringend einen Verbündeten brauchte. Ich wollte etwas tun, Missionen erledigen, auch wenn jemand anders, der stärker, schneller und erfahrener war als ich, sie viel besser hätte ausführen können.

Am Rande meines Bewusstseins nehme ich wahr, dass Nessa mich etwas gefragt hat, aber noch bevor ich darauf antworten kann, fallen mir die Augen zu, so erschöpft bin ich von all den Felsbrocken, die ich heute die Rampen hochgeschleppt habe. Aus weiter Ferne höre ich, wie Nessa mit ihren Brüdern flüstert und weitere Winterianer sich im Schutz der Nacht leise unterhalten.

Sie ist hier, ein weiterer Flüchtling. Und sie hat den ersten Tag überlebt.

Ich habe den heutigen Tag überlebt. Andere nicht.

Die Tage vergehen. Tage des monotonen Rampenhinauf- und -Hinuntertaumelns, hastig verschlungenen Eintopfs, Abende, an denen ich sofort einschlafe und Nessa und ihre Brüder mich argwöhnisch von der anderen Seite des Käfigs beobachten. Manchmal redet Nessa nachts mit mir, stellt Fragen über mein früheres Leben. Ich berichte ihr so viel wie möglich, bis Conall mir einen beinahe schmerzhaften Blick zuwirft und mich zum Schweigen bringt. Dann rolle ich mich in der Ecke zu einer Kugel zusammen und versuche zu schlafen, aber ihre Stimmen halten mich noch lange wach.

»Du solltest sie nicht ins Herz schließen«, tadelt Conall Nessa so häufig, dass sich seine Worte in mein Gedächtnis eingebrannt haben.

»Warum nicht? *Du* solltest lieber überlegen, ob du überhaupt noch *fähig* bist, für jemanden Zuneigung zu empfinden«, kontert Nessa.

Ich bin mir nicht im Klaren, auf wessen Seite ich stehe. Auf Conalls, der meint, niemand sollte zu viel Hoffnung in mich setzen, da keiner weiß, wie lange ich noch am Leben sein werde, oder auf Nessas, die erwidert, dass es darauf nicht ankomme. Die monotone Arbeit und unser Elend lassen nicht mehr zu, als müde darüber zu lächeln.

Und dann kommt meine neunte Nacht.

Entsetzen umklammert meine Brust, schnürt mir den Atem ab. Mit einem Ruck wache ich auf, ein Albtraum so düster wie der Tod raubt mir den Schlaf. Da ist etwas in diesem Raum, bei uns, hier im Käfig. Etwas Dunkles und Grauenhaftes und …

Nessa eilt herbei und kniet vor mir nieder. Ihre Stiefel wirbeln Staub auf, als sie sagt: »Du träumst.«

Ich kehre in die Wirklichkeit zurück, pralle gegen die Käfigwand. Nessa dreht sich auf den Knien herum, während ihr Bruder hinter ihr steht und mich ansieht, als hätte ich im Schlaf gesungen.

»Wir sind Winter«, sagt Conall.

Ich runzle die Stirn. »Was?«

Er lächelt, ein dünnes, schwaches Lächeln, da ihn ein Leben voller Qualen zu sehr ausgelaugt hat.

Nessa hat sich ebenfalls erhoben, hält mir die Hand hin. Ich nehme sie, habe aber Angst, sie zu stark zu drücken.

Conall und Garrigan schleichen zur hinteren Ecke des Käfigs, die völlig in Dunkel gehüllt ist. Im Lager herrscht Stille, alle sind erschöpft von den Mühen des vergangenen Tages, und außer einer Wache am Stacheldrahtzaun ist kein Soldat zu sehen.

Ich gehe zur Käfigtür, klammere die Finger um die Eisenstangen. Das Schloss, das uns hier drin gefangen hält, ist so groß wie meine Handfläche, kompakt und alt. Gedankenverloren fasse ich nach meinem Zopf. Leider habe ich nichts, um es zu öffnen, nicht einmal eine Haarnadel. Aber würde ich es überhaupt wagen, das Schloss zu öffnen, wenn ich könnte? Seit ich hier bin, habe ich keinerlei Fluchtversuch unternommen. Ich bin mir nicht klar darüber, ob es das Risiko wert ist – für mich und die anderen um mich herum.

Es ist jetzt so ruhig, so still, dass ich fast alles um mich herum vergessen kann. Keine Peitschen oder Schmerzensschreie oder todgeweihte Gesichter. Lediglich der schwarze Himmel und die Sterne und …

Hinter mir höre ich ein Knarren und schnelle herum.

Eine Falltür.

Garrigan zieht sie auf, Staub und Steine wirbeln von den alten Holzbrettern auf. Darunter führt ein Tunnel in die Erde und versinkt in der Dunkelheit.

»Was ist das?«, flüstere ich.

Nessa blickt mich über die Schulter hinweg an. »Sie wollen dich kennenlernen.«

Conall tritt an die Öffnung und lässt sich in die Tiefe gleiten. Ein dumpfer Aufprall verrät, dass er nicht allzu tief gefallen sein kann. Und tatsächlich: Von unten streckt er die Hände nach Nessa aus. Auch sie verschwindet in der Dunkelheit. Nur noch Garrigan und ich sind jetzt übrig.

»Wohin führt dieser Tunnel?«

Garrigan deutet auf die Öffnung und zuckt die Achseln. »Du brauchst keine Angst zu haben«, verspricht er. Sein Blick zeigt eine perfekte Mischung aus Nessas Hoffnung und Conalls Strenge. Garrigan ist das Bindeglied zwischen den beiden, verhindert, dass sie sich ständig in den Haaren liegen.

Ich rutsche über den Boden auf die Öffnung zu. Meine Stiefel schieben Schmutz in den Tunnel, der so dunkel ist, dass ich bloß spüren kann, wie Conall zu mir heraufstarrt, obwohl ich weder seine Augen noch irgendwelche Umrisse erkenne.

Zwei Hände strecken sich mir entgegen. »Komm.«

Ich atme tief durch, lasse mich in seine kräftigen Arme fallen und lande dann auf einem lehmigen Boden. Die Türklappe über uns schließt sich. Ich höre, wie Garrigan die Öffnung mit Erde bedeckt, das Kratzen von Steinen auf Holz das einzige Geräusch.

Finger umfassen meine, aber sie gehören nicht Conall. Diese Hand ist zart, kalt, als ob eine Porzellanpuppe zum Leben erwacht wäre. Nessa führt mich zur Tunnelwand und drückt meine Hand flach gegen den Felsen, gezackte Erdklumpen und dicke vorspringende Felsbrocken. Soll ich …

Ich bleibe stehen. Da ist etwas an der Mauer, glatte Flächen, durchzogen von unebenen Rillen.

»Was ist das?« Ich berühre den Felsen mit beiden Händen und folge den Rillen. Sie sind überall, winden sich nach oben und nach unten, erstrecken sich über die niedrige Decke und über den Boden.

Nessa nestelt neben mir an etwas herum. Dann glüht mit einem kratzenden Geräusch ein Funke auf. Sie hebt die Kerze hoch, ihr bleiches Gesicht wirkt im Lichtschein gelb.

Conall beobachtet uns im Kerzenlicht, sein missbilligender, finsterer Blick lastet schwer auf mir. »Wir haben keine Zeit.«

»Pst«, zischt ihm Nessa zu. »Sie muss es sehen. Und für uns ist es auch gut, wenn wir es sehen.«

Das lässt ihn verstummen. Sein Blick schweift zu den Wänden um uns herum und seine Miene entspannt sich ein wenig. Ich atme tief durch, meine angespannten Muskeln entkrampfen sich ebenfalls.

»Das sind Erinnerungen«, fährt Nessa fort, den Blick zur Decke erhoben. »Erinnerungen an Winter.«

Tausende von Wörtern winden sich durch den engen Gang, füllen die Felsen mit kurzen Sätzen, erstrecken sich bis zu einer Tür am anderen Ende des Tunnels.

Meine Tochter hieß Jemmia. Sie wollte nach Yakim auf die Lord-Aldred-Universität. Sie war neunzehn.

Am ersten Tag des Weltwinters begab sich jeder Winterianer zu einem Fest auf dem Stadtmarkt. Wir aßen gefrorene Erdbeeren und Grundeis mit Wein, um den Winter auf der ganzen Welt zu begrüßen.

Havena Green arbeitete in der Tadil-Mine in den Klaryns-Bergen.

Mein Vater starb als Soldat, kämpfte in den ersten Reihen, als Frühling uns angriff. Er hieß Trevor Longsfield und seine Frau war Georgia Longsfield.

Alle Winterianer werden am fünften Tag nach ihrer Geburt in Schneeschalen gelegt. Noch nie habe ich erlebt, dass ein Baby während dieses Rituals geweint hat, sie scheinen es sogar zu genießen.

In Winter finden Hochzeitsfeiern während des ersten Morgenschnees statt. Die Braut und der Bräutigam trinken Wasser aus einem Becher, und das restliche Wasser wird zu einem vollen Ring gefroren, um Einheit zu symbolisieren. Der Ring wird unterhalb der Zeremonienstätte vergraben.

Eines Tages besuchte eine Herzogin von Ventralli Winter und beklagte sich, dass Jannuaris eisige Luft unser Königreich unerträglich mache. Ihr Butler erwiderte prompt: »Mylady, seit Jahrhunderten versucht Frühling, Winters Kälte zu verändern. Ich bezweifle, dass Ihr es schneller schafft.«

Mein Blick verschwimmt vor all den Worten, die in die Wand eingemeißelt sind, Worte, die in undurchdringliche Felsbrocken gehämmert wurden und inzwischen halb verwittert sind. Sie sickern in mich ein, drehen sich im flackernden Kerzenlicht. Von einigen dieser Traditionen hat mir Sir in seinem Unterricht erzählt – gefrorene Beeren und die Feiern anlässlich des ersten Tags des Weltwinters. Aber der Rest, die Babys in den Schneeschalen, die ganzen persönlichen Geschichten …

Ich wünschte mir, ich hätte dies alles gewusst, hätte diese Worte jeden Augenblick meines Lebens bei mir gehabt.

»Als Angra Winter angriff, brannte er alles nieder, Archive, Chroniken und Bücher. Also beschlossen wir, unsere Geschichte in den Tunneln festzuhalten.« Nessa hält die Kerze in der Hand, das Licht umgibt sie mit einem ätherischen Schein.

»In den Tunneln?« Ich blicke sie an, meine Stirn tut weh.

»Das Arbeitslager befindet sich über dem ehemaligen Elendsviertel von April«, erklärt Nessa. »Die Winterianer mussten es selbst bauen, die Soldaten überwachten sie lediglich. Viele der ursprünglichen Gebäude besaßen Keller, die wir intakt ließen. Wir verbanden sie zu Tunneln, einer geheimen Welt, von der die Soldaten von Frühling keine Ahnung hatten. Alle Tunnel führen …«

»Hinaus?«

Kaum habe ich die Frage gestellt, bemerke ich meinen Fehler. Wenn die Tunnel hinausführen würden, wäre niemand mehr hier. Ich wende den Blick von Nessa und Conall, bevor sie antworten können.

Nessa tritt neben mich, ihre Finger streichen über die eingemeißelten Buchstaben. »Diese Tunnel bieten ihre eigene Fluchtmöglichkeit. Conall und Garrigan haben mir mithilfe dieser eingravierten Buchstaben das Lesen beigebracht. Es ist wichtig, sich an sie zu erinnern«, erklärt sie an mich ebenso wie an Conall gerichtet, der jetzt etwas weniger gereizt aussieht. »Für alle Fälle.«

»Für alle Fälle? Ich verstehe nicht«, frage ich, obwohl ich die Antwort doch bereits kenne.

Als Nessa weiterspricht, klingt ihre Stimme traurig. »Für den Fall, dass niemand, der sich noch erinnert, überlebt.«

Ich wende mich ab, damit sie die Tränen in meinen Augen nicht bemerkt. Denn wenn ein sechzehnjähriger Junge Winters König wird und es keine Zeugnisse von Winters Geschichte gibt, brauchen wir diese verblassenden Erinnerungen unseres Volkes, um uns zu zeigen, was wir zu tun haben.

Doch im Augenblick scheinen solche Probleme weit entfernt und belanglos. Wir wären dankbar, wenn wir solche Probleme hätten, normale Probleme wie die Kompetenz von Herrschern oder die Fortsetzung von Traditionen. Dabei wissen wir im Moment noch nicht einmal, ob unser Volk überhaupt überlebt, um Traditionen zu haben.

Ich streiche mit den Fingern über eine Zeile, wünsche mir, dass ich wüsste, wer was geschrieben hat, und dass ich mir all diese Worte einprägen könnte, um Mather davon zu erzählen. Wurden er und ich ebenfalls im Alter von fünf Tagen in Schneeschalen gelegt?

Eine letzte Inschrift, deren Buchstaben staubbedeckt sind, erregt meine Aufmerksamkeit.

Eines Tages werden wir mehr sein als Worte in der Dunkelheit.

Es fällt mir schwer, den Blick abzuwenden und weiterzugehen, aber Nessa ergreift meine Hand und zieht mich vorwärts. Wir sind noch nicht an unserem Ziel angekommen. Doch wie kann etwas wichtiger sein als das hier? Ich würde gerne hierbleiben, mir jedes einzelne Wort einprägen, bis ich nichts anderes mehr denken oder fühlen kann …

Aber inzwischen haben wir die Tür erreicht, ein paar brüchige zusammengenagelte Holzbretter. Conall reißt sie auf und gibt den Blick frei auf etwas, das noch unendlich bedeutsamer ist als Worte im Dunkeln.

Menschen im Licht.

Nessa bläst ihre Kerze aus und ich blinzle in der plötzlichen Helligkeit des Raums, lege die Hand über die Augen. Nessa zieht mich durch die Tür und Conall schlägt sie zu. Wir befinden uns jetzt in einem großen runden Raum, der in die Erde eingelassen ist. Felsen ragen aus den Wänden, dem Boden und der Decke. Hohe Wachskerzen, die überall verteilt stehen, tauchen den Raum in ein cremiges Weiß, verleihen ihm einen zarten Schein. Weitere Türen an den Wänden führen in andere Tunnel hinaus, als sei der Raum die Mitte eines Rads und die Tunnel die Speichen. Aus diesen Türen strömen weitere Winterianer und füllen allmählich den höhlenartigen Raum.

»Aua«, stößt Nessa aus, als meine Finger sich Hilfe suchend in ihren zarten Arm krallen.

»Tut mir leid«, sage ich und lasse sie los. »Was ist das für ein Ort?«

»Wir haben diesen Raum ausgehoben, um sämtliche Keller miteinander zu verbinden«, antwortet Conall an Nessas Stelle mit tiefer, stoischer Stimme. »Wir befinden uns mitten unter April, zu weit entfernt, um einen Tunnel bis vor die Stadtgrenzen zu graben. Also schien uns dies die beste Möglichkeit zu sein. Irgendwie mussten wir uns ja in sechzehn Jahren der Gefangenschaft beschäftigen.«

Ich schlucke schwer. »Warum sind wir hier?«

Er wirft mir einen scharfen Blick zu. »Du hast die ersten Tage überlebt; sie wollen dich kennenlernen. Auch wenn es äußerst leichtfertig ist, hier so viele Leute auf einmal zu versammeln.« Er schweigt, als er meine Frage nochmals überdenkt. »Aber die bessere Frage lautet: Warum bist *du* hier?«

Ich starre ihn mit hartem Blick an und sage das Einzige, was es darauf zu antworten gibt. »Ich hätte schon die ganze Zeit hier sein sollen.«

Conall weicht zurück und hebt eine Augenbraue.

»Ist sie das?«

Eine Stimme tönt durch den Raum und bringt das Gemurmel um uns herum zum Schweigen. Alle Blicke sind auf mich gerichtet, und ich überlege, wie lange sie mich schon anstarren. Vermutlich von dem Augenblick an, als wir hier hereinkamen. Ohne Wachen, vor denen sie sich in Acht nehmen müssen, ohne die ständige Androhung einer Strafe können sie ungeniert gaffen, staunen und hoffen – solange sie sich hier an diesem Zufluchtsort befinden, den sie selbst geschaffen haben.

Der Besitzer der Stimme drängt sich an der Menge vorbei. Es ist eine alte Frau. Ihr Rücken ist nach sechzehn Jahren harter Arbeit gebeugt. Aber als ihre klaren blauen Augen in meine blicken, strafft sie sich, scheint jegliche Erschöpfung abzuschütteln.

»Du«, flüstert sie. Sie streckt ihre knochigen Finger aus und umfasst mein Gesicht. Sie blickt mich an, blickt durch mich hindurch, sieht etwas tief hinter meinen Augen. Sie wirkt erleichtert. »Ja«, sagt sie. »Du bist Meira.«

Ich löse ihre Hände von meinem Gesicht. »Woher wisst Ihr das?«

Die Frau lächelt. »Ich kenne jeden, der Angra in jener Nacht entkommen konnte. Die Letzten, die hierherkamen, haben uns alles von dir erzählt.«

Crystalla und Gregg. Ich trete einen Schritt zurück, so als könne ich so dem Schmerz der Erinnerung entgehen. Das Gesicht der Frau ist heiter und ruhig. Auch sie hat sich die Hoffnung auf Rettung bewahrt.

Die Winterianer um uns herum scheinen dagegen nicht überzeugt. Die meisten blicken drein wie Conall, finster und wütend, sind gespannt auf die neue Besucherin, vergeuden aber keine Energie mit der Hoffnung auf einen Ausweg.

Die Frau fährt fort. »Ursprünglich waren es fünfundzwanzig, nicht wahr? Als Letztes hörten wir, dass es noch zehn seien.«

Sie wartet, und ich weiß, sie möchte Neues von der Welt da draußen erfahren, von den Überlebenden und wie viele es noch gibt, um den Angriff gegen Frühling zu führen. Fast hätte ich *Acht* gesagt. Aber nein, es sind nur noch sieben. Und wer weiß, ob noch jemand von uns in der Schlacht um Bithai gestorben ist? Vielleicht Dendera, Finn, Greer oder Henn. Vielleicht ist Frühling bis in die Stadt vorgedrungen und sogar Alysson ist …

Mein Mut sinkt. »Sieben. Vielleicht weniger.«

Ein leises Raunen geht durch die Menge. Die Zahl lässt die Falten auf ihren Stirnen tiefer werden, und ich spüre den Vorwurf in ihren Blicken, weil wir sie im Stich gelassen haben.

Die Frau fasst unter mein Kinn und lächelt unverändert. »Der König?«

Tiefer Kummer erfasst mich. Mather. Seit ich hier bin, ist es mir gelungen, so wenig wie möglich an ihn zu denken. Sein letzter Schrei hallt mir noch in den Ohren, verzweifelt und angsterfüllt, als er von der Menge vor Bithai verschluckt wurde, während Herod über mir thronte.

»Er lebt«, flüstere ich. »Er rennt um sein Leben, aber er lebt.«

Die Frau nickt. Sie hakt sich bei mir unter und dreht mich der Menge zu, sodass ich mit dem Rücken zu Nessa und Conall stehe.

»Ich bin Deborah«, sagt sie und führt mich zur Mitte des

Raums. Wir sind auf allen Seiten von Winterianern umgeben, ein Meer weißer Haare, blauer Augen, Argwohn, vermischt mit einem kleinen Hoffnungsschimmer. »Ich war die Stadtälteste von Jannuari. Von Aprils verbliebenen Winterianern bin ich die Ranghöchste.« Deborah schweigt, als warte sie auf eine Erwiderung von mir.

Es ist heiß hier unten, zu heiß, und ich spüre all die Blicke auf mir. Schließlich stelle ich die einzige mögliche Frage: »Was soll ich Eurer Meinung nach tun?«

Sagt mir, wie ich Euch retten kann. Ich weiß nicht, was ich tun soll.

Deborah schweigt einen Moment lang. Sie wirkt abwesend, als gehe sie in Gedanken einen Plan durch. Sie wendet den Blick der Menge zu und drückt meine Hand.

»Das ist Meira«, verkündet sie. »Sie ist eine der fünfundzwanzig, die in jener Nacht, als Winter besiegt wurde, Angra entkam. Der lebende Beweis, dass das Böse in ihm nicht so absolut ist, wie er uns glauben machen möchte.«

Ich unterdrücke ein Stöhnen. Genau das hat Sir zu uns gesagt. Dass unser Leben allein deshalb von Bedeutung ist, *weil* wir leben, weil wir der lebende Beweis dafür sind, dass Winter *über*lebt hat. Sir würde diese Höhle, die sie angelegt haben, gefallen, weil sie sich damit in Angras Gefängnis eine winzige Insel der Freiheit geschaffen haben. Er würde einen Weg finden, ihren Hass in Verehrung umzuwandeln, und vor allem: Er würde einen Weg finden, sie hier herauszuholen.

Er sollte hier sein. Er oder Mather. Nicht ich.

»Sie ist als ein Signalfeuer zu uns gekommen, wie die anderen, die hier gewesen sind …«

Vermutlich standen Gregg und Crystalla damals an derselben Stelle wie ich jetzt, hatten sich ebenso wie ich an der Mauer abgerackert. Und sie starben. Aber die Winterianer hier wissen bloß, dass Angra sie aus dem Lager geholt hat. Und dass sie nie zurückkamen.

»… ein Licht, um Hoffnung in unser Elend zu bringen«, fährt Deborah fort. »Ihre Anwesenheit bedeutet ein Erwachen, eine Mahnung, die wir so dringend benötigen, dass wir mehr sind als Angras Sklaven!«

Erneut geht ein Raunen durch die Menge. Diejenigen, die mich voller Hoffnung anblicken, fangen an zu lächeln, zu nicken, aber die anderen schütteln Deborahs Worte einfach ab, als ob sie das alles schon einmal gehört hätten, als wären ihre Worte so hohl wie dieser Raum. Einfach ein weiteres zum Scheitern verurteiltes Schwert, das gegen die unbezwingbare Übermacht von Frühling erhoben wird.

Deborah hebt meine Hand hoch, vor Freude wirkt ihr Gesicht zehn Jahre jünger. Ich kann fühlen, wie die Worte aus ihr hervorsprudeln, zusammen mit ihrer Hoffnung, Nessas Hoffnung.

»Wir sind Winter!«, ruft Deborah.

Derselbe Satz, den Conall kurz zuvor gesagt hat. Die Hoffnungsvollen brechen in Jubel aus, eine Handvoll Stimmen gegen die Bitterkeit der anderen. Sieht Deborah das denn nicht? Ihre finsteren Mienen, wie sie miteinander flüstern, während ihre Landsleute jubeln. Sie muss doch wissen, wie gefährlich es ist, falsche Hoffnungen zu wecken. Es ist grausam von ihr, ihnen diese Hoffnung vorzugaukeln; es ist grausam von ihr, mir weiszumachen, dass mich hier etwas anderes erwarten könne als der Tod.

Ich lasse meine Hand sinken und Deborah blickt mich an. »Nein.« Meine Reaktion kommt spontan, ohne dass ich nachdenke, angetrieben von etwas, das tief vergraben in einer Ecke meiner Seele kauert. »Nein. Ich bin nur … ein Mädchen. Was, glaubt Ihr, sollte ich ausrichten können? Es ist ungerecht von Euch, sie glauben zu lassen …«

Deborah hebt eine Augenbraue. »*Gerecht* wäre es, wenn nichts von alldem je geschehen wäre. *Gerecht* wäre es, wenn du ein sorgloses Leben in Jannuari führen würdest, mit einem warmen Bett und einer liebevollen Familie. Nichts ist gerecht, Meira.«

Ich mache einen Schritt nach hinten. All das erinnert mich so sehr an Sir, dass mir das Herz wehtut. Ich will dieses Leben, das Deborah beschreibt, nicht so sehr, wie ich sollte. Ich will …

Aber in meinem Kopf herrscht Leere. Meine übliche Sicherheit, was ich will und wer ich sein möchte, ist verloschen. Das Einzige, was ich denke, fühle und weiß, ist: *Es spielt keine Rolle, was ich will.* Meine Wünsche sind hier unwichtig. Waren überhaupt noch nie wichtig. Denn während ich da draußen in der Welt darüber nachgedacht habe, wer ich bin und was ich will, waren sie hier. *Hier.*

Jetzt bin ich ganz auf mich gestellt, genau wie Hannah gesagt hat. Ja, es stimmt, Sir sollte hier sein. Mather sollte hier sein. Aber sie *sind* es nicht. Nur ich bin hier, also schulde ich es ihnen, alles in meiner Macht Stehende zu tun, um unser

Volk zu befreien. Selbst wenn ich hier sterben sollte, will ich in dem Gefühl sterben, eine Rolle gespielt zu haben, denn genau das habe ich doch schon immer gewollt, oder? Und ich werde eine Rolle spielen, wenn auch nicht im Rahmen der von mir festgesetzten Bedingungen und anders, als ich es immer geglaubt hatte, denn ich werde genau die Rolle spielen, in der mein Königreich mich am meisten braucht. Das, überlege ich, ist ein wahres Zeichen der Zugehörigkeit – bereit zu sein, alles zu tun, *alles*, was getan werden muss, ungeachtet dessen, was ich will.

Kaum haben sich diese Gedanken in mir festgesetzt, bricht ein Damm und überflutet mich wie eine Welle, kühlt meine Wangen, durchläuft meine Glieder. Ich habe so lange und so hart darum gekämpft, *ich selbst* zu sein, bei alldem immer noch Meira zu bleiben, Winter auf meine eigene, einzigartige Weise zu helfen. Aber es geht nicht darum, was *ich* will, sondern darum, was Winter braucht. Es ist schon immer darum gegangen, was Winter braucht.

Als Deborah mich anschaut, die Winterianer erneut leise jubeln, wird mir klar, dass ich durch sie mehr *ich selbst* sein kann, als ich es je gewesen bin. Als hätte ich die ganze Zeit darauf gewartet, endlich zu begreifen, wie viel größer, besser und belebender dies ist als alles, was ich aus eigener Kraft heraus sein könnte.

Deborah legt die Hand auf meinen Arm und drückt ihn leicht.

»Deine Anwesenheit beweist, dass es außerhalb von Angras Mauern Leben gibt.« Sie lächelt der Menge zu. »Selbst der heftigste Schneesturm beginnt mit einer einzigen Schneeflocke.«

Allmählich verklingt das aufgeregte Gemurmel und die Menge löst sich auf. Wir können nicht allzu lange hierbleiben – diese Höhle wurde geschaffen, um jeweils ein paar Leuten von Zeit zu Zeit eine Atempause zu verschaffen, aber nicht, um alle gleichzeitig aufzunehmen. Der einzige Grund, weshalb sie heute eine Ausnahme gemacht haben und das Risiko eingegangen sind, bin ich. Die Vorstellung erfüllt mich mit Panik und ich eile Nessa hinterher.

Sie und Conall bringen mich zurück durch den Tunnel. Wir klopfen zweimal an die Holztür über uns, und Garrigan öffnet sie, greift hinunter und hilft erst Nessa, dann mir heraus.

Conall schwingt sich alleine hoch, schließt die Tür, verteilt Schmutz und kleine Steine darüber und kauert sich dann neben die verschlossene Öffnung. Garrigan legt sich ihm gegenüber auf den Boden. Die Art, wie sie die Straße vor unserem Käfig im Auge behalten, zeigt mir, dass sie über uns wachen. Auch wenn sie nicht viel ausrichten können, um uns gegen die Soldaten zu verteidigen, ist es ein kleiner Trost, dass sie hier sind.

Nessa sitzt neben mir und schlingt die Arme um die Knie. Hier ist es kaum heller als im Tunnel. Es ist die Zeit des Übergangs von der Nacht in den Morgen, wenn die Sonne bereits hinter dem Horizont wartet, um die Schatten zu durchbrechen und die Welt in Licht zu tauchen.

Nessa blickt mich an, ihre Augen blitzen. »Conall wird

seine Meinung ändern und alle anderen auch. Sie trauen sich einfach nicht zu hoffen.«

Ich betrachte sie in der Morgendämmerung. »Wie kommt es, dass du dich traust?«

Sie wendet den Blick ab, macht sich an einem Fleck auf ihrem Kleid zu schaffen, das ihr zwei Nummern zu groß und außerdem abgetragen und fadenscheinig ist. »Als ich dich auf dem Palastgelände sah …«, beginnt sie. Ihre Worte klingen in der Stille des Lagers wie ein Summen. In allen anderen Käfigen herrscht Ruhe, denn die Ungeheuer der Nacht lassen die Insassen in ängstlicher Schweigsamkeit erstarren. »… *spürte* ich dich, als die Soldaten mich auspeitschten. Noch nie habe ich das ohne Schreien ertragen, aber als ich bemerkte, dass du uns beobachtet hast … Ich kann es nicht sagen. Ich hatte plötzlich die Kraft, *nicht* zu schreien.«

Ich schlinge die Arme um mich selbst und starre auf meine Stiefel.

»Du bist viel tapferer, als ich es je sein könnte. Du lebst schon all diese Jahre hier. Ich glaube nicht, dass es etwas mit mir zu tun hatte.«

Nessa rückt näher an mich heran und lässt den Kopf mit einem Gähnen auf meine Schulter sinken. »Aber ich glaube daran und bald werden es alle anderen auch tun.«

»Gregg und Crystalla«, flüstere ich, »hast du an sie auch geglaubt?« *Sie haben nämlich versagt.* Irgendetwas hält mich jedoch davon ab, dies auszusprechen, um Nessa nicht daran zu erinnern, in welch hoffnungsloser Lage wir uns befinden.

Sie zuckt die Achseln. »Ich wollte es.«

Ich warte auf eine weitere Erklärung, aber ich höre nur mehr ihr leises Schnarchen. Es ist jetzt fast Morgen. Wer weiß, was für neue Schrecknisse uns der Tag bringen wird? Ich brauche jedes bisschen Kraft, das ich bekommen kann.

Als ich mich gegen die Wand lehne, behutsam, um Nessa nicht zu wecken, wandert mein Blick zu Conall. Er beobachtet mich von seinem Platz neben der Käfigtür aus dunkelblauen Augen, die in der Dämmerung leuchten. Er lässt den Blick zu Nessa wandern, dann zurück zu mir. Sein Gesichtsausdruck entspannt sich etwas.

Mather hat dieselben Augen. Dieselben unergründlichen Saphiraugen. Mein Herz krampft sich zusammen. Doch bevor ich mich in Erinnerungen an uns oder an die Vergangenheit verlieren kann, verdränge ich die Gedanken an ihn.

Ich nicke Conall zu und halte den Atem an. Nach ein, zwei Herzschlägen erwidert er mein Nicken.

Kapitel 24

Die Wochen verstreichen. Jeden Morgen verbringe ich ein paar grauenhafte Minuten in der Angst, dass Angra heute nach mir schicken wird, aber er tut es nie, und die Soldaten teilen mich jeden Tag zur Arbeit an der Mauer ein. Bis zum Sonnenuntergang arbeite ich ohne einen Schluck Wasser, dann würge ich den kalten Eintopf hinunter und breche im Käfig zusammen. Und jeden Tag stelle ich mir tausendfach dieselbe Frage, immer wieder.

Was kann ich tun, um meinem Volk zu helfen?

Ich behalte diese Frage für mich, bewahre sie sorgfältig im Hinterkopf, damit niemand beschuldigt werden kann, von meinen Plänen gewusst zu haben. Doch jede Antwort, die mir einfällt, ist schwach. Soll ich eine der Wachen überwältigen – aber wozu? Soll ich ein paar der Soldaten auf den Rampen in den Tod stoßen – und dann selbst überwältigt werden? Es muss eine andere Möglichkeit geben.

Meine Muskeln gewöhnen sich nie an das Auf und Ab auf den Rampen, und meine Beine werden nachts von Krämpfen geschüttelt, bis ich in einen unruhigen Schlaf falle, düstere und diffuse Bilder ohne Sinn vor mir sehe. Von Sir und Noam, die sich auf der Rania-Ebene über irgendetwas streiten, umgeben von goldenem Gras. Über ihnen brauen sich Gewitterwolken zusammen. Von Mather, der über einem toten Soldaten von Frühling steht, den Blick auf das Medaillon gerichtet, das er von sich streckt, als wolle er es fallen lassen. Und von Theron, der an einem Platz so schwarz wie die Nacht gefangen ist und mit blutigen Fingern gegen schattenhafte Bestien kämpft.

Werde ich je erfahren, was mit ihnen geschehen ist? Werde ich je die Gelegenheit haben, Sir die letzte Ehre zu erweisen, an seinem Grab zu stehen und ein letztes Mal Lebewohl zu sagen?

Es sind meine anderen Träume – die Träume von Hannah aus der Zeit, bevor ich nach Frühling kam –, an die ich mich festklammere. Die Geschichte der Magie, der wahre Grund für die Schaffung der Königlichen Magsignien. Selbst die kurze Vision, als ich Angra berührte und sah, wie er Hannah auf Winters Feldern traf und sie flüsternd eine Abmachung getroffen haben. Irgendwo dahinter muss die Lösung verborgen sein. Hannah hat versucht, mir dabei zu helfen, die Teile zusammenzufügen, aber das Ergebnis sind nur noch mehr unbeantwortete Fragen.

Sie sagte, das Verderben habe die Menschen benutzt, um sich durch sie weiterzuverbreiten. Die dunkle Magie *wählte* ihren Wirt. Wenn die *dunkle* Magie dies konnte, wie steht es dann mit unserer Magie? Was wurde aus Winters Magie, als Angra unser Medaillon zerbrach? Hat sie sich an anderer

Stelle niedergelassen? Sechzehn Jahre lang hat es niemand gewagt, diese Fragen zu stellen, weil es zu sehr wehtat, darüber nachzudenken oder sich vorzustellen, dass unsere Magie für immer verloren sein könnte. Also setzten wir lieber ein falsches Lächeln auf und versicherten uns gegenseitig, dass wir einfach bloß die Hälften unserer Magsignie wieder zusammenbringen müssten, um unsere Magie wiederherzustellen.

Aber was, wenn die Magie irgendwo anders hin entschwunden war? Wenn sie einen anderen Wirt gefunden hatte? Oder wenn sie für immer verschwunden war?

Diese Fragen sind jedoch zu weit entfernt für mich. Ich brauche etwas, das mir *jetzt* hilft. Ich trage diese Träume mit mir herum, betrachte sie von allen Seiten, während ich mich die Rampen hinauf- und wieder herunterschleppe. Ich bin sicher, das alles gehört irgendwie zusammen.

Aber ich weiß nicht wie.

Nachts erzählt mir Nessa manchmal von ihrem Leben. Sie ist genauso alt wie ich, sechzehn. Ihr Vater war Schuster, der in Jannuari die besten Schuhe herstellte, und ihre Mutter war eine von Hannahs Näherinnen.

Ihre Eltern waren Winter so treu ergeben, dass sie, als Angra die Stadt angriff, dem damals siebzehnjährigen Conall befahlen, den zwölfjährigen Garrigan und die neugeborene Nessa zu beschützen, damit sie selbst in den Kampf ziehen konnten. Doch sie kamen in jener Nacht um, und Conall und Garrigan kämpften die nächsten sechzehn Jahre darum, für Nessa am Leben zu bleiben.

Nessa erzählt von diesen Erinnerungen, als wären es ihre

eigenen. Genauso hatte ich mir früher immer wieder Geschichten erzählt, die ich von den anderen Flüchtlingen gehört hatte, bis ich davon überzeugt war, dass ich selbst an Hannahs Hof gelebt hatte und mich an ein Königreich im ewigen Schnee erinnern konnte.

»Woher weißt du das alles?«, frage ich Nessa eines Nachts, als ich es nicht mehr ertrage, sie anzusehen, weil ich das Gefühl habe, in einen Spiegel zu blicken und darin zu sehen, wie mein Leben eigentlich hätte sein sollen. Aufgewachsen in einem Arbeitslager und zur Arbeit gezwungen, kaum dass sie stehen konnte, umgeben von den kläglichen Überresten ihrer Familie und den Trümmern eines Königreiches, zerbrochenen Seelen, denen nichts geblieben ist als verblassende Erinnerung.

»Von meinen Brüdern und der Erinnerungshöhle«, antwortet sie schlicht. Als wäre es genug, überlieferte Geschichten zu hören und aus kurzen, in den Stein gehauenen Zeilen auf Felswänden mehr über unsere Vergangenheit zu erfahren. Als wären diese winzigen Informationen ausreichend für sie, um sich daran festzuhalten.

Nessa fährt mit ihrer Geschichte fort, erzählt von einem Gewand, das ihre Mutter genäht hatte. Es sollte eine schlichte Staatsrobe werden, aber die Stickerei war so kunstvoll, dass Hannah sich entschied, das Gewand zu ihrer Hochzeit mit Duncan, Mathers Vater, zu tragen. Nessa breitet die Worte vor mir aus wie einen sorgfältig gewebten Wandteppich aus einer Vergangenheit, die weder ihre noch meine ist, es aber eines Tages sein wird.

Ich lehne mich gegen die Wand, die Knie unters Kinn gezogen. Unwillkürlich denke ich, dass sie recht hat – auch die kleinste Information genügt. Aber wir verdienen mehr als das.

Und ich bin es leid, auf später *zu warten.*

Später werden wir mehr als Worte in der Dunkelheit sein.

Als ich in den nächsten Tagen die Rampen hinauf- und hinuntermarschiere, denke ich an diese Nacht zurück. Die Erinnerungshöhle, die in Stein gemeißelten Worte und Nessas hoffnungsvolles Seufzen.

»Diese Tunnel bieten ihre eigene Fluchtmöglichkeit.«

Und dieses Aufflackern von Sehnsucht, diese Träume von dem, was sein könnte, bringen mir zu Bewusstsein, dass das, was die Winterianer am meisten brauchen, genau das ist, was diese Höhle bietet, nur in einer größeren Dimension: nämlich Hoffnung. Hoffnung, die ihnen das Leben leichter macht; Hoffnung, die ihnen hilft durchzuhalten. Ich muss daran glauben, dass Mather immer noch irgendwo da draußen ist, Verbündete findet und eine Armee aufstellt, um nach Frühling einzumarschieren, und dass er eines Tages die Mauern von April niederreißen wird. Doch egal, ob ich diesen Tag erleben werde oder nicht, ich werde nicht untergehen, ohne zumindest einige unserer Unterdrücker mit in den Tod zu reißen, und Angra wird den Augenblick verfluchen, in dem er Herod befahl, mich hierherzubringen – und das wird den Winterianern beweisen, dass immer noch Hoffnung besteht.

Erregung erfasst mich, macht mich nervös, und ich kann es kaum erwarten, endlich etwas zu tun, meinen Plan – wie auch immer er aussehen mag – in die Tat umzusetzen. Ich bedauere, dass ich so viel Zeit tatenlos vergeudet habe.

Und eines Tages entsteht tatsächlich ein Plan in meinem Kopf. Ein Plan, wie ich mehr als nur einen oder zwei Soldaten bezwingen kann, ein Plan, so viele von ihnen zu erwischen, dass es die Winterianer aufrüttelt und sie spüren, wie ihnen eine Last genommen wird. Noch keine Freiheit, aber der erste Schritt auf einer langen Reise. Ein Ansporn.

Die Stadt funktioniert mit der Effizienz und Ordnung einer sorgfältig kontrollierten Maschine: Jeder Soldat ist auf seinem Posten, jede Tür fest verriegelt. Genaue Tagespläne sind an der Tagesordnung und durch die wochenlangen Wiederholungen hat sich mir die Routine der Soldaten eingeprägt. Wann sie uns morgens abholen, wann sie uns abends zurückbringen, wann ihre Schichten wechseln. Die ständige Wiederholung verleiht ihnen Effizienz, aber auch eine große Schwäche, denn die Routine macht sie berechenbar.

Ich weiß zum Beispiel, dass die Soldaten auf den Rampen jeden Tag zur Mittagszeit die Schicht wechseln und sich zu dieser Zeit keine Winterianer auf den Rampen befinden, weil sie sich um ihre Kinder und die Wasserkrüge versammeln, dafür aber doppelt so viele Frühlingianer Soldaten – jene, die gehen, und jene, die ihre Schicht antreten.

Und obwohl Herod mir lange vor unserer Ankunft in April alle Waffen abgenommen hat, besitze ich immer noch ein kleines Stück Metall, nämlich die Schnalle an meinem Gürtel. Nach einem weiteren endlosen Arbeitstag an der Mauer krieche ich zu Nessa, Conall und Garrigan in den Käfig und warte darauf, dass die Soldaten uns einschließen. Dann nehme ich sorgfältig die Schnalle vom Gürtel ab.

Nessa und ihre Brüder beobachten mich, als ich in der Ecke kauere, die Schnalle auseinanderbreche und mit dem einen Stück das andere bearbeite. Mit Metall auf Metall kratze, so konzentriert, dass ich nicht einmal mitbekomme, ob Nessa noch versucht, mir etwas zu sagen, bevor sie einschläft. Am Morgen habe ich ein hübsches kleines Messer in meiner Handfläche, so lang wie mein Zeigefinger, eine Kante zu einer Klinge geformt. Ich drücke es so fest, dass sich die Spitze in meine Haut gräbt, als ich mich der Gruppe anschließe, die zur Arbeit an der Mauer aufbricht.

Die Routine an der Mauer ist unverändert. Tragegestelle, Felsstücke auf unseren Rücken, auf und ab über das knarrende Holz. Bevor ich die Rampen hinaufgehe, begutachte ich das gesamte Gerüst, ein schneller Blick, der unbeobachtet bleibt. Die Rampen und Ebenen sind durch vertikale Holzpfosten miteinander verbunden. Wenn auf der untersten Ebene ein Pfosten zum Einsturz gebracht würde und auch die anderen Pfosten geschwächt wären, wenn mittags der Schichtwechsel stattfindet …

Wenn dies in den Winterianern auch nur den kleinsten Hoffnungsschimmer erweckt, ist es das wert.

Ich drehe die behelfsmäßige Klinge in der Hand, halte sie einsatzbereit zwischen den Fingern. Jedes Mal, wenn ich die Rampen hinauf- oder hinuntergehe, ritze ich mit der Klinge an den Pfosten. Sie sind so schmal wie mein Handgelenk, das Holz durch die Sonne bereits verzogen und spröde. Es bedarf keiner großen Anstrengung, kleine Kerben hineinzuritzen. Aber nur an den Pfosten auf der rechten Seite und nur so viel, dass sie langsam und unmerklich über mehrere Tage hinweg immer instabiler werden.

Vor und zurück. *Ritsch.*

Vor und zurück. *Ritsch.*

Drei Tage später merke ich, dass ich Fortschritte mache. Dünne Linien zeichnen sich an den Pfosten ab, so unauffällig, dass keiner sie bemerkt, alle, die daran vorbeigehen, sie irrtümlich für die natürliche Abnutzung des Holzes halten. Als am dritten Tag die Sonne am Himmel immer höher steigt, es auf die Mittagszeit zugeht, wird mein Herzschlag immer schneller. Fast ist es so weit, die Pfosten sind instabil genug. Aber was, wenn ich mich verschätzt habe und das Ganze zu früh einstürzt? Was, wenn ich Dutzende von Winterianern in den Tod stürzen lasse? Ich habe nicht die Zeit, mir darüber Gedanken zu machen. Ich *habe* mich nicht verschätzt. Außer den Frühlingianer Soldaten werde ich niemanden töten, und die Winterianer werden sehen, dass es immer noch möglich ist, sich zu wehren.

Es wird funktionieren.

Die Mittagszeit kündigt sich mit dem Ächzen des Tors an. Es hallt über den Hof, ein kreischender Klagelaut, der meinen Adrenalinspiegel hochtreibt. Ich atme tief durch und verlangsame mein Tempo auf den Rampen, lasse mich zurückfallen, sodass ich schließlich in der letzten Reihe der Winterianer bin, die nach unten streben, um sich eine Wasserpause zu gönnen.

Ich atme tief durch, schleppe mich hinunter und beobachte, wie die letzten Winterianer das Gerüst verlassen.

Jetzt.

Frühlingianer Soldaten kommen an mir vorbei, stampfen die Rampen hinauf, um ihre Posten einzunehmen. Ich zähle sie und addiere ihre Zahl mit derjenigen der Soldaten, die bereits oben sind. Vierundzwanzig.

Jetzt.

Ich lasse das Messer ein letztes Mal über den letzten Pfosten gleiten, vertiefe die Kerbe, die ich in den letzten drei Tagen eingeritzt habe.

JETZT!

Mit einem heftigen Stoß ramme ich meine Schulter gegen den Pfosten, sodass dieser, bereits durch die eingeritzte Kerbe geschwächt, in der Mitte entzweibricht. Ich gehe weiter, konzentriere mich auf die Winterianer vor mir, die Wasser aus Schöpfkellen trinken, nicht auf das Gerüst. Die anderen Pfosten auf der rechten Seite knicken einer nach dem anderen ein, bis ganz nach oben.

Knack. Knack. Knack. Knack.

Einen Augenblick lang scheint alles stillzustehen, dann ertönt ein schreckliches Krachen. Dann, als hätten sie alle zur selben Zeit entdeckt, was los ist, brechen die Soldaten von Frühling in Geschrei aus, die Bretter lösen sich unter ihren Füßen, und man hört das Bersten splitternden Holzes.

Sämtliche Winterianer starren auf das einstürzende Gerüst. Die Wachen am Boden preschen vor, als könnten sie irgendwie helfen oder das Ganze aufhalten. Und ich drehe mich um und beobachte, wie alles einstürzt, kann mir ein hämisches Grinsen nicht verkneifen.

Angra, ich hoffe, du spürst, wie sie sterben, denke ich, während sich meine Nasenflügel blähen. *Ich hoffe, du spürst, wie ihre Körper zerbrechen.*

»Du da!«

In dem Chaos der einstürzenden Rampen, im Staubwirbel, der sich über dem eingebrochenen Holz erhebt, richtet ein Soldat seinen Blick auf mich. Sein Gesicht ist verzerrt vor Wut und er deutet mit der Hand auf mich.

»Du hast das getan«, schnaubt er.

Ich habe keine Ahnung, woher er es weiß. Vielleicht hat er gesehen, wie ich die Pfosten angeritzt habe, vielleicht hat er auch einfach nur mein zufriedenes Grinsen bemerkt. Aber egal, woher er es weiß, ich bestätige es durch mein Grinsen und das Hochhalten meines wunderbaren kleinen Messers. Es ist mir egal, ob sie es wissen. Ich habe den Winterianern gezeigt, dass es immer noch möglich ist, zurückzuschlagen. Ich brauche mich nicht erst umzuschauen, um zu sehen, welche Gefühle sie bewegen – Erstaunen oder Erleichterung oder Angst. Was es auch sein mag, es wird sich letztlich in Hoffnung verwandeln. Und wird schließlich ihren Sturm entfachen.

Und ich hätte mich von diesem Gedanken betäuben lassen können, hätte jedwedes Schicksal, das mich erwartete, wie einen Wolkenbruch über mich ergehen lassen können, wenn nicht plötzlich ein Schrei ertönt wäre.

»Tut ihr nichts!«

Es ist der kleine Junge, der an meinem ersten Tag beinahe

ausgepeitscht wurde, weil er mir Wasser geben wollte, und der mich seither jeden Tag mit seinen großen blauen Augen beobachtet hat. Sein Blick ist zaghaft, neugierig und entschlossen zugleich. Jeden Tag schaut er mich an, die Finger fest um die Schöpfkelle geklammert. Und jeden Tag kommt er einen halben Schritt auf mich zu, als wolle er sich über das Verbot hinwegsetzen, wolle mir helfen, doch jedes Mal ist seine Angst größer. Aber heute schüttelt er sie ab und wirft die Schöpfkelle auf den Boden, sodass sie zerbricht. Er rennt über den Hof auf mich zu, vorbei an Dutzenden von Winterianern, die mit offenem Mund auf das Durcheinander aus Holz, Staub und Felsbrocken starren, auf die Trümmerteile und die dazwischenliegenden Körper der Frühlingianer Soldaten.

Seine kurzen Beine sausen mit aller Kraft auf mich zu und er ruft: »Tut ihr nichts! Ich will, dass sie lebt – tu ihr nichts. HÖRT AUF, UNS WEHZUTUN!«

Seine Stimme trifft mich bis ins Mark, schärfer als das Messer in meiner Hand, tödlicher als die Holzbretter, die gerade eingestürzt sind. Ich fasse mir an die Brust.

Sie werden ihn töten. Wegen mir.

Der Soldat wirbelt herum, als der Junge vor ihm haltmacht. Das runde Gesicht des Jungen ist rot vor Wut. Er hat die kleinen Hände zu Fäusten geballt und seine Augen blitzen vor Zorn. Er blickt knurrend zu dem Soldaten hoch, als würde allein das genügen, einen Angriff abzuwehren. Er steht da, rührt sich nicht von der Stelle.

Der Soldat blinzelt überrascht, bevor er reagiert. Ich registriere das alles voller Entsetzen und schreie. Es ist ein einziges Wort, das meine gesamte Zuversicht hinwegfegt, die Genugtuung, so viele von Angras Männern auf einmal getötet zu haben, die Erregung, die mich beim Schmieden dieses Planes erfasst hatte.

»HALT!«

Doch niemand hält inne. Weder der Soldat noch die Männer hinter ihm, die in den Trümmern herumstochern und ein paar Kameraden bergen, die noch am Leben sind. Erst jetzt wird mir klar, was ich gerade getan habe, was um mich herum geschieht.

Ich hätte meine eigenen Leute umbringen können. Und jetzt wird der Junge dafür büßen müssen.

»Winterianer Abschaum«, faucht der Soldat, greift nach der Peitsche an seinem Gürtel und lässt sie mit einem Knall auf den Jungen hinabsausen, der auf die Knie fällt.

»Halt!«, schreie ich erneut und presche vorwärts, aber kalte Hände reißen mich zurück, und das kleine Messer fällt mir aus der Hand und landet im Staub. Ich versuche, mich von den zwei Winterianern loszureißen, die mich festhalten. Doch sie geben nicht nach. Ihre Mienen zeigen Entschlossenheit.

»Du machst es nur noch schlimmer«, knurrt einer und reißt mich zurück, weg von dem Jungen, als ein zweiter Peitschenschlag auf ihn niedersaust.

»Ich kann nicht einfach hier herumstehen und nichts tun«, kontere ich.

Ich bereue es nicht, dass ich die Rampen zum Einsturz gebracht habe, bereue es nicht, etwas getan zu haben, um ihnen Hoffnung zu schenken. Aber ich werde es mein Leben lang bedauern, wenn ich zulasse, dass ein Winterianer verletzt wird, obwohl ich ihm hätte helfen oder ihn retten können.

Tränen treten mir in die Augen und verschleiern alles. Schließlich lassen die Männer mich los, als ich sie abschüttle und auf den Jungen zustürze. Sein Rücken ist voller Striemen. Ich knie vor ihm nieder und nehme seinen weißhaarigen Kopf in die Hände. Er hat sich auf dem Boden eingerollt. Ich halte ihn, wie ich den Mann hätte halten sollen, der an meinem ersten Tag an der Mauer vom Gerüst gestürzt ist.

Die Peitsche zischt noch einmal durch die Luft, doch dieses Mal greife ich danach, und das Leder schlingt sich um meinen Arm. Ich fasse nach dem dickeren Ende und zerre daran, ziehe es dem Soldaten mit einem Ruck aus der Hand. Der Soldat reißt die Augen auf, dann brüllt er die Männer um uns herum an, ihm zu helfen. Die anderen Soldaten sind hin- und hergerissen zwischen dem Wunsch, ihre Kameraden unter dem eingestürzten Gerüst zu retten, und der explodierenden Panik um den Jungen und mich herum.

Ich wende mich wieder dem Jungen zu, die Peitsche immer noch um meinen Ellbogen geschlungen.

»Alles wird gut …«, beginne ich, doch dann fällt mein Blick auf seinen Rücken. Der Junge rührt sich nicht, weint nicht, bleibt lediglich eingerollt auf dem Boden liegen.

Ich umfasse erneut seinen Kopf. »Es tut mir ja so leid«, flüstere ich und drücke meine Stirn auf sein stumpfes Haar. Er windet sich, ein Funken Leben in meiner Handfläche. »Ich sorge dafür, dass es dir besser geht, irgendwie. Ich werde dich retten.«

Es ist so ungerecht, und ich kann nichts dagegen tun, konnte es nicht verhindern, habe es nur noch schlimmer gemacht – *ich habe ihm das angetan.*

Kälte verwandelt meine Glieder in Eis, lässt meine Lungen erstarren, sodass ich davon überzeugt bin, dass ich Eisblumen ausatme. Alles um mich herum und in mir drin verwandelt sich in eisige Kälte. Es ist so unfassbar kalt; ich habe das Gefühl, als bewegten sich alle Fasern meines Körpers wie die eisbedeckten Äste eines Baumes. Ist es nun so weit – treibt mich all das Grauen hier in den Tod?

Genauso habe ich mich gefühlt, als Sir gestorben ist. Diese unkontrollierbare Kälte, die alles in mir absterben lässt.

Plötzlich greifen die rauen Finger der Soldaten nach mir, zerren mich hoch, entreißen mir die Peitsche und treiben mich von dem Jungen weg. Ich wehre mich, trete nach ihnen, will unbedingt zu dem Jungen zurück.

Er späht durch die Finger nach mir, seine blauen Augen glänzen vor Tränen und …

Erleichterung.

Er ist erleichtert. Ich reiße die Augen auf, bin mir nicht sicher, ob das, was ich sehe, echt ist oder ein Trugbild, von dem ich mir wünsche, dass es wahr sei. Mein Blick wandert von seinem Gesicht zu seinem Rücken, der mit Striemen überzogen sein müsste, aber … er ist es nicht. Sein zerrissenes Hemd enthüllt reine weiße Haut, die in der heißen Sonne glänzt, keine Narben, Striemen oder Schnitte. Als sei er nie ausgepeitscht worden.

Die Soldaten, die mich festhalten, bemerken es ebenfalls. Alle bemerken es. Und alle Winterianer verspüren dieselbe Erleichterung. Er ist geheilt.

Eine Woge der Kälte überschwemmt mich, und ich will mich für immer darin verlieren, Eisflocken meinen Körper bedecken lassen, möchte irgendwo sein, wo es friedlich und sicher ist. Niemand um mich herum scheint die plötzliche Kälte, die ich empfinde, zu spüren, und ich überlege, ob ich halluziniere.

Die Soldaten erwachen noch vor mir aus ihrer Benommenheit. Ihre Hände krallen sich um meine Arme, ihre Finger berühren das Blut an der Stelle, wo die Peitsche sich in meinen Unterarm geschnitten hat. Sie zerren mich weg, durch die Menge der Winterianer, die mich anstarren, als ich an ihnen vorbeikomme.

Sie hat die Rampen zum Einsturz gebracht. Sie hat den Jungen geheilt.

Ein Winterianer tritt vor. Einer der vielen, die mich mit Misstrauen und Hass betrachtet haben, die Conalls Argwohn mir gegenüber teilten. Ein Lächeln überzieht sein Gesicht, das so echt und rein ist, dass das gesamte Fundament von April auseinanderbrechen könnte. Er hebt den Arm, wirft den Kopf in den Nacken und stößt einen Schrei aus. Sein Freudenschrei ist der Funke, der auf die anderen überspringt. Die Frühlingianer Soldaten blicken von den Körpern ihrer toten Kameraden hoch. Nie zuvor haben ihre Gefangenen solche Freude empfunden. Wie können sie dem Einhalt gebieten? Die Euphorie um mich herum steckt selbst mich so sehr an, dass ich nicht bemerke, wie die Wachen mich zurück nach April zerren und das Tor hinter mir schließen. Aber selbst als das schwere Eisentor zufällt, löst sich die Kälte in meinem Körper nicht auf. Und der Jubel der Winterianer nimmt kein Ende.

Angra kann sie hören, davon bin ich überzeugt. Er kann die Veränderung in der Luft spüren, die Freude, die sich wie Schneegestöber im Arbeitslager von April verbreitet. Mein Grinsen kehrt zurück, breitet sich auf meinem Gesicht aus.

Bald wird er erfahren, dass ich es war, die diesen Schneesturm ausgelöst hat.

Kapitel 25

Je näher wir Angras Palast kommen, desto mehr lösen sich meine Erleichterung und mein Erstaunen in Luft auf.

Dies ist der Augenblick, den ich seit meiner Ankunft hier gefürchtet habe, der Augenblick, in dem Angra mich foltern wird, damit ich mich ihm unterwerfe. Er wird mich bis aufs Blut quälen, bis ich ihm verrate, wie ich das Gerüst zum Einsturz gebracht und den Jungen geheilt habe. Und wenn ich es nicht erkläre – nicht erklären *kann*, zumindest nicht das mit dem Jungen –, wird er Herod befehlen, mich zu brechen.

Ein Schauer durchläuft mich. Nein, ich habe keine Angst vor Herod. Auch nicht vor Angra. *Ich habe keine Angst.*

Aber Angra wird mich töten, bevor ich Gelegenheit habe, noch einmal mit Nessa zu sprechen. Bevor ich noch etwas unternehmen kann, um ihnen zu helfen, ja sie vielleicht sogar zu retten. Und nachdem ich erlebt habe, was mit dem Jungen geschehen ist …

Ich würde am liebsten loslachen, als die Soldaten mich durch April zerren. Der Junge ist wieder gesund. Doch schon im nächsten Moment versetzt mir dieser Gedanke einen Schock, der das Bedürfnis zu lachen auslöscht wie eine Kerze.

Wie habe ich das nur fertiggebracht?

Als wir durch Angras Garten kommen, blicken Nessa, Conall und Garrigan von ihrer Arbeit auf. Sofort wechselt Nessas Gesichtsausdruck von Teilnahmslosigkeit zu Panik. Sie will auf mich zugehen, doch Garrigan hält sie zurück, schlingt die Arme um sie und flüstert ihr schnell etwas ins Ohr.

Auch Conall entdeckt mich, ein gefährliches, düsteres Funkeln in den Augen. Ich wende den Blick von ihm, bevor ich seine Enttäuschung erkennen kann, bevor mir sein Ausdruck verrät: *Wusste ich doch, dass du ebenfalls sterben würdest.*

Ich werde nicht sterben. Zumindest nicht heute. Nicht nach dem, was geschehen ist, was ich getan habe, was ich für sie tun kann. Aber *was* kann ich denn für sie tun? Ich weiß ja nicht einmal, *wie* ich es getan habe, woher es kam – ich habe den Jungen geheilt.

Ich habe ihn geheilt.

»Lasst uns allein.«

Angras Stimme hallt im Thronsaal wider. Eine Gruppe hochrangiger Berater hat sich um seinen Thron geschart, die schwarzen Sonnen und goldenen Bordüren ihrer Uniformen glitzern im Licht, das von den Fenstern in der Decke herabflutet. Auf seinen Befehl hin wenden sie sich vom Thron ab, und ihr Blick fällt auf das Winterianer Sklavenmädchen, das zwei Soldaten durch den langen Gang zum Podium zerren.

Einer der Berater ist Herod. Er grinst hämisch und wirft seinem König einen Blick zu, als wolle er sich dessen Erlaubnis holen, doch Angras Stimme wiederholt dröhnend:

»Ich sagte, *lasst uns allein.*«

Die Männer sammeln die Papiere ein, die sie auf den Tischen ausgebreitet hatten, und entfernen sich durch diverse Türen. Ich stehe vor dem Podium, flankiert von den beiden Soldaten. Angra lehnt sich in seinem Thron vor, mit einer Hand umklammert er seinen Stab. Seine grünen Augen blicken kalt und tödlich, und er starrt mich an, als sei ich ein preisgekrönter Hund, dessen Kauf er erwägt.

»Berichtet«, brummt er.

Der Soldat zu meiner Rechten nimmt Haltung an. »Sie hat das Gerüst an der Mauer zu Fall gebracht und dadurch viele unserer Männer getötet und verletzt. Und sie …« Er hält inne. Seine Augen wandern zu meinem Gesicht, doch er wendet sie schnell wieder ab, als könne ich ihn mit meinem Blick töten. »… hat einen Sklaven geheilt.«

Mein Atem stockt, meine Kehle zieht sich zusammen, als wüsste mein Körper, dass es zwecklos ist weiterzuatmen. Ich weiß nicht, *was* ich bin, wozu ich *fähig* bin, aber Angra wird mich foltern lassen, bis er es entweder herausgefunden hat oder ich sterbe.

Angra erhebt sich. »Geht«, befiehlt er. Beide Soldaten ziehen sich zurück, der Klang ihrer Stiefel auf dem Obsidianboden verhallt. Die Türen schließen sich hinter ihnen.

Jetzt gibt es nur noch Angra und mich. Angra und mich und das dumpfe Hämmern meines Herzschlags, das von dem schweren Obsidian des Thronsaals widerhallt. Ich spanne jeden einzelnen Muskel meines Körpers, kämpfe gegen die Angst an, die mich zu überwältigen droht.

Egal, was geschieht, egal, was er tut, ich bin ein Teil des großen Stroms von Winter, und das ist etwas, was er mir niemals nehmen kann.

Angras Finger spielen träge mit seinem Stab. »Du hast also das Gerüst zum Einsturz gebracht, wie? *Und* einen Sklaven geheilt?« Seine Miene ist vollkommen ausdruckslos und dieser Mangel an Gefühlen ist irgendwie noch beängstigender als alles andere. Ich habe ihn überrascht. Und er mag es nicht, wenn man ihn überrascht.

Angra tritt einen Schritt auf mich zu. Er lächelt, wirkt beherrscht, kontrolliert, versucht, mich mit höhnischen Worten zu analysieren, herauszufinden, was ich getan habe und wie er mich davon abhalten kann, ihn erneut zu überraschen. »Wenn du glaubst, du kannst dir solche Dinge ohne Folgen erlauben, scheinst du noch nicht verstanden zu haben, wo Winterianer ihren Platz in April haben. Aber keine Angst – Herod wird sich über alle Maßen freuen, dir zu zeigen, wie sich ein Sklave zu verhalten hat. Vielleicht hätte ich ihn von Anfang an damit beauftragen sollen, dir Anstandsregeln beizubringen.«

Die Erwähnung von Herod ist wie ein Blitzschlag an einem heiteren Tag, brutal und aufrüttelnd. Ich stolpere unwillkürlich einen Schritt zurück, die Augen weit aufgerissen, mein Atem geht stoßweise. Angras Grinsen wird breiter. Er hat meinen Schwachpunkt entdeckt.

»Hat doch tatsächlich meine Männer getötet«, sinniert er, mehr zu sich selbst gewandt als zu mir. »Und einen Sklaven geheilt. Bei Ersterem wird sich schnell herausfinden lassen, wie du das getan hast, aber das andere? Du bist mit nichts als einem Stein hierhergekommen; was genau verlieh dir also die Macht, jemanden zu heilen?« Angra kommt die oberste Stufe vom Podium herunter. »Hat dir etwa eine kleine tote Königin geholfen? Spricht sie mit dir in der Hoffnung, dass du das erfolgreich zu Ende führen kannst, woran sogar ihr Sohn gescheitert ist?«

Ich starre ihn an. Hannah. Woher weiß er …

Angra kommt die letzten Stufen herunter, bleibt so dicht vor mir stehen, dass ich die schwelende Wut hinter seiner Miene erkennen kann, die drohende Explosion spüre, sobald ich etwas Falsches sage oder nicht mitspiele. »Ich sehe alles«, zischt er. »Ich *kontrolliere* alles. Ich weiß, sie ist immer noch verbunden mit Winters Magie, aber ich hätte nicht gedacht, dass sie so töricht ist, ihre Macht in meinem Königreich einzusetzen, vor allem nicht in Gestalt eines wertlosen Mädchens. Du wirst mir jetzt genau berichten, was Hannah zu dir gesagt hat, wie sie dir ihre Magie übermittelt. Und dann werde ich jeden Tropfen dieser Magie aus dir herauspressen.«

Ich schlucke schwer. Ich sehe die Augen des kleinen Jungen vor mir, so groß und ehrfurchtsvoll und erleichtert, seinen geheilten schmalen Rücken.

»Ich weiß es nicht«, flüstere ich. Meine eigenen Worte überraschen mich. Ich hatte nicht vor zu sprechen.

»Das glaube ich dir nicht«, widerspricht mir Angra. Er hebt eine Augenbraue und betrachtet die Kugel an seinem Stab. Dunkelheit entströmt ihr, ein langer, sich windender

Schatten, der durch die Luft wirbelt und sich um seine Hand schlingt wie eine Kletterpflanze um den Ast eines Baumes. Dann entwindet sich der Schatten seiner Hand und umkreist in einem Bogen meinen Kopf. Er spielt mit mir, will mich einschüchtern und kommt immer näher, ohne mich jedoch zu berühren. Die nachtschwarze Farbe verschluckt die Sonnenstrahlen, die durch die Fenster in der Decke herunterströmen.

Ich starre auf den Schatten. Noch nie zuvor habe ich Magie erlebt. Aber das hier ist keine Magie.

Es ist das Verderben.

»Und ich bin sicher, Hannah hat dir einige wichtige Informationen in dein Köpfchen eingepflanzt«, fährt er fort. »Ich wüsste zu gern, was sie mit dir angestellt hat.«

Mein Atem geht jetzt keuchend, denn der Schatten lauert genau vor meiner Nase. »Da habt Ihr schon so viel Macht und wisst es trotzdem nicht?«

Angra zieht eine Grimasse und hinter seiner selbstgefälligen Fassade zeigt sich schäumende Wut. »Mit wem wurdest du noch einmal zusammen in einen Käfig gesteckt? 1-3219, 1-3218 und 1-2072? Eines lass dir gesagt sein, F-19: Mein Drang zu erfahren, was in deinem Kopf vorgeht, ist größer als meine Notwendigkeit, sie am Leben zu erhalten. Soll ich sie hierherbringen lassen? Ich glaube nämlich, es ist dir nicht egal, ob sie am Leben sind oder nicht.«

Ich beiße mir auf die Zunge, um nichts zu sagen. Angras Stirn entspannt sich in freudiger Erkenntnis. Die Schattenlinie wabert vor meinem Gesicht, eine Demonstration seiner Drohung.

»Aha, es ist dir also tatsächlich nicht egal, hatte ich doch richtig vermutet.« Er tritt so nah an mich heran, dass er nur noch eine Armlänge von mir entfernt ist. Lediglich der Schatten befindet sich zwischen uns. »Und es würde dich sicherlich auch nicht unberührt lassen«, fährt er mit leisem Säuseln fort, »wenn ich meinen Soldaten befehlen würde, sie *nicht* hierherzubringen, sondern sie auf der Stelle zu töten. Oder noch besser, wenn ich sie Herod überlasse. Vielleicht sollte ich …«

»Ich werde Euch töten«, fauche ich und mache einen Schritt in Angras Richtung, bevor mich die wirbelnde Schattenlinie zurückdrängt. Meine Hände sind zu Fäusten geballt. Mein Wunsch, Angra das Herz aus dem Leib zu reißen, ist übermächtig, aber ich weiß, es ist sinnlos. Ich kann ihn nicht davon abhalten, Nessa, Conall oder Garrigan Herod als Spielzeug auszuliefern, kann dieser vibrierenden Schattenlinie, die sich immer weiter auf mich zuwindet, bis ich Angst habe, ich könnte sie beim Luftholen einsaugen, nicht ausweichen.

»Wirst du das? Ich denke nämlich, du hast gar keine Wahl. Niemand hat eine Wahl.«

Ich fühle Blut in meinem Mund. Ich habe mir in die Zunge gebissen, und der scharfe Schmerz ist das Einzige, was mich davon abhält, Angra durch die Aura schwarzer Magie hindurch anzuspringen. Ich konzentriere mich auf den Schmerz, nicht auf die verschwommene Schattenlinie oder Angras einlullende Worte. Seine sanfte, vibrierende Stimme klingt so ruhig, so lieblich, bis mir die Bedeutung seiner Worte ins Bewusstsein dringt. Um uns herum wirft der schwarze Obsidian des leeren Thronsaals das Sonnenlicht zurück und scheint uns wie ein körperloses Publikum zu beobachten.

»Es ist befreiend, keine Wahl zu haben. Und nach einer Weile müssen die Menschen nicht mehr dazu gezwungen werden, gewisse Dinge zu tun. Wie zum Beispiel Herod – ihn begeistern die Entscheidungen, die ich für ihn treffe. Es wird ihm ein Vergnügen sein, dich zu vernichten.«

Kälte. Alles ist kalt. Die ganze Welt besteht aus Eis, eingehüllt in dichtes Erstaunen, nichts als glänzende Flächen und Wolken gefrorenen Atems. Ich bin darin eingeschlossen, ein Teil davon, meine Glieder erstarren zu den gezackten Ästen eines eisbedeckten Baums, gefangen in einer Art Winterstarre, während die Welt um mich in Frost versinkt. Meine Knochen verschieben sich mit einem knirschenden Geräusch, drücken sich gegen das Eis, bringen es zum Bersten, als mein Körper nach vorne prescht. Meine Finger sind zu Klauen gebogen, mein Mund zu einem blutigen Schrei aufgerissen, als ich durch den Schatten hindurch nach Angras Gesicht trachte.

In dem Moment, in dem die schwarze Wolke mein Gesicht berührt, erkenne ich meinen Riesenfehler. Meine Verzweiflung hat ihm den Zugang zu meinem Bewusstsein geöffnet, und meine Abwehr bricht in sich zusammen, als der Schatten in meinen Kopf eindringt und jede Spalte mit einem jahrtausendealten Grauen füllt. Ich taumele zurück, werde aus meiner Kälte herausgerissen und in eine hitzedurchtränkte Welt aus Qual und Folter geschleudert. Der Schatten wühlt sich durch meine Gedanken, dringt in meine Erinnerungen ein, dreht sich in meinem Kopf, während ich unkontrollierbar nach vorne und nach hinten geschleudert werde.

Auf Angras Gesicht kehrt ein hämisches Grinsen zurück. Seine Macht ist jetzt in mir und durchforscht meinen Geist, nistet sich in mir ein wie Tinte in Büchern.

Du wirst mir alles sagen, spüre ich seine Worte, die meine eigenen Gedanken sind, gierig und tief, und ich fasse nach meinen Ohren, als könnte ich ihn aus meinem Kopf herausziehen. *Ich werde dafür sorgen, dass sich Herod dich als Erste vornimmt, dann die Sklaven, mit denen du zusammen warst, und schließlich jeden einzelnen Winterianer, der mir gehört. Ich werde sie alle töten lassen.*

Nein, das wird er nicht. Ich werde Herod aufhalten; ich werde Angra töten, bevor er seine Drohung wahr machen kann.

Während Angra durch meinen Kopf schwirrt, sehe ich Gesichter und Bilder aus meiner Vergangenheit – Mather und Sir, die Rania-Ebene, den Tanz mit Theron in Cordell. Weiche weiße Schneeflocken auf Jannuaris Pflasterstraßen …

Kälte fegt über mich hinweg, eine unbekannte Kälte. Ich stehe in Jannuari, meine nackten Zehen graben sich in die Fugen zwischen den Pflastersteinen. An meinen Wimpern kleben Schneeflocken, lassen die Welt um mich herum glitzern. Warum bin ich hier? Es ist so eisig, dass jeder Nerv in meinem Körper unter der seltsamen Kälte erzittert.

Ich weiß, wie ich dich vernichten kann, höre ich Angras Stimme. *Ich weiß, wie ich euch alle vernichte, die ihr euch so inbrünstig nach dem sehnt, was ihr nicht haben könnt. Eure Verzweiflung offenbart eure Schwäche.*

Nein, ich bin in April, nicht in Jannuari. Ich befinde mich in Angras Palast und die Winterianer brauchen mich, und Nessa wird sterben, wenn ich nicht bei Bewusstsein bleibe. Ich besitze keine Magie, bin nichts Besonderes, bin einfach nur Meira.

Nein, nicht *einfach nur* Meira. Ich bin … ich bin etwas …

Es ist bitterkalt. Ich liebe die Kälte.

Meira, sag mir, was du dir am meisten wünschst. Ich werde deine Schwächen ausnutzen. Ich werde deinen Geist verbiegen, bis du in meinen Händen zerbrichst. Ich kontrolliere dich, Winter, alles …

Mit tödlicher Langsamkeit hebt Angra eine Hand und legt sie auf meine Stirn. Noch mehr Schnee wirbelt herum. Friedliche Schneeflocken hüllen mich in Jannuari ein, wo es ruhig und friedlich ist und wo ich mich so geborgen fühle wie noch nie in meinem Leben.

Das Medaillon. Angra trägt immer noch das halbe Medaillon um den Hals, die weiße Schneeflocke auf einem silbernen Herzen. Schon so lange suchen wir die Magsignie.

Ich werde dich jetzt durch das vernichten, was du am meisten begehrst: deine vollkommene Welt.

Kapitel 26

Angras Thronsaal verblasst, die Dunkelheit löst sich auf und wird zu einer Stadt. Nein, nicht irgendeiner Stadt, sondern dem Jannuari aus meinen zusammengesetzten Erinnerungen.

UND ES SCHNEIT.

Ich drehe mich um, die Pflastersteine sind glatt vom Eis, und die Kälte, die durch meine bloßen Füße in meinen Körper aufsteigt, erfüllt mich mit Euphorie. Der erdige Geruch von Kohle und veredelten Mineralien erfüllt die Luft und verwandelt alles in ein dunstiges Grau. Ich gehöre hierher, nach Jannuari. Wie konnte ich je irgendwo anders sein?

Der Rock meines hellgrauen Gewands ist zerfleddert, fadenscheinig und fleckig. Der dünne Stoff lässt noch mehr Kälte in mich eindringen, während ich auf der Straße stehe und einer Gestalt zulächle, die durch den Schnee auf mich zurennt. Nessa.

»Meira, das Abendessen ist fertig. Deine Mutter hat mich gebeten, dich zu holen.«

Meine Mutter. Irgendetwas drängt sich in mein Bewusstsein … Ich glaube nicht, dass ich eine Mutter habe.

Doch, natürlich habe ich eine. Ich hatte immer eine Mutter.

»Meira, komm schon!« Nessa fasst nach meiner Hand und zieht mich

die Straße hinauf. Sie ist so glücklich, so gesund, erfüllt von einem Leben voller Liebe und Geborgenheit. Ihre Augen strahlen und Schneeflocken bleiben in ihren Haaren hängen.

Mit einer Hand hebe ich meinen Rock, und gemeinsam rennen wir die Straße entlang, vorbei an Winterianern, die gerade ihre Auslagen in Schaufenstern aufräumen. Ein Schmied hämmert Hufeisen in seiner Schmiede. Ganz normale Alltagsarbeiten … Auch sie sind falsch. Genau wie meine Mutter. Sogar Nessa ist falsch und diese Stadt, auch wenn ich weiß, dass es sie gibt.

»Er kommt heute Abend zum Essen«, flüstert Nessa, ihre Stimme ist freudig und erregt.

»Wer?«

Nessa lacht. Ihr Lachen lässt die Luft noch mehr vibrieren. Sie zieht mich einen schmalen Weg hoch zu einem kleinen, zweistöckigen Häuschen und reißt die Tür auf. Warmer Feuerschein empfängt uns, fällt auf den schneebedeckten Weg. Gelb vermischt sich mit dem Grau von Jannuari, Wärme trifft auf Schnee. Aber keine unangenehme Wärme – sie ist genau richtig.

»Na endlich«, ruft eine Stimme, als ich über die Schwelle trete. Auf der Feuerstelle zur Linken steht eine Schale mit orangefarbenen Kohlen, die einen Topf mit Gemüsesuppe wärmen. Conall sitzt an einem Holztisch und ein kleines Bündel auf seinem Arm gibt quietschende Geräusche von sich. Hinter ihm steht eine Frau, die ihre Hände auf seine Schultern gelegt hat. Seine Frau? Sie muss es wohl sein. Auch Garrigan kauert vor seiner Frau, und zwei kleine Jungen blicken ihn ehrfürchtig an, während er ihnen eine Geschichte erzählt.

Hinter dem Tisch taucht eine kleine anmutige Frau aus einem der hinteren Zimmer auf. Weiße Locken kringeln sich um ihr mehlbestäubtes Gesicht. »Meira, komm. Er wird gleich da sein«, sagt sie. Alysson.

Nessa lässt sich auf einen Stuhl am Tisch fallen. »Deine Mutter war den ganzen Tag mit Kochen beschäftigt.«

Meine Mutter. Alysson ist also meine …

»Beeilt euch! Seine Kutsche fährt schon vor.«

Hinter mir ertönt eine dröhnende Stimme. Ich drehe mich um, als ein Mann hereinstapft und sich den Schnee vom Haar schüttelt. Die herumwirbelnden Flocken schmelzen auf meiner Haut, prickeln auf meinen Armen. Ich kenne diesen Mann. Seine dunkelblauen Augen, der von Grau durchzogene Bart und das weiße Haar, das zu einem festen Knoten zusammengebunden ist …

Alysson ist meine Mutter – was bedeutet, dass Sir mein Vater ist.

Freude erfüllt mich und heiße Tränen steigen mir in die Augen. Er ist mein Vater. Natürlich ist er es, ich hatte ihn mir immer als Vater gewünscht.

Schmerz trübt meine Freude, und ich lasse mich fallen, lande mit den Knien auf dem Holzboden, während mir eine Erinnerung durch den Kopf schießt, pochend und laut.

Einst nannte ich ihn Vater und sagte Ja, Sir, Nein, Sir. Ihr seid nicht mein Vater, und ich bin nicht Eure Tochter, und alles, was ich mir immer gewünscht habe, war, dass Ihr mich anschaut.

Irgendetwas ist falsch. Ich kenne ihn, ich weiß, dass es ihn gibt, aber nicht so.

»Meira.« Auch Sir lässt sich auf die Knie nieder, umfasst meinen Kopf und zwingt mich, ihm in die Augen zu sehen. Sein Gesicht ist sanft und besorgt, seine Stirn in Falten gezogen. »Geht es dir gut?«

Er dürfte nicht hier sein … etwas ist mit ihm geschehen, etwas Grauenhaftes. »Ich habe geträumt, du seist gestorben«, flüstere ich.

Die Sorge in Sirs Gesicht verwandelt sich in ein Lächeln und er zieht mich an sich. Er legt seine kräftigen Arme um meine Schultern und bettet meinen Kopf an seine Brust.

»Meine Kleine. Es war nur ein Traum.«

Er fühlt sich kalt an von der Luft draußen und riecht nach Schnee, sauber und frisch. Die Knöpfe seines Hemds drücken gegen meine Wange, als ich mein Gesicht gegen seine Brust presse, um ihn ganz fest zu spüren. So fühlt sich Liebe an. Er liebt mich. Er ist mein Vater, und ich bin seine Tochter, und er ist alles, was ich habe, alles, was ich brauche.

»Er kommt«, ruft Alysson »Der Prinz ist da!«

Sir drängt mich zu einem Stuhl gegenüber der Tür. Die Dunkelheit des Schneesturms hinter der offenen Tür erinnert an einen Traum, aus dem alles Gestalt annehmen könnte. Als ein Mann durch die Tür tritt, nimmt Nessa meine Hand von ihrem Stuhl. Er trägt eine blaue Militäruniform und seine blank polierten Schuhe glänzen im Feuerschein. Der Schneesturm treibt ihn uns entgegen, als habe er ihn geschaffen, ihn aus den tiefsten Nischen meiner Erinnerung hervorgeholt.

»Ich danke Euch, dass Ihr mich empfangt«, sagt er und verneigt sich, von Kopf bis Fuß der perfekte Prinz, der er immer gewesen ist. Er hat ein starkes, selbstbewusstes Gesicht und lebhafte, wache Augen. Er betrachtet jeden Einzelnen von uns genau, als wolle er sich unsere Gesichter für immer einprägen.

Vor mir bleibt er stehen. Nessas Griff um meine Hand wird fester, schnürt mir beinahe das Blut in den Fingern ab.

»Meira«, sagt Mather, sonst nichts, nur diese beiden Silben, die in mir widerhallen, als gebe es nichts sonst auf der Welt. Nur uns. So wie es hätte sein sollen.

Explosionen. Mather ruft entsetzt meinen Namen. Ruft und ruft …

Ich liebe ihn nicht, darf ihn nicht lieben, also tu ich es nicht, nicht mehr. *Es ist zu schwierig, ihn zu lieben.*

Mather sitzt mir gegenüber, lässt mich keinen Moment aus den Augen. Alysson geht hinüber zum Feuer, scheucht Garrigan, seine Frau und seine Söhne weg. Sie nehmen am Tisch Platz, Conall und Garrigan und ihre Frauen und Nessa mit ihrer glücklichen Familie und ich mit meiner glücklichen Familie.

Die Haustür steht immer noch offen. Hinter den Schneeflocken reißt mich der Anblick weißen Haars vom Stuhl. Schnell löse ich meine Hand aus Nessas.

Alysson schöpft Eintopf in Schalen. »Meira, bitte, setz dich wieder. Wir wollen jetzt essen.«

Aber ich kann mich nicht setzen, kann den Blick nicht von der Tür wenden, vom Schnee, von dem weißen Haar, das ein Gesicht umrahmt. Wessen Gesicht?

Sir berührt meinen Arm. »Was siehst du denn dort, meine Kleine?«

Als ich klein war und Mather und ich kichernd im Versammlungszelt erwischt wurden, voller Tintenflecke, brüllte er mich an.

Unsinn – wie hätte ich als Kind mit dem Prinzen zusammen sein sollen? Ich gehe um den Tisch herum. Das weiße Haar hinter der Tür zieht mich magnetisch an.

»Meira.« Mather lehnt sich auf dem Stuhl zurück, seine Finger wandern meinen Arm entlang. »Was ist geschehen?«

Es ist so sicher hier. Hier habe ich alles, was ich mir wünschen kann. Wie könnte je etwas Böses geschehen? Das hier ist vollkommen, ist richtig, und ich muss Mather alles berichten, weil er vollkommen ist.

»Ich habe einen Jungen geheilt«, höre ich mich sagen. Ich glaube, das

weiße Haar draußen ist das Haar von Mathers Mutter, der Königin. Ich habe gehört, sie sei schön. »Ich bin wichtig.«

»Das bist du, Meira.« Mather erhebt sich, sein Stuhl gleitet über das Holz. »Natürlich bist du wichtig. Warum?«

Er ergreift meine Hand. Aber als ich sie spüre, ihn *spüre, bekommt das vollkommene Bild um mich plötzlich einen Riss. »Nein, ich bin nicht die Richtige für dich«, höre ich mich sagen. »Ich bin nicht gut genug.«*

Sir faltet die Hände auf dem Tisch und mustert uns. »Das habe ich dir nur eingeredet, damit du unsere Zukunft nicht gefährdest. Manchmal sind Lügen stärker als die Wahrheit.«

»Die Wahrheit?« Ich spüre wieder den vertrauten Schmerz an der Schläfe, der droht, mich zu zerreißen, wenn ich nicht … was? Ich muss mich setzen, etwas essen und mich mit Mather unterhalten, ihm erklären, warum ich wichtig bin, denn das hier ist genau das, was ich mir immer gewünscht habe. Hier zu sein.

»Meira«, ruft eine Stimme von draußen. Die Königin ist da. Warum bittet niemand sie herein?

Ich trete zur Tür, habe kaum die Schwelle überschritten, als Mather nach meinem Arm greift. »Woher kommt deine Magie?«, fragt er. Er sieht ängstlich, verzweifelt aus. Sein Blick spiegelt meine eigene Beklemmung wider. Er sieht Sir so ähnlich. Dasselbe kräftige Kinn, dieselben Saphiraugen, derselbe Schleier der Teilnahmslosigkeit. Nie zuvor ist mir das aufgefallen.

»Die Magie kommt aus …« Warum antworte ich ihm? Er sollte mich so etwas nicht fragen. Ich weiche einen Schritt zurück, zur Tür und zu dem Schneesturm.

»Die Magie kommt aus den Königlichen Magsignien.«

Mather zieht die Stirn in Falten. »Magsignien? Nein, Meira.« Er fährt sich mit der Zunge über die Lippen, versucht es erneut. »Wie kommt es, dass du *über Magie verfügst? Wie überträgt Hannah ihre Magie auf dich? Du musst es mir sagen.«*

»Ich habe es dir gesagt«, erwidere ich. »Lediglich Magsignien verfügen über Magie. Hannah überträgt mir überhaupt nichts.«

»Meira«, ruft Hannah mir zu. Ich kehre dem Raum, dem warmen Feuer, Nessas Gekicher und Sir, der mich seine Kleine nennt, und Mather, der nach mir ruft und nach mir greift, den Rücken. Lasse alles, was ich mir je gewünscht habe, hinter mir, weil Hannah mich braucht und ich zu ihr gehen muss.

In dem Augenblick, in dem ich das Häuschen verlasse, wallt Hitze hinter mir auf, eine Wärmeexplosion, die so stark ist, dass sie unmöglich von der Feuerstelle kommen kann. Ich drehe mich um, als das Häuschen in sich zusammenfällt, als könne es das Gewicht der Nacht nicht ertragen. Aber nein, es fällt nicht zusammen, es brennt und verwandelt sich nach und nach in einen kleinen Haufen glühender Asche. Ich reiße die Augen auf, als die Schatten der Nacht sich über die Asche erheben und sie schlucken, bis sie sich in eine erstaunlich reine schwarze Leere verwandelt. Die Stadt um mich herum fällt ebenfalls in sich zusammen und verschwindet, bis Januari ausgelöscht ist und ich in nichts als einem Lichtstrahl zurückbleibe.

»Meira, jetzt habe ich das hier unter Kontrolle. Nicht Angra«, sagt Hannah. Ihre Stimme klingt gepresst, als müsse sie um unsere Sicherheit kämpfen.

Ich schüttle den Kopf. Angra hatte die Kontrolle? Worüber? Nein, ich bin jetzt in Sicherheit, bin nicht mehr von Angras schwarzer Magie umgeben. Hannah beschützt mich, weil er Dinge aus meinem Kopf herauszerren wollte. Er hat versucht, mich zu brechen, aber jetzt bin ich in Sicherheit …

Hannah wartet hinter mir. Wir sind immer noch eingehüllt in wirbelnde Schneeflocken, als würden sie uns abschirmen, schützen wie eine un-

sichtbare Armee, die die Dunkelheit von uns abhält. Hier kann uns Angra nichts anhaben. Er wollte nicht, dass ich das Häuschen verlasse. Er wollte, dass ich im Inneren bleibe, wo es gemütlich war, um ihm all meine Geheimnisse zu enthüllen. Aber ich bin nicht geblieben, und Hannah nutzt ihre Verbindung zu Winters Magsignie, um mit mir zu reden, wie sie es zuvor getan hat.

Ihre Verbindung zu Winters Magsignie, nicht der blaue Stein. Der Lapislazuli war nie mit irgendwelcher Magie ausgestattet. Nur die Königlichen Magsignien besitzen Magie. Ich drehe mich um und der Schnee knirscht unter meinen Füßen. Hannah hat mir den Rücken gekehrt, ihr Haar flattert im Wind. Erklärungen wirbeln um mich herum, aber sie kommen nicht von ihr, sondern von mir selbst. Mein Geist entspannt sich hier, in diesem Raum zwischen Schlaf und Wachen, und dabei strömt Wissen ins Licht, plötzliche Lichtblitze von Klarheit, die ich selbst nie gesehen hätte.

»Angra hat dein Medaillon zerstört, aber die Magie ist mächtiger, als selbst er es weiß.« Die Worte strömen aus mir heraus, tief aus meinem Herzen, aus jener geheimnisvollen Stelle, die Hannah und mich verbindet.

Die Magie. Sie kannte schon immer die Wahrheit. »Du warst verzweifelt, als Angra dabei war, Winter zu vernichten, also hast du dich deiner Magsignie unterworfen und hast sie dir alles berichten lassen. Die Wahrheit hinter der Magie: Dass der König oder die Königin dieses Königreichs selbst zur Magsignie wird, wenn die Magsignie bei der Verteidigung des Königreiches zerstört wird.«

Mit einem Mal weiß ich das alles. Die Magie gibt mir das letzte fehlende Teilchen, um mein Puzzle zusammenzusetzen. Die Königlichen Magsignien sind mit den Abstammungslinien der Königreiche verknüpft. Die Magie benötigt immer einen Wirt und bei einem menschlichen Wirt unterliegt sie nicht mehr den Beschränkungen wie bei Objekten. Menschliches Leben und die reine Magie hätten eine perfekte Kombination dargestellt, wie eine ewige Flamme, die sich aus sich selbst speist. Hätten die Herrscher damals zugelassen, dass ihre Magsignien zerstört wurden, als sie dem Verderben gegenüberstanden, dann wären sie selbst zu den Magsignien ihrer Königreiche geworden. Und das Verderben wäre durch diese Machtfülle dem Untergang geweiht gewesen und die Welt hätte eine ewige Blütezeit erlebt.

Aber die Magie der Magsignien wirkt nur, wenn ihr Besitzer sie bewusst steuert und einsetzt. Und sie geben nur dann Antworten, wenn die Menschen ihren eigenen egoistischen Willen überwinden und bereit sind, sich zum Wohle ihres Königreichs aufzuopfern. Es ist eine Magie, bei der es um die Wahl geht, und niemand, bis auf Hannah, entschied sich, sich zu ergeben.

Hannah sieht mich an, als wollte sie mich auffordern, meine Gedanken noch weiterzutreiben.

»Du hast nicht gewusst, dass du schwanger warst. Und dann hat Angra dich getötet«, flüstere ich. Es ist bitterkalt. Kälte durchdringt mich, bis ich davon überzeugt bin, von Kopf bis Fuß aus Eis zu bestehen, eine leere Glasskulptur. »Angra zerstörte das Medaillon und tötete dich, sodass die Magie auf dein Kind überging. Auf …«

Mein Mund erstarrt zu Eis, und Kälte beherrscht mich, drängt mich hinein in die Szene, die Hannah mir schon einmal zeigen wollte: Es ist die Nacht vor Jannuaris Untergang; die Luft ist erfüllt vom schweren Geruch glühender Kohlen. Die Flüchtlinge sind im Palast versammelt. Hannah kniet vor Alysson, die den kleinen Mather an sich drückt.

»Es tut mir so leid«, sagt Hannah zu Alysson. »Ihr braucht mir nicht zu gehorchen. Ihr könnt Euch immer noch entscheiden, dies nicht zu tun.«

Ich gehe um Hannah und Alysson herum, gehe an Dendera, Finn, Greer und Henn vorbei. Crystalla und Gregg kauern bei der Feuerstelle. Sie *sind lebendig und halten sich umschlungen. Ich gehe an Sir vorbei, der sich schützend vor seine Frau und das Baby gestellt hat.*

In der Ecke des Raums steht unbeachtet eine Korbwiege. Mathers Wiege? Nein, ein Baby liegt darin.

Plötzlich schnellt eine winzige Hand hoch. Kleine, knubblige Finger greifen in die Luft. Zwei leuchtend blaue Augen blicken sich neugierig in der Stille des Raums um. Eine hellrosa Decke ist um das Baby, ein Mädchen, geschlungen. Der Saum wurde mit rosa Seide bestickt, mit Schneeflocken, die einen Namen bilden, fünf kleine Buchstaben.

»Nein, meine Königin«, sagt Alysson. »Wir tun es, natürlich tun wir es. Winter braucht uns. Wir werden unser Kind so aufziehen, als wäre es das Eure.«

Der Name. Die fünf kunstvoll gestickten Buchstaben bilden den Namen MEIRA.

Kapitel 27

Der Boden von Angras Thronsaal schimmert im Licht, das durch die Fenster in der Decke strömt, und mein Spiegelbild starrt mir entgegen, als ich auf Händen und Knien zu Angras Füßen auf dem Boden kauere.

Ich bin Hannahs Tochter.

Meine Augen huschen hin und her, Panik erfasst mich. Ich kann nicht Hannahs Kind sein, denn Mather ... aber Hannah hat Alysson und Sir gebeten zu behaupten, Mather sei der Prinz. Angra wusste, dass Hannahs Kind in jener Nacht entkommen war, also konnten sie nicht einfach behaupten, dass es gestorben sei – das hätte Angra nie und nimmer geglaubt. Also sagten sie, es sei Mather, denn dann würde es Angra nicht kümmern. Wenn Winters Erbe ein Junge war und kein Mädchen, würde er keine Bedrohung für ihn darstellen, selbst wenn wir es schafften, die Magsignie wieder zusammenzufügen, und die Magie dorthin zurückkehrte.

Aber das Medaillon ist machtlos, seit sechzehn Jahren schon, seit Angra es auseinanderbrach und die geballte Macht sich einen neuen Wirt suchte. Sie ging auf mich über.

Ich bin Winters Magsignie.

Niemand wusste, dass dies überhaupt möglich war, außer Hannah, die ihr Medaillon anflehte, ihr zu sagen, was sie tun solle, um Winter zu retten. Ihr Medaillon *musste* zerstört werden, zum Schutz von Winter, ein Opfer, damit seine Macht nicht geraubt oder verloren gehen könnte und nicht länger durch ein Objekt eingeschränkt wäre. Ich bin Winters Königin.

Ich atme tief durch, lasse die Luft in meinen Körper strömen, um unter alldem nicht zusammenzubrechen, eine Last, die schwerer ist als alles, was ich je gefühlt habe.

Sechzehn Jahre lang haben alle dieses Geheimnis bewahrt. Sir, der mich trainierte und behandelte, als sei ich irgendeine namenlose Waise, die dankbar sein müsste, frei und am Leben zu sein. Und Mather … Die ganze Zeit waren seine Eltern dort, bis Sir in Bithai …

Da ist meine Kleine.

Das Häuschen. Sir, der mich umarmt. Das war nicht real. Es war ein grausamer Trick von Angra, ein unerbittliches Spiel mit meinen Träumen. Alles, was ich mir je erträumt oder gewünscht habe, alles, was ich nie bekommen würde – eine einfache, glückliche Familie in irgendeinem kleinen Häuschen. Aber Hannah, das *war* real. Ihr verzweifelter Versuch, mich vor Angra zu schützen, zu retten, ermöglicht durch ihre Verbindung zur Magsignie, zu ihrer Abstammungslinie. Meiner Abstammungslinie.

Ich lasse mich nach vorn fallen, meine Stirn berührt den kühlen Obsidianboden, mein Mund öffnet sich, ein Schluchzen bricht daraus hervor. Tränen rollen mir übers Gesicht, als ich mich daran erinnere, wie Sir die Arme um mich legte, wie er mich in Angras üblem Traum im Arm hielt und keine Angst hatte, mir seine Zuneigung zu zeigen.

Aber er ist nicht mein Vater. Er ist Mathers Vater. Mein wahrer Vater ist Winters toter König und meine Mutter ist Winters tote Königin. Sie hat ihre Verbindung zu Winters Magsignie dazu benutzt, sich mir zu zeigen. Weil ich … weil ich Winters Magsignie bin. Egal, wie oft ich diese Worte in meinem Kopf hin und her drehe, sie ergeben keinen Sinn.

»Herod!«

Angras Befehl bringt den Palast zum Wanken – eine blindwütige Drohung. Er wird mich töten, hier und jetzt, mich in Stücke reißen und sie über Winters verwüstetes, menschenleeres Land verstreuen. Er wird gewinnen, trotz allem.

Ich schrecke hoch, stolpere zurück, weiß nicht, suche verzweifelt nach einer Möglichkeit zu fliehen. Ich darf nicht einfach sterben – nicht jetzt. Es darf jetzt nicht enden …

Angra reißt eine Tür auf. »Herod! Bring ihn her, SOFORT!«

Ich atme schwer, meine Brust hebt und senkt sich. Ihn. Wurde Mather gefangen genommen?

Als sich Schritte von der Halle nähern, wendet sich Angra wieder mir zu. »Winterianer! Immer stehen sie größeren Dingen im Wege«, sagt er verärgert und seltsam verzweifelt. »Vielleicht kannst du dich gegen mich zur Wehr setzen, aber es gibt andere Wege, dich zum Reden zu bringen.«

Halte durch.

Er hat nichts von alldem mitbekommen. Er weiß nichts. Für ihn muss sich das Bild von Jannuari in dem Moment aufgelöst haben, als ich das Häuschen verließ.

Hannah nutzte die Magie unserer Magsignie, um uns versteckt zu halten, da sie mich erst vorbereiten musste. Sie ist dieses Risiko eingegangen, mir eine Chance zum Kämpfen zu geben, um unser Königreich zu retten.

Mir wird wieder kalt, ein kurzer Schauder, der mich durchläuft, bis hinab in die Hände.

Schritte hallen im Thronsaal wider, Schatten fallen auf zwei Gestalten. Die eine ist Herod, dessen drohend hochgezogene Schultern ich überall erkennen würde; die andere Gestalt ist kleiner, wenngleich immer noch kräftig und groß, aber …

Herod schubst den Gefangenen vor mir ins Licht. Er bricht zusammen, seine Kleider sind zerrissen und voller Blut, sein Körper übersät mit Schnittwunden. Als er zu mir hochschaut, verschwindet alles andere.

Es ist Theron.

»Sag es mir«, befiehlt Angra und kommt drohend auf mich zu. Aus seinem schwarzen Stab strömt ein Schattengebilde und windet sich um seine Hand. »Oder ich werde deinem Prinzen jeden Knochen einzeln brechen.«

Theron rappelt sich hoch auf die Knie. Er ist hier. In Frühling.

Eine Schnittwunde auf seiner Stirn blutet. Das Blut läuft ihm ins Auge. Den Mund hat er zu einer Grimasse verzogen, in dem verzweifelten Versuch, mir zu zeigen, dass er froh ist, mich zu sehen, sogar hier, an diesem Ort. Ich lasse mich vor ihm auf den Boden nieder, streiche mit den Händen über sein Gesicht, seine Arme. »Wie seid Ihr hierhergekommen?«

Therons Lächeln verblasst. »Ich könnte Euch dasselbe fragen.«

Angra schlägt ihm mit dem Stab auf den Kopf, sodass er erneut zu Boden fällt. Er hievt sich auf die Ellbogen, atmet schwer und blickt mich wieder an.

»Wollt Ihr ihr nicht berichten, wie Ihr Euch mir ausgeliefert habt? Ganz der heldenhafte Ritter, versuchte er, sich in Frühling einzuschleichen, um sie zu retten, endete aber in derselben Lage wie sie«, schnaubt Angra, aber sein hämisches Grinsen ist wie weggeblasen. Mein Widerstand gegen seine Magie hat seine Kontrolle ins Wanken gebracht. »Soll ich deinem Prinzen zeigen, wie Besucher in April behandelt werden?«

Als ich auf Angra zustürmen will, eilt Herod auf mich zu und hält mich fest. »Nein«, schreie ich, und das Wort hallt im Raum wider. Ich habe keine Zeit für Übelkeit oder Ekel, als er seine Arme um meinen Körper schlingt und knurrt, während ich mit den Füßen nach ihm trete.

»Weißt du, was mit den letzten Flüchtlingen passiert ist, die wir gefangen genommen haben?« Herods Atem streift mein Haar, meinen Hals, erfasst meinen ganzen Körper, als er mich eng an sich zieht.

Angra tritt über Theron und drückt die Kugel seines Stabs gegen dessen Rücken. Doch Theron verzieht keine Miene, hält den Blick unbeirrt auf mich gerichtet. Sein Atem geht schnell und keuchend, als er sich für das wappnet, was ihn erwarten mag. Er weiß nichts von Angras dunkler Magie – er weiß nicht, dass sie ihm etwas anhaben kann …

Die erste Rippe knackt und Theron schreit auf. Die Überraschung macht jegliche Chance zunichte, beherrscht zu bleiben.

Unverhüllte Angst lässt jegliche Farbe aus seinem Gesicht

weichen, als er in der Stille, die nach dem Brechen der Rippe folgt, nach Luft ringt. Sein Blick sucht meinen und stellt eine stumme Frage. Aber ich kann nichts erklären, nicht hier. Herod drückt sein Gesicht an mein Ohr, als die zweite Rippe in Therons Brustkorb bricht. Dieses Geräusch knirschender Rippen lässt in meinem eigenen Körper die Erinnerung an den Schmerz wieder wach werden.

»Du weißt es, nicht wahr?«, fährt Herod fort. »Denn wir haben einen von ihnen gehen lassen, damit er euch erzählen konnte, was für ein Schicksal euch erwartet. Die eine, die starb – F-16? Sie war eine Kämpferin, genau wie du. Entschlossen, Widerstand zu leisten. Aber am Ende geben sie sich immer geschlagen.«

Die dritte Rippe knackt, und Theron stößt, den Kopf zu Boden gewandt, einen unterdrückten Schrei aus, der mir in der Seele wehtut. Angras Blick huscht zu mir. Er lächelt so fröhlich wie ein Kind, seine Hand dreht sich um den Stab, während er, eine nach der anderen, Therons sämtliche Rippen bricht. Ich kann nichts dagegen tun – oder doch, ich könnte es, wenn ich ihm verrate, wer ich bin …

»Ich werde deinen Prinzen zuschauen lassen«, flüstert Herod.

Genau, wie er es mit Gregg getan hat. Er hat ihn an einer Wand in seinem Raum angekettet, während Crystalla in einen Käfig gesperrt war, eine Puppe, die er auf Angras Befehl hin herausholte und mit der er spielte. Angra zeigte ihr, wo der Platz einer Winterianerin in Frühling war, indem er Herod anwies, sie auf die unvorstellbarste Art zu Tode zu foltern.

Theron stöhnt, als Angra die Rippen, die er gebrochen hat, wieder heilt. Endlich lässt mich Herod los, und ich werfe mich über Theron, als könne mein Körper ihn vor Angras Magie bewahren.

»Halt«, murmele ich an Therons Schulter. »Halt. Er hat hiermit nichts zu tun. Dies ist etwas zwischen uns, zwischen Jahreszeit und Jahreszeit. Es ist nicht Cordells Krieg!«

Angra lacht. Sein Lachen lässt mich hochschrecken, mein Fehler klingt mir in den Ohren.

»Nein, du hast ganz recht.« Er wendet sich Herod zu. »Hol 1-2072, 1-3218 und 1-3219. Ich habe F-19 versprochen, dass du sie haben könntest, wenn du fertig bist mit …«

»Nein!« Mein Schrei dringt so laut und so verzweifelt durch den Thronsaal, dass ich spüre, wie die Steine erzittern. Jedes Detail des Thronsaals, vor allem die Dunkelheit des Obsidiansteins, dringt in meine Augen und lässt alles, was ich sehe und fühle, in einem bedrohlichen Schwarz erscheinen. Kann ich meine Magie einsetzen, um sie aufzuhalten, das alles zu verhindern? Was kann meine Magie überhaupt ausrichten? Ich kann lediglich eine Wirkung auf Winterianer ausüben, ihnen Kraft, Ausdauer oder Gesundheit vermitteln …

Wie aus weiter Ferne nehme ich wahr, wie Theron mich in die Arme nimmt und mir etwas ins Ohr flüstert, aber ich schreie jetzt, schlage um mich, als Soldaten hereinmarschiert kommen und uns wegschleppen. Das Blut in meinem Kopf rauscht so laut, dass ich nichts mehr hören kann. Herods grauenhafte Fratze grinst mich höhnisch an, als er sich mir zuwendet. Er durchschreitet den Thronsaal und verschwindet durch eine schwere Flügeltür. Er wird jetzt Nessa und ihre Brüder holen. Er wird sie töten …

»Bringt sie in Herods Kammer«, befiehlt Angra seinen Soldaten. »Wenn sie reden will, bringt sie sofort zu mir, egal in welchem Zustand.«

Ich schreie erneut. Meine Finger zerren an den Soldaten, die uns wegschleppen. Ich werde nicht zulassen, dass Nessa, Conall oder Garrigan oder ich selbst oder *überhaupt irgendjemand* auf diese Weise stirbt.

Die Soldaten lässt das kalt. Sie stoßen mich Treppen hinauf und Gänge entlang, die sich durch Angras Obsidianpalast winden. Alles hier ist mit demselben schmerzvoll poetischen Frühling-in-Dunkelheit-Motiv geschmückt, Efeu und Blumen sind in das schwarze Felsgestein gemeißelt. Der Efeu rankt sich um uns wie die Worte in Nessas Erinnerungshöhle.

Eines Tages werden wir mehr als Worte im Dunkeln sein.

Bithai hatte ein Lied. Ein schönes Lied, vergleichbar mit dem Gedicht, das Theron verfasst hatte. Aber Winter besitzt kein Lied, lediglich diese in die Dunkelheit geritzten Worte und diesen einen Satz, diese eine verzweifelte Bitte, die meinen Körper mit Sehnsucht erfüllt.

Die Soldaten reißen eine Tür in der zweiten Etage auf. Vor mir liegt ein Raum mit einem Himmelbett in der hinteren Ecke, breiten hellen Fenstern an der Südwand und glänzenden Holzböden, über die mich die Soldaten schleppen, bis wir vor einem Käfig haltmachen. Er ist kaum groß genug, dass ich mich darin aufsetzen kann. Sie öffnen die Tür, stoßen mich hinein und schließen sie hastig.

Einer der Soldaten legt den Schlüssel auf Herods Schreibtisch.

Ich verfolge seine Bewegungen, bis mein Blick an etwas hängen bleibt, von dem ich geglaubt hatte, ich würde es niemals wiedersehen: mein *chakram*. Das *chakram*, das Herod mir in Lynia gestohlen hat; es liegt wie eine Trophäe auf seinem Schreibtisch. Eine wertvolle Trophäe, so wie auch ich eine Trophäe bin.

Es ist so nah. So nah und doch so nutzlos.

Ich werfe mich gegen die Käfigwand, und die Gitter ächzen an der Stelle, wo sie in den Boden eingelassen sind. Es ist zwecklos. Die Soldaten lachen, als sie hinausgehen.

Gegenüber von mir ketten die anderen Soldaten Theron an die Wand. Sie versetzen ihm einen Fausthieb in den Magen, sein Körper prallt krachend gegen die Mauer. Dann lassen sie uns allein und schließen die Tür, als könnten sie das alles ganz einfach hinter sich lassen.

Ich umklammere die Gitterstäbe, blinzle einen Tränenschleier weg, als ich den Blick auf Theron richte, in seine dunkelbraunen Augen schaue und das Funkeln sehe, das Licht, das ich, auch wenn es mir nicht bewusst war, vermisst hatte. Er erwidert meinen Blick. Die Anspannung in seinem Gesicht löst sich in Erschöpfung auf, in Wut darüber, dass er mich in einem Käfig in Herods Kammer sieht und nichts tun kann, als darauf zu warten, dass das Ungeheuer zurückkehrt und mich langsam foltert, sowie darüber, dass er trotz all seines Trainings und seiner Macht in Cordell hier keinerlei Macht besitzt.

Er ist genauso nah und nutzlos wie mein *chakram*.

»Wie hat Angra …«, beginnt Theron und presst seine eine Hand vorsichtig auf seine geheilten Rippen. Er schüttelt den Kopf, schließt die Augen in einem schnellen Impuls des Abscheus. »Ich glaube, ich will es lieber nicht wissen.«

Ich atme zitternd ein, bereit für eine Erklärung, doch meine Worte fallen in sich zusammen, noch ehe ich sie aussprechen kann. »Was ist passiert?«, ist alles, was ich schließlich zustande bringe.

Theron lässt sich zu Boden sinken, die Ketten an seinen Handgelenken klirren gegen das Holz. Blut rinnt über sein Gesicht, scharlachrot, tropft auf den Kragen seiner zerrissenen Militäruniform, Cordells Grün und Gold, verkrustet in Rot. »Bithai hat überlebt«, erklärt er.

Ich öffne den Mund. *Nein, ich meinte, was hat uns hierhergebracht? Wie konnte es geschehen, dass wir so weit weg von …*

»Kurz nachdem Ihr gefangen genommen wurdet, überwältigte Cordell Frühlings Infanterie. Sie musste den Rückzug antreten. Sie kam nicht gegen die Macht unserer Magsignie an; sie war das Einzige, was uns gerettet hat. Aber mein Vater war nicht bereit, Vergeltung zu üben.« Theron krümmt sich, seine Schulter schmerzt.

Ich bin unfähig, seine Worte zu begreifen. Ich schüttle den Kopf, vergrabe das Gesicht in den Händen. Die Farben der Halle wirbeln in meiner Erinnerung herum, Angras Schwarz und Pastellgrün und Rosa, vermischt mit dem Braun und Weinrot von Herods Kammer. Grüner Efeu windet sich um mich wie Worte in der Dunkelheit. Erinnerungen. Nessas Erinnerungen.

Nessa. Herod bringt sie jetzt hierher. Sie soll miterleben, wie er mich tötet.

»Mein Vater weigerte sich, sie zu verfolgen«, fährt Theron fort. »Er weigerte sich, Euch zu folgen. Er sagte, er würde kein solches Risiko mehr eingehen für ein wertloses Jahreszeiten-Mädchen.«

Ich fange an, mich vor und zurück zu wiegen. Herod wird auch Nessa töten. Werden sie Theron zwingen, auch das mit anzusehen? Wie lange werden sie ihn hierbehalten, bevor sie ihn ebenfalls töten?

Theron fährt sich mit der Hand übers Gesicht. »Mather hätte ihn beinahe getötet. Hat das Schwert gegen ihn erhoben. Aber mein Vater war noch immer nicht bereit … Er ist so stolz. So egoistisch. Ich hasse ihn.«

Ich kann meine Magie nicht dafür einsetzen, aus diesem Käfig herauszukommen. Genauso wenig kann ich Theron befreien. Im Grunde genommen weiß ich noch überhaupt nicht, wie und wofür ich sie einsetzen kann. Wie kann sie mir in dieser Situation helfen? Was kann ich tun?

»Diese elenden Vorurteile. Ich bin es leid, zuzusehen, wie mein Vater unsere Macht für Cordell allein beansprucht, obwohl wir, ein Rhythmus- und ein Jahreszeiten-Königreich, *gemeinsam* gegen das Böse in dieser Welt kämpfen könnten. Ich wusste, was ihn zum Handeln treiben würde. Wenn Frühling mich hätte, würde mein Vater endlich etwas gegen Angra unternehmen.« Theron lacht ein freudloses Lachen, sein Blick wandert durch den Raum. »Hätte ich mir vielleicht etwas besser überlegen sollen.«

Ich starre ihn an. In meine chaotischen Gedanken kommt plötzlich Klarheit, und langsam begreife ich, was er gesagt hat, ganz langsam, seine Worte dringen wie durch einen Nebel zu mir.

Er hat sich Angra ausgeliefert und zugelassen, dass Frühling ihn gefangen nimmt.

Ich sehe ihn an. »Ihr *wolltet,* dass Angra Euch gefangen nimmt?«

Therons Blick huscht zu mir. Verbindet uns, nur uns beide. »Ja.«

Ein Lächeln zieht über mein Gesicht. Es fühlt sich so falsch und gleichzeitig doch so wunderbar an, dieses Bedürfnis, ihn anzulächeln.

Etwas hallt im Flur, hört sich an wie … Schritte, die näher kommen.

Ich klammere mich an die Gitterstäbe. »Ich bin Hannahs Tochter. Ich bin die Königin von Winter«, höre ich mich sagen.

Theron runzelt die Stirn und beugt sich vor, seine Ketten rasseln.

»Ich …«

Die Tür zur Kammer fliegt auf und Herods dunkle Gestalt schiebt sich durch die Tür. Er eilt zu seinem Schreibtisch, durchwühlt Papiere und Bücher. Dann greift er nach dem Schlüssel und hält ihn triumphierend in der Faust. »Ich werde dich zermalmen«, zischt er mit brennendem Blick.

Kapitel 28

Ihn hier zu sehen, wirft mich völlig aus der Bahn. Er ist zu früh zurückgekommen. *Noch nicht, ich brauche noch mehr Zeit …*

Herod steuert auf mich zu. Seine Augen sind blutunterlaufen, das Haar steht ihm vom Kopf ab, sein Blick ist wild und rasend. Ich drücke mich in die hinterste Ecke des Käfigs. Er ist wahnsinnig, Angras Boshaftigkeit treibt sein Verlangen zu töten noch mehr an.

Nessa, Conall und Garrigan sind nicht bei ihm.

»Wo sind sie?«, brülle ich. »Was habt Ihr ihnen angetan?«

Herod lacht und bleibt direkt vor dem Käfig stehen, thront über mir. »Kämpf du nur immer weiter«, gurrt er. »Und tu so, als könntest du gewinnen. Du hast keine Ahnung, welche Macht mein Herr besitzt. Wie sinnlos es ist, gegen ihn zu kämpfen.«

»Rühr sie nicht an!«, dröhnt Therons Stimme von der Wand, und er zerrt an seinen Ketten, kann Herod aber nicht erreichen, der sich nun über das Schloss des Käfigs beugt.

»Dein Prinz hat eine Armee mitgebracht, hat er dir das nicht erzählt?« Herod steckt den Schlüssel ins Schloss, dreht ihn aber nicht herum, will erst sehen, wie ich reagiere. »Er hat alle Armeen der Welt zusammengetrommelt, um dich zu retten. Zuckersüß, nicht wahr? All die Mühe, und doch wird er zusehen, wie du stirbst.«

Eine Armee? Ist es das, was Theron im Thronsaal zu mir gesagt hat?

Noam. Er hat Noam gezwungen, Frühling anzugreifen. Und wenn Cordell Frühling angreift … wird Herbst ihm zur Seite stehen.

Herod öffnet das Schloss. Theron zerrt an den Ketten, bäumt sich Herod entgegen. Ich ziehe mich so weit wie möglich in den Käfig zurück, will mich so klein und unbedeutend wie möglich machen. Ich bin Winters Magsignie. Ich sollte fähig sein, mich aus dieser Lage zu befreien, ihn zu töten, irgendetwas zu tun, um zu überleben. Ich muss überleben, für Winter.

In einer einzigen schnellen Bewegung schwingt Herod die Käfigtür auf und packt mich. Seine Finger krallen sich an meinem Kragen fest und zerren mich hinaus. Die Gitterstäbe fliegen an mir vorbei, bevor ich irgendwo Halt finde. Dann bin ich plötzlich über dem Käfig, fliege durch die Luft, bis ich auf etwas Weiches falle, etwas, das mit einer Decke aus seidenen Quadraten auf einer Matratze aus Stahlfedern bedeckt ist.

Herods Bett.

Ich krieche rückwärts, drücke mich gegen die Wand und versuche, auf die Füße zu kommen. Herod stapft auf mich zu, seine Augen funkeln, ein tollwütiger Hund, der die Beute, hinter der er seit Langem her ist, in die Enge treibt. Seine Augen leuchten von einer Macht, die nicht seine eigene ist. Angra ist hier, ist eigentlich derjenige, der handelt, nicht Herod, der nur dafür zu leben scheint, Angras Befehle auszuführen.

»Erinnerst du dich, als ich dich das erste Mal sah?«, flüstert Herod.

Er bleibt an der Bettkante stehen und fährt mit den Fingern über den Pfosten, der den Baldachin über meinem Kopf trägt. »Das ist schon Jahre her. Du warst noch ein Kind, klein und wild.«

Ich stehe da, umklammere den gegenüberliegenden Pfosten, um mich herumzuschwingen und vom Bett zu gleiten, aber Herod kommt mir zuvor, greift nach meinen Schenkeln und schleudert mich auf die Seidendecke. Während mich Entsetzen durchläuft, brüllt Theron von der Wand, zerrt immer noch vergebens an den Ketten. Blut sickert von seinen Handgelenken auf den Boden, als er an den Ketten zieht und mich so hilflos anschaut, dass mir das Herz blutet. Ich drehe mich zu Herod um, wende meine letzte Kraft auf. »Ihr hattet nicht genug Zeit, sie Euch zu holen, oder? Therons Armee hat Eurem Herrn den Spaß verdorben …«

»Mein Herr hat nichts damit zu tun. Er sorgt lediglich dafür, dass« – er hält inne und grinst – »ich nicht aufzuhalten bin.«

Er schleudert mich auf den Rücken, thront jetzt über mir. Sein massiger Körper drückt mich auf die Matratze. Ich möchte so gerne glauben, dass er irgendwo in seinem Inneren doch noch einen Hauch Menschlichkeit besitzt und all die schrecklichen Dinge, die er getan hat, vielleicht bereut. Aber als ich in seine Augen blicke, sehe ich nichts dergleichen, nur ein grauenhaftes Nichts, gezeichnet von Verlangen, Gehorsam und Kraft.

Über Angras Befehle hinaus existiert er nicht, hat es wohl nie getan.

»Schade nur, dass dies schneller gehen wird, als ich mir je gewünscht hätte«, flüstert Herod, und sein heißer Atem schneidet mir wie ein Messer in die Haut. »Aber dein Prinz lässt mir keine Wahl.« Ich wehre mich gegen ihn, meine Hände gleiten suchend über die Decke. Herod wälzt sich über mich, ergreift eines meiner Handgelenke, hält meinen Arm hinter meinem Kopf fest. Mein anderer Arm windet sich nutzlos unter meinem Rücken. Ich brauche einen Plan.

Herod hält inne, lässt den Blick über mein Gesicht wandern. Er *möchte,* dass ich mich gegen ihn wehre. Er *will,* dass ich kämpfe. Und alles an mir, meine ganze Persönlichkeit, möchte ihn bekämpfen. Hier, in diesem Moment, wird mein unerträglichster Albtraum Wirklichkeit. Sekunden bevor die Cordell-Herbst-Armee mich retten könnte, Theron so nah und doch so hilflos. Angst schnürt mir die Kehle zu, lässt mich röcheln, als ich mein verzweifeltes Schluchzen unterdrücke.

Herod verlagert sein Gewicht und sein massiger Körper drückt mich immer mehr auf die Matratze. Etwas gräbt sich in meine Hüfte, etwas Scharfes …

Ein Orden an seiner Jacke. Irgendein Ehrenabzeichen vom Militär, das schief herunterbaumelt.

Ein Hauch von kühler, süßer Hoffnung verwandelt mein Schluchzen in tiefe Atemzüge, und es gelingt mir beinahe, meinen Arm freizubekommen. Herod deutet meine Bewegung als Abwehr und lacht, drückt den rechten Arm hinter meinem Kopf noch stärker aufs Bett. Seine andere Hand ist in mein Haar gekrallt, hält meinen Kopf schmerzhaft nach hinten gezerrt. Aber der Orden baumelt jetzt frei über meiner Hüfte.

»Sieht ganz so aus, als hätte ich recht gehabt«, zische ich. »Ich *werde* Euch töten, bevor dies hier zu Ende ist.«

Herod zögert und ich lasse den Arm hochschnellen und ziehe mit einem Ruck den Orden von seiner Jacke. Der Stoff reißt, und ich halte eine spitze Goldnadel in der Hand, die im Nachmittagslicht, das durch die offenen Fenster strömt, glänzt.

Ohne Zögern ramme ich sie in Herods linkes Auge.

Er schreit auf, rollt sich von mir herunter und presst die Hand auf das Auge. Ich befreie mich unter ihm, benutze den Bettpfosten, um mich blitzschnell umzudrehen und vom Bett zu gleiten.

»Meira!« Theron zerrt immer noch an seinen Ketten. Sein ganzer Körper deutet auf den Schreibtisch, auf dem meine schöne Waffe liegt.

Herod brüllt und zieht die Nadel aus dem Auge. Blut rinnt ihm übers Gesicht. Er ist außer sich vor Schmerz und Wut, heftet sein gesundes Auge auf mich. Um zum Schreibtisch zu gelangen, muss ich zwischen ihm und Theron hindurchtauchen. Ich blicke mich um: Es befinden sich keine anderen Waffen in meiner Nähe, keine Stühle, die ich zertrümmern, oder Vasen, die ich werfen könnte.

Herod zieht einen Dolch aus seinem Stiefel und stürzt wütend vorwärts. Ich stoße mich vom Bett ab und nutze den Schwung, um auf Knien zu Theron zu rutschen und mich unter seinen blutigen Ketten hindurchzuducken. Meine zerrissene Baumwollhose gleitet über den Holzboden. Dann drehe ich meinen Fuß, bekomme die Kante des Schreibtischs zu fassen und hieve mich auf die Beine.

Ich spüre einen Kloß im Hals. Da liegt es: mein *chakram*, das Herod mir in Lynia gestohlen hat, der große gewundene Griff, der durch meine Handfläche glatt geworden ist. Ich nehme es von Herods Schreibtisch und wirble herum, mein ganzer Körper angespannt beim Atemholen vor dem Wurf. Während ich herumfahre, erstarrt die Welt um uns herum, hält inne, eingefroren zwischen mir mit meinem wurfbereiten *chakram* und Herod mit seinem Messer an Therons Kehle. Die Ruhe vor dem Kampf.

Ein Nahkampf. Ich muss unwillkürlich an meine Übungskämpfe mit Mather denken, daran, wie Sir sich weigerte, mich auf Missionen zu schicken, bevor ich nicht besser wurde. Und jetzt bin ich hier – mein Leben und das von Theron hängen davon ab, ob es mir gelingt, Herod aus nächster Nähe zu töten.

»Lass es fallen«, faucht Herod. Sein linkes Auge leuchtet in Purpur und Rot, das rechte funkelt wutentbrannt.

Theron steht vollkommen unbewegt, hält seine dunklen Augen unbeirrbar auf mich gerichtet. Seine Lippen kräuseln sich und in seinen Augen erkenne ich Panik. Sein Mund haucht vier kleine Worte: *Hör nicht auf ihn.*

Ich halte mein *chakram* weiter wurfbereit, mein Körper ist bereit für den Angriff.

Die Finger meiner anderen Hand tasten über Herods Schreibtisch. Ich suche etwas, um ihn abzulenken, damit ich ihn mit einem Wurf treffen kann.

Genau in diesem Augenblick ertönt eine Sirene aus April, ein schriller Ton, der alle Soldaten auf ihre Posten ruft, ebenso alle Generäle. Herods Gesicht verzerrt sich bei dem Geräusch zu einer Grimasse, aber er rührt sich nicht. Die Sirene heult erneut, und Herod knurrt, verrät mir damit, dass seine Aufmerksamkeit nicht ausschließlich auf uns gerichtet ist. Vermutlich empfängt er gerade eine Botschaft von seinem König, der seine schwarze Magie dazu benutzt, seinen ranghöchsten General auf seinen Posten zu rufen und ihm zu befehlen, sich sein kleines Spielzeug für später aufzusparen.

Schließlich bekommen meine Finger etwas zu fassen. Ein Tintenfass. Perfekt.

Ich strecke den Arm aus, als Herods Aufmerksamkeit einen winzigen Moment lang auf die Tür gerichtet ist, und schleudere das Tintenfass nach ihm. Es wirbelt durch die Luft wie eine schwarze Sternschnuppe. Tinte spritzt durch die Kammer, bis das Tintenfass gegen Herods Kinn prallt. Er zuckt zurück, sodass Theron sich an die Wand drücken und ihm das Messer aus der Hand schlagen kann. Herods Hände greifen ins Leere, als Theron sich zu Boden fallen lässt und dafür sorgt, dass ich eine freie Wurflinie auf Herods Kehle habe.

Ich nehme allen Mut zusammen und werfe das *chakram.* Als es losfliegt, folge ich ihm und sehe zu, wie es sich durch Herods Hals bohrt. Die Kraft meines Wurfs lässt es wieder in meine Hand zurückfliegen, genau in dem Moment, als ich vom Boden hochschnelle und durch die Luft wirble. Vom *chakram* getroffen, taumelt Herod rückwärts, und ich stürze bereits auf ihn zu, die Waffe über seinem Kopf erhoben. Herods gesundes Auge funkelt mich an, Tinte rinnt ihm die Wange hinunter.

Wir fallen in einem Gemenge aus Armen und Beinen zu Boden. Ich stoße ihm mein Knie in den Bauch. Der abgenutzte Holzgriff meines *chakram*s liegt in meiner Hand, als hätte es sie nie verlassen. Dann ramme ich die Klinge in Herods Schädel, die Wucht der Bewegung lässt meinen Arm vibrieren.

Du bist schwach, Herod. Über die Befehle, hinaus, die Angra dir erteilt hast du kein Leben.

Ich sollte Angra töten, nicht Herod, denn er ist nur eine Schachfigur. Aber auch er verdient es, nicht zu leben.

Du bist schwach.

Meira, hör auf!

Hannah. Kälte raubt mir den Atem, als Hände nach meinen Armen greifen.

»Meira.« Theron zerrt mich zurück und wir fallen auf die Erde, ein Gewirr aus Gliedern, Tränen und Blut. Mithilfe von Herods Dolch hat Theron seine Ketten geöffnet und zieht mich jetzt in die Arme, drückt mich zärtlich an sich, streicht mir übers Haar und flüstert meinen Namen, immer wieder. Seine schmeichelnde Stimme lässt mich das Grauen um uns herum vergessen. Wie die Strahlen des Morgenlichts, die einen dunklen Raum nach einer Nacht endlosen, sinnlosen Terrors mit Licht, erfüllen ein Zeichen, dass die Welt auch ein helles, freundliches Gesicht hat. Dass sogar schreiende Kinder wieder aus ihren Albträumen aufwachen.

Theron nimmt mich noch fester in die Arme, und ich merke, dass ich tatsächlich schreie und meine Stimme tränenerstickt ist. Ich lasse mein *chakram* zu Boden fallen und vergrabe mein Gesicht in Therons Hemd, wünschte, ich könnte mich vollständig auflösen und mit ihm verschmelzen. Ich hätte nicht geglaubt, dass er mich noch fester halten könnte, aber er tut es. Seine Arme umklammern mich, undurchdringliche Mauern, die meinen Körper einhüllen, als mir der Geruch von Blut in die Nase dringt.

Ich habe Herod getötet.

»Meira«, sagt Theron erneut, nur meinen Namen, als sei er alles, was er sagen könne. »Meira.«

Er küsst mich auf die Stirn, aufs Haar, drückt mein Gesicht an seine Brust, weg von der Leiche zu unseren Füßen. Herod ist tot. Er kann uns nichts mehr anhaben.

Etwas in meinem Bewusstsein, etwas Fernes und Dumpfes, drängt mich dazu, mich Theron zu entziehen. Ich blicke zu ihm auf, betrachte seine dunklen Augen, die Prellungen in seinem Gesicht, das getrocknete Blut auf seiner Stirn. Das zaghafte Lächeln um seine Mundwinkel. Selbst an einem so grauenhaften Ort versucht er, Trost zu spenden.

»Wir werden es schaffen«, sagt er. »Wir beide. Zusammen. Alles wird gut.«

Theron hilft mir auf die Füße, achtet darauf, dass ich Herod den Rücken zukehre. Ich sehe, wie sein Blick zu der blutigen Leiche hinter mir huscht. Ich kann mich nicht einmal daran erinnern, wie ich Herod getötet habe, weiß nur, wie sich das *chakram* in meiner Hand anfühlte. »Und jetzt?« Ich schließe die Augen und atme tief ein, konzentriere mich darauf, wie die Luft meinen ganzen Körper durchströmt. *Ich lebe noch. Ich bin am Leben.*

Und Angra wird Herod nie mehr dazu benutzen können, anderen wehzutun.

Ich glaube nicht, dass Sir Erleichterung empfand, wenn er Menschen tötete. Ich glaube, er fühlte dasselbe wie ich jetzt – Erschöpfung und Trauer und das Gefühl, noch mehr mit den endlosen Lebenssträngen verbunden zu sein. Aber keine Reue. Ich bereue es nicht, Herod getötet zu haben.

Ich wünschte, ich könnte Sir all dies berichten. Ich wünschte, ich könnte mit ihm über alles reden.

Theron tritt einen Schritt zurück. Als ich die Augen öffne, sehe ich, dass er suchend den Blick durch Herods Kammer schweifen lässt. Ein Schrank in der Ecke erregt seine Aufmerksamkeit und er steuert darauf zu. Als er ihn öffnet, gleitet das Licht von den Fenstern über Kleider, Schuhe und Waffen.

»Und jetzt«, sagt Theron, »werden wir uns der Armee meines Vaters anschließen und Euer Volk befreien.«

Kapitel 29

Uns bleibt keine Zeit, eine geeignete Kampfausrüstung zu finden oder etwas aus Angras Waffenkammer zu stehlen. Also teilen wir die Waffen in Herods Kammer zwischen uns auf und ich hole mir etwas zum Anziehen aus dem Schrank. Theron bindet sich Messer an seine Schienbeine, während ich mich aus meinen blutgetränkten Kleidern schäle und in Herods zu großes Hemd und eine Hose schlüpfe. Ich ziehe ein schwarzes Lederwams über das Hemd und lege einen Gürtel um, der die Hose festhält. Die Aufmachung ist lächerlich für einen Kampf, viel zu schlabberig und lose und in etwa so schützend, als wäre man nackt. Und die Sachen gehörten Herod, was mir genauso viel Übelkeit verursacht wie sein Blut, das auf meiner Haut trocknet.

Nachdem ich mein *chakram* in seinem Halfter zwischen meinen Schulterblättern verstaut habe, kann ich zum ersten Mal seit Wochen wieder durchatmen. Als wäre ich ohne meine Waffe nicht vollständig. Mit dem *chakram*, dem Messer und dem Schwert, das ich mir um die Taille gurte, bin ich für die Schlacht gerüstet.

Theron hält ein Schwert in der einen Hand und den Dolch in der anderen.

»Fertig?«

Ich nicke. Theron geht zur Tür von Herods Kammer, öffnet sie einen Spalt und wirft einen Blick in den Gang dahinter. Ich trete entschlossen hinter Theron, halte den Blick auf seinen Rücken und die beiden Messer an seinen Schienbeinen gerichtet, nicht auf den leblosen Körper, der immer noch mitten im Raum liegt und meine Gedanken festhält wie ein Anker.

Theron blickt sich nach mir um. Auch er ist ein Anker. Etwas, woran ich mich festhalten kann, wenn mich alles andere herunterzieht.

Ich nicke erneut. »Lass uns gehen!«

Der Gang ist leer. Keine Soldaten, keine geschäftigen Bediensteten. Er ist still und verwaist, als hätten wir bereits gewonnen und Frühling die Flucht ergriffen.

Theron geht voran, das Schwert und den Dolch bereit, und ich lasse mein *chakram* in meine Hand gleiten. Schließlich kommen Gruppen uniformierter Männer in Sicht, die zwischen den Räumen hin und her eilen. Diener hasten die Flure entlang und halten sich so gut wie möglich im Verborgenen. Es herrscht ein einziges Chaos. Theron und ich ducken uns unter Wandbehänge, verstecken uns hinter Statuen und Pflanzen und bahnen uns so unseren Weg aus der Dunkelheit.

Es kommt mir wie eine Ewigkeit vor, doch schließlich gelangen wir zu einer schmalen Bedienstetentreppe, und eine offene Tür am Fuß der Treppe enthüllt den Zugang zur Eingangshalle des Palastes. Wir huschen die Stufen hinunter, bleiben hinter der offenen Tür stehen und lauschen in die Halle hinein.

Theron nimmt beide Waffen in eine Hand und greift mit der anderen nach meiner. »Wir verlassen den Palast«, flüstert er. »Von wo auch immer mein Vater sich nähert, wir laufen in die Gegenrichtung. Die Mauern von April werden dort weniger bewacht sein und wir können …«

»April verlassen«, beende ich den Satz mit zitternder Stimme.

Theron dreht sich nach mir um, und seine Miene verdüstert sich, als wisse er, was ich als Nächstes sagen will. »Wir werden Euer Volk befreien, das verspreche ich. Aber wenn Ihr tot seid, könnt Ihr ihm nicht helfen.«

Ich schüttle den Kopf und entziehe ihm meine Hand. Mein Herz pumpt Eis durch meine Adern. Ich beginne zu protestieren, will ihm erklären, dass ich den Winterianern helfen muss, weil ich ihre Magsignie bin und es meine Pflicht ist, versuche, ihm noch einmal zu sagen, dass ich die Königin von Winter bin, dass ich …

Aber Theron hat seine Aufmerksamkeit bereits wieder auf die Halle gerichtet, durch die eine Gruppe von Soldaten in Richtung Thronsaal marschiert. Nachdem die Männer verschwunden sind, ist die Halle wieder leer, und Theron wendet sich erneut mir zu. Als Theron meinen Blick sucht und ihn festhält, scheint es, als wäre ihm in diesem Augenblick alles andere egal.

»Ich wollte nie König werden.« Therons Stimme ist leise und eindringlich. »Ich wollte in meiner Bibliothek sitzen und schreiben, bis die Sonne vom Himmel fiel. Aber Ihr, das hier – die Winterianer, Euer Königreich, das in nur einer Nacht zerstört wurde – machte mir bewusst, wie ich mich fühlen würde, wenn Cordell dasselbe Schicksal erleiden würde, wenn mir etwas genommen würde, das so sehr Teil von mir ist. Ich möchte meines Königreichs würdig sein. Ich möchte Eurer würdig sein.«

Ein seltsamer Schauder durchläuft mich von Kopf bis Fuß, verstärkt sich noch, als Theron seine Hand in meinen Nacken legt. Er hebt mein Kinn, sodass ich zu ihm aufblicke, und hält inne. Seine Selbstsicherheit verblasst, als ihm bewusst wird, was er tut und wie nah wir uns sind. Seine Finger berühren meinen Nacken, und ich blicke erwartungsvoll zu ihm hoch, unfähig, mich zu bewegen oder zu atmen oder auch nur zu denken, als ich seine Lippen so nah vor mir sehe.

Dann presst er seinen Mund auf meinen. Ein Stöhnen entringt sich meiner Kehle, als ich die Gefühle, die meinen Körper wie ein Schneeschauer im Wind durchlaufen, auf mich wirken lasse: die Angst, wir könnten von Angras Männern ertappt werden; das Wohlgefühl, als ich den Trost und das Verlangen auf seinen Lippen spüre; sowie ein Hauch von Bestürzung, als mir klar wird, dass ich die ganze Zeit auf diesen Moment gewartet habe. Theron lässt mich los und keucht, wird offenbar genau wie ich von allen möglichen Gefühlen überwältigt, dann nickt er entschlossen. »Geht zu ihnen, aber lasst Euch nicht töten. Primoria braucht Menschen wie Euch«, beendet er seinen Satz und taucht in die leere Halle ein, die zu den beiden großen

Eingangstüren führt. Ich folge ihm, aber meine Gedanken sind noch bei dem Gefühl seiner Lippen auf meinen. Schön und gleichmäßig geformt, sanft und selbstsicher, sodass mir warm und kalt zugleich wird.

Wir schlüpfen durch die Türen und stehlen uns die großen Obsidianstufen hinunter, bleiben nicht stehen, laufen immer weiter durch Angras ausgedehnte Gärten. Auch hier ist keine Menschenseele zu sehen. Alle Soldaten scheinen entweder bei Angra im Palast oder am Stadttor postiert zu sein, von wo Kanonendonner zu uns dringt. Theron schenkt mir ein aufmunterndes Lächeln, dann rennt er über das üppige Gras auf das Nordende von Angras Palastgelände zu. Von dort aus wird er sich nach Osten wenden, weg von der aufmarschierenden Armee seines Vaters.

Aber mein Weg führt nach Südwesten.

Meine Füße beginnen zu rennen, noch bevor ich merke, dass ich mich überhaupt in Bewegung gesetzt habe. Der Palast gleitet in einem Farbenspiel aus Schwarz und Grün an mir vorbei. Ich durchquere den Garten, in dem Nessa und ihre Brüder wochenlang gearbeitet haben. Das ganze Gelände ist verwaist, keine Soldaten oder Arbeiter weit und breit. Es ist jetzt Nachmittag, die Sonne steht noch hoch am Himmel, und es wird noch ein paar Stunden hell sein, sodass noch gearbeitet werden könnte. Aber niemand ist hier, also müssen sie wohl im Lager sein oder … Ich verbiete mir, über das *Oder* nachzudenken.

Als ich durch ein Seitentor renne und in die umgebende Stadt eile, treibt mich die Angst an, noch schneller zu laufen.

Dieser Stadtteil ist weniger verwaist. Die wohlhabenden Bürger von April sind damit beschäftigt, ihre Häuser zu verbarrikadieren. Bedienstete und Stallburschen nageln auf Befehl ihrer Herrn Holzbretter vor die Fenster. Sie achten nicht auf mich, als ich vorbeirenne, schauen nicht einmal in meine Richtung, als ich wie ein schwarz-weißer Klecks an ihnen vorbeisause. Im nächsten Moment klettere ich an der Seite einer Brücke hinauf und bin verschwunden, überlasse sie ihren eigenen Sorgen.

Über die Brücke gelange ich in den unteren Teil der Stadt. Ich renne Gassen entlang, springe über Müllhaufen. Die Bewohner dieser einfachen Häuser verstecken sich hinter ihren Fenstern, spähen durch Türöffnungen und halten sich im Verborgenen, in der Hoffnung, dass das Leben an ihnen vorbeizieht, ohne ihnen zu viel Aufmerksamkeit zu schenken. So als hätten sie nichts zu befürchten, wenn sie den bevorstehenden Kampf einfach ignorierten.

Eine Wegbiegung vom Lager entfernt verlangsame ich mein Tempo und halte den Atem an, um nicht nach Luft zu ringen. Zwar ist die Gasse menschenleer, aber vom Arbeitslager dringen Geräusche zu mir herüber. Soldaten brüllen einander Befehle zu und hinter ihrem Gebrüll hört man das Summen einer aufgebrachten Menschenmenge. Mein Volk.

Das Wort fühlt sich falsch an, als gehörten diese Menschen nicht zu mir, als sei ich nicht würdig, sie so zu nennen. Aber es spielt keine Rolle, als was ich sie bezeichne, als was sie *mich* bezeichnen. Ich bin in der Lage, sie zu befreien, also habe ich die Pflicht, sie zu befreien.

Das ist alles, was jetzt zählt.

Das ist alles, was je gezählt hat.

Ich bleibe an der Ecke stehen. *Noch einen Schritt, Meira. Nur noch einen.*

Ich gehe die Straße entlang, ziehe mein *chakram* heraus, sodass es wie ein harmloses Spielzeug in meinen Händen liegt. Fünf Gebäude von mir entfernt herrscht am Tor ein einziges Chaos. Frühlingianer Soldaten schlagen mit Schwertern und bloßen Händen auf die Eisenstangen des Tors ein, das unter der Woge der dagegendrückenden Winterianer auf der anderen Seite nachzugeben droht.

Der erste Soldat fällt kampflos. Mein *chakram* zielt auf seinen Nacken, trennt den Kopf vom Hals und surrt zurück in meine Handfläche. Der Mann bricht über dem Soldaten neben ihm zusammen und lenkt die Aufmerksamkeit auf mich. Der Reihe nach drehen sich die Soldaten um, bis alle Blicke auf mich gerichtet sind, ein einziges Winterianer Mädchen gegen ein ganzes Bataillon.

Ein Soldat tritt vor, sein wuchtiges Schwert ramponiert durch Abnutzung und Alter. »Herods Spielzeug ist entkommen«, schnarrt er.

»Herods Spielzeug hat ihn getötet«, erwidere ich. Seine Miene ist plötzlich verzerrt vor Entsetzen.

Aus dem Inneren des Lagers ruft eine Stimme: »Meira, lauf!«

Meine Augen gleiten über die Soldaten hinweg zum Tor. Conall stemmt sich gegen das Eisen, die scharfen Kanten hinterlassen Streifen von Blut auf seinen Wangen und Armen.

Doch seine Augen leuchten, ein Leuchten, das sich so vollkommen von seinem üblichen hasserfüllten Misstrauen unterscheidet, dass ich es mir wohl einbilde.

Aber nein, es ist Hoffnung. Er will, dass ich lebe.

Angra scheint es ebenfalls zu spüren, denn plötzlich eilen die Soldaten in geschlossener Formation zum Tor, heben alle gleichzeitig ihre Waffen. Ich starre sie entsetzt an. Angras schwarze Magie. Er hat ihnen befohlen …

Sie gehen auf die Winterianer los. Es sind nun keine Warnhiebe mehr – die Soldaten stechen durch das Gitter hindurch auf die Brust und den Hals ihrer Gegner ein. Ich spüre, wie Angras Befehl in sie eingedrungen ist: *Schlachtet sie ab.*

Mein Puls hämmert, meine Kehle schnürt sich zusammen, doch dieses Mal weiß ich, woran es liegt und was auf mich zukommt. Kälte, Eiseskälte, durchzuckt meine Schultern und strömt weiter bis in meine Finger. Die Macht der Magsignie rüttelt mich durch, dringt wie ein Schneesturm in meinen Körper ein und fließt wieder heraus, bettelt darum, die Welt in prachtvolles Weiß zu hüllen.

Auch Winter hat jetzt eine Magsignie. Und wir werden nicht mehr schwach sein.

Ich lasse mein *chakram* zu Boden fallen und strecke die Hände in Richtung der Winterianer vor mir aus. Die Kälte tritt aus mir heraus, eine solch vollkommene Eiseskälte, dass ich mich frage, ob ich jetzt nicht bloß noch ein Schneesturm bin, eine große Säule aus Schneeflocken. Die Kälte fließt um die Soldaten von Frühling herum und dringt durch das Tor, erfüllt jeden der ausgemergelten, weißhaarigen Winterianer, jedes Paar blaue Augen, jede verletzte, erschöpfte Seele, mit Kraft, Macht und Energie, heilt ihre Blutergüsse und ihre Schnittwunden und gibt ihnen ihre Stärke zurück …

Die Magie verbreitet sich, bis auch der letzte freie Raum in jedem ihrer Körper mit Stärke ausgefüllt ist. Ihre Augen strahlen heller, ihre Körper sind aufrechter und ihre Fäuste fester zusammengeballt. Kälte und Frost, eine so wundervolle Energie, dass ich immer noch staunend dastehe, während das Kältegefühl langsam abebbt.

Voller Erschöpfung schwanke ich vorwärts, ausgelaugt von der Macht, die ich gerade ausgeübt habe, doch dann spüre ich einen Adrenalinstoß.

Die Winterianer schreien, doch es sind keine Schreie der Angst oder des Schmerzes: Etwas bricht in einem Freiheitsrausch aus ihnen heraus, und der Angriff der Frühlingianer Soldaten gerät ins Stocken, als die Winterianer, die pure Lebenslust im Blick, vorwärtsstürmen und mit wilder Entschlossenheit durch das Tor brechen.

»Tötet sie!«, brüllt ein Frühlingianer Soldat und geht auf mich los.

Mit einem Fuß kicke ich das *chakram* in die Luft, greife danach und schleudere es in einem tödlichen Wirbel auf die angreifenden Soldaten von Frühling. Ein paar brechen in sich zusammen, während mein *chakram* bereits wieder in meine Handfläche zurückzischt, aber die übrigen Soldaten sind jetzt zu nah, werden jeden Augenblick bei mir sein. Ich verstaue das *chakram* auf meinem Rücken, zücke mein Schwert und den

Dolch, den ich Herod weggenommen habe, und bereite mich auf den Kampf vor. Vier Sekunden. Drei …

Plötzlich brechen die am weitesten entfernten Soldaten alle gleichzeitig zusammen, als versagten ihre Füße ihnen den Dienst. Die nächste Reihe blickt voller Entsetzen zurück und wird genauso schnell niedergemäht durch den unbändigen Hass einer sechzehn Jahre andauernden Unterdrückung. Die Winterianer überrollen das Frühlingianer Bataillon in einer tödlichen Woge der Zerstörung, entreißen ihm die Waffen und wenden diese gegen die schockierten Soldaten, die nie damit gerechnet hatten, dass sie besiegt werden könnten.

Die letzte Reihe von Frühlingianer Soldaten steht eingekesselt zwischen mir und den Winterianern. Ich ramme einem Soldaten meinen Dolch in den Leib, treibe mein Schwert in den Hals eines Mannes. Ich wirble zwischen den Soldaten hin und her, nehme kaum wahr, wie schließlich auch der letzte tot zusammenbricht.

Plötzlich stehe ich vor Conall. Er ist blutbespritzt, sein weißes Haar mit Rot vermischt, die Hände um ein Paar Kurzmesser gekrallt. Sein Blick zeigt wilde Entschlossenheit und Kampfgeist, genau wie der von Garrigan neben ihm. Hinter ihnen drängen sich die übrigen Winterianer.

Arme werden um meinen Hals geschlungen, ich spüre Tränen. »Ich wusste, dass du uns befreien würdest«, keucht Nessa.

Conall tritt vor, seine Messer sind verschmiert mit dem Blut der Frühlingianer. »Noch sind wir nicht frei. Was tun wir als Nächstes, meine Königin?«

Meine Königin. Woher weiß er es?

Ich löse mich von Nessa und blicke sie an, alle, jedes erwartungsvolle Gesicht. Jede unschuldige, geduldige Seele, die bedingungslos die Macht von mir empfängt, ohne Zögern.

Und ich spüre Hannah in mir. Ihre sanfte, abwartende Anwesenheit, genauso mit der Macht der Magsignie verbunden wie ich. Sie ist ebenfalls in allen Winterianern, verbindet uns in einer unerklärlichen und wunderbaren Welt, die nur uns gehört.

Sie ist meine Tochter, flüstert sie ihnen zu. Ihre Stimme ist ruhig, als wären es ihre eigenen Gedanken. *Es wird alles gut. Es tut mir leid, dass ich euch angelogen habe, aber jetzt seid ihr der Freiheit so nah.*

Die Hoffnung auf den schmutzbedeckten Gesichtern erfüllt mich mit einem neuen Gefühl, das jede Angst vor dem, was ich jetzt bin, auslöscht. Es ist Glück.

»Cordell und Herbst stehen vor den Toren von Frühling, aber nicht sie werden uns die Freiheit bringen«, rufe ich über die Menge. Die nächsten Worte bilden einen Kloß in meinem Hals, wie festgehalten von all der schwelenden Angst, den Jahren des Missbrauchs, den Narben und dem Blut. »Wir sind Winter.«

Conall und Garrigan werfen den Kopf in den Nacken, strecken die Arme aus, als sie zum Himmel brüllen. Ein Kriegsschrei, der auf jeden Winterianer überspringt. Ihre Stimmen klingen hell und ihre Augen leuchten.

»Wir sind Winter!«, wiederholt Nessa und hastet über die gefallenen Soldaten von Frühling. Sie rennt die Straße hinauf und ihr gestohlenes Schwert blinkt über ihrem Kopf. Die anderen folgen ihr, schwingen die Waffen wie Siegeszeichen.

Ihre Stärke, ob durch Magie bedingt oder nicht, ist belebend, erfüllt mich mit meiner eigenen Magie. Ich will mich für immer darin auflösen.

Die Freiheit ist jetzt nah, sagt Hannah.

Ich schließe mich ihnen an, renne genauso schnell, schreie genauso laut wie sie, bin versunken in die Stimmen und die Macht und das Leben der Winterianer.

Kapitel 30

Wir folgen den Kampfgeräuschen bis hin zu dem Platz vor Aprils Stadttor und stoßen auf Frühlingianer Soldaten, die in geordneten Reihen aufmarschieren und mit tödlicher Präzision Kanonen abfeuern. Waffen werden die Mauern hinauf- und hinuntergezogen. Angras Magsignie treibt sie mit solcher Macht an, dass sie jede Bewegung überlegt, geordnet und ohne jede Verzögerung ausführen.

Als wir die Straßen zum Tor hinunterpreschen, ertönt ein Horn. Angras perfekt aufgestellte Soldaten wenden sich uns zu, werden aus ihrer Magsignien-Starre gerissen. Zwar hat Angra sie vor unserem Anmarsch gewarnt, aber Wissen allein macht noch keine kampfbereite Armee.

Mit erhobenen Waffen und lautem Kampfgeschrei stürmen wir auf sie los. Wir sind jetzt ein einziger Körper, eine alles überrollende Woge von Weiß, Mordlust und sechzehn Jahren tödlicher Bedrohung. Angras Männer stellen sich wieder in Reih und Glied, um uns entgegenzutreten, den Rücken zum Tor gewandt. Ihre Aufmerksamkeit gilt jetzt nicht mehr in erster Linie Noams angreifender Armee, sondern uns. Auf eines war Frühling trotz seiner ständigen Kriegsbereitschaft nie vorbereitet: einen Angriff innerhalb seiner Stadtmauern.

Wir stoßen mit Angras Männern zusammen, fallen wie eine Seuche über sie her. Sie reagieren mit derselben Brutalität, greifen uns mit der Stärke von Angras Verderben an, die sie von dem Verderben in Angras Magsignie schöpfen. Es sind nur ein paar Hundert von uns übrig, und die meisten sind keine besseren Kämpfer als die Kinder oder die Alten, die im Lager zurückgeblieben sind. Unser einziger Vorteil ist das Überraschungsmoment, aber auch das wird nur von kurzer Dauer sein.

Ich kämpfe Seite an Seite mit den Winterianern, während ich versuche, mir einen Überblick zu verschaffen. Der Platz vor dem Tor ist etwa genauso groß wie Angras Palastgelände, weitläufig und offen, sodass man sich dort ungehindert bewegen kann. Zwei Treppen rahmen das Tor ein und führen zu dem Übergang darüber. Ein kleines Gebäude befindet sich auf meiner Linken, das Torhaus.

Eine Gruppe von Winterianern greift einen Haufen Frühlingianer Soldaten an, und ich nutze das Chaos und renne los, stürze über Gefallene, herumliegende Waffen und Kisten. Der Geruch von Blut und Eisen hängt schwer in der Luft, erfüllt mich mit Widerwillen, als ich auf die schmale Holztür des Torhauses zueile.

Ich stecke mein Schwert zurück in die Scheide und hole mein *chakram* heraus. Dann versetze ich der Tür einen kräftigen Fußtritt, sodass sie gegen die Mauer prallt. Im Inneren schnellen zwei Soldaten herum und schon sausen zwei Messer durch die Luft und schwirren mit wilder Entschlossenheit auf mich zu.

Ich ducke mich, und eines fliegt über meine Schulter, während das andere mein Handgelenk streift. Aber jetzt bin ich an der Reihe. Ich werfe mein *chakram*, und die Klinge durchschneidet den Soldaten die Kehle, bevor sie zu mir zurücksirrt. Als sie zu Boden fallen, springe ich über sie, den Blick auf den Hebel in der Mitte des Raums gerichtet. Eine dicke Metallstange steckt in einem runden Getriebelaufwerk. Sie ragt eher nach links als nach rechts. Vielleicht wenn ich sie nach rechts bewege …

Ich stecke das *chakram* zurück und lehne mich mit aller Kraft gegen die Stange. Sie ächzt unter meinen Bewegungen, das alte Eisen leistet erbittert Widerstand, will nicht bewegt werden. Ich stütze meinen Fuß gegen die Wand des Torhauses, ziehe und drücke, beschwöre die Stange, endlich nachzugeben.

Eine Hand legt sich auf den Hebel über meine. Ich zucke zurück, bereit, nach meinem Messer zu greifen, aber es ist nur Garrigan. Conall taucht hinter ihm auf, ein blutiges Schwert in einer Hand. Er geht um mich herum, um mir mit der Stange zu helfen.

Wir bemühen uns mit vereinten Kräften, und schließlich gibt die Kurbel unserem geballten Gewicht nach, als könne sie den bevorstehenden Zusammenbruch ihres Königreichs spüren. Der Hebel rastet ein und jenseits des Torhäuschens, jenseits der Kampfstätte, hebt sich das massive Eisentor in die Höhe, stöhnend und ächzend.

Conall, Garrigan und ich rennen aus dem Torhaus hinaus. Sowohl Winterianer als auch Frühlingianer bleiben stehen, sehen wie erstarrt zu, wie sich das Tor hebt, überlegen, was dies für April bedeutet.

Sobald das Tor hoch genug ist, strömen die Männer hindurch. Cordells Grün und Gold vermischt sich mit Frühlings schwarzer Sonne und Winters weißem Haar, dazwischen Männer mit kupferfarbener Haut in Kastanienfarben und Orange. Sie bewegen sich mit exotischer Anmut zwischen den Feinden, schlagen mit scharfen Klingen zu und werfen Bälle, die giftigen Rauch ausströmen. Vielleicht ist ihre Thronfolgerin zu jung, um ihre Magsignie zu nutzen, aber die Soldaten von Herbst schaffen es dennoch, einen Schwertkampf wie einen kunstvoll choreografierten Tanz aussehen zu lassen. Sie kämpfen mit Waffen, die genauso funktional wie grausam sind – wie ihre *chakrams*. Als ein paar wirbelnde Metallscheiben durch die Luft sirren, muss ich grinsen. Sir erwarb mein *chakram* einst von Herbst, und als ich jetzt Dutzende davon herumfliegen sehe, fühle ich mich noch mehr mit diesen Kämpfern verbunden. Eine Winterianerin, die eine Waffe aus Herbst benutzt und sich des Bündnisses mit Cordell bedient, um Frühling zu vernichten.

Die Winterianer geraten in einen Rausch, ergänzen Cordells organisierte Angriffe und die erfahrenen Krieger von Herbst durch ihren leidenschaftlichen Hass. Aber Angra hat ein großes Heer und es ist ein schrecklicher, aber faszinierender Kampf in den Farben Schwarz, Orange, Grün und Weiß.

Ein Pfeil schwirrt an meinem Ohr vorbei, kommt von irgendwo auf der anderen Seite des Platzes. Meine Augen entdecken den Schützen und einen weißhaarigen Mann in Cordellianer Rüstung, der den Bogenschützen von Frühling ausschaltet und dann von einer Gruppe schwarz gekleideter Soldaten mitgerissen wird. Mather? Oder vielleicht Greer oder Henn …

Ich wirble herum, wehre Feinde ab und weiche Klingen aus. Angras Männer drehen die Kanonen an der Mauer, um sie auf den Platz vor dem Tor zu richten. Ihre Explosionen wirbeln Erde in die Luft, lassen Steine und Trümmer regnen. Mit fliegenden Klingen bahne ich mir meinen Weg zu dem weißen Haarschopf in der Cordellianer Rüstung. Nur knapp kann ich einer Klinge ausweichen, als zwei Männer in ihrem Zweikampf um mich herumwirbeln, und lasse mich auf einem kleinen Grasfleck auf der anderen Seite des Platzes auf die Knie fallen, dort, wo Aprils Elendsviertel beginnt.

Für einen Moment halte ich inne und ringe nach Luft, jeder Muskel in meinem Körper angespannt. Eine Klinge ist auf mich gerichtet. Instinktiv schnelle ich herum und pariere den Angriff, werfe dann einen Blick auf den Soldaten, der sie führt. Es ist nicht irgendein Soldat, es ist Angra.

Und es ist keine gewöhnliche Klinge. In einer Hand hält er ein schmales, starkes Schwert, in der anderen seinen Stab.

Angra trägt seine eigene Version von Frühlings Rüstung, schöner und glänzender als die seiner Soldaten. Er geht einen Schritt zurück, sein Schwert und sein Stab weiterhin auf mich gerichtet, und blickt auf mich hinunter. Um uns herum tobt der Kampf. »Schon längst«, knurrt er, »hätte ich die Magie in dir erkennen müssen, noch lange bevor du in der Lage warst, sie einzusetzen.«

Meine Finger, mit denen ich mein Schwert umklammere,

werden weiß. »Ihr hättet Euch eben nicht mit dem Bösen einlassen sollen.«

Angra knurrt und weicht weiter zurück. Ich stürze mich auf ihn, rede so schnell wie möglich auf ihn ein, presse die Worte zwischen den Zähnen hervor. »Angra, es gibt einen Weg, es zu besiegen«, zische ich. »Das Verderben. Wenn Ihr Euch den anderen Monarchen offenbart, können wir es bezwingen, wie sie es vor Tausenden von Jahren beinahe getan hätten.«

Angra bleibt stehen, Schwert und Stab erhoben. Er kneift die Augen zusammen, wirkt erstaunt. Ich halte den Atem an, konzentriere mich auf den Hoffnungsschimmer in seinem Gesicht …

Aber irgendjemand ruft meinen Namen, eine leise Warnung am Rande meines Unterbewusstseins. Ich zucke zusammen und Angra greift an. Er schwingt sein Schwert, direkt danach den Stab und schlägt mir das Messer aus der Hand. Ich stürze zu Boden. Angra hat bei Weitem mehr Kampferfahrung als ich und nutzt meinen Schwung, um erneut sein Schwert auf mich zu richten. Seine Klinge dringt in meine Schulter ein.

Ich stöhne und sinke auf meinen Arm, ein heißer Schmerz durchläuft mich. Kann ich mich selbst heilen? Angra lässt mir nicht die Zeit, es zu versuchen. Er lässt sich auf mich fallen, sein Knie drückt mich ins Gras. Er beugt sein Gesicht zu mir, seine blonden Locken sind matt von Schweiß und Schmutz.

»Ich muss nicht gerettet werden«, faucht er, richtet sich auf und holt zum nächsten Schlag aus.

Ich lasse das Schwert los, das ich in der Hand meines verletzten rechten Arms halte, um nach hinten zu schnellen, und sehe gerade noch, wie seine Klinge an der Stelle, wo vor einer Sekunde noch mein Kopf lag, ins Gras eindringt. Er verpasst mir einen Hieb nach dem anderen, lässt mir keine Chance, zurückzuschlagen, jagt mir hinterher, als ich auf Händen und Knien über den Rasen zurückweiche. »Meira«, ruft jemand, aber ich habe keine Zeit, mich umzusehen, woher die Stimme kommt.

Ein Frühlingianer Soldat rennt auf uns zu, will offensichtlich seinem König helfen. Aber Angra herrscht ihn wütend an: »Sie gehört *mir.*«

Ich nutze die Situation, um meine letzte Waffe zu schleudern. Mein *chakram* sirrt durch die Luft, aber es prallt von Angras Rüstung ab und rollt über den Boden. Angra wendet sich erneut mir zu. In seinen Augen leuchten Wahnsinn und Schadenfreude.

»Ist das alles, was du zu bieten hast? Hunderte von Jahren Krieg, und das ist das große Finale deines Königreichs?«

»Nein.«

Die Stimme dröhnt über den Platz. Ich kenne sie, habe sie zuletzt in meinen Albträumen von Angra gehört, als mich Sir in dem Häuschen in Jannuari in den Armen hielt und hin und her wiegte.

Doch dies hier ist kein Albtraum. Dies ist real, besser als alles, was ich je zu träumen gewagt habe. Und als ich meinen Blick auf ihn hefte, weiß ich nicht, wie ich jemals wieder atmen können soll.

Sir ist am Leben.

Angra dreht sich um, als Sir durch die Luft auf ihn zufliegt. Zwei krumme Messer zielen direkt auf Angras Herz. Angra reagiert im Bruchteil einer Sekunde. Er schwingt seinen Stab, um die eine der Klingen aufzuhalten, und sein Schwert, um die andere abzuwehren.

»Meira.« Mather lässt sich neben mich auf den Boden gleiten. Er greift unter meine Schultern, um mich hochzuziehen. Ich kneife die Augen zusammen, gefangen in einem weiteren grausamen Traum. Mather ist hier. Und Sir…

Ich versuche, das letzte Bild, das ich von Sir vor Augen habe, mit dem, was ich jetzt sehe, in Einklang zu bringen. Er lag tödlich getroffen auf dem Schlachtfeld vor Bithai, und jetzt wehrt er Hiebe und Stiche ab und treibt Angra mit derselben Stärke zurück, wie dieser seine Angriffe kontert. Sein Körper ist unverletzt und stark, und seine Muskeln tun das, wozu sie geschaffen scheinen.

Er und Angra tauschen Schlag um Schlag, bewegen sich vor uns durch das blutige Getümmel, zwei ebenbürtige Gegner.

Meine Finger graben sich in Mathers Arm, mein Herz erstarrt.

»Sir?«, hauche ich.

Die Spannung in meiner Brust löst sich. Es spielt jetzt keine Rolle mehr, wer ich war oder bin, Königin oder nicht, weil Sir da ist. Er ist am Leben. Und er kann mir helfen, dies alles zu überstehen.

Als ich Mather anblicke, nickt er. »Du hast ihn geheilt, Meira. Alle dachten, er sei tot, aber als er nach dem Kampf aufwachte, erklärte er uns, dass du ihn geheilt hast. Eine glückliche Fügung unserer Magsignien-Magie, die du irgendwie genutzt hast«, flüstert Mather.

Ich klammere mich an seine Worte und versuche, sie in das Rätsel, das mich umgibt, einzufügen. Ich erinnere mich an meine Verzweiflung, als ich neben ihm auf dem Schlachtfeld kniete, an meinen jedes andere Gefühl übersteigenden Wunsch, er möge leben. Vielleicht war das eine Art von Unterwerfung – mich für alles zu öffnen, was ihn retten könnte. Eine unbewusste Entscheidung, genau wie bei der Heilung des Jungen.

Mather erkennt in meinem Blick meinen zunehmenden Überschwang. Er neigt den Kopf. »Meine Königin.«

Das bringt mich in die lärmende, schreckliche Gegenwart zurück.

Zu Mather, in dessen Blick etwas erloschen ist.

»Du weißt es?«, stammele ich und habe das Gefühl, als stürze alles über mir zusammen. All die Sorgen, die er sich gemacht hat, sein sehnsüchtiger Wunsch, gut genug für eine Position zu sein, die er nie bekleiden würde. Und jetzt – nichts davon ist von Belang, denn jemand anders hat seinen Platz eingenommen.

Mather neigt erneut den Kopf. Um uns herum wütet der Kampf, aber für einen kurzen Augenblick sehen wir uns in die Augen. Ich kann nicht erkennen, ob er erleichtert ist oder Angst hat. Alles, was ich fühle, ist seine Stärke, seine Entschlossenheit, als er mich anschaut, ein Soldat seine Königin. Er wird so lange durchhalten, wie ich ihn brauche.

Die Medaillonhälfte baumelt noch immer um seinen Hals,

eine greifbare Erinnerung an seine Lebenslüge. Mein Blick bleibt einen Moment daran haften, bevor ich ihn wieder weiterwandern lasse. Ein Adrenalinstoß durchläuft mich, als ich wieder zu Angra und Sir schaue, die einander noch immer mit fliegenden Schwertern umkreisen.

Angras Magsignie tanzt durch die Luft und Sir folgt ihr mit Blicken, verzweifelt und entschlossen.

Plötzlich senkt sich eine schwere Last auf meine Schultern. Sir muss wissen, worum es wirklich geht, gegen was er kämpft. Die Art und Weise, wie er Angras Stab betrachtet, verrät, dass er ihn am liebsten in tausend Stücke zerschlagen würde. Doch das darf nicht passieren, denn das würde bedeuten, dass sich die Magie für immer mit Angra verbinden, das Verderben auf ewig gestärkt würde.

Eine Klinge kommt wie aus dem Nichts auf uns zugerast. Die umherfliegenden Trümmer von den Kanoneneinschlägen machen den Kampfplatz zusätzlich gefährlich. Ich schreie, reiße Mather zu Boden und weiche einem Schwerthieb aus, als der Frühlingianer Soldat erneut auf uns zustürmt. Mather wendet sich um, wirft mir sein Schwert zu und ich greife danach und ramme es dem Soldaten in den Leib. Ich stürze mit ihm zu Boden und wir rollen einen kleinen Abhang hinunter.

Bevor ich mich wieder aufrappeln kann, höre ich panische Schreie. Ich wälze mich herum.

»Mather, schnapp ihn dir!«

»William …«

»MATHER!«

Ich kämpfe mich hoch, lasse den Blick zu Mather und Sir wandern, zu dem, was sich ein gutes Stück von mir entfernt vor meinen Augen abspielt, und Entsetzen packt mich.

Sir schlägt Angra den Stab aus der Hand. Er fliegt hoch, wirbelt durch die Luft und landet schließlich scheppernd vor Mathers Füßen. Sir springt zurück und streckt die Hand nach Mather aus, und etwas Grausames, Erschreckendes, was ich noch nie an ihm gesehen habe, flackert in seinen Augen auf. Panik steigt mir in die Kehle, fühlt sich an wie blutiger Eisengeschmack.

Mather hebt den Stab auf.

»Zerbrich ihn!«, befiehlt ihm Sir mit erstickter Stimme. Er schnellt auf Angra zu und wirft ihn zu Boden. »Zerstör ihn.«

»Ich werde Euch töten«, brüllt Angra und windet sich auf dem Boden. Er springt hoch, aber Sir greift ihn erneut an und ringt ihn nieder. Er rammt Angra eines seiner krummen Messer in die Schulter, nagelt ihn am Boden fest und bleibt lauernd über ihm stehen, während Mather mich ansieht. In seinem Blick erkenne ich erneut den entschlossenen Ernst, seine große Verzweiflung. Er wird mich beschützen, wird für meine Sicherheit sorgen. Etwas, das er immer noch tun kann, obwohl er nicht der ist, der er zu sein glaubte.

Er hebt den Stab über den Kopf. Angras Magsignie. Das Verderben, das sich des Reiches bemächtigte, das tückische, unaufhaltsame Böse, das zu Angra kam, sich mit ihm verband und Stärke aus dessen Missbrauch seiner Magie zog. Mathers Arme spannen sich, als er den Stab durch die Luft schwingt, eine langsame, schmerzhafte Bewegung.

Entsetzen erfasst mich, so greifbar, dass dieses Gefühl meinen gesamten Körper durchdringt, als sich alle Puzzleteile zusammenfügen und ich nach vorn presche, mich zu Mather durchkämpfe.

»Mather, nein!«, rufe ich. »*Tu es nicht!*«

Aber er hört mich nicht. Er weiß es nicht, hat nicht die geringste Ahnung. Niemand wusste es. Niemand hätte je angenommen, dass die Antwort so einfach ist, die Macht so nah.

Der Stab kracht auf die Erde, zerbirst in einer Explosion der Dunkelheit, erzeugt einen wirbelnden Sturm, einen Trichter aus Rauch, der sich zu einer schwarzen Säule erhebt, während der Kampf um uns herum zum Stillstand kommt. Die schwarze Säule erhebt sich himmelwärts, wo sich dicke Wolken zusammengezogen haben und sich zu einem wilden Strudel formen, der uns alle zerstören wird.

Ich schlinge die Arme um Mather und ziehe ihn von dem geborstenen Stab weg, der Verkörperung all dessen, was uns so lange gefangen gehalten hat. Wir fallen auf die Erde, meine Arme um seine Schultern geschlungen, seine Augen voller Verwirrung. Um uns herum ist alles zum Stillstand gekommen. Sämtliche Soldaten – egal ob von Frühling, Cordell, Herbst und Winter –, alle haben ihre Waffen fallen lassen und reißen Mund und Augen auf.

Alle außer Angra, der nur knapp zwei Schritte von mir und Mather entfernt liegt und mir in die Augen sieht. Der Messergriff ragt aus der Lücke zwischen seinem Brustharnisch und dem Armschutz; Blut rinnt aus einer Schnittwunde an seiner Wange. Aber seine Augen blitzen, die hellgrünen Tiefen spiegeln das Rauschen des Sturms wider. Noch nicht einmal er wusste, welches Ausmaß die Magie der Magsignien hat, bis er mich sah, bis er sich zusammenreimte, wie ich die Magie ohne das Medaillon nutzen konnte, und erkannte, was ich jetzt bin. Die Magie und das Verderben, die in seiner Magsignie verschlossen waren, werden sich nun mit ihm verbinden, mit ihm verschmelzen. Er wird fähig sein, seine Magie in unermesslichem Maße für das Böse zu nutzen – ohne seinen Stab oder eine sonstige Magsignie, da er selbst zur Magsignie werden wird, und das Verderben wird so mächtig werden, dass niemand es mehr kontrollieren kann.

Die schwarze Säule zieht sich zusammen, wartet und wabert einen Moment durch die Luft. Dann explodiert sie in einem heftigen Windstoß, bohrt sich in die Erde und hüllt uns in einen Mantel aus Staub und Trümmern. Mather wirft sich über mich und wir vergraben unsere Gesichter an der Schulter des anderen, als Felsbrocken durch die Luft wirbeln.

Es ist vorbei. Einfach so. Keine abschließende Explosion, kein Todesschrei. Einfach nichts, als ob es nie mehr als den zerborstenen Ball aus Glas und Metall zu Mathers Füßen gegeben hätte.

Ich löse mich von Mather, aber ich weiß, was ich sehen werde, noch bevor mein Blick es erfasst hat. Die Magie in mir erfüllt die tiefsten offenen Stellen meines Bewusstseins mit seinem Flüstern, dem Wissen.

Sir setzt sich auf die Fersen und blickt voller Erstaunen auf das Loch in der Erde unter sich. Das Messer steckt immer noch im Boden. Doch Angra ist verschwunden.

Kapitel 31

Die Welt steht kopf, ist aus dem Gleichgewicht geraten. Mit wackeligen Knien strauchele ich vorwärts und versuche, Halt zu finden.

Sir fängt mich auf. Er zieht mich an sich, schlingt seine starken Arme so fest um mich, dass ich sicher bin, es muss ein Traum sein. Ich erwarte, dass er mich seine Kleine nennt und dass Alysson direkt hinter uns ist und Nessa und ihrer Familie das Essen auftischt.

Aber es ist kein Traum. Sir ist hier. Er lebt. Und als ich mich von ihm löse, zu ihm hochblicke, hört die Welt auf zu schwanken.

Er öffnet den Mund und sagt: »Es ist vorbei.«

Mein Blick wandert über ihn hinweg zu der leeren Stelle auf der Erde, wo Angras Körper gelegen hatte. Als habe das Zerbrechen des Stabes ihn zerstört. Als sei es so einfach.

Alle denken das. Alle, einschließlich der Frühlingianer Soldaten, die nach dem Verschwinden ihres Königs und dessen Magie die Waffen fallen gelassen haben und sich jetzt widerwillig ergeben, während ihre Feinde triumphieren. In Grün,

Gold, Kastanienbraun und Weiß gekleidete Körper wirbeln auf dem Platz herum und jubeln zum bewölkten Himmel hoch.

Ich schließe die Augen, atme tief durch, konzentriere mich auf meine Atmung. Sirs Arme liegen immer noch auf meinen Schultern. Ich höre, wie sich die Winterianer überschwänglich freuen und damit diese erbärmliche Stadt für einen Augenblick in ein Paradies verwandeln.

»Meira.«

Ich öffne die Augen und bemerke, wie Sir mich anstarrt. Sein Gesicht zeigt einen Ausdruck, den ich noch nie an ihm gesehen habe. Ich brauche einen Moment, um zu erkennen, dass es Bewunderung ist.

»Vor langer Zeit schon haben wir beschlossen, dass ich derjenige sein würde, der es dir sagen sollte«, flüstert er. »Ich weiß nicht, wie Angra es herausgefunden hat. Ich hätte …«

Mir wird kalt, die Magie in mir ist jetzt erwacht und ungestüm. Ich atme tief ein, zittere, als ich die Hand auf Sirs Arm lege. »Nein«, sage ich und schüttle abwehrend den Kopf. »Es war Hannahs Geheimnis, nicht Eures. Sie musste es offenbaren.«

Sir zieht die Stirn in Falten. »Hannah?«

Ich zucke die Schultern, weiß nicht, wie ich es erklären soll, aber Sir winkt ab. Er tritt einen Schritt zurück, fällt auf die Knie und streckt mir seine Hand entgegen, von der eine Silberkette herunterbaumelt.

»Meine Königin«, ist alles, was er sagt.

Ich zucke zusammen, hasse die Angst, die beim Klang des Titels in mir aufsteigt. Ich will nicht, dass er mich so nennt, aber die Art und Weise, wie er mich ansieht, ist das, was ich mir von jeher gewünscht habe. Als sehe er mich jetzt richtig, ungeachtet meiner äußeren Erscheinung. Verschmiert mit Blut, Schmutz und Staub und doch ein Funke für das Potenzial unseres wiedererstandenen Königreichs.

Als sehe er noch einmal alle Opfer, die er meinetwegen gebracht hat, und bereue keines davon.

Ich greife nach dem Medaillon, aber eine andere Hand ist schneller als meine.

Meine Finger, die ich in der staubigen Luft ausgestreckt habe, halten inne, schweben über Mathers Hand, als dieser seinem Vater das Medaillon abnimmt.

Mather löst die andere Hälfte von seinem Hals. Dann streckt er mir beide Hälften entgegen. Seine saphirblauen Augen schimmern unter dem bedeckten Himmel grau. »Es gehört Euch, meine Königin«, sagt er. Seine Hände zittern und er fährt sich mit der Zunge über die Lippen. Alles an ihm strahlt unerschütterliche Stärke aus, aber der Ausdruck in seinen Augen verrät auch tiefe Angst. Die Angst, etwas falsch zu machen, die Angst, seine vielen Verantwortungen auf jemand anderen abzuwälzen.

Ich hebe die Hand. Tausend Dinge stürzen auf mich ein und ich möchte mich tausendfach entschuldigen und um Verzeihung bitten.

Es tut mir leid, dass ich Hannahs Erbin bin. Es tut mir leid, dass sein ganzes Leben nur darauf ausgerichtet war, für meine Sicherheit zu sorgen, dass sein ganzes Leben sich um eine Lüge rankte, dazu bestimmt, für meine Sicherheit zu sorgen.

Es tut mir leid, dass wir so plötzlich erwachsen werden mussten. Alles tut mir so leid.

Aber nichts davon kommt über meine Lippen. Ich nehme ihm die Medaillonhälften aus der Hand, blicke ihm tief in die Augen, den Mund halb geöffnet, in der Hoffnung, vielleicht doch noch die richtigen Worte zu finden.

Mather atmet hörbar aus, als er mir das Medaillon reicht. Er erhebt sich, und die Last all dessen, was geschehen ist, ist ihm deutlich anzusehen. Seine Lippen kräuseln sich zu einem scheuen Lächeln, hin- und hergerissen zwischen Freude und Schock.

»Ich stehe zu Euren Diensten, meine Königin«, flüstert er und neigt den Kopf.

Ich lege ihm die Hand auf die Wange, noch bevor ich merke, dass ich mich bewegt habe, und die Schnittwunde an meiner Schulter lässt mich zusammenzucken.

Ich wünschte mir, wir würden einander nicht wehtun. Nicht jetzt. Nicht nach alldem.

Ich spüre ein taubes Gefühl in meiner Hand und reiße die Augen auf. Ich hatte nicht vor, meine Magie einzusetzen, aber sie ist jetzt zum Leben erwacht, und das Taubheitsgefühl wird stärker, geht von meiner Handfläche auf Mathers Wange über.

Er keucht. Mein gesamter Körper wird kalt, eisig und glänzend, und in Mathers Augen leuchtet ein neues Licht auf, vertreibt seine Erschöpfung und Angst, erfüllt ihn mit derselben Kraft, die schon die anderen Winterianer erfüllte. Nichts Greifbares, lediglich ein kleiner Strahl, der ihn antreibt, seine Unsicherheit im Zaum hält, bis er die Kraft findet, sich ihr zu stellen.

Ist er erleichtert, dass er nicht mehr die Last des Königseins tragen muss? Oder hat er einfach nur Angst?

Mather entzieht mir seine Hand, geht neben Sir auf die Knie. Hinter ihnen hat sich das Jubeln in respektvolle Ehrerbietung verwandelt und jeder einzelne Winterianer sinkt langsam zu Boden. Sie neigen den Kopf, ihr weißes Haar ist braun, rot und schwarz verschmiert. Ich atme schwer und bin mir nicht sicher, ob ich will, dass sie aufhören oder nicht. Sie sehen so glücklich aus. Und ich habe kein Recht, ihr Glück zu trüben, auch wenn es mir noch so viel Angst einjagt, dass ich der Grund für ihre Verneigung bin. Ich, die Waise, das Kämpfermädchen..

In der Nähe des Tors erblicke ich Dendera, Henn an ihrer Seite, beide auf den Knien. Sie umarmen sich, was mich mit großer Freude erfüllt. Greer und Finn, an dessen Bein ich eine blutige Schnittwunde entdecke, stützen sich gegenseitig. Conall und Garrigan, Nessa und sogar Deborah – alle sind glücklich. Sie sind hier und in Sicherheit.

Und Theron. Hinter ihnen allen steht Theron jenseits des Tors, einen Trupp vom Kampf gebeutelter Soldaten seines Vaters um sich geschart. Über die Entfernung hinweg treffen sich unsere Blicke und er lächelt. Es ist ein bedachtes Lächeln, das die Feierlichkeit dieses Augenblicks widerspiegelt. Er neigt den Kopf, tut es den Cordellianern und Herbstianern nach, übernimmt deren Ehrerbietung und Staunen gegenüber einem fremden Königreich. Sie alle lächeln vor Erleichterung, weil Angra verschwunden ist.

Vielleicht ist Angra tot. Vielleicht hat das Verderben ihn aufgelöst und mitgerissen. So viele Vielleichts. So viele Jahre des Überlegens, *vielleicht* kommen sie, *vielleicht* retten sie uns, *vielleicht* sehen wir eines Tages unser Königreich wieder unversehrt.

Ich beuge mich zu Mather und Sir hinunter und lege jedem eine Hand auf die Schulter. Sie blicken zu mir hoch, Tränen verraten ihr unbändiges Glück.

Ich lächle. »Lasst uns heimgehen.«

Nachdem Angra verschwunden ist, sind die übrigen drei Arbeitslager schnell aufgelöst. Ohne seinen König verfällt Frühling ins Chaos, was den Kampf für unsere Armee noch erleichtert, als wir durchs Königreich ziehen und die Soldaten niederringen, die die anderen Winterianer bewacht haben. Alle Erschöpfung, Angst und Qual, die die Winterianer in den Arbeitslagern durchlitten haben, werden durch die überwältigende Freude ausgelöscht, die wir ihnen bringen, als wir sie retten. Ich kann mich nicht daran sattsehen, wie ihre Gesichter aufleuchten, wenn ihnen bewusst wird, dass sie frei sind.

Zwei Wochen verstreichen, zwei Wochen, die damit angefüllt sind, die anderen drei Lager aufzulösen, die Wunden meines Volks zu versorgen, es langsam wieder aufzupäppeln. Nachdem das letzte Arbeitslager aufgelöst wurde, zieht sich die Armee von Herbst zurück, aber Cordell bleibt, eine Entscheidung, die ich nicht infrage stelle. Theron bietet uns unverzüglich Lebensmittel und Vorräte seiner Armee an. Ich nehme, was er gibt, bevor Noam widersprechen kann. Die

Winterianer sehen eine geeinte Front, Soldaten und Lebensmittel und Medizin, nicht eine Königin, die noch vor ein paar Wochen keine Ahnung hatte, wer sie war, oder einen König, der noch vor ein paar Monaten ihr Land beherrschen wollte, statt sie zu retten. Ich will alles in meiner Macht Stehende tun, damit es so bleibt, so lange, bis sie körperlich und seelisch völlig geheilt sind.

Die endgültige Heilung beginnt in dem Augenblick, in dem wir Jannuari sehen.

Die Hauptstadt von Winter befindet sich unmittelbar hinter der Grenze, nur ein paar Stunden zu Pferd von Frühling entfernt. Die leuchtenden Kirschbäume und das smaragdgrüne Gras von Frühling weichen Winters Schneefeldern, den schneebedeckten Hügeln und den eisigen Gruppen gefrorener, elfenbeinfarbener Bäume. Der Wechsel vollzieht sich unvermittelt, überrollt mich mit … einem Gefühl von Heimat. Alles fühlt sich richtig an. Die Kälte, die gefrorenen Wälder, die Art und Weise, wie alles weiß ist – der Himmel, der Boden, die Luft. Das ist Heimat.

Aber wir alle warten voller Erregung auf Jannuari, unsere verlorene Hauptstadt, eine Stadt, die ich nur aus den Erinnerungen anderer kenne. Je tiefer wir in Winter eindringen, desto enger wird es mir ums Herz, bis ich befürchte, dass meine Erwartung übermächtig wird, noch lange bevor wir das Ziel erreicht haben.

Die anderen Winterianer entdecken Jannuari als Erste, die verschwommenen Umrisse einer Stadt in der Ferne. Sie reißen mich mit einem aufgeregten Schrei aus meinen Gedanken und lösen sich mit neuem Schwung aus den Reihen von Cordells Armee. Hunderte von Füßen rennen voller Vorfreude über die leeren Felder, lassen den Boden erzittern.

Vor mir erhebt sich Jannuari unter einem schneelosen grauen Himmel. Der Stadtkern ist umgeben von kleineren Vororten. Die Stadtmauer ist zerstört und überall im Umkreis liegen Trümmerteile verstreut. Innerhalb der Stadtmauer haben einige Türme standgehalten und ragen in den Himmel hoch, als wäre nichts geschehen, als hätten sie lediglich auf unsere Rückkehr gewartet.

Angra, du hast uns nicht getötet und Winter wird wieder erstrahlen.

Ich galoppiere neben den anderen Winterianern, halte dann aber mein Pferd, ein großes Schlachtross aus Cordells Armee, an. Die Winterianer rennen weiter, sind zu sehr erfüllt von ihrem Überschwang, um zu bemerken, dass ich haltgemacht habe. Mein Pferd tänzelt nervös auf dem alten, verkrusteten Schnee, der das Feld bedeckt. Durch die dünne Eisschicht ist Winters helles Gras erkennbar.

Sir hält sein Pferd neben mir an. Unser Atem bildet kleine Frostblasen in der Luft.

»Die Stadt muss wieder aufgebaut werden. Und wir müssen noch mehr Lebensmittel von Cordell ertauschen«, sagt er.

Ein kalter Wind weht durch das weiße Baumwollhemd, das ich von Theron ausgeliehen habe. Wir stehen bereits so tief in seiner Schuld und der seines Vaters, dass wir nicht wissen, wie wir das alles je zurückzahlen können – und der Gedanke, dass wir noch mehr brauchen, verursacht mir Übelkeit. Ich weiß, was Noam als Gegenleistung fordern wird: Zugang zu den Klaryns-Bergen, zu Winter, um den Magieschlund zu finden. Vielleicht ist das der Grund, weshalb er Theron nicht davon abgehalten hat, uns mit Lebensmitteln zu versorgen. Was auch immer seine Gründe sein mögen, wir brauchen ihn und das, was er anbietet, und solange er keine Gegenleistung fordert, habe ich anderes zu tun, als mir darüber Gedanken zu machen.

»Ich weiß.«

»Es wird ihnen guttun.« Sir bewegt sich auf seinem Sattel, eine Hand an den Zügeln. »Es wird ihnen guttun, die Stadt wieder aufzubauen. Es wird ihnen helfen, ihnen Heilung bringen. Es ist wichtig für sie.«

Ich nicke. Es ist wichtig für uns alle. Wir müssen etwas wieder aufbauen, mit unseren bloßen Händen arbeiten und fühlen, wie wieder Leben durch unsere Adern fließt. Wir müssen etwas Handfestes, Schönes und Bleibendes tun.

Sir wirft mir von der Seite einen Blick zu, doch sein Gesicht ist so weit abgewandt, dass ich seinen Ausdruck nicht erkennen kann. »Du bist genau wie sie.«

Ich schaue ihn an. »Hannah?«

Er nickt. »Jeden Augenblick deines Lebens.«

Kälte erfasst mich. Es ist seine Art, mir Mut zu machen, mich zu bestärken, dass ich das Richtige tue, dass ich es schaffen kann, unser Königreich wieder zu vereinen, seine Bewohner in eine bessere Zukunft zu führen.

Doch was immer die Zukunft bringen mag, auch Angra wird dort sein.

Ich schlucke schwer, ziehe die Unterlippe zwischen die

Zähne, als ich die bitterkalte Luft einatme. Wir waren so erfüllt von dem Glücksgefühl, die anderen Arbeitslager aufzulösen und nach Winter zurückzukehren, dass ich diese Freude nicht verderben wollte. Sie ist so zerbrechlich. Ein Teil von mir möchte immer noch nichts sagen, möchte nicht die Aufmerksamkeit auf negative Dinge lenken.

Aber Sir gegenüber zu schweigen, könnte alles nur noch schlimmer machen, wenn die Zeit gekommen ist. *Falls* sie kommt. Falls ich mit meiner Befürchtung richtigliege, Angra nicht tot und die Bedrohung durch ihn noch nicht ausgestanden ist, ist alles, wofür wir gekämpft haben, nichts weiter als eine bloße Illusion von echtem Frieden.

»Ich glaube nicht, dass Angra tot ist«, flüstere ich in der kühlen Luft. »Und seine Magie … ist schlimmer, als wir angenommen haben. Viel schlimmer.«

Sir schweigt, und einen Moment lang glaube ich, dass er mich über das Pfeifen des Windes hinweg nicht gehört hat. Ich werfe ihm einen Blick zu. Sein Gesicht zeigt denselben undurchdringlichen Ausdruck wie damals, als ich mit der Medaillonhälfte aus Lynia zurückkehrte. Besorgnis, aber auch Entschlossenheit, als blicke er in die Zukunft und habe keine Zeit, die Vergangenheit zu fürchten.

Ich berühre das Medaillon an meinem Hals. Es ist jetzt wieder ganz. Es ist zwar wieder vollständig, aber leer, machtlos. Doch wenn ich es berühre, erfüllt es mich mit seltsamer Ruhe. Genau wie der Lapislazuli. Genau wie die Hoffnung. Die Winterianer um mich herum glauben, die Macht ruhe jetzt wieder sicher verwahrt im Medaillon. Sie denken, dass es jedes Mal eine glückliche Fügung war, wenn ich die Macht ausübte, genau wie Mather es mir erklärt hatte. Ein letzter Rettungsanker unserer Magie, ermöglicht durch unseren tiefen Fall. Es kommt ihnen nicht in den Sinn, dass die Magie jetzt irgendwo anders sein könnte, und ich weiß nicht, ob ich sie nicht in diesem Glauben lassen will.

Nicht nur sie, sondern auch Cordell. Vor allem Noam.

»Eins nach dem anderen«, erwidert Sir. Sein Blick hält meinem stand, zeigt mir, wie müde er ist, wie verstört. »Wir werden uns zu gegebener Zeit um die Zukunft kümmern.«

Ich nicke, als Pferde herangaloppieren und neben uns halten. Theron und Noam frösteln auf ihren Sätteln. Ihre Blicke wandern zwischen Jannuari, Sir und mir hin und her. Während Noam zumindest noch versucht, die Kälte mit Würde zu ertragen, schlingt Theron die Arme um sich und klappert mit den Zähnen. Auch Mather kommt angeritten und lässt sein Pferd zwischen meinem und dem von Theron anhalten. Er runzelt die Stirn, als er unsere fast erfrorenen fremden Gäste mustert.

»Bitte sagt mir, dass es in Jannuari ein Mantelgeschäft gibt«, fleht Theron, vor Kälte zitternd.

Mather lacht, ein wunderbarer Laut, den ich seit Ewigkeiten nicht mehr gehört habe. Sein Lächeln wird von Tag zu Tag breiter, dieses herrliche Lächeln, das sein gesamtes Gesicht überzieht und alles um ihn herum mit Licht erfüllt. »Armer Prinz von Cordell. Könnt Ihr nicht einmal ein klein wenig Kälte ertragen?«

»*Ein klein wenig Kälte?*«, krächzt Theron. Er deutet auf seine

Männer. Die Cordellianer Soldaten sehen genauso verfroren aus wie ihre Herrscher. »Wenn das hier vorbei ist, werden wir statt Soldaten nur noch Eiszapfen haben. Mein Vater hat vorhin geniest und sein Atem ist in der Luft gefroren.«

Ich kichere und Theron blickt mich an. Der Ausdruck in seinen Augen wechselt von unbeschwertem Lachen zu etwas Tieferem, etwas, das mich an unseren Kuss in den Gängen von Angras Palast erinnert.

Mather richtet sich auf seinem Pferd zwischen uns auf. Ich wende den Blick von Theron ab, kann mir das Grinsen nicht verkneifen, da die Situation absurd ist. Ganz normale Probleme. Normale Probleme mit zwei eifersüchtigen Verehrern. Das ist es doch, was Sir immer für uns gewollt hat, oder? Und nach all dem, was wir hinter uns haben … sind normale Probleme etwas Wunderbares.

Noam, der noch immer neben Theron steht, knurrt, aber er schweigt. Ich weiß nicht, ob es daran liegt, dass er nichts zu sagen hat oder dass ihm der Mund zugefroren ist. Wir müssen immer noch über die ursprünglich geplante Hochzeit sprechen, darüber, ob der Herrscher eines Rhythmus-Reiches nach wie vor seinen Sohn mit der Königin eines Jahreszeiten-Königreichs verbinden will oder ob Winters wachsende Schulden gegenüber Cordell Verbindung genug sind. Noam hat mich vor ein paar Tagen während einer Rast darauf angesprochen. Er streckte die Hand aus, um meine zu schütteln, und als wir uns berührten, sah ich erneut das Bild vor mir, wie er neben dem Bett seiner Frau kniete. Da ich nun selbst Winters Magsignie bin, verfüge ich offenbar über Fähigkeiten, von denen die anderen Magsignien-Träger nichts wissen oder spüren, außer Angra, und das auch nur, weil er sich des Verderbens bediente. Noam denkt wohl, ich sei nur eine schwache, labile Königin, die erzittert, sobald sie ihn berührt.

Aber ich glaube, es ist besser so. Es ist besser, er unterschätzt mich und hat keine Ahnung von meiner Macht.

Es kann nur zu unserem Vorteil sein, wenn die Zeit kommt und Noam eine Gegenleistung verlangt für das, was er uns gegeben hat.

»Wenn Ihr Euch genug über die Kälte beklagt habt«, mischt sich Sir ein, »können wir ja weiterreiten.«

Er sucht meinen Blick, strahlt und treibt sein Pferd zum Galopp an. Die Hufe wirbeln den geschmolzenen Schnee auf, als er sich seinen Weg durch die rennenden Winterianer bahnt. Theron und Noam reiten ihm hinterher, schlängeln sich durch mein weißhaariges Volk, nehmen Kurs auf eine Stadt, an die viele von uns keinerlei Erinnerung haben, weil sie zu jung sind. Lediglich Mather bleibt zurück, sein Atem zaubert Eiswolken in die Luft. Er hat den Blick auf mich gerichtet, während ich die Menschen um uns herum beobachte.

»Es tut mir leid«, sage ich.

Mathers Pferd tänzelt auf dem Schnee, spürt unsere Spannung. Ich wende mich von der dahineilenden Menge ab und versenke meinen Blick in Mathers saphirblaue Augen. Seit der Schlacht in April ist das unser intensivster Blick, und ich versuche, mein ganzes Bedauern hineinzulegen.

Er lacht, ein weiches, ungläubiges Lachen.

»Du brauchst dich nicht zu entschuldigen, denn du hast nichts falsch gemacht.« Sein Blick ist jetzt auf die Stadt vor uns gerichtet. »Überhaupt nicht.«

»Ich weiß, doch ich …« Ich schweige einen Moment lang und Mather sieht mich wieder an.

»Ich weiß«, wiederholt er, und das Lächeln, das er mir schenkt, ist echt.

Er verlagert sein Gewicht, nimmt die Zügel fester in die Hand. »Wenn sich einer von uns schlecht fühlen sollte, bin ich es. Nachdem du gefangen genommen wurdest, hat William uns die Wahrheit gesagt, und ich konnte nur noch denken: Die Verantwortung liegt jetzt bei dir. Ich bin frei.«

Während er spricht, hält Mather den Blick fest auf den Horizont gerichtet. Hätte ich ihn nicht angesehen, hätte ich ihm vielleicht seinen fröhlichen Tonfall abgenommen, seine joviale Art. Aber ich sehe, wie er die Augen zusammenkneift, den Mund zu einer schmalen Linie verzerrt. Es steckt so viel Wahrheit dahinter. *Ich bin frei.*

Aber vielleicht ist es nicht die Freiheit, die er sich wünscht.

»Als ich in Cordell war«, beginne ich, »und die Rolle der künftigen Königin spielen musste, tat ich so, als sei ich …« Ich gerate ins Stocken und muss lachen. »Ich tat, als sei ich du.«

Mein Bekenntnis hängt in der Luft, geflüsterte Worte zwischen den aufwirbelnden Schneeflocken. Mather lächelt mich an, seine Spannung lässt etwas nach. Dann verneigt er sich leicht.

»Meine Königin«, erwidert er. Er treibt sein Pferd zum Galopp an, prescht durch die Menschenmenge und nimmt Kurs auf die Stadtmauer von Jannuari.

Ich blicke ihm hinterher und mein Herz wird leichter. Wir sind wirklich hier. Vor uns liegt Jannuari. Eine Stadt, die ich nur in Träumen und Erinnerungsvisionen gesehen habe, die gepflasterten Straßen, die Häuser. Der ewige Schneefall, ein ständiger Regen perfekter, einmaliger Schneeflocken. Es muss schneien, es muss immer schneien.

Etwas Feuchtes kitzelt meine Nase. Ich blicke hoch und grinse. Schneeflocken fallen, heftig und ständig, den gesamten Weg nach Jannuari. Auch ich reite jetzt los, jage den anderen hinterher, die alle dasselbe Ziel haben: Jannuari, jene Stadt des Schnees und des Lichts.

Deine Stadt.

Ich höre Hannahs Stimme, die aus der Magie in meinem Inneren ertönt. Offenbar konnte sie schon immer mit mir reden. Aber sie wollte nicht riskieren, Angra zu enthüllen, wer ich wirklich bin, und hielt uns deshalb nicht davon ab, nach den Medaillonhälften zu suchen. Es war alles eine Tarnung, um Winters Abstammungslinie zu schützen. Die Träume und Visionen sollten mich an Magsignien und Magie gewöhnen, mich auf eine Weise mit ihr verbinden, die ich nicht für möglich gehalten hätte. Meine Mutter. Es fällt mir immer noch schwer, mich an diesen Gedanken zu gewöhnen. Ich weiß nicht, wie das in diese neue Welt passt.

Unsere Stadt, korrigiere ich. *Wir wären nicht am Leben, wenn du nicht gewesen wärst.*

Trauer erfüllt mein Herz, Hannahs Bedauern und Schmerz.

Aber du wirst das schaffen, was ich nicht vermochte. Sie schweigt und ich kann ihr Schuldgefühl spüren. *Ich wollte es dir sagen. So viele Male wollte ich mit dir sprechen, aber ich konnte es nicht riskieren, dass du erfährst, wer du bist, bevor du alt genug wärst, deine Magie einzusetzen. Und wenn Angra zu der Zeit, als du noch zu jung warst, herausgefunden hätte …* Sie schweigt. *Dann wäre unser Königreich für immer verloren gewesen.*

Ich weiß, erwidere ich. Mehr kann ich nicht sagen. Heute ist nicht der Tag für tränenreiche Abbitten. Es ist ein Tag, um die kalte Schneeluft einzuatmen, die Winterianer zu beobachten, als ich an ihnen vorbeireite, und ihre strahlenden, lächelnden Gesichter zu sehen.

Ganz vorne entdecke ich Nessa. Sie lacht und bewirft Conall mit Schneebällen. Dann entdecke ich Dendera auf ihrem eigenen Pferd. Sie und Henn reiten ebenfalls Jannuari entgegen, glücklich und frei, wie sie es immer hätten sein sollen. Menschen im Licht, nicht nur Worte im Dunkeln.

Es fühlt sich unwirklich an. So lange und so angestrengt habe ich mich bemüht, einfach Meira zu sein, aber wer ich wirklich bin, lässt sich nicht so leicht erklären. Es ist vergleichbar mit dem Schneesturm über Jannuari – eine Schneeflocke wirbelt durch den leeren Himmel. Ein paar Kristalle aus gefrorenem Wasser. Dann folgt eine weitere und noch eine und im Nu sind die Straßen von zahllosen Schneeflocken bedeckt. All diese einzelnen Flocken zusammen bilden einen riesigen, heftigen Schneesturm, etwas Wunderschönes, Gefährliches und Gewaltiges.

Ich bin Hannahs Tochter. Ich bin Winters Magsignie. Ich

bin eine Kriegerin, eine Kämpferin, eine Dame, eine Königin, aber als ich über das Schneefeld auf Jannuari zugaloppiere, bin ich vor allem eins: Meira.

Was auch immer Angra versuchen sollte, er wird mich nicht daran hindern, mein Königreich von der Asche der Vergangenheit zu befreien und unser Leben mit dem herrlichen, eisigen Frieden des Schnees zu erfüllen.

Danksagung

Ich habe keine Ahnung, wo ich mit diesem wundervollen, beängstigenden Teil anfangen soll. »Schreiben Sie Ihre Danksagung«, wurde mir aufgetragen. »Es wird Ihnen Spaß machen.« Und ja, sie hatten recht damit, nur dass ich immer wieder Pausen einlegen muss, um ein paar Tränen zu verdrücken, weil dieses Buch so vieles in sich vereint und so viele Menschen daran beteiligt waren.

In erster Linie möchte ich meiner hervorragenden Agentin danken. Sie ist einfach fantastisch, denn alles, was sie sagt, ist sowohl brillant als auch zum Haareraufen, einfach weil sie recht hat. Ohne diese Frau wäre *Schnee wie Asche* nicht das, was es ist, denn sie hat wesentlich zum Erfolg dieses Buchs beigetragen.

Großer Dank gebührt auch meiner Lektorin Kristin Rens, deren Begeisterung für dieses Werk mich vom ersten Tag an sprachlos machte. Es fällt mir immer noch schwer, zu begreifen, dass es außer mir noch jemanden gibt, der meine bizarre kleine Welt genauso liebt wie ich und so viel Zeit und Mühe darauf aufgewandt hat, ihr Gestalt zu geben. Kristin und alle

Leute bei Balzer + Bray sind großartig, leuchtende Vorbilder für ritterliches Verlegertum.

Danken möchte ich auch Jeff Huang, der mich auf die Idee mit dem genialen *chakram* brachte. Sir, Sie sind einfach grandios.

Und Kelson, meinem Ehemann für immer und ewig (ich werde es nie leid, dich so zu nennen), danke ich für seine fortwährende Unterstützung und sein positives Denken. Jeder Tag mit dir bedeutet die Erfüllung eines lebenslangen Traums!

Mein herzlicher Dank gilt auch meinen Autorenfreunden, die mich anspornen, aufmuntern und, wenn nötig, auf die behutsamste und liebevollste Art wieder auf den Boden der Tatsachen zurückholen: Jenn »JR« Johannson (denn sich zu viert zu treffen ist viel lustiger, wenn unsere Ehemänner mitbekommen, wie wir uns in der Küche anschreien); Natalie Whipple (meine zauberhafte querfeldein reisende Patin); Renee Collins (in Freud und Leid!); Kasie West (der einzige Mensch, für den ich kleine Pfefferminzmuffins backe); Candice Kennington (ich werde nie aufhören, Courant zu lieben); Michelle D. Argyle (*Cinders* bricht mir immer wieder von Neuem das Herz); Jillian Schmidt (Sophie und M kommen als Nächste); Kathryn Rose (du bist unter meinen Freundinnen der Heilige Gral); Laura Elliot (ich liebe dich so sehr, dass es fast ein wenig wehtut); Samantha Verant (die, zumindest für mich, eine französische Prinzessin ist); Nikki Raasch (Blut ist dicker als Tinte!); Nikki Wang (von der meine allerersteFan-Art stammt – du bist einfach klasse); die YA Valentines und die OneFours (es war eine Ehre, mit euch zu debütieren); und all die anderen Kritikerfreunde, Autorengruppen, Twitterer, Blogger und verschiedenen Schriftstellerkollegen, die mich zum Lachen brachten, mir Ratschläge erteilten und mir halfen, in dieser verrückten Welt der Schriftstellerei weiterzumachen.

Innigen Dank meinen Eltern Doug und Mary Jo, deren Stolz und Begeisterung mich immer wieder daran erinnern, wie wundervoll es ist, ihre Tochter zu sein. Danke meiner Schwester Melinda. Ich wünsche jedem eine so unterhaltsame und liebenswerte Schwester wie dich, und ich werde alles versuchen, jemanden zu finden, der *Schnee wie Asche* verfilmt.

Herzlichen Dank auch meinem Großvater Don, der mich stolz sein lässt, eine Raasch zu sein, und meiner Großmutter Dottie, die leider nicht mehr unter uns weilt, aber garantiert alle möglichen *Schnee wie Asche*-Quilts nähen würde, wenn sie noch lebte.

Ebenso danke ich dem Rest meiner so unterschiedlichen wie liebenswerten Familie – Lisa, Eddie, Mike, Großmutter Connie, Debbie, Dan, Tante Brenda – und all meinen Cousins und Cousinen, die leider nur allzu schnell heranwachsen: Suzanne, Lillian, William, Brady, Hunter, Lauren, Luke, Delaney, Garrett, Krissy (und Wyatt), Brandi und natürlich Kayla, der Bibliothekarin (ich liebe dich!).

Großer Dank gebührt auch all meinen Lehrern und Freunden, die so begeistert waren, mich so sehr unterstützt haben und wie eine Familie für mich waren, dass mir schon wieder Tränen in die Augen steigen – Kim, Bob, Kayla, Jay, Kelly und Katelyn; Janet Ross; Terri Thompson; Matt Langston (du wirst in jedem meiner Bücher eine Rolle spielen); Ali (ich werde dich ewig dafür lieben, dass du als Erste bei der Lektüre dieses Buchs geweint hast) und Ashley (Drei Musketiere für immer!); Jennifer, Allie, Sarah Black, Diana, Sarah Kucharski und Lauren (ihr habt mir das College versüßt) und Stevie (du bist die absolut perfekte Einlage im Laufschuh meines Lebens).

All diesen Menschen ein unendlich großes DANKESCHÖN.

Dafür, dass ihr mein seltsames Schriftstellerverhalten ertragen, dass ihr die verrückten Buchambitionen einer Zwölfjährigen gefördert habt und völlig aus dem Häuschen wart, als sich diese elf Jahre später tatsächlich verwirklichten.

Schnee wie Asche mag zwar die Erfüllung eines lebenslangen Traumes sein, aber Freunde und eine Familie zu haben, die so fantastisch sind wie jeder Einzelne von euch, ist ein noch viel größeres Geschenk.

Wirklich ausnahmslos all den Menschen zu danken, die auf die eine oder andere Weise zur Entstehung dieses Buchs beigetragen haben, würde ein eigenes Buch erfordern. So bleibt mir nichts anderes übrig, als meine Hände auszustrecken und jeden von euch in die Arme zu schließen. Ja, auch euch, die ihr meine Danksagung lest und halb amüsiert, halb fragend den Kopf schüttelt. Ihr wunderbaren Menschen seid der Grund, weshalb dieses Buch ein Erfolg wurde, denn ihr habt es zur Hand genommen und ihm eine Chance gegeben, habt zugelassen, dass meine bizarre Welt ein Teil von eurer bizarren Welt wurde.

Ihr seid besser als jede Magsignie.